HERMES

在古希腊神话中,赫耳墨斯是宙斯和迈亚的儿子,奥林波斯神们的信使,道路与边界之神,睡眠与梦想之神,亡灵的引导者,演说者、商人、小偷、旅者和牧人的保护神……

西方传统 经典与解释　**HERMES**
　　　　　　　　　Classici et Commentarii

德意志古典传统丛编

刘小枫 ● 主编

论荷尔德林
Hölderlin-Aufsätze

[德]沃尔夫冈·宾德尔　Wolfgang Binder　| 著

林笳 | 译

华夏出版社

古典教育基金·"传德"资助项目

"德意志古典传统丛编"出版说明

德意志人与现代中国的命运有着特殊的关系:十年内战时期,国共交战时双方的军事顾问都一度是德国人——两个德国人的思想引发的中国智识人之间的战争迄今没有终结。百年来,我国成就的第一部汉译名著全集是德国人的……德国启蒙时期的古典哲学亦曾一度是我国西学研究中的翘楚。

尽管如此,我国学界对德意志思想传统的认识不仅相当片面,而且缺乏历史纵深。长期以来,我们以为德语的文学大家除了歌德、席勒、海涅、荷尔德林外没别人,不知道还有莱辛、维兰德、诺瓦利斯、克莱斯特……事实上,相对从事法语、英语、俄语古典文学翻译的前辈来说,我国从事德语古典文学翻译的前辈要少得多——前辈的翻译对我们年青一代学习取向的影响实在不可小视,理解德意志古典思想的复杂性是我们必须重补的一课。

古典文明研究工作坊
西方经典编译部乙组
2003 年 7 月

目　录

中译本说明 …………………………… 1

前　言 ………………………………… 1

专 题 论 述

荷尔德林唯心论时期的创作 ………………… 4

荷尔德林作品中的语言与真实 ……………… 21

荷尔德林的颂歌诗节 ………………………… 42

荷尔德林诗歌中家乡的形象与寓意 ………… 74

荷尔德林对人的解释 ………………………… 114

荷尔德林作品中的名字象征 ………………… 135

作 品 分 析

离别与重逢 …………………………………… 260

荷尔德林的《和平庆典》 …………………… 293

荷尔德林的苏尔维亚赞 ……………………… 327

荷尔德林:《哈尔德之角》

《生命的年岁》《生命的一半》 …………… 353

荷尔德林的拔摩岛赞歌 ……………………… 365

文章来源 ……………………………………… 407

中译者说明

2011年夏,完成了尼采《重估一切价值》的翻译后,应刘小枫主编之约,开始了宾德尔的这部《论荷尔德林》的翻译,至今六年已过去了。在此期间,除了对中国籍犹太女诗人朱白兰进行研究外,大部分时间花在收集和研读荷尔德林的作品及有关资料上。

首先,当然是荷尔德林的德文原作。文集中的文章大量引用荷尔德林的作品,有时引整首诗,有时只引两三行,有些是完成的作品,有些是残稿,甚至只是几行诗句的异文,不读原作,不从总体上把握诗句的上下文关系,怎谈得上准确翻译德国学者们的研究文章?

值得庆幸的是,可以很方便地免费从互联网下载拜斯纳(Beißner)主编的大斯图加特荷尔德林版本(die Große Stuttgarte Hölderlin‐Ausgabe)的电子版,因而有可能查证论文中引文的出处,完整阅读荷尔德林的诗作以及相关的注释。建议能阅读德文的读者,在读荷尔德林作品或本书时,可充分利用斯图加特市符腾堡州图书馆的电子资源(网址 http://www.wlb‐stuttgart.de)。文集收入的所有论文,其作品的引用和出处,均以大斯图加特荷尔德林版本中的作品和书信为准。标注的方式,见编者前言的脚注以及《荷尔德林作品中的名字象征》一文的第三条原注。

荷尔德林的抒情诗,无异于远方传来的一颗伟大心灵活动的旋律。荷尔德林(1770—1843)生活在18世纪末19世纪初,深受虔诚主义主要代表克洛普施托克(Friedrich Gottlieb Klopstock,1724—1803)的影响,游走于古典主义与浪漫主义之间,与唯心论哲学家黑格尔、谢林多有交往。我们知道,德国文化有三个重要的源流,即古希腊罗马文化、基督教文化和日耳曼文化,这三种源流恰恰突出地体现在古典主义、虔诚主义和浪漫主义这三种文学流派中。在德国文学史中,虔诚主义(Pietismus)出现在17世纪末,到18世纪中叶与感伤主义融合,克洛卜施托克是诗歌创作上的代表人物,时间上在魏玛古典主义之前。荷尔德林像绞胎陶瓷的大师,将这三大元素糅在一起,运用抒情诗人的炙热情感和强大的语言力量,创作了德意志诗歌的典范。

狄尔泰(Wilhelm Dilthey,1833—1911)在他的荷尔德林评传中,论述了荷尔德林青年时期推动诗人精神生活的三股力量:希腊的复兴,以康德等人为代表的哲学运动,法国大革命。他阐释了荷尔德林的长篇小说《许佩里翁》和悲剧《恩培多克勒》。在论。抒情诗的部分,他将荷尔德林与歌德、席勒进行比较,精辟地指出:

> 荷尔德林始终生活在他的整个存在的关联中……对伟大的希腊人的往昔的向往,毁了他的当前的感情。他关于祖国、英雄精神和自由的理想,只使他产生痛苦以及不确定的、日益消失在不可企及的远方的希望。他的爱本身是让自己满足于仅仅是被爱意识的纯洁和非感性的能力使之幸福的当前。哪里还有另一种由这样柔的材料,像是由月光编织而成的诗人生活呢?他的生活如此,他的文学创作也是如此。①

狄尔泰在这里说的柔,不是柔弱的柔,而是柔美的柔。也许正因为编织成荷尔德林生活和文学创作的材料柔得像月光,才使现代人包括笔者充满无限憧憬,产生探索其奥秘的渴望。

荷尔德林被称为"天才诗人""先知诗人""哲学诗人",或者"诗人的诗人",这些评价无不表明,荷尔德林在德国文坛具有崇高地位,他的作品不仅思想深邃,而且运用新的艺术手段,将德国抒情诗艺术形式

---

① 引自狄尔泰,《体验与诗》,胡其鼎译,生活·读书·新知三联书店,2003,页363–364。

推向新的顶峰。诗歌中图像的塑造、象征的运用、格律的典雅、节奏的流动、诗歌的分段、对称的布局、句法的变化、语序的自由、词语的节省，等等等等，使他的诗歌具有独特的魅力，同时也因此产生多义性，增加了理解和翻译的困难。笔者在翻译文集的过程中，陆续收集到我国出版的荷尔德林作品中译本。迄今为止，结集出版的诗歌汉译，有顾正祥、先刚、刘皓明、林克、王佐良等译者的版本，汇集小说、戏剧、论著及部分书信的汉译，有戴晖的《荷尔德林文集》，书信选的汉译有张红艳译的《烟雨故园路》。这些译本放在案头，随时翻阅。由于译者各有各的解读，荷尔德林的同一首诗，往往有很不相同的翻译。

笔者的任务是翻译研究文集，但不可避免要翻译诗歌，凡遇到诗句，只要作品有汉译的，笔者都怀着学习的态度，尽可能查阅不同的译本，互相比照，并根据自己对原作的理解，或全文援引，或部分借鉴，或在援用的基础上作个别变动，如没有汉译的，则由笔者迻译，全部诗作，均提供诗歌的汉译。汉译的援引和借鉴，笔者没有全部注明，在此，特向荷尔德林作品的所有中译者致谢。

阅读关于荷尔德林的研究成果，是翻译文集过程中必做的功课。在德国和欧洲国家，对荷尔德林的研究已历时一百多年。里昂（Lawrence Ryan）在其著作《荷尔德林》（1962）一书的引言中，对荷尔德林的理解和研究的主要视角作了回顾，他提到19世纪初德国年轻一代浪漫派诗人对荷尔德林的推崇，并指出，法国学者拉柯尔（P. Challemenl-Lacour）早在1867年就称赞荷尔德林"不仅是他的国家，而且是一切时代最伟大的抒情诗人"之一。同一年，狄尔泰发表了重要著作《体验与诗》，作为精神科学研究的始作俑者，狄尔泰对荷尔德林心路历程进行评述，开创了对诗人作品的阐释。该书由胡其鼎译为中文，已在2003年由三联书店出版。

20世纪以来，荷尔德林在西方国家的认可和研究取得了突破性进展。现象学大师海德格尔（1898—1976）在三四十年代对荷尔德林诗歌的研究和阐释，大大推动了"荷尔德林热"。他的《荷尔德林诗的阐释》，商务印书馆在2000年出版了孙周兴的译本。在八十年代后现代语境下，延斯（Walter Jens, 1923—2013）和汉斯·昆（Hans Kung, 1928—）著的《诗与宗教》（1985），其中包含他们从神学的角度对荷尔德林赞美诗的专题研究，也已经有了李永平的译本（三联书店，2005）。这些西方学者经典著作的阐释，对于理解荷尔德林的世界观和创作，无疑具有重要的参考价值。

近二十年来，随着荷尔德林作品以及关于荷尔德林的著述被译介到国内，神州大地掀起了一股热浪。但是，综观全貌，我国对荷尔德林的研究尚处在起步阶段。这本荷尔德林研究文集的主编宾德尔（Wolfgang Binder, 1916—1986）是德国研究荷尔德林的专家，1943年提交教授资格论文，题为《荷尔德林作品中的诗与时间》，1943年至1952年在刚成立的荷尔德林协会任首任会长，1955/56年至1965/66年担任荷尔德林年鉴的主编，1964至1985年，在苏黎世大学任近代德国文学史教授，与施泰格尔（Emil Staiger）共事，1985/86年退休后在巴塞尔大学任客座教授，研究德国古典主义时期的诗与哲学，重点是荷尔德林，主张从荷尔德林世界的内在规律出发，认识内容和形式在构建上的统一性。

在荷尔德林诞辰200周年之际，宾德尔选编了这本文集，该书收入的文章最早的发表于1948年，最晚的发表于1967/68年，汇集了五六十年代德国学者的荷尔德林研究的重要成果，研究的题目和内容很广泛，分为专题论述和作品分析两部分，正如他在该书前言中说的，荷尔德林研究还是相当年轻的学科，该文集"虽然整体上还不能称为荷尔德林研究全书，但可以认定为全书的补遗"。他山之石，可以攻玉。如果这份"补遗"的翻译可为国内的荷尔德林研究添砖加瓦，本人将深感欣慰。译者学识和水平有限，舛错难免，还望读者不吝指正。

林笳

2017年12月14日

于广州凤凰山下

前　言

[5]本书收入的研究荷尔德林的论文写于过去二十年,其数量足以汇编成集重新翻印。岛屿出版社盛情地建议在1970年纪念荷尔德林诞辰二百周年之际出版专集,本人怀着感激之情欣然接受。尤其是,所有文章均出自一个作者,并且只论述一位诗人,这与当今追求多样性和全貌的趣味是不太相符的。目前,荷尔德林研究还是相当年轻的学科,其发展历史在这些文章中可部分地得到反映。文章研究的题目和内容很广泛,虽然整体上还不能称为荷尔德林研究全书,但可以认定为全书的补遗。

本书计划在征得各方同意后近期出版,作者的方法论依据也许还会更清晰透明一些。但是,只要在内容要求范围内,每篇文章将会舍弃对方法的综述。读者将会发现,这些文章总体上代表了不同阶段的见解,人为地将它们弄到同一水平,是不恰当的。不管怎样,题目与审视的方法密切相关,它们构成了各种尝试的个性。因此,文章可不按时间顺序,而按内容分为研究性专题论述和作品分析两大部分,在编排次序上,前者按研究题目,后者按荷尔德林的作品。同一种观点或分析同一篇作品的情况,偶尔两次出现,在所难免。每次改动的关联仅允许有限地重复少量句子。

文章中有几篇是报告,其余是为读者撰写的。因此,措辞方式和详尽程度,引用的体例和注释的方式会出现差别,书中没有强求一致。但是原文的引用和出处的标注,则以目前已完成的大斯图加特[6]荷尔德林版本(die Große Stuttgarte Hölderlin – Ausgabe)中的作品和书信为准;①在这期间出版的科学文献,只要有必要的,也都按此办理。初次印刷的文本,在收入时除了删除若干多余的地方,修辞上作了某些更正,仍保留原文未作改动。

荷尔德林二百周年诞辰恰逢人们对他的生活和写作几乎淡忘的时期。然而,深感被他作品触动,并关注尚不知晓的未来的人,并非只有怀旧者。笔者希望用这本集子加入到他们的行列中。

宾德尔

---

① 缩写词 StA 加上罗马数字和阿拉伯数字表明大斯图加特版本的卷数和页数,主编拜斯纳(Friedrich Beißner),其中第 6 和第 7 卷的编者是贝克(Adolf Beck)。《恩培多克勒》的引文出处分别用罗马数字和阿拉伯数字表示稿本和诗行(按 StA IV)。关于名字象征的论文中,《许佩里翁》及书信引文的标注参阅该文第三条注释,HJb 表示荷尔德林年鉴。

专题论述

荷尔德林唯心论时期的创作

[9]目前爱好者和研究者中流行着这种观点,即认为,荷尔德林的创作并没有受到历史条件的限制,他的作品超越了其所处的时代乃至任何时期,只可在无法比较的唯一性上去理解。这种观点确实说出了一种正确的感觉。即使是理智的文学史家也不得不承认,他的戏剧作品《恩培多克勒》(*Empedokles*)与同时代的戏剧风格少有共同之处,后来创作的颂歌或者翻译的索福克勒斯悲剧也跟当时的文学作品完全无法比较。

然而,一个诗人只有扎根于他所处的时代才可能成长。这些根源是人们熟悉的。卢梭、赫尔德、克洛普施托克、海因泽、席勒这些人物,或者,施瓦本的虔诚主义和图宾根修道院喜爱古希腊的氛围,诸如此类,被称为荷尔德林作品形成的气候。而屹立在这一切之上、具有重大意义和塑造力的,是德国的唯心论,青年荷尔德林经历了它的形成,并且在几部作品中打下了它的烙印。人们曾试图通过两种不同的方式阐明这种关系。较老的一种方式始于狄尔泰和卡西尔的研究,它以精神史的问题为引导,追问唯心论思想如何反映在荷尔德林诗作的精神世界中,譬如,早期图宾根的颂歌中对精神的崇拜,或者长篇小说《许佩里翁》(*Hyperion*)中的反思有时跟随时代风俗采用了哲学论文的形式。尽管成果丰富,但是,人们在这个领域发现的东西仍然不多;总体上,人们只不过是证实了基本上已经知晓的东西。而且,只在时代的光线中观察,恰恰很难看出荷尔德林的特点。在这里,我们不打算遵循这条路子。

较新和最新的荷尔德林研究采用了另一种方式。它关注荷尔德林哲学及美学断片中[10]唯心论思考呈现出的能量,试图揭示理论与创作之间的关系。但是,就这种方法而言,重要的不是精神史的关系,而是艺术品的构建,"其音调的变换""对法则的考量",也就是说,重要的是荷尔德林诗学的运用,而这些概念正是由此得出的。这种考察当然必要,并且适合于这样一个时代:人们认真地把诗作视为诗作,试图重新建立文学学科,并将目光投向属于它的对象。但是,就研究荷尔德林而言,这种方法也隐藏着危险,这种危险在此类几篇文章中已经十分明显。因为,不仅他的美学文本包含着事实上和术语上的巨大困难,而且,真正的危险还在于这种方法的运用。将诗学理论呆板地套进作品中审视,势必导致构想出一种拼贴诗(Gedichtmontage),这也许可以用来解释某些现代诗人的创作方法,但却不适用于费希特、谢林、黑格尔的同时代人。诗的创作涉及诗学精神,在唯心论时代,它从一开始就有别于诗学创作原则集成,即使诗人曾经写过这类札记。

在这种情况下,谁想探究荷尔德林的唯心论,就必须在非历史的形式主义分析和精神史的相关性研究这两个极端之间寻找出路。既要考虑到荷尔德林与同时代人的共性,也不忽视其创作形式的特殊性和唯一性。荷尔德林的创作图像只有一段时间受唯心论思想掌控。他在发展的巅峰阶段脱离了这种思想条件,创立了后期的颂歌作品,这些作品实际上应视作唯心论和现实主义之外的自成一格的现象。它不再属于当下,而成为"时间的顶峰",与那些脱离了一切历史因果关系的晚年作品似乎有了亲属关系,例如,我们在伦勃朗或梵高的最后画作、贝多芬晚年的弦乐四重奏、《浮士德》第二部以及多恩堡诗歌中,已认识了这样的晚年作品。

[11]我试图沿着这条路,通过对两部作品,即《许佩里翁》和《恩培多克勒》的分析,揭示荷尔德林作品中唯心论的接受与危机,并展望晚期作品中对它的克服。这里讨论的只是诗歌创作的基本力量,谈得更多的是唯心论思想的精神,而不死抠这个体系的字眼。

一

在荷尔德林的精神发展过程中,早期出现了两股力量:一股是对绝对的哲学追求,另一股是对自身情感活动的敏锐感受。两者互相补充,互相阐发。绝对带上了情感的色彩,以至于支配一切的无条件的抽象精神,被理解为渴望远离痛苦的纯粹状态,渴望无限的生命内涵,渴望所有本质力量的和谐展现。情感采取了绝对的形式;它在生命感的沉浮中感受到世界法则的节奏,世界法则在生命感中获得知觉。因为,在荷尔德林那里,人被构想为形而上学过程中的一个节点,而不像歌德那样,被视为自然的个体单位。但是,随着这两股力量的互相充实,力量拥有者跟现实的关系变得困难起来。因为,绝对精神不再是理论原则,而是感知到的现实,它将更高的现实要求当作现实,于是成了现实的法官和敌人。世界力量在情感的活动中起作用,这样,情感在自己身上,比起在外部的现实中,比起在个别、偶然和有限中,更加有效地发现真实的东西。现实——人、习俗、世纪——的存在几乎只是以抵抗的形式显示,抵抗无限的寂静生命,抵抗更高等级的灵魂。

第三股力量加进来了,那就是抒情诗人的语言力量。如果说,在小说作家那里,语言运用是通过描写和说明对象使其呈现在图像中,那么,抒情诗人的语言——至少在当今这个时代——则是发自主体贯彻自我的表达。语言所言说的东西,在其言说的过程中不仅仅是对象,而且作为一种"生成",[12]随着言说而消逝。但是,它在语言形成的过程中获得一种特殊的真实性,这种真实性与小说家呈现的真实性相比,其可信度丝毫不会减少。荷尔德林这种抒情诗呈现真实的能力自早期的诗歌起就不断增强。其力量恰恰在于表达那些在他看来必须比现实更真实的东西,在于表达灵魂的世界和无限。但是,他的艺术却因此使他更加远离现实。创作于图宾根的歌咏美、爱情、和谐以及类似主题的颂歌,用语言和图像构建了一个超现实的真实王国。紧跟着,写于《许佩里翁》之前的自然诗也有别于歌德笔下的"花草和山石",诗中歌咏了自然的宁静和疗效,它们只是绝对的另一个名称而已。

荷尔德林在这种情况下开始写长篇小说,期待他转向现实是不可能的。他说写一部"希腊小说",这只能意味着,小说从一开始就不涉及新的现实,而是涉及古希腊的美妙景象,用它作为背景。因为,正如自然一样,浸染着美、众神的热忱和共同精神的希腊国只是绝对的化身,充其量也只是一种历史现象。可以说,唯有希腊素材允许荷尔德林用最小的现实最大程度地揭示理想状态。他的目光转向了内心。自然与物质的东西,尽管被视为处于纯粹的形态与柔弱的转化中,然而一旦染上天堂的颜色,便如同马拉松和温泉关的英雄业绩,或者,如同神庙和大门的景象,"在那里,某一天必定曾有数以千计俊美的人互相致意问好"(页80)。小说中赞颂雅典的那段谈话的核心句如此说道:

> 自然是女祭司,而人是她的神,自然中的全部生命,她的每一种形态和每一种声音,都只是对其从属的神圣者发出的一声欣喜的回响。(页80)

这是一个有双重启发意义的句子。因为,唯心论对现实的颠倒——自然是人的回响,并非人是自然的回响——以及语言对旋律乃至节奏既透明又精确的形式的修辞作用,二者相互制约。[13]两者都服务于摆脱现实的精神化,它容纳了小说的全部内容。

然而,《许佩里翁》是一部小说,而不是诗,如果不是在某处有一个事实将素材与精神联系起来,那么,全部的精神化也就不能承受素材的必要虚构。小说中写道:

> 我终于有一次看见了它,我的心灵寻找的唯一,我切实感觉到的完美,我们将之搬到星空之上,我们把它推移到时间的终点。它在此,至上者,在人类天性(Menschennatur)与万物的周行中!(页49)

那就是第俄提玛,完美体现在她的身上。她的本质在荷尔德林的创作中是预先构思好的,可以无拘无束地接纳真实的第俄提玛。而这种本质的存在表明了一个事实,那就是,荷尔德林觉察到,绝对并不是起调节作用的理念,不是转世论的希望,不是渴望的梦,而是现实,这种现实在一个真实的人的存在中可以看到。因此,它用神灵显身的方式迎向这个人:"我维护了它的神圣!我像守护神一样承载着神性,它显现在我身上!"

绝对显现在一个真实的人身上。荷尔德林并不是如实地记录这个人的实际情况,而是将其作为有深刻寓意的事实来写。就这部小说而言,可由此得出双重的结论。许佩里翁无论遇到什么,衡量的标准都是第俄提玛经历过的存在(Sein)。同时,一切又都涉及她的此在(Dasein);世界有了她,将不再是过去那样。这个世界似乎被第俄提玛这个寓意事实所吸引,在 Schein[表面/显现]这个词的双重意义上发生了转变:表面上,它似乎靠自身存在,实际上却是由中心的那团火显现出来。换言之:存在的事物与构想的事物,现实的东西与理想的东西,两者具有了审美的性质。但这种审美化不是从美化中获得,虽然形象上美化的特征显而易见,并在思念爱琴海沿岸及岛屿世界的图像中找到了需要的养分。它涉及万物的存在,包括小说描写的各种对象,直至[14]众神。许佩里翁的众神也是靠借来的光生存。他跟土耳其人斗争,希望建立新的国家而没有成功,他将这个国家称为第俄提玛的"复制品"。

一个人物形象由于在个体身上显示出绝对的真实性,从而将全部真实性吸引到自己身上,这该如何理解?荷尔德林后期作品中只有一个这样的人物,他是个神。其本质可以用一句话概括:这个神是纯粹的存在,但具有一个特定存在者的形态。因此,他总是超越他的所作所为;他"比其原野更大",《和平庆典》(*Friedensfeier*)中如是说。尽管他能显现于存在者身上,却由于神的在场而失去了自身的真实性,从而具有了神的存在所产生的意义。这正是第俄提玛造成的效果。荷尔德林在这个人物形象中预示了神的本质,他似乎在试验未来创作众神的元素。

但第俄提玛毕竟是人。虽然荷尔德林试图将她提升并超越于凡人,但他必须赋予第俄提玛足够具体的人性,以便这种虚构保留可能的现实性。这项任务似乎是要在人类天性的限度内实现神化;如果人们还记得席勒的美学,那么,这项任务是不难完成的,在席勒的美学中,一个重要的思想是:完美的人性就是神性,而这就是美。荷尔德林甚至引用这个思想,写下了这么一句话:

> 人一旦成其为人,他就是神,倘若是神,他就是美的。

事实上,他刻画了一个形象,这个形象不是通过个别的行为和特性表现为个体,而是通过总体的、任何时候都在场的存在表现为人,由此,她是美的。

但是,第俄提玛的美还不足以解决问题。因为,按照荷尔德林的说法,她并不是绝对的人,而是化身为人的绝对,通过她产生影响的,不是完美的人具有的形而上学的神性,而是真正的神性,这完全不同于有限的人。通过这个以及其他特点,第俄提玛在恩培多克勒之前已经预示了[15]荷尔德林的基督形象。因此,在谈及第俄提玛时,他会借用《约翰福音》第一章第10节的话"他在世界"。① 也就是说,真正的任务不是神化,而是人化。根据席勒美学提出的论据甚至掩盖了真实的情况。这属于小说中某些尚未解决的奇特思想的残留物。

在现代小说的现实世界中安排具有神人本质的人物,这种任务似乎无法解决。荷尔德林其实并没有解决这项任务,而是绕过它,将叙述者放进去作为媒介。对于许佩里翁来说,第俄提玛既是神又是人,并且已经在这个世界中,那么,她到底是神还是人,有没有可能在这个世界

---

① [译注]见《约翰福音》第一章"施洗者约翰为真光作见证":"有一个人,是从神那里差来的,名叫约翰,他不是那光,他来世上,就是为光作见证。"

中,也就不再成为问题了。体验使不可统一的东西得到了协调,其权威性制约了可能与不可能。

从通向绝对的非现实化进程出发,我们发现,为了不否认这个进程而又使它回过来与真实联系在一起,需要一个既绝对又真实的人物,现在,我们看到,作者必须将自己作为故事的叙述者安排到故事中,这样,他的虚构力中才可能存在这么一个神人一体的人物。

小说采用第一人称形式是恰当的,同样,采用书信体也是合适的;这种形式虚构了心灵的共同领域,供人物诉说带来深切感受的事件。通过回顾历史进行讲述,可以让叙述者清楚地说明整个事件;因为,有待讲述的故事在开始叙述前已经结束了。在叙述者许佩里翁与被叙述者许佩里翁的持续对照中,存在着一种时间的整合,这样,历史既作为当今的现实前提,又作为陈述历史的精神前提,两者相互阐发。

这种布局得出的结果向我们解释了小说的历史地位。因为,在上述最重要的特征中,这部小说偏离了《少年维特的烦恼》以及英国书信体小说的结构。由此可以看到,决定叙事结构具有寓意的不是这种布局,而是唯心论哲学的思想结构。[16]此外,小说中探讨了唯心论哲学,这一点并不重要,尤其是,此处显示出意见的不一致,对此,我们后面还将讨论。

这部小说类似一种三层的结构体,一层是许佩里翁曾经有过的经历,一层是现在对这个经历的讲述,再一层是对过去经历的讲述的总的反思。每个层次都具有意识的形式,这种对过去经历的讲述的反思就成为对意识的意识的一种意识。这样,小说的艺术结构就形成了黑格尔后来说的"知识的自我认知"或"绝对知识"。其中包含着的黑格尔的"双重否定"也再次出现在小说中。因为,直接的感受——朋友和恋人的幸福和痛苦——被保存在叙述者认知的悲哀中,同样,也被保存在反思者形而上学的冷静中,这位反思者将自己托付给了宇宙"一致的、永恒的、炙热的生命"。

对于歌德时代的长篇小说,人们期待的是《维廉·麦斯特》那种类型，它或多或少会完整地呈现世界现实，至少会通过个性人物、社会形式、文化领域以及类似的事物作为象征。《许佩里翁》缺少外部事实的描述，其真实性完全体现在内心世界，其总体性不在于素材的完整，而在于对这个内心世界的辩证周密的构建。这在德语文学中独一无二，鉴于这种结构，这部小说可以称作形成中的唯心论哲学精神的诗学成果。再重复一遍，作出这样的评价，并不是因为荷尔德林在作品中说出的观念，也不是因为他进行唯心论的判断，而是因为唯心论"发生"在他这部艺术品中。

这部小说的结构，还可以从另外一个方面作出解释，在这里，我运用了康德的思想，并不是为了证明荷尔德林与其有直接的依赖关系——这甚至是有可能的——而只是为了刻画出精神史的情况。康德将时间理解为"内心感觉的形式"；我只是在时间的视野内——回忆、期待以及[17]当前的观察——觉察到自我。也就是说，时间预先构成了自我意识的形式，只有通过时间的延伸，我才理解到我之为我。在第一人称的小说中，当"我"讲述自己的时候，"我"也在试图理解自我。如果认识到，这种自我理解是通过时间实现的——这一点在"狂飙突进"诗人的宣言中可以感觉到，并且由康德在哲学上进行了表述——那么，小说中的"我"就只能在时间的角度下成为主题。方式看来有两种。一种是单个经历被塑造成自身有效的瞬间，另一种是连续的经历构成有秩序的整体，总体决定个体的意义。《维特》是前一种的例子，而《许佩里翁》是后一种的例子。维特即时写下的书信构成了小说的"瞬间"，而许佩里翁的书信是在回顾中进行连续的总的讲述，它们按照时间的顺序排列，发生在回忆者眼前的每一事件，无论是令人高兴的还是痛苦的，都被看作循环变化的必要瞬间，它来自永恒的本源又回到那里去。

在我看来，这种时间结构以及前面描述过的意识的三层辩证结构，与小说的内容相比，更能清楚地表明《许佩里翁》的历史位置，它一方面处在"狂飙突进"时期与古典时期之间，另一方面处在康德与黑格尔之间。

二

下面,我们转向剧作《恩培多克勒》,首先探讨它与小说《许佩里翁》之间的关系。人们已经指出,两部作品在母题上有亲缘关系,但这还不足以解释这部新作产生的内在必然性。在这里,我们也必须试着去了解文学创作的基本力量。小说中的某些不一致性——我前面已经提到——让我们看出了端倪。

非常明显,尽管时间主题在这部小说中占重要地位,但是,在许佩里翁的万神庙中缺少了时间之神,这个众神中最重要的神,它后来变得如此举足轻重:无法治愈的世纪,消逝了的美好过去,[18]尤其是暂时的存在(Zeitlich‑Sein),这一切正是许佩里翁痛苦的根源。众神在自然中而不在历史中起作用,他们的情况如何,人既有自然属性又存在于历史中,他与众神的关系怎样,这些问题在小说中没有给出答案。原因不在于众神的名字只是作为点缀言辞的饰物,这在18世纪司空见惯。许佩里翁推崇他所认识的众神,将他们视为存在着的力量。但是,如果他进行反思,另一个不一致性就显现出来。因为,现在众神突然显现为由人设立的。天生美丽的人——许佩里翁如此阐述——"想看一看自己,于是,他将自己的美貌放在自己的对面。这样,人就将众神赋予了自己"。许佩里翁热烈地拥抱一切神圣的东西,而他在此过程中是关注现实还是自己的精神产物,却总是那么的不确定,以至于这种不确定性有一回甚至流露在话语中:

> 我感觉到了它,这世界的精神,就像一位朋友温暖的手,但我醒过来时觉得,我抓住的是自己的手指。

但这个问题又立即沉没了,我们知道原因何在。从第俄提玛身上直接获悉神性,使得荷尔德林暂时不需要去决定,众神应当是客观化的典范,还是作为个体存在的神灵。可是,作品一旦产生了,承载它的就不再是第俄提玛存在的事实,获悉神性的经验就会要求作出裁决。

《恩培多克勒》面临两个问题——时间之神问题以及众神存在的方式问题,要回答这两个问题,不能不触及荷尔德林的唯心论。

这部剧作产生的时间正好遇上第二次同盟战争爆发,在荷尔德林的作品中,这场战争对于遭受灾难的人类仿佛是群魔乱舞,但同时又激发出不可名状的太平想象,在这些想象中,末日救赎的观念变成了具体的历史期待。其他的诗歌谈及"湍急的命运岁月"和大自然,对于前者,诗人再也不能保持"沉默",而后者,"如今在武器的乐声中醒来"。历史进入荷尔德林的视野,我们明白了,为什么恩培多克勒的神朱庇特被称作"时间的主人"。荷尔德林不仅用这个神填补了他的神话学的空白,而且,他对[19]时间的理解也发生了改变,过去,时间对于他来说是容纳失去了的福祉的地方,现在变成了神的元素。一言以蔽之:荷尔德林发现了时间的真实性,它将全部现实以及现实中神的作用与具体的此时此地联系在一起。但是,这样一来,他就在思辨的历史思考中纳入了一个导致唯心论失败的起因。因为,"此时"是无法唯心论地设定的,它已经在发生。此时行动的神脱离了唯心论的理据。他符合逻辑地——以不知名的神的名义——出现在后来的颂歌中,负责毁灭人擅自设立的一切。在《恩培多克勒》这个阶段,我们只能隐约看到这一发展的端倪。

《恩培多克勒》第二个疑难的问题是,人通过神而存在,还是神通过人而存在。荷尔德林将此作为戏剧的问题进行回答。采取的方式是将恩培多克勒观察的自然与"我"颠倒过来。因为,恩培多克勒将大自然的神——日父与地母——给予他的东西当作自己给他们的;因为神向他开启并赋予他力量,导致他误认为,正是他自己通过语言和认知,使默默无闻的大自然的神说话并获得精神的生命。他混淆了存在的能力与由他设定的能力,并以神自居。这是他对神的亵渎。为了赎罪,他将自己的生命奉献给受辱的自然;他跳进了埃特纳火山口深渊的烈焰中。由此也就解释了《恩培多克勒》中模糊不清的问题:

大自然以及它的众神存在着。然而情况与时间之神不同。因为他们并不是身处正在发生的、主体遭遇的当下,而是处于主体可以干预的普遍存在之中。这里还有反对唯心论设定的第二个同样重要的理由:客观存在的真实性来自外部的制约,而主观意志的傲慢则受内部的侵扰和歪曲。

如果我们记得戏剧的内在进程,并将下面的问题作为出发点,得出的结果将会更加清楚:所谓大自然向恩培多克勒开启,这意味着什么?[20]历史上的恩培多克勒是个自然研究者、医生、术士,他对自然有着不寻常的理解,因此,上述说法不可能只是诗人的比喻。

荷尔德林在戏剧中称为"自然"的东西,在哲学文本中叫"存在"(das Sein)。他不再像创作《许佩里翁》时期那样将此理解为解救一切的"一和万有"(Hen kai pan),而是类似于谢林,使用一个从前的神秘主义概念"根基"(Grund)来称呼。存在者处在存在的根基中,这里的"处在"意味着出现、显露。但这不是简单地发生的,这种发生是根基的意愿。它的本质,正如恩培多克勒说的,是"预感"和"渴望"。存在渴望在存在者中显示自己,以便在存在者身上认识自己——用荷尔德林的话说,"感受自我"。这种感受的调解者是最高的存在者,即人。但人有两种不同的身份,因为,作为存在者,他从属于存在,但借助意识的力量,他又有权使存在服从自己。既是奴仆又是主人,身兼两职,这注定了人要调解存在与自己的关系,或者,正如恩培多克勒说的,要唤起大自然的精神。

恩培多克勒象征着人的这种使命。作为存在或曰自然的一部分,他感觉到自己在自然的怀抱和保护中。他谈到了这点,生动的图像,例如环绕着他头部的树枝,表达出了这个意思。但是,自然也要在他的感觉中感受到自我,自然要求得到他的服务。为了服务自然,他向自己感受到的自然力学习,理解它,控制它的作用——例如万能女神(Panthea)的神奇治愈力,将它传到全体亚格里艮人那里,于是,一种新的精神产生,赫莫克拉提斯的祭司宗教固有的腐朽传统和本本主义消失了,取而代之的是联合所有人热情侍奉自然及其众神。倘若恩培多克勒超越自然的巨大力量没有使他颠倒关系,他现在也许已经完成了任务,他在回顾往事时从中看到了自己的傲慢:

> 我认识它,我已学满了师,
> 自然的生命,它在我心中
> 怎么可以像过去那么神圣?
> [21]众神臣服于我,我自己
> 便是神,我傲慢地宣告。

"恩培多克勒用傲慢的字眼,"追随者泡萨尼阿斯(Pausanias)①补充说,"使自己在众神的心中失去了地位。"这个字眼指的肯定是"我",绝对的自我。因为,荷尔德林是如此理解这个过程的:如果一个对象(Gegenstand)已经被完全穿透(durchdrungen),它也就不再是对象(Gegen-stand zu sein),不再相对而立(gegenzustehen);在它面前,"我"将变为绝对,而由此提出的要求才是傲慢。彻底感受自然是恩培多克勒的使命;他的罪过是,感受自然时不是以自己的名义,而是以自然的名义:

> 不幸啊! 身为世界的天才
> 遗忘了心中的爱,只念叨
> 你自己,可怜的傻瓜,
> 误认为慈祥的天神
> 卖身为奴,为你效命!

恩培多克勒做了保罗禁止那个基督徒做的事情,他夸赞自己,而不是赞美神的恩赐,在这里,自然的恩赐与神的恩赐是一致的。但圣经中

---

① 剧中人物恩培多克勒的朋友。

类似于"世俗化"的大量内容必须放在一旁。

自我神化时,一切都颠倒过来了。自然变得无法感受,恩培多克勒回复到冷酷无情、与世隔绝、死气沉沉。荷尔德林如此理解这种转变:自我刚想控制他的对象,就已经遇上它纯粹的真实性,那是自我永远无法控制的;对象处在这种真实性中。存在逃离了,只留下一个空的意识;恩培多克勒"冷漠地坐在黑暗中","满口胡言将神从身上赶走了"。于是只留下了对以前状况的回忆,他希望重新感受自然,重新能够在自然中感受到自己,一句话:跟众神和解。但这种和解需要的既不是曾经有过的那种战胜的感觉,也不是如今被消灭的感觉,而是要求有侍奉的情感,这是自然历来需要的。侍奉的最高形式是奉献自我。因此,在火山口烧死意味着返回到存在的根基。自愿献身的举动使恩培多克勒具有了这种觉悟的最高要素。

[22]如果这是该剧最初两个草稿的内在进程,那么,推动此进程的因素就在于恩培多克勒的傲慢,荷尔德林在边注里称此为"原罪",也就是说,称傲慢(superbia)为原罪(peccatum orginale)。但这种原罪既有必要,也是意愿,它有别于基督教的罪过。因为,自然不同于基督教的上帝,它不是"自我",它要求恩培多克勒将他的自我转让给它,以便它感受自己。但这种要求与自我的本质是矛盾的,只有保住自己,自我才能感受自己。恩培多克勒必须保住自己。这又回到我们的基本问题上。

人们觉得,荷尔德林在他的戏剧中用比喻的方式呈现了唯心论的顶峰、危机和克服。因为他称此为"自己经验"的一个"大胆的比喻和例子",所以,我们作出这种解释颇有道理。具体说就是:自然在人身上感受到自己,存在在觉悟中意识到自己,这意味着唯心论的顶峰;而人由此产生对自然的傲慢,通过意识剥夺存在的权力,这表明了唯心论的危机,在此过程中,荷尔德林对费希特哲学的探讨可以作为辅助观念为我们所用;最后,意识陷入冷漠中以及存在变得不可感知,这意味着唯心论的破灭。这个步骤也可以用生命的历史来解释;"我的天空如钢铁,我也就如磐石"——荷尔德林在经历对席勒认同的危机后如此写道。恩培多克勒自我牺牲,意识屈服于存在并重新返回到存在中,这是对存在产生新理解过程中唯心论走向衰亡的神话,剧作的第三稿同时还有颂歌《宛如节日》(*Wie Wenn am Feiertage*)试图表现的正是这个主题。

现在,恩培多克勒不再作为自主的、创造历史的主体,而是作为历史之神用以彰显自己的工具出现,所以傲慢也就不再成为话题。颂歌中关于诗人们的那些诗句众所周知,他们"裸首站立在神的暴风雨中",[23]用"纯洁的内心,清白的双手"承接"父的光","裹进歌中递给民众"。

在这种新的理解的基础上,建立起了存在的构想,这种存在不再需要人来获得自我意识,而是利用人,使自己被人所感知。如果到目前为止使用莱布尼兹的概念,将此称为"力求"(nisus),即努力变成这样的欲望,那么,它现在采取的形式是"启示"(revelatio),即自我展现和自我表白。据此,荷尔德林不再把创作理解为受精神的全权委托发表言论,而是越来越多地视为对万物自我展现作出回答,其中,首先是万物的主人展现自己。然而,他在符号里既有表白也有隐藏,同时具备表白(revelatus)与隐藏(absconditus)。荷尔德林后期的诗歌不再是存在迹象的唯心论诗作。只有在这个前提下,《和平庆典》(*Friedensfeier*)、《拔摩岛》(*Patmos*)、《唯一者》(*Der Einzige*)等颂歌的基督教主题方可找到入口。

如果本文对《恩培多克勒》的解释是对的,那么,这表明,荷尔德林不是简单地摒弃唯心论,而是战胜它,并且是连同自己一起战胜。因为,他在存在与意识的原始对立中所发现并在戏剧中所塑造的隐蔽的辩证法,虽然有助于将唯心论引向荒谬,却是严格按唯心论思考的。戏剧只有将唯心论的方法运用到极致,才能令人信服地呈现对唯心论的克服;如果唯心论成了自己的辩证法的牺牲品,那就进一步表明,荷尔德林现在已不再将唯心论作为可能的原则去解释世界,而是理解为世界历史的必要因素。这部戏剧之所以是一部历史剧,原因就在此,而并非因为它涉及历史的素材。这个剧本由于是未完成稿,也就为以后涉及历史的历史性,或如荷尔德林所说,"涉及祖国或时间"的作品留下了创作空间。

三

[24]我们已经到达了荷尔德林告别其所处时期的位置。如果从这个位置回顾他文学创作的开端,我们会看到,当初,他的作品植根于具有虔诚主义色彩的老符腾堡路德宗中,他的唯心论时期还不具有帝国的规模而更像没有皇帝在位的空位期。当然,没有这个时期的成果,我们也难以想象其后期作品的形态。后期作品引出的大量问题中,让我们最感兴趣的是荷尔德林回顾自己过去的唯心论时的解释。请允许我对此再说几句。

荷尔德林是在诗作中,也就是说,以诗人的、往往是形象的方式进行解释。正如我们在《恩培多克勒》中所看到的,唯心论构想显现为人的决定,但并不赞成将人置于决定的自由中。自由的最大胜利是构想他自己,构想神,这是一切唯心论体系的目标。神的忿怒击中了他。赞歌《拔摩岛》(*Patmos*)中写道:诗人"曾经"——即当他处于唯心论时期时——"想模仿这个神的模样"。此时,他突然看见"天主怒容满面"。接着,他补充解释诗人的职责:"我并无所图,而是要学习"——如他在另一处说的,"保护神的纯洁与特殊"。任何学习都要从听写开始,正如诗人的精神兄弟约翰那样,《拔摩岛》中重新转向反对知识的专横,提及约翰时写道:

> 神对全知的额头深恶痛绝,但约翰纯粹站在无拘束的土地上。

从后续的描述中可以得知,这没有拘束的土地是时间的神秘直觉的预言,傲慢的认知的表达。最后,"忿怒"这个词变成了一切专横的求知欲的代码。因为,只有神才有权这么做,"尘世的人应当有羞耻心",荷尔德林在翻译 religio[宗教]这个词时如是说。他在一则残篇中写道:诗人们必须抓住鹰——父的信使,"以免自己任意地表示忿怒"。索福克勒斯剧中的俄狄浦斯陷入"忿怒"中,因为他想知道的东西超出了凡人应知的范围。这个母题在[25]《安提戈涅》的合唱曲中也有所流露,荷尔德林在翻译 deinón 这个词时用了 ungeheuer[庞大]:"世上有许多庞然大物,但没有什么比人更庞大"——他令人感到恐惧不安。荷尔德林有一首颂歌在这个意义上称得上是合唱曲的延续:"人借助技能可以征服万物……但这位强者沮丧地站在神的面前。"

荷尔德林的唯心论解释以《许佩里翁》为开端,在这部作品中,人将众神"赋予自己"。其终结是人被神打倒,因为人的"构想忽略了神圣的法则"——《唯一者》如此写道。

这些旧约般严峻的词语甚至不再承认唯心论的历史作用,这一点我们在《恩培多克勒》中仍可见到。如果考虑到荷尔德林最后的那些诗歌中历史形象发生了怎样的改变,也就可以理解这一点。历史的连续性压缩成了转世论的共时性:"四周聚集着时间的群峰。"我们再也听不见世界历史的辩证法,它需要时间的延伸,以便给不可救药者也指明他在拯救发生时的位置。自然神学也是唯心论的。荷尔德林仍关注的只是人与神,前者处于正在发生的当下,而后者正在到来,并且已"近在咫尺"。

这种"当下"不断地来临,让人联想起保罗的《主的未来》(*Zukunft der Herrn*),荷尔德林早就引用过这首诗,但是,他当时仍作这样的理解:似乎在遥远的未来,主将在"时间的傍晚"到来。在当下与耶稣基督降临之间,有一个广阔的空间向荷尔德林开启,能容纳下他对世界过程的唯心论构想。因此,在他身上起作用的众神是空间的神;每一个神都掌控着属于他的一定的领域,这个领域可以是一块领土,一个社会区域,也可以是一段时间,一个世界周期。然后,时间之神出现了,他对众神进行挤压,使他们像自己那样进入本质。在最后的那些颂歌里,只见到没有姓名的复数的众神;他们除了父以外,对半神均用名字称呼——基督,狄俄尼索斯,赫拉克勒斯——也就是说,众神是中介者,将时间主人的意志传递给半神。时间缩小为当今存在的案卷。这样,唯心论构想的命运也就最终被注定了。[26]按情理,对遭遇的意外感知取代了构思:"在蒙上眼睛困住双脚的地方,你将会找到它。"感觉以及保存感觉到的东西取代了自我思考的精神。荷尔德林在《拔摩岛》里提及留下的信徒时说的话也适用于他自己:

> 从此其乐融融住在爱的夜晚,并矢志不渝用单纯的眼睛守望智慧的深谷。

我们追踪到的不是古典主义或浪漫主义诗人的路子。因为,在那些诗人中,有的走到唯心论的顶峰便中断了,例如过早离世的席勒;有的向侧面拐去,例如歌德,他总是抵抗专横的自我的诱惑;有的结束于19世纪的现实主义,如蒂克(Tieck)、布伦塔诺(Brentano)和艾兴多夫(Eichendorff)。荷尔德林在时代的门槛外找到的东西摆脱了历史的归类。自从他在我们这个世纪被发现后,就以不断变化的形态但同样的强度保持着独特的在场,其原因之一可能就在于此。

荷尔德林作品中的语言与真实

一

[27]荷尔德林被视为唯心论诗人。无论将文学创作上的现实主义看作是19世纪的一个时期,还是文学创作历史节奏中多次出现的艺术风格,人们对荷尔德林作品中现实图像的探究,似乎都先验地无法得出令人满意的结果。因为,唯心论思维方式的本质是超越直接的现实,把握更高的、精神的真实,而且人们只要谈论到此,就按照后者去衡量前者。在此过程中,现实图像不得不改变平常的轮廓,它的元素变成了意义的载体,这些意义更多的属于诗人的思想而与事实少有关联。于是产生出一个高大的图像世界,人们不应当将其真实性特征视为事实上的世界,而应该看作符号,它代表的其实是臆想的、精神上的东西。荷尔德林本人明确地表明这是唯心论创作的基本特征,他在"理想化的冲动"中找到艺术的本源,在"呈现出的更高的世界"(StA VI, 328 f.)中找到艺术的对象。

他的文学创作遵循如下原则:他笔下经常出现的事物,正如他所描写的,在具体现实中并不存在,至少已经不再存在,或者尚未出现。综观其发展阶段中占主导地位的题材,可以清楚地看到这一点,并为探求荷尔德林作品中的真实性问题提供有意义的出发点。

虔诚主义和感伤主义决定了早期诗歌的真实图像。鉴于永恒的解脱或未来的充盈,人的生命、历史的当下以及自身的存在都显现在虚实参半的朦胧之中。对于它们,除了某些细节用稚拙的、现实主义的方式呈现外,诗人不是加以描写,而是进行抱怨或指责。受到赞扬的只有自然;而它的图像则带有感伤主义色彩,只包含少量可爱的或高尚的[28]特征。在图宾根时期的颂歌中,形而上学的力量取代了基督教的救世范围:莱布尼兹提出的和谐,柏拉图在"原始形态"(Urgtstalt)中发现的美,爱被视为宇宙原则,自由即摆脱有限的此在的奴役,等等。诗人为了与这些力量相遇,必须超越有限的、偶然的、受时间制约的现实,这只有在"精神兴奋的时刻"才可做到——那种力量存在于希腊的黄金时代和自然中。如果说古典主义的荷尔德林勾勒了它们的标准像,那么这指的不是其模样,而是其价值。当回顾古希腊时,他采取的是仰视,他笔下的自然与歌德的"花草和山石"没有任何相同之处。那是形而上的自然,泛神论的宇宙生命(Alleben),许佩里翁和荷尔德林相信自己只有短暂的神秘时刻与之结合在一起。唯独第俄提玛通过她的现实此在(reales Dasein)确保那种最高存在的存在(Existenz jenes höchsten Seins),但她也恰恰因此而成为这个时代的陌生人,她与恩培多克勒相比,形象特征不那么具体,后者"甚至不注重时间性",以至于力求"尽快回归到纯粹的存在"。只是到了晚年,荷尔德林才似乎由于自己的原因去把握现实世界的组成部分——山脉、河流、家乡的城市、历史人物、事件等等。但是具体精确的描写是为更高的语境服务的,这涉及东方与西方的力量,希腊众神与基督的妥协,以及未来德国的"歌咏风格"。这些主题正如作品的形式那样——这位古典主义诗人的颂歌和哀歌,还有晚期创作的、传统上称为现实主义风格的品达①体诗歌——与现实艺术相差甚远。

假设现实就是此时此地环绕着我们的世界,这个世界我们看得见、感觉得到、听得见,并且乐于在其中思考和行动,而且,文学中的现实主义意味着,诗人用词语描写这个真实的世界,尽可能准确地勾勒其图像,那么,由此出发,对荷尔德林的世界和作品中的真实性只能予以否

---

① [译注]品达(Pindar,约公元前518—前438),古希腊抒情诗人。

定。这种现实主义的概念也给19世纪的荷尔德林形象打下了烙印：[29]感伤主义的痴迷者，迟到的希腊人，与现实不合的理想主义者和浪漫派。对这种形象的修正始于晚年作品的发现，并在20世纪初反现实主义和反自然主义运动中无意外地得以实现。在这种修正中，除了所有事实的认知外，人们普遍感觉到，荷尔德林的作品尽管题材陌生，语言怪癖，但说出了某些涉及现代人的事情。一言以蔽之，虽然荷尔德林的诗人话语没有反映现存的事实，但人们过去和现在都感受到这些话语具有约束力。否则，人们就不必说，这样的话语如果不出自诗人之口就不会被认可。

在追问这种诗学的约束力时，人们可以这么开始：荷尔德林怎么可以强迫读者认真看待他言说的内容以及使用的语言形式呢？接着，人们可以如此论证：如果他既不受诗外现实的约束，又不退回到诗人的、不受约束的幻想世界，那么，必须存在第三种可能性，才允许谈论诗人的约束力。那就是，只有当诗人在作品中创造了真实时才有这种约束力。所谓创造真实，首先指的是，诗人在其言辞中创作了某些东西，语言本身赋予这些东西以真实特征。在这种条件下，无论诗人将语言空间向外或向内超越，也无论他是模仿现实的东西还是设计虚构的东西，都已经不重要了；因为，文学作品的尊严不是建立在对象上，而是建立在它的语言实现上。荷尔德林的诗人约束力在于文学创作自身的约束力。

也许有人会提出反对意见，说：这里使用了另一个真实概念，我们的问题现在涉及作品具有的精神艺术的真实，而不再是在文学中现实的真实及其图像。诗意表达中的东西，只在形而上学的意义上是真的，缺乏客观现实的主要特征，后者的存在不依赖于人及其认知和表达的可能性。

对此，有必要按荷尔德林的本意进行反驳：孤立的[30]真实是没有的，眼见的现实才是真实，它只对主体而言是真的；同样，反过来，主体只有凭借现实才成为主体。真实基准的更高形式——思想、行为、美学塑造,完全抛弃了这种建立在客观事实基础上相遇的偶然性,但也是在主、客体的空间中实现的。文学作品与现实世界的区别只在于,前者同时陈述了后者。前者不仅是后者,而且还表达意义,进行描绘、塑造。表达真实是它的真实情况。作品中的真实与作品的真实直接有关;作品的定义本质上取决于真实在作品中扮演什么角色。

如果文学作品创造真实,那么,按照荷尔德林的观点,文学创作的运行方式基本上与认知没有什么不同。因为,两者活动的媒介很不相同,康德"哥白尼式转向"的逻辑模式——不是认识取决于事物,而是事物取决于认识——也适用于荷尔德林的作品;不是作品模仿存在的真实,而是作品让真实在言语中产生。但这不是第二级的审美的真实,而是第一级的,准确说甚至更本源的真实。所谓审美的真实,与第一级现实中的真实在内容上要么相同——它是模仿、描写、模拟,要么不相同——它滑入幻想世界。按照荷尔德林的观点,现实中的真实所包含的只是事实上的东西,而文学作品则将它放回到本质的根基上,让它在具体的语言形象中从根基里重新产生。也就是说,它是真实的一种启示性的实现,这种实现建立在语言具有的精神和感觉的双重本性上。作品中的真实转化成作品的真实。诗人的词语不是从世界出来,而是进入世界里面,因为,它实现了真实原来的本质。

二

[31]下面,依据荷尔德林关于诗人任务的三句话作进一步解释。颂歌《致年轻的诗人们》(*An die jungen Dichter*)包含着这样一句告诫:Lehrt und beschreibet nicht!①因为这本身是一种教诲,所以,这句话可以

---

① [译注]这句话可有两种不同的理解,一是:不要教诲和描写!二是:要教诲,不要描写!

意味着:lehrt, aber beschreibet nicht![要教诲,不要描写!]在荷尔德林的作品中,教育的要素,甚至"教学法的出发点"(StA II,391)屡见不鲜,但是上下文使人感到否定的意味。这样,为启蒙而教的教学法被禁止,这种启蒙使艺术具有艺术目的之外的用途,但更高级的教诲并没有被禁止,这种教诲作为揭示法则贯穿他的整个作品,并且在所谓的"唯心论"语调中有显著地位。

明确被禁止的是描写;因为,如前所述,它使作品受非文学的东西约束。而且,在词语中重复事实上存在的东西实属多余。格言《描写的诗》(*Die beschreibende Poesie*)中指出,倘若诗人"忠实地叙述事实",会把他的神贬低为"报刊作者"。这么做严格地说甚至不可能;即使面对简单的事物和司空见惯的情况,描写性的语言也已经失灵。荷尔德林熟悉赫尔德的语言哲学,其中的一个思想是,在自然主义审美意义上,造成词语不能从数量上详尽再现事物的,恰恰是它的符号特性,而不是它的描摹特性。尽管荷尔德林后来允许对"现实"进行"描写"和"描绘",①但并没有取消其总体上的禁止。他在说话方式的变换中只将某种特定的功能,即"朴素"语调的功能分派给描写,这种语调以情感和象征的方式"保存"在"英雄的"激情表达和"理想的"释义中。

教诲与描写在艺术中意味着唯理智论与现实主义,它们主导着启蒙文学的理性主义和经验主义,但在"狂飙突进"与感伤主义时期遭到新的情感作品的反对,荷尔德林早期的创作也属于这类新的情感作品。一方面,他在直接的造型中抛弃理性主义,[32]而将其原则应用到古典主义作品的理想与朴素元素中,另一方面,将经验主义的基本力量吸收到英雄元素中。然而,他的古典风格并不只是历史变形的综合。它在一种具有天赋的诗歌创作方法的视野中对此有所发展,这种创作方

---

① 例如《论诗学精神的工作方式》(*Über die Verfahrungsweise des poetischen Geistes*), StA IV, 243。

法将语言创造真实作为目标,并力求在理论和艺术训练中加以实现。颂歌《拔摩岛》的结尾正如他后期作品的某些词语那样,表明了这种方法,可以作为主题词:

> 我们侍奉过大地母亲,
> 最近又为阳光效劳,
> 殊不知,天父管治
> 万物,最爱的却是
> 固定的字母受到保护,
> 留存物得到完美解释。
> 紧随其后的是德意志颂歌。

德意志诗歌问题,即祖国诗歌与希腊诗歌的对立,已经谈论得很多,在此不作讨论。荷尔德林把目光投向自己以及一般的诗歌创作的早期目标时,似乎要提出新的主题:不再赞美神秘力量(Mächte),而是解释真实,现存的真实,正如《拔摩岛》让人想到的流传下来的真实。然而这并不排除另一种解读。关键词语表明,他要提出更原则性的东西:不是新的主题,而是一种方法,运用这种方法,任何特别的主题才得到创立和支撑。过去总是含而不露,如今要在作品的精神和文字中直接表达出来。

"现存"并不等于"永存",而是残篇《在毁灭中生成》(*Das Werden im Vergehen*)所谈到的事实上的既成(StA IV, 282)。所谓诗人应当"解释"它,这种说法出乎人们的意外;人们期待的是,诗人应当塑造它,将解释的任务交给阐释者。但是,解释并不是简单的分析,而是将既成的东西放回其"意义"的(原本神秘的)根基上。意义和根基是近义词(StA IV, 244 ff),它们在现实中表示[33]一切存在物创造性但隐蔽的本源,在艺术中则可视为各种表达的显明但委婉的原则。只要艺术构成现实图像并且本身是现实,那么,前者也显现在后者中,并且就是后者。诗人必须首先将既成的东西如黑格尔说的那样"沉入"它的根基中,然后才能够在具体的语言构成物中,在"固定的字母"中,以诗歌的方式重新获取它。① 也就是说,语言的再诞生取代了直接模仿,它在艺术媒介中再次产生现实。这种观点的最初模式源于杨(Young)②、哈曼(Hamann)③与赫尔德(Herder)④的思想:诗人不应当模仿自然,他的写作应当如同自然那样运作。但是,只有荷尔德林的根基说才解释了真实的东西如何在类似的运作中转变成作品。

这种根基为作品提供了根据,使字母保持"固定":"根据与意义"赋予"诗歌以严肃性、稳固性、真实性"。⑤ 诗人言说的约束力也就因此而产生:在直接的语言表达中,作为隐蔽载体的根基间接地呈现出来,这样,语言变成了"符号",⑥但它表示的不是具体的初始事物,而是事物的根基,这种根基抽象地出现在语言中并以符号形态显示出来。因为,就形而上的根基而言,现实本身也可以称为"符号",反过来,建立在"真正根基"⑦上的语言使正在生成的作品具有了"真实性"⑧——荷尔德林使用同样的词汇,因为他在此也像在其他地方那样按照本体论思考。但是,诗学的真实超越现实的真实,因为它同时让现实的根基具体地呈现出来。一切事实具有的普遍的符号特性,在认知和作品中才得以实现。因此,荷尔德林可以将形象作品中创立的"可靠性"——诗歌中"稳固性"的类似

---

① "固定的字母"指的不是文字——"德意志颂歌"说的不是圣经文学作品,而是那些选择并"恰当解释"圣经题材,克服了荷尔德林所厌恶的服字母役的文学作品本身。
② [译注]托玛斯·杨(Young,1773—1829),英国科学家。
③ [译注]哈曼(Hamann,1730—1788),德国哲学家、作家。
④ [译注]赫尔德(Herder,1744—1803),德国著名思想家、诗人。
⑤ StA IV, 245.
⑥ StA IV, 248,264 u. a..
⑦ StA IV, 244.
⑧ StA IV, 247.

物——称为"最高[34]类型的符号"。① 这种以解释的方式使现实的东西非现实化,以便在语言中重新将它现实化的辩证过程,遵循并且指明了现实的东西变得真实的道路。荷尔德林关于诗与现实之间功能关系的观点,可以用一句话来表达:作品即现实的真实。

这种观点与黑格尔关于构筑真实的论述在形式上的亲缘关系不可忽视。但是本质的差别在于:哲学家让他的记忆三步骤结束于具体的概念中(存在—本质—概念),诗人则结束于具体的词语中(留存物—意义—固定的字母)。艺术只揭示事实固有的符号性,这种观点却可以追溯到"狂飙突进"的美学观念。以哈曼为例,他将自然和历史看作上帝的表达,将圣经看作对自然和历史的解释。因此,即使荷尔德林与黑格尔没有直接关系,我们只需要以根基代替上帝,并且以文学作品——在哈曼的意思上——代替圣经,也可以得到荷尔德林思想的基本形式。这再次启发我们去理解上面引用的《拔摩岛》的诗句。大地是自然的显现,"日神"("日光"的异文)是朱庇特,历史之神,现在,文学作品不再直接地,而应当像其他事物那样,只在创作的自我实施过程中为他们效劳。事实上,《许佩里翁》创作时期的重要主题是自然,《恩培多克勒》以及后期诗歌的主题则是历史。

那么,现实在创作中再次诞生时发生了什么事情?语言在此过程中又起了什么作用?让我们来看看第三句话,即颂歌《怀念》(Andenken)结尾常被引用的诗句:"而留存物,乃诗人们所创造。"所谓留存物——诗句初稿为"而留存物乃诗人们所创造"——指的也许不是作品的外部存在。遗忘与重新发现,属于传承的范畴。作品跟一切"留存物"那样转瞬即易,荷尔德林曾将自己的作品称为"会死去的[35]诗歌"。② 对"丰功伟绩"(第36行)的赞美,歌功颂德意义上的"怀念",也不可能是这

---

① StA VI, 432 f. .
② StA I, 242, II, 28.

种留存物。它们也需要传承和记忆（第 57 行）。荷尔德林用"而"这个字强调了留存物的创造与这些都截然不同。

海德格尔针对诗的本质作了阐释："诗是用言语创造存在。"①也就是说，留存物是一种存在，所谓用"言语"，也就意味着用其他方式创造存在，例如，哲学家的抽象方式，行动者的行为方式。如此看来，包含了作品存在的言语，是一种几乎可随意使用的媒介，用于创造——或者说得更准确些——揭示存在。但是，如果言语自身不是出自这种存在，它能够揭示存在吗？难道被创造并留存的东西可以不是一种存在者，即言语吗？用言语创造存在似乎有一个前提，即从存在的根基里创造言语，尤其是，当肤浅僵硬的实用语言失去文学语言的存在价值时，就更是如此。

或许，人们有必要从创造（das Stiften）这个概念出发。这个概念包含着两层意思：使某些东西产生，同时规定它们应遵循的法则。正因为如此，这些东西才成为留存物；因为，如果只存在于此时此地，那么，它是会消逝的，但如果是处于一种规律下，而这种规律决定并确保了它的此在，那么，就可以期待它得以留存。文学语言就是以这种方式存在的，它实际上产生于文学作品的根基，并且合法地代表这个根基的秩序。事实上，留存物是作品的"固定的字母"，它之所以留存，因为它是稳固的。没有什么东西比话语更易消逝。创造出来的话，无论是否留在人们的记忆中，本身都成为留存的词语。

留存（das Bleiben）这个概念（也许最初由约翰提出），在荷尔德林古典主义时期以及后期的作品中变得意味深长，也表明了这种

---

① 《荷尔德林与诗的本质》（"Hölderlin und das Wesen der Dichtung"），现载 Erläuterungen zu Hölderlins Dichtung, 1951, 页 38。[译注]中译本见《荷尔德林诗的阐释》，孙周兴译，商务印书馆，2000，页 35；《存在与在》，王作虹译，民族出版社，2005，页 112。

发展方向。由于其本质的永恒根基,在时间迅猛交替变换中[36]存在的个人或民族获得了留存的持续性。① 这个概念并不单单表示事实上的持续存在,也不单单表示其有效性保持不变——据此,在《怀念》中这个概念已经不是单指作品的历史持续存在或作品内容的精神价值——而是一种事实上与有效性同时兼备的存在,它们在时代变迁中保持同一。荷尔德林的"在生命中留存"与歌德的"在变易中持续",两者概念上一致,皆是创造物的存在形式。只要被创造的状态在过去开创,并且由未来构成留存,那么,就会产生持久的在场,这是诗人话语所特有的。因此,荷尔德林将留存物的创造(第59行)区别于记忆(第57行)与关爱(第58行),后者只是实际上想着某些东西,而作品则使《怀念》本身在实际的话语中持久存在。

事实与持久合二为一,是根基的功效,但为了能够实现,需要一种媒介,并且其结构能预示这两种因素的融合。语言便是这种情况。荷尔德林在多处对语言作的说明中透露出一种观点,它包含两层意思:其一是语言陈述对象的内容,其二,这种陈述是塑造的过程。因此,他的作品记述对象的方式,就是使这些对象在说和听的过程中同时成为发生的事件。其形式不是静止的美学的造型,而是一种化身,体现了诗歌中的意思确实发生并成为现实。当语言谈及或说出某些东西并在言说中实现自己时,它在主体与客体之间打开了空间,使自我与世界的实际相遇以及永久对立,分别在瞬间即逝的语音和留存的语义中得以表达。借助其本体结构,语言在诗人的言语中预先构成了事实与持久这两个因素的统一。

具体的语言构成物可以用荷尔德林的概念[37]称为"符号",然

---

① 《波拿巴》(*Buonaparte*),第9行,《我的财产》(*Mein Eigentum*),第38行,《和平》(*Der Frieden*),第44行,《诗人的天职》(*Dichterberuf*),第54行,《在多瑙河源头》(*Am Quell der Donau*),第112行,《和解者》(*Versöhnender*)I,第89行,《鹰》(*Der Adler*),第23行,《关于〈安提戈涅〉的说明》(*Antigone - Anmerkungen*),StA V,265 f.。

而，其中呈现出另一种东西，那就是"精神"。①

"精神"这个词在荷尔德林那里有各种不同的含义，在这里，它指的是语言的实际音响中包含的永久意义，以及由此在作品感性造型中的精神含义。"精神感性的"②根基(Der geistigsinnliche Grund)在符号中得到感性的实现，并且在思想上客观化为精神，这样，符号因具有精神才能称为作品内容。正如人们所看到的，作品包含精神媒介中的世界，这个简单的事实对于荷尔德林来说，是形而上的现象表达，在此过程中，世界在创作中通过这个根基进行转化。

《在毁灭中生成》(Das Werden im Vergehen)这篇残稿的开头说，语言是留存物的"表达，符号，呈现"，但是，在语言中，一方面有"少许或没有任何……留存物"，另一方面又"万物"皆有。这就意味着，语言可以指称某些没有它也可存在的东西；这样，语言中甚至可以没有丝毫留存物，它只是瞬间消逝的音响。但是，语言中又万物皆有；也就是说，语言在指称某些东西时，它为这些东西预先规定一个地方，在这个地方，这些东西能够独立地永久留存下去。语言从本质上揭示了这些东西，而这种本质以存在的总体为依据。语音只存在于它实际发出声响的一瞬间，语义则体现了一种永久的秩序。如果前者没有发生，后者也不可能产生。含义只有在说出的言语中才具有真实性。语言正如作品一样是"符号"与"精神"的统一体。

这种综合是辩证过程的结果，诗人将实际存在的东西置入永久的根基中，以便获取短暂而又永久的语言造型。但"而又"这个词还说明不了什么，短暂与永久这两种因素相互渗透：语言－符号——在事实上如同符号所指的留存物——将它置入秩序的视野中，使它在诗歌的"事件"中变得有效。而语言－精神——在法则上如同符号中包含的秩序——通过作品的具体内容揭示出这种秩序，使它在诗歌的含义中变得真实。

---

① StA IV, 248,286,u. a. .

② StA IV, 245.

[38]还不仅仅如此。这两种因素相互渗透,互换角色,但仍然保持它们的所是:诗人的言说使瞬间的语言实施在诗歌中获得永久的在场,使响起的词语获得"符号"的永久此在。但是,他并没有因此而减少其现实性,这种现实性在每次重新聆听时得到验证。相反,诗人使纯粹的秩序在诗歌精神过程中变成瞬间,在"神的因素"中得以存在,然而又不失其法则的有效。诗人的语言体现了秩序与实施的完全综合,并因此体现了现实东西的真实性结构,因为,眼见的真实只是一种事实,脑中的真实只是法则,只有言说的真实才呈现为两种因素的统一。

人们熟悉的"神话"作品的内容结构建立在这种语言结构之上,荷尔德林将它定义为"理智-历史的"作品,也就是说,概念-经验的作品或理念-现实的作品。在作品内容中,"历史的""事件、事实"归入语言中的符号,"理智的""概念、理念"归入精神。① 如果要跟随理论思考得出的这种和那种结果进行论述,将会扯得太远,在这里,重要的是描述诗人在语言中创造真实的本质和形式进行描述。

三

关于语言与真实的关系的理论如果已经得到了正确解释,那么,在荷尔德林的创作实践中必定得到证实。当然,证实的方式不是在文本的某些地方展示个别概念。个别概念所涉及的不是作品的形象,而是创作的前提条件,理论解释了一定条件下的概念,这些条件通过荷尔德林的基础与概念联系在一起。作品如果不是首先以这个理论为导向,那么,在其结果,即语言创造真实的作品中,也应当承认这个理论是对的。从每个发展阶段中分别举出一个或两个例子,想必已足够[39]更直观地说明上述内容。选取的例子主要出自作品中似乎直接反映现实情况的地方;因为,这些地方与表达精神状况和过程的地方相比,肯定

---

① StA IV, 280.

更清晰地表明荷尔德林不是在摹拟,而是在言语中建造。

这一点在多方面运用外来模式的早期诗歌中只是表现为萌芽状态,但已经埋下了后来发展的根子。举一个例子,颂歌《永不灭亡》(*Die Unsterblichkeit*)以这样的诗句开头:

> 我站立在山丘上,环顾四周,
> 　万物复活,向上延伸,
> 　　树林和田野,峡谷和丘陵
> 　　在明媚的晨光中欢呼。
>
> 哦黑夜——在那里,你们造物在颤动!
> 　在那里,近处的雷鸣唤醒瞌睡者,
> 　　锯齿形的骇人闪电在原野里
> 　　将寂静的阴影惊吓。
>
> 现在,大地欢呼,在珍珠的装饰中
> 　庆祝白日战胜黑夜的恐惧——
> 　　而我的灵魂倍加喜悦,
> 　　因为它战胜了灭亡的可怕。

怀着对感官上获得东西的欣喜,年轻诗人描绘了暴风雨之夜后的清晨,然后在倒数第二行诗句中似乎直接跃入宗教领域,在诗的进行中展开对灵魂不灭的狂热朝拜。但事实上并非如此。一系列动词,如"欢呼""惊吓""颤动",还有景物的向上延伸,都表明了对大自然的热忱阐释。尤其是,这三节诗歌在内容安排上采取了后来喜欢用的辩证法三步骤:第一节描绘纯清晨的情景,第二节是反题,描绘纯黑夜的情景,这样,在第三节的开头,清晨显示为解释的情景,白天战胜黑夜的可怕。紧接着是一个新的反题[40]——"而我的灵魂倍加喜悦",这样,刚达到的综合变成了自然王国与恩典王国之间更高辩证法的命题。貌似现实主义的描写为一定的世界观效劳,现实的事实预示意义的内在关联,并且只能呈现在这种关联中。如果只是指出这来源于时代的理性神学,并没有多大意义,重要的是,荷尔德林按照预先确定的世界图像构筑他的描写,表面上是再现,实际上是在创造。

上大学的第一年,荷尔德林在图宾根神学院的束缚中悲伤而灰心地回顾青少年时期的自由,所谓"男童的欢乐时刻"。他在颂歌《从前和现在》(*Einst und Jetzt*)中写道:

> 那时,我在林间寻找五月的小花,
> 　那时,我在芳香的干草堆里翻滚,
> 　　那时,我和收割者一起收获奶汁,那时
> 　　　在葡萄山上我如痴如醉欣喜若狂。

表面上,全是现实主义的细节,实际上是有意识谱写夏季景象的四个阶段:五月,收割干草,收获谷物,采摘葡萄;家乡的风光被分为四大区域:森林,草场,田地,葡萄山。夏季时间与空间的全部景观,再加上自己青少年的自由生活,简而言之,浓缩在四个角落的支柱上,从而突显出生活的总体。同时,在回忆中传达全部内容。时间的间隔允许将这幅景象塑造为秩序,这种时间间隔与修辞上古典主义的颂歌格律及其严格唯美的形式的距离相符。在这里,现实中的夏季转换成为"动人的景象"。它有序而具体地呈现出"真实性"。

图宾根时期的《和谐女神颂》(*Hymne an die Göttin der Harmonie*)中有一节诗表明,这种倾向在青年时期的第二阶段有了进一步的发展。荷尔德林尝试用图像来塑造世界如何产生于和谐的神话:

> [41]生命之盘已铸成,
> 　小溪、阳光进入正轨,
> 　年轻的山谷迷恋地依偎着
> 　陶醉于爱中的丘陵:

> 俊俏而骄傲如同众神之子
> 悬崖贴着母亲的胸脯,
> 陆地被大海粗野的臂膀拥抱,
> 颤动着享受从未有过的愉悦。

　　这是一幅充满激情的精神图像,显示出受克洛普施托克和席勒的影响。但中心思想很清晰:和谐就是爱,创造了生命的千姿万态,同时又在宇宙统一的原则中将万千生命连在一起。互相对应的两极围拢着整体:小溪与阳光,山谷与丘陵,俊俏与骄傲,大海与陆地。一切具体的东西都穷尽了,景物被过分渲染,并且不再有个性特征。荷尔德林认真地试图让世界在言语中产生。这节诗歌要表达的是语言自己完成世界的创造。因此,诗句用现在时,但不是当前活动着的现在时,而是神话进行的现在时,它发生在"时间之初",并且神话似地在每个春天的早晨和大自然的每个"欢乐时刻"重复着。这是一种永恒当下的现在时,时间也伴随创作从当下产生——"小溪、阳光进入正轨"——这与莱布尼兹提出的预先建立的和谐相一致,它甚至超越时间,摆脱了任何一时的完成。

　　图宾根时期的颂歌被人们称为荷尔德林最具唯心论色彩的创作,实际上,艺术的真实性关系首次作为问题被提了出来。诗人触及了以往只是有所预感的观点,即:只在个人现存的自我与现存的世界,包括流传的基督教世界秩序之间建立陈述关系是不够的,诗人还必须将世界转化为诗人的世界,将自我转化为"抒情主体"。两者于是远离具体的现实。荷尔德林依据的是那些崇高的超验的力量,例如美、爱、和谐等,并且成为颂歌的先知和[42]酒神般的歌者。当他不断试图让诗歌内的王国重新涉及现存世界时——每首颂歌本来就是创造神话——他都在展示,这条道路将通向何方。图宾根的颂歌体现了自我异化的阶段,如果诗人想回到自我,就必须经历这一阶段。

　　古典主义颂歌《清晨》(*Des Morgens*)的开头一节可以清楚显示这个新的阶段:

> Vom Taue glänzt der | Rasen;beweglicher |
> Eilt schon die wache | Quelle; die Buche neigt |
> Ihr schwankes Haupt und im Geblätter |
> Rausche es und schimmert; und um die grauen |
> Gewölke streifen | rötliche Flammen dort,……

> 草地上露珠闪烁;山泉苏醒
> 奔跑得更欢;山毛榉垂下
> 摇摆不定的头,茂密的枝叶
> 沙沙作响,闪闪发亮;灰白的
> 云层四周掠过红色的火焰……

诗中似乎在相当细节化地描写了清晨景象。但是,山泉现在真的跑得更快?在这首诗的其他版本中可以明显看到,有几句并非一成不变:"山毛榉垂下",起初是"树木的叶子",后改为"白杨树垂下",再后来改为"梨子",最后才改为"山毛榉"。① 对景物的具体描写摇摆不定,原因在于,这里描绘的并不是经历过的某一特定清晨景象,而是要让清晨本身在言语中存在。这尤其表现在句子与音节单位的关系中(休止用竖线标记):句子的每个部分超出了节拍的停顿,以至于产生一个完全的跨行,阿尔凯俄斯体诗节②平静起伏的声调由于轻音节的

---

① StA I,612.

② [译注]阿尔凯俄斯颂歌诗节(Alkäische Odenstrophe),以古希腊诗人阿尔凯俄斯(Alkaios,公元前600年前后)名字命名的诗体形式,最早由阿尔凯俄斯和萨福运用,常见的诗节有四行,两行诗句11音节,一行9音节,一行10音节,第一、二行的第五个音节后有一停顿,参阅 *Metzler Literatur Lexikon* 和 *Grundbegriffe der Literatur*。

脱落不断被打破;并列的几个句子有它们的中心音节,在这个音节处,一行诗或诗句的一个部分过渡到下一行诗或诗句的下一部分,如同清晨构成了夜晚向白天的过渡。换一种说法:在清晨的苏醒中,大自然脱离了夜晚的宁静开始活动——此时山泉奔跑得更欢,诗句也离开了诗节各部分之间的静止位置,朝着韵律展升降运动的地方奔去。荷尔德林不是描绘清晨,而是在艺术手段的整体中实现清晨。在[43]语言结构中,清晨的本质作为留存物得以创造,只要人们谈论诗句,清晨便事实上此在。

另一例子,许佩里翁讲述在雅典参观的情况:①

> 又一天,我们很早就外出,观看帕特农遗址、古罗马酒神剧院、忒修斯圣殿,以及宙斯神庙残存的十六根廊柱;但最触动我的是古老的城门,昔日,人们由此出去前往新城,肯定某一天曾有上千俊美的人在此互相问候。如今,已无人经此在新、老城之间往返,它沉默而荒凉地矗立在那儿,好像一口枯井,从它的管道中曾有清新的水欢快地哗哗涌出。

为什么古老的哈德良城门最触动荷尔德林?在他描述的所有建筑物中,它最微不足道。荷尔德林自己是这么说的:因为,它从空无通向空无;新城也罢,老城也罢,哈德良城已经变成废墟。大门是通道,在那里,生命的形态最为活跃。它犹如当下,"尚未"在这里不断转变成"不再",而此在千真万确。但许佩里翁在这里看到的是一个空空荡荡的通道,不再有人往来。在他看来,神庙是昔日的见证,而城门则向他证实,昔日已成为过去,因为城门虽然确实在场,但代表的却是完完全全的不在场。"希腊的流亡者"在这座城门旁重新得知,自己是个流亡者,他所渴望的美好时光已经消逝。荷尔德林回眸历史,借许佩里翁的

---

① StA III, 85 f. [译注]汉译参阅《荷尔德林文集》,戴晖译,商务印书馆,1999,页82。

具体记述,以回顾的方式描写昔日情境,寥寥几笔,在塑造性的言语中,现代生活幽魂般的不真实变成间接的、象征性的存在。

下面的诗句引自戏剧《恩培多克勒》:①

> [44]是的!我们安静地栖息!在此
> 神圣的元素恢弘地展现,
> 无忧无虑者在四周
> 欣喜地激活其力量。
> 古老的大海在坚实的岸边
> 翻腾又平息,山岭逶迤
> 急流声回荡,森林葱绿
> 沿山谷喧哗着潮涌而下,
> 高处阳光留步,苍穹
> 使精神和隐秘的渴求满足。
> 在此,我们安静地栖息!

恩培多克勒在言语中重构观察者看不见的景色。他的目光从四周元素的中间开始,向下俯瞰大海,随着山岭和流水声向上抬起,又跟着森林重新朝下,最后在高处的阳光中停下,阳光本身是静止的,使他的渴求在死前留出的片刻得到满足。上述情况几乎没有落笔描写,但每个词都从大自然的根基中对此进行揭示。大自然平静又活跃,它既同一又多样,其生命既是永恒的又是现时的。鉴于大自然的永恒在场,当恩培多克勒说出它时,反而显示了这位被放逐者的时代命运,他将无言地返回自然的根基中从而分享大自然。情境和图像在言语中成为真实。

如果说,荷尔德林的古典主义作品已经难以就个别地方来解读,因为作品在展开过程中不断变换音调,这些地方只能在上下文的联系中从总的意思上去理解,那么,后期的荷尔德林作品,由于其历史神话的

---

① 3. Fassung., V. 92 ff.

宏大视角,就更不可能这么做了。但是,作为替代品,可举出短诗《生命的一半》(*Hälfte des Lebens*),不过,这首作品只有在组诗《夜歌》(*Nachtgesänge*)中才完全得到解释:

> Mit gelben Birnen hänget
> Und voll mit wilden Rosen
> Das Land in den See,
> Ihr holden Schwäne,
> Und trunken von Küssen
> Trunkt ihr das Haupt
> Ins heilgnüchterne Wasser.
>
> Weh mir, wo nehm'ich, wenn
> Es Winter ist, die Blumen, und wo
> Den Sonnenschein,
> Und Schatten der Erden?
> Die Mauern stehn
> Sprachlos und kalt, im Winde
> Klirren die Fahnen.

> 挂着黄澄澄的梨
> 开满了野玫瑰
> 岸垂入湖里,
> 你们,美丽的天鹅,
> 陶醉于亲吻
> 将头缓缓浸入
> 圣洁清醒的湖水。

> [45]我暗自伤悲,当冬季
> 来临,我去哪里采撷
> 花朵,阳光,
> 和大地的阴影?
> 墙垣肃立
> 无言而寒冷,风中
> 旗子呼喇喇响。①

按照当时的用法,"生命的一半"意思是生命的中点。诗人觉得自己所处的位置是美好的一半趋向结束,冬天即将出现。可以说,这首诗发出了许佩里翁的哀叹:"啊!人们在正午时必须问一问,黄昏的时候自己将会怎样?"②诗中的图像经过精心构思,在音响和韵律的最后分支中实现其言外之意。

对这首诗的解释最好这样来开始:诗人在夏天这一节用"你们"来称呼("你们,美丽的天鹅"),在冬天这一节用第一人称"我"("我暗自伤悲"),第一节进行的交际意味着第二节发生的隔绝。交际的实现在于一切都趋于相互爱恋:岸与湖,结伴的天鹅与水,还有陶醉与清醒,甚至于音响(如 trunken – tunkt,或者 mit gelben Birnen hänget und voll mit wilden Rosen)和韵律(围绕中间的诗行,前后分别有三行诗,在前三行诗中,双重的抑格分别出现在前一行到下一行的过渡,而在后三行诗中,抑格分别出现在单句诗行的中间)也是如此。冬天,一切都在隔绝中瓦解和僵化。诗节本身分成两个对称的部分,一边是呼唤夏天,另一边是冬天的萧索景象。墙垣"无言地"肃立在那里,因为语言和会话是交际的符号,风信旗"呼喇喇响",声音如同冰块破裂。结尾处堆积了极端的元音 a 和 i,与夏天景象中彩色的 o 和 u 形成对照。诗节开头 W

---

① [译注]汉译参阅《浪游者》,林克译,上海文艺出版社,2014,页170。
② StA III, 250.

构成的头韵也增强了与第一诗节的对比。

[46]两种极端的状况,永恒与死亡,或者更极端一些,存在与虚无,荷尔德林经常提到。两个极端之间是平常的生命,时间由在与不在混合而成。在这首诗中,时间被取消了,极端的状况无情地聚集到生命的中点,而生命本身缩减为两者之间的平衡,转折的一瞬间。在诗歌形式中,它呈现为一个小小的自由空间,两节之间的短暂休息。这首诗通过各种艺术手段的互相配合,在结构上塑造了这样的事实:生命位处当中,紧绷于此在的两端之间,或者说,它是未来与过去之间瞬即消逝的片刻时间,它总在过渡中,于是只有感恩与希望、悲哀与恐惧,伴随着光明与阴影,不断变换着转向不再存在者与尚未存在者。

我们要结束本文了。从上述例子中可以看到,荷尔德林运用一些手段,从事物的根基出发解释存在的现实,并且在语言中使之成为事实。荷尔德林所特有的是他的术语、语言及其方法的思想基础。至于方法本身,通过艺术元素的结构在诗中将诗人的意思变成事件,这并不是他所特有的。自克洛普施托克之后,特别是年轻的歌德之后,这是诗歌创作的美德。在"狂飙突进"运动中,主体性克服了巴洛克的神圣秩序及其世俗化的余波——理性主义的理智秩序,在此之后直至18世纪末,诗人的革新运动靠的是建立一种新的客观性,这种客观性在唯心论哲学家那里具有精神回归自我的特性,在诗人那里表现为语言的语言生成,也就是说,伴随着语言的自我实现,主体完成了主体化,这造成了公元1800年前后德国运动的光辉和脆弱。此时的唯心论就是这场运动的现实论。绝对诗①与绝对哲学在一个与之相比只有暂时性的世界里是现实的真实。

---

① [译注]绝对诗(absolute Dichtung),一种"为文学而文学"的艺术主张。

荷尔德林的颂歌诗节

一

[47]在普通诗学中有两个领域研究颂歌(die Ode),①一是格律学,另一是体裁学,两者研究的问题相差甚远,以至于迄今为止虽然研究的同样是颂歌这个现象,但却联系不到一起。对于前者而言,颂歌是格律的构成物,而对于后者,颂歌乃诗歌的体裁或者研究对象的类型。

格律学家将颂歌视为从国外的语言和诗歌领域引入的一种格律类型。对它进行描述立即将格律研究者引向一个问题,即,德语和德语的诗歌格律与这种在完全不同条件下发展起来的格律类型处于怎样的关系?两者的融合达到了什么程度?在这过程中,颂歌的格律有哪些特征上的变化,语言必须满足哪些前提条件?是否产生出一种新的东西,

---

① [译注]颂歌(Ode)是一种具有严格、稳重形式的抒情诗体裁,适合于表达崇高的、庄严的、富有意义的题材和风格,作者通常对神、世界和人的总体具有深刻的感悟。明晰的颂歌形式约束着热情,然而往往趋于与赞歌(Hymne)和自由节律的诗行相近,大多不押韵,但有诗节划分。在希腊古典时期,颂歌用于统称音乐伴奏下歌咏的合唱抒情诗,希腊诗人中的代表人物主要有萨福、阿尔凯俄斯和品达,罗马诗人中有卡图卢斯、贺拉斯,文艺复兴时期,颂歌体裁引入德语文学,首位大师是克洛普施托克,其后的重要代表是荷尔德林。颂歌按节律有不同的诗节形式,主要有:Alkäische Strophe, Asklepiaeische Srophe, Sapphische Strophe 等。参阅 *Metzler Literatur Lexikon*, J. B. Metzlersche Verlagsbuchhandlung, Stuttgart, *Grundbegriffe der Literatur*, Hirschgraben – Verlag, Frankfurt am Main, *Poetik in Stichworten*, Verlag Ferdinand Hirt, Kiel。

可以看作真正丰富了本土的诗歌,抑或德语的颂歌作品仍然是一种人工嫁接的品种?描写格律学家成了格律史学家,他的研究涉及历史的、狭义上的同化问题。①

格律学家终止的地方乃体裁学家的起点:德语颂歌的历史储存。但体裁学家的问题并不针对历史特点,而是针对超越历史的共性。他的目的是确定颂歌的本质,这使他有可能将颂歌放进体裁和类型体系的特定位置。为此,他观察颂歌的所有特性。在这些特性中,格律被人们认为是颂歌称谓的来源,至少,18 世纪以来一直如此。对于体裁学家来说,格律扮演的只是从属的角色。他关注的是体系问题,即分类问题。②

[48]理论家成为史学家,史学家成为理论家。两者的研究方向互相交叉,但在共同的对象上互不接触。对于精神科学的状况来说,这是一种非常独特的过程,因为,在当前关于方法的争论中,它用一种特有的方式,表明了审美哲学与历史学之间最尖锐的对立。

对于颂歌研究来说,这种情况导致产生了特别的后果,即留下了一个缺口,在这里,人们必须提出一个非常重要的,准确地说,一个决定性的问题:对颂歌韵律形式的分析是否可以构成一个"颂歌的"质量概念,这个概念具有足够的独立性和承载力,可以建立特有的诗歌体裁"颂歌"?一言以蔽之:究竟有没有"颂歌式"?正如上面所述,格律被挤进了接受史的探究,根本不可能从自己的层面出发提出基本问题。但是,诗学已经预先设定了"颂歌式"作为一种创建体裁的质量存在,只是试图对它下定义以及划分它的体系。从同样的前提中还产生了体

---

① 这个问题基本上是由霍伊斯勒(Andreas Heusler)提出来并回答的,*Deutscher und antiker Vers* (1917)。参阅 *Deutsche Versgeschichte* Ⅲ (1929), S. 202ff.。

② 在这个意义上,施泰格尔(Emil Staiger)描述了颂歌的特性,见 *Grundbegriffe der Poetik* (1946), S. 244 f.。[译注]中译本见胡其鼎译《诗学的基本概念》,北京:中国社会科学出版社,1992。

裁史;①因为在此基础上是有可能性的。当然,在文献中有时也发现一些针对上述基本问题的论述,但系统的研究至今还没有。具有重要意义的是拜斯纳(Beißner)②在解释颂歌《诗人的天职》(*Dichterberuf*)时做的阐述。③ 文章中,施泰格尔(Staiger)④运用到颂歌分析中类似戏剧张力的概念被理解为特殊的、颂歌式的"紧张性",并且在颂歌的形式和结构上进行验证。这样就为填补体裁学和格律学之间的缺口走出了重要的第一步。后续的思考可视为从另一方面进行的探索,同时也是一种补充:前者的研究将颂歌总体观察中取得的基本概念运用到单个结构形式,后者是[49]以颂歌格律的阐释及其在荷尔德林颂歌中的实现为起点,引出更高的概念,用这些概念也许适合于进一步解释颂歌式的存在与本质。我们的分析局限于荷尔德林,而荷尔德林的颂歌主要局限在两种格律上,这虽然限制了我们研究的基础,但恰好是在我们反正要离开的地方。因为,用维托尔(Viëtor)⑤的话说,⑥"德国的颂歌在荷尔德林那里达到了最高水平",而且是在本质和现象的双重含义上。其艺术创作的成熟建立在结构的基本原理上,任何其他的颂歌都不像他的颂歌那样适合于做这类研究。

我们打算从音节格律分析出发,从而获得证明这种体裁特征的更高的概念,这种做法也许会令人感到诧异。人们普遍认为,诗行的格律模式,扬和抑,或者更准确地说,扬和抑的位置,它们的前后顺序,类似于音乐中的节拍,是诗歌中最抽象、最普通、因此也是最无关紧要的因

---

① 见维托尔(Karl Viëtor),*Gaeschichte der deufschen Ode*(1923),特别参阅关于"纯颂歌"的结论部分,S. 173 ff. 。
② [译注]拜斯纳(Friedrich Beißner,1905—1977),德国日耳曼学者。
③ *Hölderlin - Jahrbuch 1951*,S. 3 ff. 。
④ [译注]施泰格尔(Emil Staiger,1908—1987),瑞士苏黎世大学日耳曼学教授。
⑤ [译注]维托尔(Karl Viëtor,1892—1951),德国日耳曼学者。
⑥ 同上,S. 147。

素。例如,音乐中四又四分一拍,可以是慢速和快速,可以是呆板的、急迫的、嬉戏的歌谣以及其他的可能性,同样,诗行音节的格律作为完全中性的背景,也可以不受限制地适用于众多抒情特性。普法伊费尔(Joh. Pfeiffer)曾经举过一个富有启迪的例子,①他将四首格律相同的诗并列在一起,它们的节奏如此不相同,并且各具个人风格,以至于人们起初完全没有注意到格律的相同,必须通过强调重音的朗读才得以确定。但正如普法伊费尔解释的那样,这四种节奏都适合于一首显然符合规则的歌谣,它们共同构成自成一体的类型。这难道不是在提示人们:格律对于节奏的形成并非完全不参与,它允许特定的节奏和风格,并且从一开始就将其他的排除在外,因此,人们不可以不加限制地说格律与节奏好比"普遍适用与此时此地"? 如果说,音乐的节拍种类已明显[50]地对乐句特征产生影响,甚至对很多乐句类型具有决定性影响,那么,诗歌格律类型则更多样,比音乐节拍更深地嵌入到节奏结构中,在这种情况下,诗歌音节的格律必定在更大程度上对诗句产生影响。格律显然对表达的价值不是无动于衷,而且格律的艺术性越高,越少出现这种情况。简单的格律,例如普法伊费尔的例子,扬抑格四音步的诗,当然是一个宽阔的框架,在扬抑和扬抑抑的美妙顺序中,在丰富的内部对应和整体的线性进行中,颂歌的诗节体现着一种最特殊的塑造原则,这个原则对颂歌的整体特征,对诗节的颂歌风格必然产生重大作用。

因此,我们相信——这在后面将做进一步说明——对个性化颂歌的节奏、风格以及造型特征起决定作用的,不全是颂歌的语言运动,事先确定的格律也产生重大影响,因为,它不是扬音节与抑音节无关要紧地组合在一起。抑扬组合只是格律内在空间的数学外表,内在空间里则是基本造型和动态的原始形式,它们具有最初的表达价值,这些表达价值在格律的模式中逐个实现。在诗歌的形式元素中,最具形式的元

---

① 《与诗交往》(*Umgang mit Dichtung*),1936,S. 13 ff.。

素毫无疑问存在一种最初的意义,它离概念和思想还很远,但作为特定的语言运动与思想运动的关联物,已经跟内容有关。在这里,我们不作系统的论证,①只将荷尔德林颂歌诗节作为例子进行实际的描述。

二

[51]荷尔德林在颂歌创作中主要运用两种音节格律,阿尔凯俄斯式(das alkäische,缩写:alk.)与第三种阿斯克里皮亚底斯式(das asklepiadeische,缩写:askl.),②尽管他的主要楷模贺拉斯和克洛普施托克为他提供了大量不同的格律。这种局限不是偶然的,也不是任意选择的结果,而是源于他创作的艺术特征,由他的生命法则决定的。关于它们的意义后面还会论述。我们首先列出这两种格律的诗节模式。

阿尔凯俄斯式诗节(alkäische Strophe)具有以下这种形式:

□—□—□ | —□□—□—　　　(阿尔凯俄斯式,11 音步)
□—□—□ | —□□—□—　　　(阿尔凯俄斯式,11 音步)
□—□—□—□—□　　　　　　(阿尔凯俄斯式,9 音步)
—□□—□□—□—□　　　　　(阿尔凯俄斯式,10 音步)

---

① 唯有从美学的基础出发进行论述,或许才可排除旧的偏见,例如,关于形式与内容的对立性及其在诗歌中有直接关系的偏见。另可参阅 Hugo Kuhn,"Probleme der Produzierten Form", *Studium generale* IV, Heft 5, S. 258 ff.。

② 在邓肯多夫时期结束至图宾根时期开始的早期颂歌中,有两首的格律是自创的,一首是模仿克洛普施托克的。在重新开始颂歌创作前的法兰克福时期,产生了一首未完成的阿尔基罗库斯式(archilochische)颂歌,这首颂歌虽应归入荷尔德林的两种主要格律之列,其实更接近于哀歌体双行诗(elegisches Distichon)。只有一首荷尔德林成熟时期产生的颂歌以及另一首后来放弃了的初稿是采用萨福式(sapphische)诗节,并且用的是克洛普施托克和荷尔德林稍作改变的形式。参阅拜斯纳,StA I,345,381,383,525;II,514 f.。

阿斯克里皮亚底斯式诗节(asklepiadeische Strophe)具有以下这种形式：

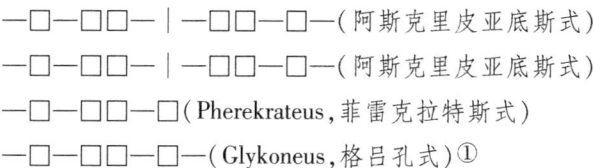

初看上去,这两种格律似乎很相似:在两句同样的较长的诗行后面跟着两句不同的稍短的诗行(aabc),较长的诗行中间包含一个休止(用竖线表示),全行分为两小节,较短的诗行则没有休止。这种相似当然是有意所为,因为其他颂歌的诗行平面图(aaaa,aaab,abab,等等)是各不相同的(例外情况见本文第二部分第1个脚注)。

但在这种相似性内,明显有一种强烈的差别,甚至是对立。在阿尔凯俄斯式诗节里,扬音节与抑音节总是在诗行及小节的分界处相遇,也就是说,节奏的起伏从来没有[52]中断,如果不是句子自身构成一个停顿,运动将会没有间隙地继续进行下去。相反,在阿斯克里皮亚底斯式诗节中,总是两个扬音节在诗行及小节的分界处互相碰撞,如果这个句子没有自己的停顿去越过它,就会让人感觉到有明显的休止。诗节划分为六个最小的、互相明显区分的单元。只有当菲雷克拉特斯式以

---

① 此处没有标出荷尔德林本人不注重的某些希腊特点，Vgl. Beißner, StA I, 326 f., 另见 Viëtor, *Gesch. d. dt. Ode*, S. 163,荷尔德林诗中两句阿斯克里皮亚底斯式诗行的结束音节也仅填一个抑音,目的是突出诗行前后两半的镜像特点。这种结尾只有少量,可理解为自由运用,因为这段诗节的本质是扬音节碰撞。相反,菲雷克拉特斯式诗行的结尾音节记为抑扬两可(syllaba anceps),尽管在大多数情况下它们是抑音节;因为,只有少用扬音节结束的菲雷克拉特斯式诗行(按照这种类型:Und der Vogel der Nacht schwirrt)想以此取得特别的效果。此外,它们也许更加符合希腊的典范,但诗人并非故意这么使用。

抑音节结尾时,最后的过渡才得到了缓和(参阅本文第二部分第 2 个脚注)。

各部分显示出几乎同样的平面图与极端对立的结构:在这里,人们很容易有这样的猜测,这是在追求特定的规律性。另一个因素将注意力引向类似的对立性。在阿尔凯俄斯式诗节里,将 11 音步的第一个小节与 9 音步比较,将第二个小节与 10 音步比较,人们会惊讶地观察到,后者是前者的两倍。从 □—□—□ 变成 □—□—□—□—□,从—□□—□—变成—□□—□□—□—□(在这里,首先重复的是双重的抑音节,然后是单个的抑音节)。这不是数学上准确的重复——结束和开始的音节在重复时部分重合——但眼睛和耳朵感觉到它们是如此。显然,9 音步和 10 音步试图连成一个中间带休止的长诗句,正如诗行的半截在 11 音步诗句中连在一起那样,也就是说,由第 3 和第 4 诗行组成一行诗。这样,就得到了由三部分组成的诗节,两部分相同的起首诗句,一部分结束诗句,结束部分所构成的元素通过重复的简单形式产生异文。于是,诗节变得不再陌生;我们想起[53]民间的原始形式,它们构成儿歌、舞蹈节奏等的基础。我们同时在诗节中发现了一种真正希腊式的结构原则,所谓的"埃珀式排列"(形式 aab)。荷尔德林并不知道,阿尔凯俄斯式诗节很可能就是这样产生的,只是到了后来,结束诗句才分为两句独立的诗行。① 但是他直觉地推测出了这种结构思想,这一点马上可以通过例子来说明。

阿尔凯俄斯式诗节的情况也很相似。在这里,第 3 和第 4 诗行也构成一个更宽阔的结束诗句,它像起首句那样通过中间休止分开。② 但他不是简单地重复这些诗行,而是扩展它们,用图解表示,菲雷克拉特

---

① 参阅维拉默维茨(Wilamowitz):*Griechische Verskunst*(1921),S. 463。贺拉斯似乎对此也有感受,他曾两次用磨合方式(Verschleifung)连接第 3 和第 4 行诗句(II, 3, 27/8; III, 29, 35/36),在通常情况下,这是尽量避免的。

② 贺拉斯除了最早期的颂歌(I, 23)外,总是按诗句移行衔接格式(Synaphie)连接第 3 和第 4 行诗句。

斯式(Pherekrateus)在第一小节后面加上一个音节,格吕孔式(Glykoneus)在第二小节前面加上两个音节：

也就是说,结束句用第一小节开始,用第二小节结束。但中间的音节既不是发生史中形成的,对于我们的感觉来说,也不是在中间插入的(例如大阿斯克里皮亚底斯式诗节中的扬抑抑扬格),在那里,诗行的分界仍然可以感觉到非对称的休止。结束句的部分不是将起首句的两半部分加起来进行扩展,而是自成一体的结构,一种变形,它虽然没有严格的数学关系,但让人想起原始的图像。这样,在结束句中没有重现阿斯克里皮亚底斯式诗行前后两节那种镜像对应,它们之间明显的休止通常被柔和的过渡所取代。这是一种独特的原则交换：柔和过渡的阿尔凯俄斯式诗节在构成结束句时获得严格的、理性的处理,与此相对的清晰的阿斯克里皮亚底斯式诗节则处理得较为非理性。

　　在结束这一考察前,我们不妨看看诗行的内在运动。在阿尔凯俄斯式诗节里,起首句和结束句的第一部分分别采用抑扬格,它们是上升的,而第二部分是下降的。一个运动流畅地滑入另一个运动。[54]诗节如同在呼吸,或者用另一种形象表示,它升降了三次,第三次时波长是前面的两倍,就像大海宽阔的波浪。① 阿斯克里皮亚底斯式诗节的诗行与小节情况完全不同。理论上,它们是下降的诗行,但在结束时用了一个重读的扬音节(通常形式中菲雷克拉特斯式是例外),由此,结尾处带有了上升诗行的特征。因为,下降诗行中不得不接受的尾韵不全(即最后的弱音节失落),也许在一连串相同的尾韵完整的诗行的结尾处可以察觉出,但在扬音节猛烈碰撞的情况下却感觉不明显,而这种

---

① 云格尔(F. G. Jünger)也将这种诗节描述为上升与下降的三次替换,见他的著作 *Rhythmus und Sprache im deutschen Gedicht*,页118。

扬音节碰撞恰恰赋予这种诗节以特有的轮廓。无论是上升的还是下降的原则,显然都不适用于这种诗行,为了保留形象,它们向前大声地呼喊。大家不妨带着感情朗读一下这段非常典型的阿斯克里皮亚底斯式诗节:Haßt den Rausch, wie den Frost! lehrt und beschreibet nicht! [痛恨麻醉,恰如痛恨严寒! 要教诲,不要描写]。我们马上就会感觉到,在这里没有上升或者下降,没有增强和减弱。诗行的两小节并排在一起,像法律的公告牌,又像庙宇墙壁上的碑文。诗行历来被区分为上升和下降两种类型,这种分类或许适合在数学上对格律进行定义,但对于我们在这里尝试做的形态分析来说,肯定太狭隘了。

在如此相似的平面图内,两段诗节的明显对立莫过于:一个是波浪运动,柔和的、"波动式"起伏,另一个是建筑结构,截然不同的、"骨骼式"①并列与对立。我们打算从形式与意义两方面对这种差异再略微展开阐述。

我们说,阿尔凯俄斯式诗节凸显了运动特征,而阿斯克里皮亚底斯式诗节则显示框架特征,也就是说,这两种特征占主导地位,但并不是说它们是独一无二的。为了[55]进一步确定这种情况,必须返回到基本概念上,我们已经在它们的范围里一段时间了,那就是:空间与时间。一切运动都是在时间里进行的,时间就是原始运动本身。结构和秩序则属于空间的领域,因为这是一切秩序的原始图像。两个领域的混合是时间秩序与空间运动的前提。从时间因素与空间因素的统一中,人们方可理解两种格律对立的形式特征。阿尔凯俄斯式诗节将上升与下降的诗行连在一起,它们被运往无限,原先时间之流不可阻挡,格律的形式从这种洪流中分隔出具有形态的区间,迫使向前的运动进入一个

---

① "波动式"(undulierend)与"骨骼式"(skelettierend)这两个概念取自歌德的艺术小说 *Der Sammler und die Seinigen*,1798/1799 (Jub. - Ausg. Bd. 33, S. 198 ff.)。歌德用这两个概念指称造型艺术中两种对立的文体类型,两者结合产生"风格",即真正的美。这两个概念按其观念的内涵正好也可以在歌德外形观察方式的意义上运用到颂歌格律的文体对立上。

有序的轨道。阿斯克里皮亚底斯式诗节所呈现的情况是:"平坦"的诗行似乎从对称的形态、从(空间的)秩序中生长出来,时间作为诗歌行进中发生和释放出来的运动张力被它们接收下来。在荷尔德林的两种颂歌格律中,空间与时间作为秩序和运动似乎处于一种相反的优先关系。

这样来阐述简单的音节格律,读者也许觉得牵强附会。其实不然;因为这里只是运用了荷尔德林特有的思想形象,在荷尔德林那里,这是经常出现的,给人印象最深的是他对"希腊式"和"赫斯柏利恩式"(das Hesperische)的规定。在给出这些提示语的时候,我们想用阿尔凯俄斯式来表示希腊式,用阿斯克里皮亚底斯式表示赫斯柏利恩式。荷尔德林作品中的两重性可以解读为:他的命运之路恰恰处于这两极之间。同样,我们也可以在阿尔凯俄斯式诗节的流动特征中看出浪漫主义因素,在阿斯克里皮亚底斯式的造型特征中看出古典主义因素,这种两重性又可以解读为荷尔德林作品中古典主义与浪漫主义的综合。这样的解释相当于直接画等号,是干巴巴的,没有价值的。①[56]但是,如果将它们带回到类型学的基础上,此处指的是空间与时间的关系,那么,它们就有了一定的合理性,因为,这使人们理解到,荷尔德林局限于使用两种颂歌格律,是其基本思想形式的表达。

最后再说一说形式的意义。在阿尔凯俄斯式的诗律中,诗行与小节的界限不是特别标明的,这样,它们的划分就只能通过抑扬的变换来产生。人们感觉到的只是这种变换。诗行的每个小节是从中间的特性来确定的,因为,只有在这个地方才有明显的运动(上升或者下降),结尾是不明确的过渡,弧形地滑移到相反的运动中,如果人们愿意的话,可称之为缓和的停住,弧形顶点上的片刻歇息。这种滑移让我们想起阿尔凯俄斯式颂歌《美茵河》(*Der Main*)中说到的"悄悄飘走的诗歌",

---

① 适度(die Zurückhaltung)可作为典范,维托尔在体裁史的结束语中,从其他范畴出发,以此确定颂歌的本质。

它赋予诗节古谚语"自然造就森林"(natura non facit saltus)所暗示的那种本原的、自然的力量,或者说,赋予了诗节某种心灵的东西,一种波浪般起伏的心灵运动。与此相对,阿斯克里皮亚底斯式诗节具有对立的小节,这些小节不是靠诗行的中间,而是靠它们的轮廓而存在,体现了一种间歇性以及适合逻辑思维的对照形式。这种阿斯克里皮亚底斯式诗节是一种精神的度,它与精神的兴奋程度无关,而是就概念分类的思想而言。

使用这样的比喻时,我们必须看看抽象的内容在荷尔德林生动的颂歌中是如何实现的,因为,如果人们在读了这段论述后认为,荷尔德林在阿尔凯俄斯式的诗律中只能表达自然力(elementare)的过程,在阿斯克里皮亚底斯式中只能表达精神的内容,那将是误解。音律只是一个组成部分,语言是另一个组成部分,它在各种情况下会带来自己的音调和内容、节奏和道德价值。在诗歌中,两者在"爱的争吵"中互相渗透,人们根据各自情况会询问,格律的天生特性在多大程度上给诗歌打上烙印,当它似乎处于劣势时会不会成为障碍,造成明显的负面影响。

三

[57]我们首先看看两段主题诗节,它们完全呈现了两种格律的形式与意义。下面是阿斯克里皮亚底斯式诗歌《苏格拉底与阿尔喀比亚德》(*Sokrates und Alcibiades*)的第二段诗节,这是苏格拉底对阿尔喀比亚德的回答:

> Wer das Tiefste gedacht, liebt das Lebendigste,
>   Hohe Jugend versteht, wer in die Welt geblickt,
>   Und es neigen die Weisen
>   Oft am Ende zu Schönem sich.

> 思之深者热爱最充沛的活力,
> 　洞察世界者理解焕发之青春,
> 　　睿智之人往往最终
> 　　　倾心于美貌者。

在荷尔德林的作品中,只有为数不多的诗节像这段诗节那样完全地遵循阿斯克里皮亚底斯式的规则。① 首先,从外部形态上看:语法的标识与诗行的停顿和分界一致,三个句子完全符合两句起首一句结束(第三和第四行)。同时,逻辑的划分非常清晰:两面性思想三次用不同的方式表达出来,三对概念构成对照,分别出现在诗节的三个部分:深邃——活力,青春——世界,睿智——美貌。通过对应概念的互相交错,人们注意到有高度艺术技巧的交错配列的修辞手法。语法形式也包含着一种交错配列(第一行诗:关系从句——主句,第二诗行:相反),但只是在两个起首句中是这样。形式严格的起首句与柔和的宽幅伸展的结束句(菲雷克拉特斯式与格吕孔式之间通常没有扬音碰撞)之间的格律对立,巧妙地在句子风格中得到临摹。第一和第二诗行言简意赅,表达的思想如同法则的内容,结束句的语言变得缓和,句子不再用对照的方式分隔,而是通过小品词 und 与 oft 联系在一起。前两行中用成对动词构成关联,gedacht[思]——liebt[爱],versteht[理解]——geblickt[洞察],在结束句中仅用一个动词 sich zuneigen[倾心],其视觉内容直接表达了结束句的格律特性。各种押头韵(Alliterationen)和准押韵(Assonanzen)对该诗节形式的构成原则起到[58]支持作用。这些已经足以表明,诗人在这里完全按照音节的格律进行创作,饶有兴致地按格式要求研究出格律最终和最细微的造型依据,以便运用各种手段显示这种格律。

---

① 维托尔曾引用它作为例子说明阿斯克里皮亚底斯式格律的特征。对于这种形式的解释还可参阅拜斯纳的"Miszellen zu Hölderlin",Zeitschr. f. dt. Phil. 59, S. 258 f. 。

这段诗节中最令人惊讶的当然不是形式上的特征,而是用逻辑和对照的方式表达一种来自非逻辑范围的思想。为什么睿智者倾心于美貌者?这里表达的是一种深刻的思想,一种对神秘的生命关系的认知,这些生命关系的形式似乎与这种思想恰恰是矛盾对立的。这才是完整的荷尔德林:物体与法则,永恒与短暂,"精神与符号",不断地以变换的形式出现在我们面前,但其基本形态相同。这段诗节的艺术价值正建立在这一点上,否则就只停留在纯粹的形式艺术范围内。

下面看看两诗节的《第俄提玛》(*Diotima*)中堪称样板的阿尔凯俄斯式诗节:

> Du schweigst und duldest, und sie versteh'n dich nicht,
> Du heilig Leben! Welkest hinweg und schweigst,
>   Denn ach, vergebens bei Barbaren
>   Suchst du die Deinen im Sonnenlichte, ⋯

> 你沉默并忍耐,且他们不理解你,
> 你神圣的生命!你凋谢并沉默了,
>   因为哦,你在野蛮人那里
>   徒劳地在阳光中寻找你的灵魂,⋯⋯

在这里,格律的划分与句子结构也是完全一致的:三个句子和三个诗节部分,在两个起首句中,休止的地方用上了标点符号。内在的对照可以明显地感觉出来,当然,是另一种类型,跟前面讲到的阿斯克里皮亚底斯式诗节完全不同:这段诗节说的是第俄提玛,前面提到的诗节①说的是另一些人的领域,涉及神圣的此在与卑劣的此在。植根于这种对照中的事实(起首句),在同一段诗节的狭窄空间中展开,在结束句中进行解释。诗节结构的浓缩形式,是这个时期颂歌的普遍特征,并且

---

① "前面提到的诗节"即上述《苏格拉底与阿尔喀比亚德》诗节。

也出现在阿斯克里皮亚底斯式的格律中(参阅《情人》)①。这段诗节的阿尔凯俄斯式特征更多体现在：对照的原则不是直接地、以普遍真理的方式表达，而是间接地、以个体的状况出现，不是体现在法则的关系中，而是在一种具体的过程中。阿斯克里皮亚底斯式主题诗节[59]说出的是一种抽象的普遍有效的思想，两个对立的概念在功能上相对应。阿尔凯俄斯式诗节塑造出一个特定的过程，这个过程从两个领域的悲剧性接触中产生，并且表现为"波浪式"的起伏，这正是我们研究得出的这种音节格律的特征。在第一句诗行中，上升的小节属于第俄提玛，下降的小节属于其他人。在第二句诗行中，上升的小节说的是第俄提玛原来的存在，下降的小节说的是其他人的世界造成的状况，两者形成对比，如果人们在 heilig[神圣]这个词中听出了 heil[完好]的意思，就可以完全感觉到这种对比：完好——凋谢。② 相反，在结束句中，上升的诗行包含着野蛮人的世界，下降的诗行包含着第俄提玛在这个世界中的行为，似乎徒劳的行为改变了方向。丰富的语言旋律强调了这种运动；正如经常见到的那样（在《生命的一半》中给人留下尤其深的印象），暖音 o 和 u 以及复合元音用在正面的

---

① [译注]《情人》(*Die Liebenden*)原文：Trennen wollten wir uns, wähnten es gut und klug; /Da wirs thaten, warum schröckt uns wie Mord die That? /Ach, wir kennen uns wenig, /Denn es waltet ein Gott in uns. 译文：我们想分手，以为是明智之举，/既然如此做了，为何像谋杀那么恐惧？/啊，我们彼此认识肤浅，/皆因神乃心中的主宰。

② 第俄提玛的生命是神圣的，因为它体现了在破碎的世界中完好的此在。神圣这个词也许是荷尔德林最常用的修饰语，它并非泛泛地用于表达对神灵的敬意，而是一个专门的措辞，用于表达一种植根于世界观中的思想：凡是完好的东西，也就是说，完整的东西，或者片面的、抽象的东西通过与缺失部分的和谐共处补充成完整的东西，得到康复(heilt)，就可以称为"神圣的"(heilig)，如此而已。因此，水是"神圣清凉的"(heilignüchtern)，因为它使人从醉意中清醒过来。夜晚除了赐予睡眠和麻木，还赐予人"神圣的陶醉"(das Heiligtrunkene)。此处我们无法列举更多例子。

一方,冷音 a、e、i 用在负面的一方。句子十分清晰地划分为上升和下降的诗行运动,同样,又明确地避免诗行和诗节中各部分之间的平滑过渡;在第一行的中间,散文里很可能出现 aber[但是]的地方,却使用了表示连接的 und[并且],这样,第一行就没有间断地过渡到第二行:"……不理解你,你……",等等。唯独结束句的开头使用了"因为"来说明原因,从而形成某种休止;但是,起首句与结束句之间的连接无论如何都是最紧密的。

这两段范例的重要特征,与我们在前面章节中解释的格律特征是不是有关系?[60]刚才已经解释过,阿尔凯俄斯式格律的运动特征与阿斯克里皮亚底斯式格律的框架特征在这里是如何直接表达的。那么,我们所说的,阿尔凯俄斯式诗节中的自然力现象与阿斯克里皮亚底斯式诗节中的精神内容,情况又如何呢?第俄提玛的诗节难道不也是一种最高精神态度的表达吗?回答是肯定的,但是,它又不同于苏格拉底诗节①中的精神态度。在诗节的发展过程中,显示出这是一种哀歌式的悲叹。从悲伤中人们知道,只有事先在心中已经存在的东西,才会连续地在恢复理智中完成,那就是:知情人的怜悯。与此相反,苏格拉底诗节用法则的语言宣告的奥秘却没有任何出处。它像谜语般呈现在那里,脱离了一切可能的来源,就像是神的智慧;另一种则是凡人的知识,需要从生命的运动和命运的主宰中去领悟。

如果说,自然的东西与精神的东西呈现方式截然不同,前者的进行是连续的、过渡的、中继的,后者是永恒的东西在时间中突然在场,那么,认知的这两种形态清楚地显示出心灵与精神的形式意义的对立。格律一般的形式意义只是间接地,在每首诗中以新的方式与个体的内容有关。而如果认为这是有约束力的规则,在两者之间直接地画等号,同样错误。因为,形式固有的意义不是概念化的内容,它与诗的内容不能完全等同,也不是普遍的法则,不会总是以同样的方

---

① [译注]即上述《苏格拉底与阿尔喀比亚德》的第二段诗节,下同。

式显示出来。但是，格律作为最形式化的形式，由于它不是毫无意义的造型，而是有意义的构成物，使用的是象征语言，因此，只要正确地阅读，它就使我们可以分别将形式与内容联系起来，并理解艺术品的统一性。

格律的形式与意义对诗的形态及音响产生多大影响，通过内容相近、格律各异的颂歌可以清晰地展示出来。《昔日和今天》(*Ehmals und Jetzt*)①与《人生历程》(*Lebenslauf*)②这两首颂歌都只有一个诗节，内容都是回顾[61]自己人生的转变，一首涉及一种转变，另一首涉及两种转变。富有启发意义的不是这些见解的内容，而是表达出来的方式。阿尔凯俄斯式颂歌给出一个具体的事实，没有说明理由：从前是那样，现在是这样。阿斯克里皮亚底斯式颂歌展示的是一种生命的法则，一种纯粹的秩序，但诗中并没有说明得出这种秩序的经验。一个是警句，似乎在特定情况下从一瞬间中产生，并且独断专行地采取了对比的形式；另一个是沉甸甸的认知，它直截了当地说出来，通过自己的内容获得合法性。心灵与精神的对立再一次在独特的换位中显示出来：具体的、从生命运动中流出的陈述属于阿尔凯俄斯式格律，法则的、自上而下给予的属于阿斯克里皮亚底斯式格律。

某些成对的颂歌也可以用这种方式对两种格律的形式意义进行阐释。我们再举一个特别有启发的例子，阿斯克里皮亚底斯式颂歌《致

---

① ［译注］《昔日和今天》(*Ehmals und Jetzt*) 原文：In jüngern Tagen war ich des Morgens froh, / Des Abends weint' ich; jetzt, da ich älter bin, / Beginn' ich zweifelnd meinen Tag, doch / Heilig und heiter ist mir sein Ende。译文：年轻时我因清晨而高兴，/ 为黄昏流泪；如今上了年纪，/ 我带着怀疑开始我的每一天，/ 然而它的结束却神圣而快乐。

② ［译注］《人生历程》(*Lebenslauf*) 原文：Hochauf strebte mein Geist, aber die Liebe zog / Bald ihn nieder; Das Leid beugt ihn gewaltiger; / So durchlauf' ich des Lebens / Bogen und kehre, woher ich kam。译文：我的精神志存高远，但爱情很快 / 将它拉低；痛苦强暴地将它折弯；/ 我就这样穿越人生的弯道 / 并返回到我来的地方。

德意志人》(An die Deutschen)最后四段诗节改写成为阿尔凯俄斯式颂歌《卢梭》(Rousseau)的开头诗节。① 与相近内容的诗相比,在这里更能清楚地看出两种格律的本质——尽管这些诗歌已不再属于短颂歌的时代,短颂歌最生动地显示出对立。这些诗节的头一段采用了阿斯克里皮亚底斯式格律:

> Wohl ist enge begränzt unsere Lebenszeit,
>   Unserer Jahre Zeit sehen und zählen wir,
>   Doch die Jahre der Völker,
>   Sah ein sterbliches Auge sie?

> 也许我们的生命时间有限,
>   年龄多少看得见算得清,
>   然而各族人民的岁数,
>   世人的肉眼岂可清?

改写成阿尔凯俄斯式格律:

> Wie eng begränzt ist unsere Tageszeit,
>   Du warst und sahst und stauntest, schon Abend ists,
>   Nun schlafe, wo unendlich ferne
>   Ziehen vorüber der Völker Jahre.

> 我们的时辰多么有限,
>   你尚在观看和惊讶,黄昏已来临,
>   此刻去睡吧,在遥远的地方
>   各民族的岁月瞬间消逝。

---

① 关于产生史和文本的制定,参阅拜斯纳,StA II, 396 ff. 。

阿斯克里皮亚底斯形式将全部思想消耗在详细的、概念的对照中，语法形式也与此保持一致(Wohl——Doch/也许——然而)。阿尔凯俄斯形式只在第一诗行中运用这种思想作为起拍，随即在时间中将个体的例子发展为过程。前者，两种时间段[62]构成一组"按空间"排列的对照的内容，后者，时间是陈述内容的形式(Du warst/你还在—— schon ists/已经来临——Nun schlafe/此刻去睡吧)，它令我们想起刚才所讲的时间与空间的优先关系。如果将 Du warst und sahst und stauntest[你尚在观看和惊讶]这句诗中动作的升级与 sehen und zählen wir[看得见算得清]中动作的同义重复比较，阿尔凯俄斯式格律的过程特征显得特别清楚。不同的稿本告诉我们，诗人在改写中努力按照阿尔凯俄斯式格律：起初所有动词都用现在时，并且主语是泛指的"我们"：

> Wir sind und sehen und staunen, schon Abend ists,
> Wir schlafen und vorüberziehen, wie
> Sterne, die Jahre der Völker alle.

> 我们且看且惊讶，黄昏已来临，
> 我们睡觉时，各民族的岁月
> 如同星辰，瞬间消逝。

在这个稿本中，诗节跟阿斯克里皮亚底斯的样板以及普遍的生活智慧更加贴近。只有新的稿本才在个体过程的意义上最终实现阿尔凯俄斯式格律。

类似的情况也见于两段第四诗节，在阿斯克里皮亚底斯形式中，先知者的结局以阶梯的形式最后告终，而阿尔凯俄斯形式则使过程呈现为一种不稳定的谬误，也就是说，不是真正的结束，而是保存为一种过程。不妨再看看一个纯粹形式的对立。阿斯克里皮亚底斯式的第三诗节是这样写的：…dass du an Freundeshand /Einmal wieder erwarmest, /Einer Seele vernehmlich seist? [……你从友人之手/再次感受温暖，/可听见灵魂在诉说?〕。在阿尔凯俄斯形式中是这样的:…dass du an Freundeshand/ Erwarmest, wo nahn sie, dass du einmal,/ Einsame Rede, vernehmlich seiest? 〔……你从友人之手/感受温暖,在那里可曾/听见孤独的诉说?〕。阿斯克里皮亚底斯式诗节将准押韵 Einmal、Einer 作为逻辑划分的首韵用在结束句两半截的开头。阿尔凯俄斯形式放弃了逻辑功能,将准押韵的词 einmal、Einsame 作为纯粹的音响元素并列在休止的位置上,以便造成上升运动犹豫地向下降运动滑移的效果。

我们在结束这一系列对比时不禁要问:在这两种格律内,还有没有其他诗节类型可作为主题诗节的格律,能否看出怎样的发展趋势? 也许,在苏格拉底诗节旁边,可以直接放上《众人的鼓掌》(*Menschenbeifall*)的第二段诗节,它同样是对一个问题的回答:

> Ach! Der Menge gefällt, was auf den Marktplatz taugt,
> Und es ehret der Knecht nur den Gewaltsamen;
>   An das Göttliche glauben
>   Die allein, die es selber sind.

> [63]唉! 众人所爱,乃市场上时兴之物,
>   奴才崇拜的是有权势之人;
>   而信仰神灵者
>   唯有自身具备神性的人。

句子与格律的完全相同,两面性思想分三步展开,起首句和结束句的六个小节中各放进一个基本概念,完全或部分通过首韵构成对照,从深刻的认知中得出教谕,这一切都与苏格拉底诗节完全一致。其他形式和风格的元素体现了和谐主义诗节风格提供的其他可能性,例如,起首句和结束句之间构成的较大的正反题中包含着小的正反题。

在此,没有必要再举出其他例子来说明阿斯克里皮亚底斯式

诗节中这种和谐主义风格。在格律、语法和逻辑三个层面上都完全和谐一致,那是相当罕见的。① 大多数阿斯克里皮亚底斯式诗节只有前两项,即句子和格律,或多或少是完全协调的。所谓或多或少,也就是说,并非每诗行都有句子停顿,但是只要有停顿,就会与诗行中的休止或诗句的分行重合。根据完全一致的数量,可以建立这种诗节的体系,位于体系最下限的是《康复》(*Ihre Genesung*),三段诗节稿本,第三段诗节:

> Ach! schon athmet und tönt heilige Lebenslust
>   Ihr im reizenden Wort wieder wie sonst und schon
>   Glänzt das Auge des Lieblings
>   Freundlichoffen, Natur! dich an.

> 哦!你们又呼吸和唱响神圣的人生乐趣
>   如同往常那样用的是迷人的词语
>   最心爱的人眼睛已闪闪发亮
>   用友善的目光,大自然呀!望着你。

在这里,一个句子像琴弓绷紧在整段诗节上。一个欣喜的叹息抹去了前一段诗节中表达情景的反题;只在结束句中仍回荡着[64]重建的人与自然和谐共处的余音。这段有意识构建的诗节表明,语言能在多大程度上不遵循格律,但又不直接与之对抗;因为,句子接合处落在格律的停顿位置,这是没有的。语言就是要描述格律。阿斯克里皮亚底斯式诗节的框架特征似乎减缩到最低限度,但仍然保留着,这在人们谈论诗节时可以得到证实。人们也许可以用音乐符号作比喻,将此处

---

① 颂歌《海德堡》(*Heidelberg*)中涉及桥梁的诗节是一个富有启发性的例子,对这首诗进行阐释也许离题太远。在这节诗中可以看到,原本死板的阿斯克里皮亚底斯式格律有多大自由通过改变重读来分配扬音节。

出现的情况称为固定节奏上的旋律长弧线。①

这段诗节的完全跨行是个别例子。在一般情况下,如果句子跨越诗行,通常会采取这种方式,即将前一诗行的后半截跟下一诗行的前半截放在一起。在这种情况下如果语言非常激烈,人们就会感觉到,句子如同危岩上的瀑布,沿着阿斯克里皮亚底斯式格律的台阶一泻而下。这时,人们也许可以称之为阶梯式瀑布风格——不同于诗行停顿与句子分行完全一致的建筑风格。这个比喻也清楚表明了格律在这里扮演的角色:它迫使人们认真观察那些句子,例如悲哀的颂歌《离别》(Der Abschied)的第二、五、七段诗节,②这种句子通常借助首语重复(Anapher),在冲击性的助跑中实现对格律的跨越。在这种情况下,阿斯克里皮亚底斯式格律原有的精神划分功能被解除了。相反,它间接地产生影响,使句子有可能借助格律而亢奋起来,自身在欣喜或愤怒的意义上变成精神,例如刚刚提到的诗节就表达了反抗和控诉。

由此可见,阿斯克里皮亚底斯式诗节在句子与格律互相协调的风格内部有各种不同的可能性,在极端的情况下,这两种成分的关系正好颠倒,以至产生极端不同的风格。[65]当然——需要说明的是——自然法则的约束在这种关系中并不占支配地位。句子与格律之间富有表达力的关联不是在每段诗节都是成功的。这甚至在总体上对诗歌的结构是不利的;因为,这需要有特别突出的顶峰的诗节以及其他通向或离开它们的诗节。这样的诗节有别于那些句子与格律之间的关系不那么严格的诗节。但我们必须观察极端的例子,以便通过这些例子揭示可能性的限度。

除了协调的风格外,有一种风格使句子与格律产生直接的矛盾,它不是通过句子单位包含两个或更多的诗行单位,而是使被强调的句子

---

① 奥尔夫(Carl Orff,1895—1982)在为荷尔德林翻译的《安提戈涅》(Antigone)谱曲时富有表现力地运用了这类音型。

② 参阅本书收入的文章《离别与重聚》("Abschied und Wiederfinden")。

停顿落在两个诗行接合处之间。这种直接的矛盾有别于间接的矛盾，具有完全不同的效果，当然，它首先在诗行中产生作用，而不是在诗节中，因此只是间接地对诗节的风格造成影响。在一系列的方法中，荷尔德林几乎只是运用一种，而这种方法几乎总是取得强烈的效果。那就是这类阿斯克里皮亚底斯式诗节（双竖线表示句子停顿）：

《离别》第一稿第30行诗句可作为典范：

> （Und ein ruhig Gespräch führet und auf und ab,）
>   Sinnend, zögernd, ‖ doch izt ｜faßt die Vergessenen
>   （Hier die Stelle des Abschieds,⋯）

> （平静的谈话使我们思绪起伏，）
>   沉思，犹豫，‖ 而此刻｜想起被遗忘者
>   （在这离别之地，……）

在经历了离别和忘却之后，相爱之人如漫游的影子在离别的地方互相认出了对方，他们"摆脱了烈火"，解脱了，回到统一的世界根基之中。这行诗在全诗重要的关节位置上，并且是这样构建的：一个较短的"犹豫"部分和一个较长的、奔流而去的部分。停顿从两个音节的中间向前移位，诗行在"离心的飞速"中展开，获得一个"违反节奏的中断"。

我们在此引用了荷尔德林翻译索福克勒斯作品时论述两部剧作的结构特征时所使用的概念。肃剧的情节[66]并非不可阻挡地向前推进，而是在两个长度和运动都不相等的部分中展开。一部分短而平静，另一部分长而"流动"，两者处于"离心"的平衡中。两者之间的接缝必须保护平静的部分，分别按照顺序，防止流动部分的冲击或吸附。

在演出的节奏顺序中……那些在音节格律中被称为休止的东西,……反节奏的停顿成为必要。……如果演出节奏处于这种状态,在离心的飞速中前者更多地被后者牵引,那么,休止或反节奏的停顿就必定向前移,……平衡(即重心)将……从后面向前端倾斜。

在《俄狄浦斯》中情况便是这样,在《安提戈涅》中情况则相反。

在这里,荷尔德林自己明确地运用音节格律中的休止作为比喻,因此,我们不需要有顾虑,按照《俄狄浦斯》的模式,将反节奏中断的原则运用到上面所描述的诗行类型。① 我们还可以举出其他的例子:

…Da wirs thaten, ǀ warum schrökt uns, wie Mord, die That?
……此乃我们所为,ǀ 为何如谋杀令我们惊骇?

…Seit ich liebe? ǀ warum achtet ihr mich mehr,
……自我爱慕以来? ǀ 为何你们对我更加敬重,

…Froh dich baden? ǀ hinweg ist's ! und die Erd ist kalt.
……你爱游泳? ǀ 这已经逝去! 且大地寒冷,

…Schön ihn nieder;ǀ das Laid beugt ihn gewaltiger;
……他被压倒了;ǀ 痛苦更猛烈地将他折弯;

---

① 拜斯纳在 1951/52 年冬季学期做的荷尔德林讲座中将这种原则(按照《安提戈涅》的模式)运用来分析颂歌《和平》(*Der Frieden*)的非对称结构。这个榜样促使我们更进一步在音节格律中进行尝试。在荷尔德林那里,基本结构一再出现在最宏观大到最细微的现象中。凡是了解这种方式的人,都不会反对这种尝试。关于离心这个概念,也可参阅沙德瓦尔德(W. Schadewaldt)的"Das Bild der exzentrischen Bahn bei Hölderlin",HJb. 1952,S. 1 ff. 。我们在这里想到的当然不是离心的行星轨道,而是一段直线距离,它的重点不在中间位置上,而是来自象征符号,见关于《安提戈涅》的说明,StA V,265 f. 。

还有许多其他的例子。在反节奏的中断中,跟在一个平静的语言运动后面,总会骇人地或痛苦地突然插入一个迅猛的语言运动。特别典型的是这行诗:

> Heilig Wesen! gestört hab ich die goldene
> (Götterruhe dir oft.)

> 神圣的生灵!我常扰乱你金色的
> (众神的宁静。)

[67]在这里,音节的格律本身被"扰乱"了,尤其是,如果人们在 heilig[神圣的]这个词中听出了词根 heil[完好]。在最小的空间里同时使用这对形成对比的词,我们可以将"Heilg Wesen! gestört"这个小节称为格律的矛盾修饰法。

荷尔德林如何按规则运用这类诗行,下面几个数字可以表明。关于法兰克福时期短颂歌对于我们这项研究的意义,文章结尾将会谈到。在这些颂歌中,有 19 段阿斯克里皮亚底斯式诗节,共 38 行是阿斯克里皮亚底斯式,其中,28 行与规则保持一致,9 行按上述方式采取反节奏中断的结构,只有一句采用另外的反节奏休止(《致德意志人》,第 5 行)。在 28 行与规则一致的诗行中,有 23 行通过标点符号强调休止,其余诗行以句子的方式连接诗行的前后两部分。在 9 行反节奏的诗行中,有 7 行明显地表现出通过离心的飞速产生效果,只有 2 句是纯形式,没有明显的表达意图(《致年轻诗人们》,第 1 行和第 5 行。)

在随后的时间里,上面描述的反节奏阿斯克里皮亚底斯式诗行类型减少了,它与一致的诗行(134 行)相比只有六分之一(22 行),在这六分之一中又只有三分之一(8 行)可以解释成有意识运用离心飞速的修辞手段。这些诗行集中在颂歌《离别》中(8 行中有 5 行),这是所有阿斯克里皮亚底斯式颂歌中跳动最大、对比最强烈的一首。《离别》产生自法兰克福时期单诗节颂歌(《情人》),后者本身在第二行重要的关节位置上出现反节奏的中断。虽然这个原则在此时期有所减弱,但在颂歌《情人》的扩写中显然再次被有意识地运用(阿斯克里皮亚底斯式诗行有5行是离心的,有13行保持一致)。为此出现了其他的休止(相对于22行反节奏的诗行有8行用新的形式),它们很难解释为有特定的表达意图。此外,诗行成分还呈现一定程度的短小化趋势;在22行反节奏诗行中有7行同时也用通常的中间休止。

这种发展明显反映出自1799年起的时代趋势。追求较大型、较有分量的形式,从创作短颂歌到创作长[68]颂歌,进而创作哀歌和赞歌。短颂歌就像精心打磨的宝石,在这样的小艺术品中每句诗行都具有独立意义,一旦写诗的原则转向较大范围的上下文联系,个别的诗行失去了独立的意义,离心平衡这种突显个别诗行的原则也就必然撤退了。另一方面,在世纪转折后,逐渐开始形成众所周知的简洁主义(Lakonismus)倾向,追求所谓生硬或粗糙的搭配,上面提到的短小化以及运用新的休止也就被理解为其表现形式。但这些现象不能再被直接解释,也就是说,在变换音响的诗歌的上下文中,格律与句子是否保持一致不再被视为具有特殊表达价值的原则。句子与音节格律这种古典的相对姿态逐渐让位给另一种语言表达方式,这种方式虽然也重视抑扬的顺序,但往往断然无视阿斯克里皮亚底斯式诗节的内在结构,包括它的对应关系和三段式结构。

这种方式最强烈地表现在最后一首阿斯克里皮亚底斯式颂歌《羞涩》(*Blödigkeit*)中,这首诗已经属于夜曲。它构成一句阿斯克里皮亚底斯式诗行,但是离开诗节的上下文,人们看不出它是阿斯克里皮亚底斯式诗行,并且朗诵为四个或五个重音:

  Geht auf Wahrem dein Fuß nicht, wie auf Teppichen?
  你的脚难道不像走在真正的地毯上?

但它的读音是:

> Geht auf Wahrem dein Fuß nicht, wie auf Teppichen?

阿斯克里皮亚底斯式诗行中间的扬音碰撞,只在违反说话方式的情况下才能听出。此前诗行是这样的(《诗人的胆识》,第二稿):

> Nährt die Parze denn nicht selber im Dienste dich?
> 命运女神难道不在尽责喂养你?

在修改为后期那种宏大而紧凑的词语时,去掉了语言音韵和形象方面漂亮的添加物,去掉了"偶然"的东西,诗行不像克洛普施托克那样充斥过多内容,而是获得了不寻常的浓缩,这种注重表达最必要成分的做法,使句子赢得压倒格律的优势,在这种情况下,格律出现了所谓的崩溃。在前面引用的所有例子中,甚至在反节奏中断的例子中,[69]可以看到一种对立,所谓句子与格律的"和谐对立",在这种对立中,后者作为形式或反抗贡献了特别的表达价值。在夜曲中,语言音韵连同声调和分句破裂了,让位给了单调的说话,它不再发出乐音,而只想陈述,并且显得紧凑、简明、具体。这种情况适用于夜曲中的阿尔凯俄斯式颂歌,如《喀戎》(*Chiron*)①,《泪水》(*Tränen*),《甘尼美》(*Ganymed*)②。由此,语言音韵的格律基础当然失去了本来的意义,某些诗节似乎完全不再斟酌如何使用音节而只是计算它的数量。

句子与格律的这种关系,或者说对这种关系的否定,如果没有赞歌创作的影响,是无法理解的;因为,在赞歌作品中句子决定自己的格律。这不是在绝对的意义上说的,如果句子抑扬的实际顺序比其独特的格律更重要,那么,格律的概念就可以废除了,然而,在部分诗行的格律基本内容的框架内(长诗行或短诗行,特别是抑扬交替所谓诗行,或含有双重抑音的诗行等等),个别诗行确实享有广泛的自由。赞歌的语言运动生长

---

① [译注]喀戎(Chiron),希腊神话中人首马身的怪物。
② [译注]甘尼美(*Ganymed*,希腊神话中的人物。

在这种自由的土壤上,因为它不像颂歌那样受完全有规律的抑扬顺序的束缚,它的展开比颂歌独立得多。如果像夜曲中这么独立的语言返回采用颂歌的形式,那么,从一开始就无法期待句子与格律之间旧的替换关系会重新出现。在某些诗节中,如《羞涩》的第三段或《甘尼美》的最后一段,人们有一种感觉:在这里,完全按照样板规定的颂歌格律成为一种无用的束缚,跟这些诗歌起初的稿本比较,句子与格律之间旧的替换关系的终结非常明显。即使对个别用语、整句诗行乃至更多地方进行加工,它们也不会将自己的节奏原则强加给新的上下文。人们之所以感觉到在[70]总体的呈现中它们是古典主义历史尚未完全融化的残余,一个原因是,它们使人回忆起一种不再起作用的节奏。

上述发展过程基本上也适用于阿尔凯俄斯式诗节,所以,我们只需要再作简短的论述。补充一个特殊的情况:在阿斯克里皮亚底斯式诗节中,每个音节都处在清晰的上下文关系中,按严格的对照法(Antithetik),句子与格律的关系仅限于应用少数很强调的类型。语法结构必须服从格律的规定,或者,要以不常用的方式与格律背离,通过这种方式,人们清晰地感觉到这种背离,并且将它理解为具有特殊的表达价值。换言之,诗行中的休止并不是在任何位置上都可以出现的。这一点,从上面提到的数字以及后来发生的情况中可以得到证明,一些案例出现了新的休止,表明了格律逐渐式微。

阿尔凯俄斯式格律的情况完全不同。滑移的过渡使诗行和诗行部分之间的分界不那么明显,韵律以高低起伏强烈地诱使人们对语言进行塑造,但并不带有强制性。在许多位置都可以有语法的停顿,它们也许会大大改变诗节的面貌,但只在少数情况下被感觉到是直接违背格律的。例如,紧接在阿尔卡埃乌斯式主题诗节后面的诗节是这样的:

(Denn ach, vergebens bei Barbaren

Suchst du die Deinen im Sonnenlichte,)

> Die zärtlichgroßen Seelen, die nimmer sind!
> Doch eilt die Zeit. Noch siehet mein sterblich Lied
> Den Tag, der, Diotima! Nächst den
> Göttern mit Helden dich nennt, und dir gleicht.

(因为哦,你在野蛮人那里
徒劳地在阳光中寻找你的灵魂,)

温柔伟大的灵魂,它再也不存在!
然而时光迅跑。我的歌虽生命有限,仍看得见
这一天,第俄提玛!这一天被提到的
除了众神和英雄便是你,且与你相同。

第一段诗节的哀叹一直延续到第二段的第一行,并带着沉思停留在同位语"温柔伟大的灵魂"上。诗行下降的枝干缩短了两个音节,中间休止落在双重的轻音上,[71]这种双重的轻音通常产生加速的效果。诗行的平衡发生位移,匀称的升降运动没有了,取而代之的是平坦的滑动以及短促陡峭的中止。从"然而"开始,出现一个新的运动特征,它将诗节的剩余部分合为一个节奏的统一体。一个赞歌式的弧形长句取代了两次上升和下降(第二个起首句和结束句)。第二句诗行将中间休止只向前移动了一个音节,用最简单的方式便将起伏的线条改变成两次向上跳跃。第三句诗行就像在高处用短促的、首语重复的步子向前舞动,第四句诗行从众神到英雄,再到第俄提玛,逐级向下运动;因为,"天上的神灵拾阶而下"。①

这首诗的两段诗节体现了一种明显故意制造的对立。第一段诗节

---

① 《唯一者》(Der Einzige),第一稿扩展的稿本,StA II, 745。拜斯纳在阐释《诗人的天职》(Dichterberuf)第一段时也谈到了类似的诗节运行,见 Höld. Jahrb, 1951, S7。

完全服从格律的曲率,第二段诗节则用最简单的手段纠正格律的曲率,使之适应自己的运动。由于新的形式在生活波涛的起伏中成了现实,阿尔凯俄斯式的特征得以保持。同时,两段诗节清楚表明,阿尔凯俄斯式格律愿意吸收哀歌的悲叹和赞歌的欢庆两种声调,而阿斯克里皮亚底斯式的格律则适合于条理清晰的思索或不可遏制的愤怒。

阿尔凯俄斯式格律允许句子的构成有更大的自由,它比阿斯克里皮亚底斯式更有弹性,能够容纳大量句子形式而不被损害。此外,它恰恰促进了哀歌和赞歌的表达风格,这是荷尔德林1799年以后所努力追求的。这种工艺技术和修辞上的原因大概可以解释荷尔德林对阿尔凯俄斯式格律的钟爱。克洛普施托克也偏爱这种格律,但在他使用的大量格律中并不明显,他对于格律的特征更多在理论上而不是在实践中加以区分。

[72]再引用阿尔凯俄斯式诗节其他类型已经显得多余。阿尔凯俄斯式诗节具有多样性,并且不像阿斯克里皮亚底斯式诗节那么有规则,也就是说,所谓的其他类型其实还没有真正形成,例如,《清晨》开头那段诗节巧妙地运用了跳行:

> Vom Thaue glänzt der Rasen; beweglicher
>   Eilt schon die wache Quelle; die Buche neigt
>   Ihr schwankes Haupt und im Geblätter
>   Rauscht es und schimmert; und um die grauen
> Gewölke streifen röthliche Flammen dort, ⋯

> 草地上露珠闪烁;山泉苏醒
>   奔跑得更欢;山毛榉垂下
>   摇摆不定的头,茂密的枝叶
>   沙沙作响,闪闪发亮;灰白的
> 云层四周掠过红色的火焰⋯⋯

这个跳行是一个特别的案例,在诗歌的上下文里,它被安排在特殊的情景中。第俄提玛诗节中清晰的抑扬顿挫在这里由于抑音省略而被掩盖了,并列句的中心点仍然位于音节格律中诗行或诗行小节过渡的地方,就像清晨是黑夜到白天的过渡那样;换一种表达,就像在清晨的苏醒中,运动挣脱了黑夜的宁静,句子从两段诗节之间的静止位置出发,奔向跌宕起伏、运动展开的地方。

例子就举到这里为止,关于例子的选择,我们再补充说几句。我的例子主要选自法兰克福时期创作的短颂歌。这是经过充分考虑的,因为,在荷尔德林的颂歌中,没有其他地方能像这些短颂歌那样清楚地显示句子与格律之间关联的规律性。导致这些诗短小的原因是,正如我们的例子所表明的,语言与格律在最小的细节上保持协调,在相互作用下发出音响。从形式上看,这种袖珍艺术对于荷尔德林来说是不常用的,尽管有几首长颂歌是从短颂歌中产生的,但这种艺术——它显示出的是独特的荷尔德林风格——在精神内涵上当然不及长颂歌。准确地说,[73]它们在最狭小的空间里体现了长篇颂歌中同样适用的塑造原则:将情景的萌芽扩展为包含总体的精神解释。

在荷尔德林两种颂歌格律的辩证结构中,这种颂歌的展开方式是最普遍的、克服对立的形态:两句起首句互相对峙,如同主体与客体,我与你、人与神直接相遇。一个宽阔的结束句承接起首句的正反题,并和谐地使运动逐渐消失,就像伟大精神的关联拾起直接的情景,并将它们回收放进总体的内部。为了识别颂歌的法则,颂歌的聆听者必须付出更多的精神努力——聆听者在第一行起首句领悟到格律的形态,在第二行起首句中再次辨认出它,在结束句中将变化了的形态看作是第一和第二个形态的变体——同样,荷尔德林颂歌的聆听者也参加了上述展开过程:从事实到精神,从直接现存的情况到永恒的秩序;只有这样,才可能有单诗节的颂歌。

正如颂歌那样,在荷尔德林的作品中,哀歌和赞歌也可以从它们的格律前提中发展出来,并涉及这些体裁的总特征。关于这一点,我们在此不展开谈。言归短颂歌。荷尔德林在暂停创作颂歌将近十年后,作为成熟的诗人,重启短小艺术品的写作,这是可以理解的。他必须重新学习技巧,研究它的规则。在这里,这些规则和法则特别清晰地显示出来,并不足为奇,不仅在上述方面,而且反映在下面的数据中:阿尔凯俄斯式诗节与阿斯克里皮亚底斯式诗节的数量同样多(11 比 11),①以往则是阿尔凯俄斯式诗节的形式特别受喜爱(青年时期的颂歌:13 比 2,霍姆堡时期的颂歌:11 比 2,18 世纪以后的颂歌:19 比 8,精神病发作时期:只有 4 首阿尔凯俄斯式诗节)。[74]在短颂歌中,有许多作品是主题与形式对称的,这表明诗人在努力遵循法则,特别是,在这些诗中,格律意义特征的差别表现得最为明显:在阿斯克里皮亚底斯式格律中,主要有教谕诗、对话式的箴言、理清概念的和阐明原理的诗,在阿尔凯俄斯式格律中,主要有祷告的、控诉的、预言的、召唤和呼吁的诗,也有呈现命运之路的诗。科默雷尔(Kommerell)②从另一种考量出发,将这些短颂歌称为荷尔德林"真正的古典作品"。③ 依我所见,这些诗显示了早期古典的典型特征,重新发现法则,随即技艺高超地运用这些法则,有时几乎成了形式主义,但到处都让人感受到重大的题材将法则领向古典的高峰。

分析两种颂歌格律及其对荷尔德林颂歌内容、结构和音调的影响,将我们引向一系列来源不同的基本概念。波浪型与框架型诗节形式这对纯描写性的概念,可以追溯到对立性这个更深层次的理论依据,它因此超越了形式美学的空间,并摆脱对真实的构建,进入存在论的基本关系中。这种回归基本原理的做法虽然在术语上使我们的概念变得更加

---

① 如果我们按照拜斯纳的档案材料再引证 *Empedokles*(StA I, 555),并将《太阳神》(*Der Sonnengott*)和《落日》(*Sonnenuntergang*)算为两首诗的话。

② [译注]科默雷尔(Max Kommerell,1902—1944),德国文学史家、作家、翻译家。

③ 《荷尔德林最短的颂歌》("Die kürzesten Oden Hölderlins"),1943,现载 *Dichterische Welterfahrung Essays*,S. 194 ff. 。

形而上学——再说一次,形容词如"自然的"与"精神的"只是作为比喻,指代一种本身没有概念的原始形式关系,只有这种关系才表明这些称谓是正确的;因为,独立来看,每种格律都包含两种元素,一种是自然感性的元素,表现为表面的音响,另一种是精神的元素,作为表达的载体——但是,它还有一个实际的结果,那就是,我们进入了荷尔德林思维形式与诗歌结构扎根的领域。只有这样,才能理解他的颂歌诗节是诗人个性的本质表达。

[75] 今天,①人们大多只观察荷尔德林作品中题材的形而上学维度,而忽略其关联,即将其形式与基本结构和规则联系起来的所谓造型维度。造型维度与形而上学维度在何种意义上相一致,并在艺术作品中建立了形式与内容的统一,在这里不作讨论。不管怎么说,对于荷尔德林的创作而言,这都同样具有决定意义。一方面在理论上对艺术创作规律的探讨,另一方面在实践中不是凭联想,而是力求按"法则上的考虑"进行工作,这源于荷尔德林的诗人天赋,这种天赋不是把颂歌的格律看作空洞的诗行模式,而是将它作为语言精神生动发扬的法则基础。荷尔德林遵循艺术法则,追求高超技艺,这是他创作上激情洋溢和浮想联翩的必要对应物。这也解释了他所提出的要求:必须将诗学提升为"古人的机制"(Mechané der Alten)。但愿进行本文这样的研究是理由充足的。

---

① 本文写于1952年,时至今,当年被忽略的结构研究已卓有成效地进行,甚至偶尔还会做得过分。

荷尔德林诗歌中家乡的形象与寓意

一

[76]1799年秋,荷尔德林鉴于正在创作的大型作品写信给住在尼尔廷根的母亲:

> 倘若这一回还不能够赢得德意志祖国对我的关注,以至于人们都来打听我的出生地和我的母亲,那么,我在未来也要实现这一点,但愿这也是上帝的意愿! 因为,对于所有的否认和所付出的全部艰辛来说,这确实是作家唯一的,也是最甜美的胜利,没有付出辛劳,作家将一无所是,也不可能使自己及家人扬名于民众以及后人当中。这不是夸口,尊敬的母亲!①

这的确不是夸口;因为写这些话的时候,他正处于创作的高峰,当时完成的作品,如今已属于德国文学最珍贵的财产。但是,他"这一回"并没有得到认可,不仅如此,在有生之年也没有。经历了上百年后,他的国人才想起他,才来打听他的母亲和出生地。今天,各个年龄段以及各种思想流派的人都知道并且喜欢他的作品,有时还顶礼膜拜,当然,这有别于对造世主的崇拜。这种如痴如醉或者狂热的推崇有各方面的原因,例如当今的精神状态,某些团体的荷尔德林传

---

① StA VI, 361.

统,个人的直接兴趣,等等。这些在研究中显示出很大差异,但是,种种不同的见解中有一点是相同的,那就是都无条件地承认荷尔德林作品中表现出的创作高度。人们将他身看作绝对诗歌创作的代表人物,并因此不允许自己称他为个人最喜爱的诗人。人们觉得,荷尔德林属于大家而不属于个人,不可以将他跟自己等同起来,他的诗歌所到达的境界不是我们从自身经历[77]可以获悉的,只有通过荷尔德林才可认识,然后作为我们内心世界的财富保存下来。这样,联想便将我们跟荷尔德林的名字联系起来,达到崇高的精神内容。人们不妨想想荷尔德林作品中的主题,如自然与神灵,人类共同体与诗人使命,希腊文化与西方国家,古代神话与基督教,想想他笔下那些超越时代的人物,如许佩里翁、第俄提玛、恩培多克勒,或者想想那些诗歌形式,如希腊颂歌和品达式的凯旋曲。

  本文打算谈一个实际得多的问题,谈谈荷尔德林诗歌中的故乡形象。首先,人们要问,究竟荷尔德林的世界中有没有故乡?荷尔德林在谈到自己时说:"更值得我赞美的是职业。"在这样一位诗人那里,故乡能否只是他按时代风格偶尔运用的母题?我们将要揭示,荷尔德林对于故乡有自己的经验,故乡与最高精神并非毫不相干的两样东西,而是有因果联系的。是的,故乡属于荷尔德林世界观和生命感赖以存在的两三个不可争辩的事实之一。

  为了正确评价这一特点,最好是首先回忆一下故乡在时代的感受中具有什么意义。启蒙运动造就了世界公民,这类人无论在什么地方,只要那里有理性的光明,就会感到舒适,这种理性在唯理论的意义上像世界公民那样属于全世界。他称自己是"世界主义者",并且想以此表达,他要赢得的不是同情,因为他没有祖国,而是钦佩,因为他拥有比祖国更多的东西。感伤主义——在18世纪最后三分之一的年代里并且在英国小说的影响下——将这种四海为家的漫游者变成忧伤的旅途中人:他们无家可归,总是听天由命地居无定所;他们永远漂浮不定,虽然总是怀着对故乡的渴望,但是却无法找到它,而且也不允许找到它,因为,一旦找到了它,也就没有了渴望,感伤的源泉也就枯竭。这是一种具有浓厚修辞色彩的状况,[78]故乡的现实意义与它毫无关系,引入这个概念,只是为了获得一个非现实的目标,多愁善感的人为了能够保持哀伤需要这样一个目标。转换到宗教的意义上,这种状况回到了虔诚主义对永恒故乡的渴望,或者说得更准确些,感伤主义的思乡是虔诚主义对永恒故乡的渴望的世俗化形式。对于虔诚主义者来说,永恒故乡恰恰是在此地无法到达的。

虔诚主义和感伤主义,是荷尔德林成长与开始写作时周边环境中的主要思潮。这两种思潮对他的影响远远超越青年时期,以至于他在处理故乡母题时走的也是自己的路子。对于他来说,故乡母题并不是诗意的移动布景,而是活生生的经验,在谈论它的时候不可避免要涉及特定的地方。因此,对于荷尔德林,涉及的不是泛指的故乡,而是特指施瓦本地区,哪怕没有说出地方的名字。承载这种经验的是一种直接的对故乡的热爱,但它跟虔诚主义或感伤主义的情感没有关系,因为它建立在对故乡世界的具体观察上。观察与热爱共同构成荷尔德林对故乡的客观和主观经验,在这个牢固的基础上才可能与"故乡"这种想象产生真正的、精神上的相遇。这种相遇主要在三个层面上实现:景物、历史以及可以称为家乡精神的东西。对于荷尔德林的感受来说,这种精神在前两个层面,至少在某些特点上显示出来。他对家乡历史的兴趣比对家乡风景少一点。荷尔德林不像赫尔德那样有历史感,他经常对历史的东西,尤其是中古和古代时期,即颂歌和哀歌的时代进行重新解释,将它们视为理想的、普遍适用的、标准的思维方式。因此,我们必须花最多时间去考察他创作中家乡景物的表现和意义。至于施瓦本地区的人和乡土文化,他本人没有发表过文字。

二

[79]考察荷尔德林各时期家乡意识的发展及其文学塑造之前,先说一说荷尔德林的家乡情感与创作之间的关系;因为就他而言,这两者是直接联系在一起的。如果荷尔德林没有同时意识到在言说中完成诗人使命,他会一言不发,因此,他关于家乡所说的一切,也包含着对诗人与家乡关系的本质的看法。我们必须弄明白这种关系,尽管人们通常把它作为不言而喻的前提条件加以考虑。

请允许我从一段有关生平的回忆开始阐述。荷尔德林将尼尔廷根看作自己的家乡,按照他的思维方式,他喜欢从特定的一个点出发,然后扩大领域,因此,他的家乡有一个外部的范围,那就是施瓦本地区,而最大的范围是祖国,或者希腊诗人所称的赫斯培利恩(Hesperien)。① 而内部一些的家乡范围是阿尔布兰特(Albrand)与内卡河之间的区域,最内部的点是家庭,或者干脆就是母亲的形象。父亲和继父早死,母亲将荷尔德林抚养大,因为他的职业生涯被确定为在符腾堡地区当牧师,所以他离开了尼尔廷根,去邓肯多夫(Denkendorf)和毛尔布隆(Maulbronn)的初等神学校读书,继而又在图宾根神学院学习。礼拜天和假期,他回尼尔廷根母亲那里,就像每一个外出读书的孩子那样,理所当然地在城市和家里使用家乡人的权利。

直到游学年代开始,深刻的生活问题才显露出来,问题的根源可以追溯到很久以前,而最终的结果则是:到了男子汉必须奠定生活根基,为自己创立一个新家乡的年龄时,他却两者都还没有找到,因为他想成为诗人,没能下定决心担任牧师职务。他仍然是个漫游者,外表上是这样,内心中更是居无定所。直到陷入精神分裂时,他才找到人生中的

---

① [译注]Hesperien,古希腊文献中对西方国家的称谓,荷尔德林以此喻指德国。

"稳定住所"——图宾根内卡河边的一栋房子,但那只是一个避难所,不再是家乡,这给人的感觉就像悲剧的反讽。[80]人们不禁会问,这位"漫游的精灵","最飘泊的漫游者",如里尔克在晚年的诗《致荷尔德林》(An Hölderlin)中对他的称呼,到底有过家乡吗?他有资格谈论家乡吗?因为,他不善于在外面建立新的家乡,同样,在担任不同家庭的家庭教师职位以及到外地作其他停留之间的郁闷日子里,也不会在尼尔廷根的家里享受无忧无虑的在家感和安全感。他像一个乘船遇难者,生活的希望从来没有得到实现。对于他来说,成为母亲负担的想法变得越来越重,此外,母亲也催促他定居下来当个牧师。他害怕,教会监理会有可能迫使他这个闲在家里的人接受牧师职位。更不要说隐藏着的深深的痛苦了,这种痛苦每次在异乡遭到失败后都必然出现,起初是为艺术和自己的创造力而拼搏,接着是因为第俄提玛而烦恼,最后是跟精神错乱斗争,他很早就预感到它的来临。"我感到寒冷,凝视着包围我的冬天。我的天像铁一般,我自己像石头。"他在给席勒的信中如此写道,当时,他精神崩溃,离开了耶拿,回到尼尔廷根歇息。① 没有迹象表明,荷尔德林在而立之年在家里有家乡的感觉。他也没有想过,青少年时期的家乡应成为他人生的家园。法兰克福时期将近结束时,他写信给母亲,说:

> 请您不要因为思念儿子而打扰了您的安宁,他在外地生活,而且必须生活到他自己的天性以及外部情况允许他全身心地在任何地方都跟当地人那样。②

现在人们翻开他的诗,可以发现,当他处于这样返回家乡的情况时,诗中总能找到某些地方充满着温暖的感情、亲切的图像、深邃的思想,让人觉得上面所说的似乎难以理解。例如,从霍姆堡返乡后写的颂

---

① StA VI, 181,并参阅《致母亲的信》,1796.11.20, StA VI, 225。
② StA VI, 260.

歌《故乡》(*Die Heimath*)：①

> [81] 清凉的小溪旁曾见水波嬉戏，
> 江河畔曾眺望船只滑行，
> 我即将重返故里；你们，
> 曾守护我的青山，神圣的
>
> 故乡疆界，慈母的房舍，
> 兄弟姐妹们的热情拥抱，
> 我向你们问好，你们的拥抱
> 如同绷带，治愈我受伤的心。

又如颂歌《还乡曲》(*Rükkehr in die Heimath*)的开头两段诗节：

> 你们，和煦的风！意大利的使者！
> 和你，白杨夹岸的亲爱的河流！
> 你们，连绵起伏的山峦！呵你们，座座
> 阳光普照的山巅，你们还是这般模样吗？
>
> 你呵，宁静的家园！无望的日子过后，
> 你曾闯入远方思乡者的梦里，
> 你呵，我的家舍，和你们昔日的游伴——
> 山丘上的树木，对你们我记忆犹新！

这首诗以祷告结束：

> ……请再次接纳和赐福我的
> 生命吧，哦，故乡的苍穹！

---

① ［译注］中译本参阅《荷尔德林诗新编》，顾正祥译，商务印书馆，2012。

一年后，荷尔德林又一次失落地从瑞士回到林道(Lindau)，故乡的欢迎令他更受触动，他在哀歌《返乡》(*Heimkunft*)中写道：

> 一切都显得亲切，连匆匆过路的问候也
> 　如同出自友人，每种表情都显得格外亲热。
> 理应如此！这是出生之地，故乡的土地，
> 　你所寻找的，近在咫尺，相遇在即。
> 恰如归家的儿子，漂泊者伫立在
> 　波涛喧哗的城门旁，眺望着，
> 用歌声为你寻找爱称，幸福的林道！

接着，内心的目光比肉眼更早地见到回到故乡的城市：

> 他们迎候在那里，城市啊，我的母亲！
> 　你的声音触动我，唤起了久已忘怀的往事！
> 他们却依然如故！仍沐浴着阳光与欢乐。
> 　[82]哦亲爱的人们！你们的目光比往常更亮。
> 是的，旧貌未改！万物在生长和成熟，
> 　凡是活着的和相爱的，无不保持忠诚。

这种发自肺腑的故乡情，其语言之美在德语有关家乡的作品中无与伦比，怎么可能跟荷尔德林在尼尔廷根歇息期间每次陷入的郁闷、失望和灰心联系在一起？人们也许可以说：在还乡的那一刻，他重新振作起来，只有当他重新陷入故乡日常生活的藩篱时，他才意识到处境的艰难。但他的诗歌并不是那么直接地、印象主义地紧随生活之后，一个人如果不是在短暂的瞬间中生活和创作，而是对命运早有预见，并且对自身的来源深有了解，那么，他的诗歌总是在隔了一段时间后才产生，荷尔德林便是如此。但是，人们也许会说，这只是诗学的美化，缺乏现实内容的理想情景。这也许是一个无力的回答；因为，在荷尔德林的生存中，生活与创作并不是分离的。他并不是随意的这个或那个诗人，他的

个性展现在创作当中。因此,他古典时期用优美风格写下的诗人话语,其特有的真实程度,丝毫不亚于后期用严肃风格写下的作品。他所说的一切是认真的,这一点不容怀疑。他言及人在众神面前的行为举止,尤其适用于他的作品及其在神与人之间的功用:"苍天面前不该试图偷懒。"①

我们必须走出直接经历和诗歌方法的领域,进入更深的领域,正如荷尔德林所说,深入到诗人的存在和诗人的职业之中,以便理解这种内心冲突。在这里,也许可以说:拥有故乡与歌咏故乡,不是一码事,对于荷尔德林这样的诗人,两者是排斥的。他自己这么说:

> 诗人们,如鲜花离不开阳光,
> 　祥和地生活,乐于幻想
> 　　美丽的图像,既幸福又贫困。②

[83]抛弃故乡——无论它是叫做尼尔廷根还是施瓦本或德意志,抛弃职业和家庭、荣誉和幸福,抛弃有限而短暂的、供人温暖藏身的任何此在的现实,这就是诗人为更高的自我实现付出的代价。他的任务是"赤头站立于……上帝的雷雨中,以自己的手握住天父的弧光,他本身,把这上天的礼物裹在歌中递给民众"。③因此,荷尔德林诗歌中的家乡图像不是诗意的虚构,表达的不是肤浅的体验,而是在困境中深刻认知的现实,荷尔德林之所以是故乡的歌手,皆因他是背井离乡的歌手。

> 岛屿啊!一位背井离乡的歌手
> 　或将流落至此;因他必须漂泊
> 　　从他乡到他乡,这自由的大地,

---

① 《面包与葡萄酒》(*Brot und Wein*),第94行,StA II, 93。
② 《致未婚妻》(*An die Verlobte*),第22及后续几行,StA II, 32。
③ 《宛如节日》(*Wie wenn am Feiertage...*),第56及后续几行,StA II, 119 f。

> 真可惜啊！必须为他效劳，
>
> 而不为国尽力，只要他还活着。①

这是在完全无条件中获知并认可的命运。但这还不是荷尔德林就诗人与家乡关系所说的最后的话。荷尔德林接受了诗人职业给他造成的真实的背井离乡，并学习更深刻理解家乡的本质、更纯粹地描绘家乡的图像，这样，他便获得了故乡能给予的最顶级的东西，即故乡的"祝福"。一首后来写的残篇表达了这一点。（诗中虽然说的是"祖国"而不是"故乡"，但是，这两个概念在荷尔德林青年时期是一致的，后来的区别也只在于范围的大小。祖国观念包含的情感价值来源于家乡这个观念。）这首残诗②是这样的：

> 如同父亲抚摸他的卷发，
> 在童年时期，
> [84]他惶恐地感觉到，
> 祝福如王冠加在歌手头上，
> 如果你，恰恰是你，
> 为了你的美，时至今日，
> 仍然无名，哦最神圣的！
> 祖国的优秀精神呵，
> 他歌中的词语提到你。

这个法则凌驾在荷尔德林与家乡的关系之上，只对他有效。再荒谬不过的是，有人从中得出普遍的结论，说黑贝尔（Johann Peter Hebel）、施蒂夫特（Stifter）、戈特赫尔夫（Gotthelf）是比荷尔德林差劲

---

① 《美茵河》(*Der Main*)，第 25 及后续几行，StA I, 304。
② 《德意志之歌》(*Deutscher Gesang*)，第 30 及后续几行，StA II, 203。

得多的乡土诗人,因为他们在家乡生活并创作,不像荷尔德林那样,陷入家乡与诗人使命之间的冲突。荷尔德林不是他们那样的乡土诗人,但他歌咏故乡,正如歌咏此在的其他生命和精神力量、歌咏自然与众神、歌咏希腊与赫斯培利恩的本质、歌咏心潮澎湃与共同精神那样。他与那些诗人不同类型,在精神上而不是时间上与他们相隔了一百年。

三

现在,让我们来看看荷尔德林对自己家乡乃至一般意义上的家乡的具体陈述,看看他作品中家乡的展现。我们从他青年时期的诗歌开始,也就是说,先看看他在邓肯多夫、毛尔布隆以及图宾根读书时期的诗歌。

荷尔德林相当迟才找到自己的创作特色,他不具有他的老师克洛普施托克或者友人谢林那种早熟的天赋,而更像神学院的其他学友,例如黑格尔。他必须掌握许多东西又抛弃掉,他在获得第俄提玛的体验后,在最后的解放中才终于找到了那种独特的、只要一提荷尔德林就不会混淆的风格。因此,他青年时期的诗歌在语言与形式、主题与人生观、道德与艺术上受变换的榜样影响延续了十年,发出的音响回荡着激昂与感伤,[85]也回荡着赞歌的高亢与世界的痛苦。他一方面悲伤地哀叹生命的无常、幸福的消失、情人的冷漠,另一方面,他又以法官的严厉讽刺世界的愚蠢,既以酒神的狂热赞颂英雄楷模的伟大和理想的神性,又怀着虔诚的恭顺向造物主鞠躬致敬。但是,在所有充满张力的、真实感受的但缺乏自主表达的情感之间,人们发现,某些被人们不恰当地称为非诗歌的地方和诗节完全脱离了这个框框,它们朴素地、无忧无虑地描绘风景和农夫生活的具体特征,描绘儿童的嬉戏、林中和田间的偶遇,在总体上给出一幅欢乐生动的家乡及其生活的景象,或者说,展现出年轻诗人在意识中接受它们的方式。在《特克山》(*Die Tek*)这首

六音步长诗中是这样写的:①

> 铃声叮当,畜群从阴凉的牧场归来,
> 为了秋天长出第三茬茂盛的青草,
> 收割者挥动明亮的镰刀霍霍作响,
> 附近的晚钟悠扬地齐鸣,
> 快乐的小伙子唇含梨叶
> 为聆听的姑娘吹奏诙谐的小曲。

这首诗还是不流畅的六音步,使用陈腐的词语"阴凉的牧场"和"明亮的镰刀"。但是,小伙子用树叶吹曲子,还有第三茬牧草,则是相当有意思的描写;因为十八岁的诗人知道,秋天里长出第三茬草表明这片牧场特别肥沃,他很得意地显示自己的知识。但是,这首诗当然不能有那么现实和田园诗般的结尾,于是,向阿尔普山告别的目光用上了充满激情的词语,这跟克洛普施托克以及施托尔贝格(Fr. L. Stolberg)的风格一致:

> 而此刻,我的崇山峻岭
> 将受到赞颂的头颅裹进夜雾,
> 我则返回到真诚友谊的茅屋。

[86]颂歌《从前和现在》(Einst und Jetzt)描写了诗人在图宾根神学院狭隘的境况中回顾"童年欢乐的时刻":②

> 我又见到了你们——美好的时刻!
> 那时,我喂养小鸡,种植卷心菜
> 还有康乃馨——我们欢庆春天,

---

① 第 79 及后续几行,StA I, 57。
② 第 13 及后续几行, StA I, 95。

> 丰收,还有秋天的熙来攘往。
>
> 那时,我在林间寻找五月的小花,
> 那时,我在芳香的干草堆里翻滚,
>   那时,我和收割者一起采集奶汁,
>   那时,我欣喜若狂在葡萄山飞奔。
>
> 哦!多么温暖,我深深地眷念你们
> 天真的玩伴,我们怎样冲锋陷阵
>   在户外的野战中,教会自己
>   游泳穿越漩涡,还有攀爬橡树?

但结尾又是对人世充满激情的悲叹:

> 别了,昔日的黄金时刻,
> 伟大与光荣的童年梦想,
>   珍重,珍重,一起玩耍的伙伴们,
>   为这少年哭泣吧,他受到蔑视!

再举最后一个例子,表明年轻诗人将具体见到的家乡风景以及生存状况不假思索地写进通常音调高亢、情感完美的诗歌中。毛尔布隆时期一首押韵的诗描写了孤独的散步,赞美了"寂静":①

> 这泪水,属于你,从我眼中流出
> 滴落在树林里采来的草莓束上——
>   然后,月色中我跟你一起
>   返回父母的可爱的房屋。

---

① 第 17 及后续几行,StA I, 42 f. 。关于三足马,他在一份手稿上加了说明:"一种尼尔廷根的驽马。"StA I, 360。

远处只见烛光闪闪,已是
　喝汤时候——我没有迅跑!
　　[87]悄悄地笑看教堂院子的哀叹,
　　翘望着法场上的三足马。

终于满身尘土回到家里;
　首先分发凋谢的草莓束,
　　夸耀得到它们多么不易,
　　姐妹们对我充满感激;

随后我匆匆拿起
　晚餐剩下的土豆,
　　悄悄溜走,吃饱后,
　　离开高兴的姐妹们。

　　人们可以清楚看到:荷尔德林并没有真正地感受到故乡,对于他来说,那就是他的世界,或者更准确地说,是他的世界中看得见的部分。另一个看不见的部分是翱翔的理想,直接凌驾在可视的世界之上,或者就在它里面,年轻诗人多次在同一首诗中不加考虑地从这个世界进入另一个世界,而没有注意到,这在艺术上本来是不可能的。但心理上,这在他这个年龄段却是可能的。只是他的这两半部分还没有合在一起。但重要的是看到这两部分的存在。在很长一段时间里,人们将荷尔德林看作浪漫派,感伤的、对人生以外充满渴望的理想主义者,或者痴迷希腊的软弱者。当然,这种形象只有在他的全部作品出版后,当人们对他晚年的诗歌有所理解时,才可能得到修正,过去这些诗歌被看作他开始精神分裂的证据。但是,如果以为晚年的荷尔德林才对现实和客观事物、对个体和具体产生感觉,那是错误的。这一切在荷尔德林青年时期已经显示出来。古典主义风格的诗人身上也不缺乏现实的元素,只是这种元素被吸收进古典意义中,经过"扬弃"成为观念的存在。对于我们的讨论来说,这意味着,荷尔德林的家乡观念植根于对家乡的具体观察,他在青年时期是抱着敞开的胸怀和宽阔的感觉去接受家乡的。

[88]这个接受过程有多么强烈,表现在:特别的瞬间、隆重的时刻、即时的抉择,这些从虔诚主义,经历了克洛普施托克,到感伤主义一直得到培植的体验,在青年荷尔德林身上,几乎总是跟故乡自然景色留下的强烈印象联系在一起。在早期的诗歌《我的童年》(*Die Meinige*)①中,他描绘了跟同母异父兄弟一起在内卡河岸边玩耍,看见落日时突然产生的宗教情感:

> 善良的卡尔!——在美好的日子里
> 曾和你坐在内卡河的浅滩上,
> 高兴地看着波涛拍打岸边,
> 溪水引导我们穿过沙地。
> 最后我朝上望。山涧
> 在晚霞中流淌。神圣的感觉
> 涌上心头;我突然不再打闹,
> 严肃地停下儿童的嬉戏。
>
> 我颤动着说:我们祈祷吧!
> 在小树丛里我羞涩地跪下。
> 我们儿童的心声天真而纯洁——
> 慈爱的上帝!这时刻多么美妙。

荷尔德林现存的第一封信,是十五岁时写给一位父亲般的导师

---

① 第121及后续几行,StA I, 19。

的,按照虔诚主义的反省,他汇报自己的内心活动,正如后来经常做的那样,诉说内心的多变:

> 很快,我就深受感动,也许是因为天生多愁善感,内心才更加多变……在我心中,一切都带来愉快,特别是在这个时刻(这种愉快很少长时间地持续),大自然在我心里留下格外生动的印象。①

上面引用的诗歌描绘了一种虔诚主义的感动乃至激动的时刻。但这种时刻并不发生在与世界和自然疏远的心灵孤寂中,而是在家乡生活空间的特定地方,青年诗人甚至意识到自然与这种时刻的内在关联。《特克山》(*Die Tek*)②这首诗试图呈现在尼尔廷根与施瓦本山北部陡峭边缘之间"葡萄山"上散步的时刻,其中心诗句是这样写的:

> 啊!灵魂如此振奋,不由自主地赞叹
> 这午夜里山崖上的森林,令人震撼呀
> 这时刻,让我们感受赐予心灵的一切。

在长篇赞歌《欢庆友谊的日子》(*Am Tage der Freundschaftsfeier*)③中,家乡的自然景色再一次成为心灵时刻的存在空间,而不仅仅是场景:

> 不久前,割草人重新
> 在清晨初次开镰
> 为草场剥去外衣,

---

① 《致迪亚科努斯·科斯特林》(*An Diakonus Köstlin*),1785,StA VI, 3。
② 第42及后续几行,StA I, 56。
③ 第77及后续几行,StA I, 60。

> 如今,干草的香味
> 又一次飘满我的山谷:
>
> 我的兄弟们曾在那里!
> 哦,就在那里!
> 我们在那里缔结联盟,
> 美好、幸福、永恒的联盟。

在这里,大自然、伙伴和永恒的时刻组成三和弦,它将贯穿荷尔德林的整个创作,直到晚年的残篇仍然继续奏响。"家乡"这个词在所引诗句中没有出现,因为年轻的诗人还没有离开过这个世界,还没有从异乡来观察它,还不能称为故乡,但那是一片家园,一个发源地,他在那里增强了力量,遇见了后来托付自己人生的形象:大地、阳光和蓝天。

年轻的诗人不仅感受家乡的自然与风光,而且摆脱不了"远古时代的废墟"以及对"铁器时代英雄"的缅怀。[90]他并没有更仔细地去考察施瓦本地区的历史。施瓦本让他思念,更多是作为概念和理想。在他看来,这是一个"正直""诚实""真正日尔曼男子气概"的国度。他将时代的古德意志理想转用在施瓦本上,对"国外矫揉造作的猴子"、对崇尚法兰西的洛可可社交界充满蔑视。他的几首诗①一再透露出卢梭文化悲观主义的影响:在施瓦本曾经有过一个正直的家族,今天,这个家族衰落了,但是,一个更好的时代将会到来,这是一个内部更新的时代,现在已经有古老优秀东西的守护者,他们将保障古老东西的复兴。这是一种观念式简单化的历史构想,在伟大的哀歌与赞歌的历史神话中,它已经包含着世界周期性进程的形式框架。对于荷尔德林的家乡情感来说,下面这一点很独特:这种美好时代回归的观念,他不是

---

① 《写于荒野》(*Auf einer Haide geschrieben*)、《特克山》(*Die Tek*)、《在欢庆友谊的日子》(*Am Tage der Freudschaftsfeier*)、《图宾根堡》(*Burg Tübingen*), StA I, 29 f. ,55 ff. , 58 ff. , 101 ff. 。

抽象地按照历史哲学的方式理解，而是跟施瓦本联系起来，但施瓦本并不只是这种观念的一个例子，两者之间的等级关系是颠倒过来的。他在自然中用肉眼环顾四周，同时在精神上占有这片乡土。他将过去和未来想象为当下，因为还没有其他的类别供他使用，所以他借助历史三节拍的观念对此进行阐释。

这种历史观完全是非物质性的，同样，正如已经说过的，施瓦本人的特点也很少进入荷尔德林的视野。有一首简朴的舒伯特风格的诗，名为《施瓦本的少女》(Schwabens Mägdlein)①，不具有这方面的典型特征，这在青年时期诗歌中很个别。但他像其他诗人如阿多尔夫(Gustav Adolf)、欧根纽斯(Eugenius)和卢梭(Rousseau)那样，也称颂施瓦本的英雄，这种英雄崇拜在当时凯尔特诗人吟唱的颂歌(Bardendichtung)中很常见。荷尔德林以及他早期在神学院的朋友极为崇拜诗人梯尔(Thill)，②[91]荷尔德林在颂歌《在梯尔墓前》(An Thills Grab)③中称他的早逝为"正直的苏尔维亚人"的损失，在颂歌《开普勒》(Keppler)④中，称开普勒⑤为"苏尔维亚的儿子"，并对此表达了自豪："他从你那儿来，苏尔维亚！自豪吧，阿尔俾翁⑥的感谢属于我们。"颂歌结束的诗节是这样的：

---

① StA I, 77 f..

② ［译注］梯尔(Johann Jakob Thill, 1747—1772)，德国基督教新教牧师，感伤主义诗人，深受荷尔德林敬重。

③ StA I, 83 f..

④ StA I, 81 f. 荷尔德林留存的稿纸中题为《符腾堡公爵克里斯托夫赞歌》(Hymne auf ChristophHerzog zu Würtemberg)的诗很可能不是他的作品，StA II, 364, vgl. Beißner 981 f.。

⑤ ［译注］开普勒(Johannes Kepler, 1571—1630)，德国自然神学家、数学家、天文学家。

⑥ ［译注］阿尔俾翁(Albion)，古希腊对不列颠群岛的称呼，此处指英国自然科学家牛顿(Isaac Newton, 1642—1726)。

> 正直人的母亲！苏尔维亚！
> 你呀，多么宁静！时代向你欢呼，
> 你培育了无数光明的男子汉，
> 家族的人来到此地向你表示敬意。

家族的人来到此地！他本人将是这个家族的一员，这样，他年轻时的荣誉感、成为诗人的渴望，都汇集成一个愿望，那就是，作为一个"伟大的、真正的施瓦本之子"有朝一日为母亲苏尔维亚效力，向她表达自己的敬意。

1790年，具体的乡土观念、对施瓦本的热忱这类题材突然从荷尔德林的诗歌中完全消失了。这是神学院的后半期，他开始与谢林、黑格尔建立友谊，并接触柏拉图、康德和席勒，这是伟大的"图宾根赞歌"时期。自狄尔泰以来，人们喜欢将这些赞歌称为"人类理想的赞歌"，虽然这并不完全贴切。① 从这些赞歌显示出的特征中，我们可以借用席勒的话，稍作修改，作出以下推测：家乡的可怜的火焰已经不能再充实他的心。他的作品涉及更重大的事情，他还从来没有像这三年那样闭口不提家乡。这些赞歌中描写的景色无所不在但又无处可寻，它的元素，春天、小树林、山谷、悬崖，描绘出一个理想的世外桃源；各种被赞美的力量，爱情、和谐、自由、美丽、勇敢、希腊的天才、缪斯等等，一半尚属席勒崇尚的理想，一半已具有神话的特征，穿过人世，在它的气息下，世界变得透明而且没有特征。语言也变得更顺畅，更有掌控，更没有特征，[92]所有口语方式全消失了。正如从景色中出现了理想的空间，从历史中也出现了理想的时代。施瓦本已不再是话题。当下不是来自远古并迎向更美好的日子。世界产生于和谐，昔日的黄金古代将重新归来。直至图宾根时期快结束时，在希腊经历和法国革命的影响下，这种神话才具有了较为具体的形式。

---

① Beißner, StA I, 437.

荷尔德林闭口不提故乡,这也许是必要的;因为,他若不从那里解放出来,又如何将施瓦本理解为家乡,并且获得自由?只要他的身体还在故乡,这个过程的完成就是很自然的。当他离开故乡那一刻,家乡才重新在精神层面出现,首先在书信中,然后在诗歌中。1794年复活节,他在瓦尔特斯豪森第一次担任家庭教师时已经在给母亲的信①中写道:"现在,想起家乡令我有说不出的愉快,我在这些人当中情况很好。"一年后,他在第一次严重的尼尔廷根间歇期构思长篇哀歌《漫游者》(*Der Wanderer*),②其主要部分是一幅欢乐完美的家乡图像。当然,这个构思直到在法兰克福最初幸福的几个月才得以实施。③ 由于这种状况,这幅家乡图像既显示出可爱的无拘无束,同时也将两种真实的景色,即莱茵-美茵地区与尼尔廷根山前地带的风景混合在一起,而他在后来改写哀歌时更坚决地突出了前者的特征。因为这首诗有力地开启了荷尔德林真正的家乡诗,而且包含了它的所有元素的萌芽,所以,下面引用其主要部分:

> 我返回莱茵河畔,回到幸福的故乡,
> 　　温柔的风儿,一如既往,吹拂着我,
> 熟悉祥和的树,曾双手抱我轻摇,
> 　　此刻又抚慰我不断追求的心,
> 神圣的翠绿,永恒美丽世界生命的见证,
> 　　[93]令我精神焕发,仿佛回复到少年。
> 我年纪已大,冰极④使我苍白,
> 　　卷发在南方的火焰中脱落。然而,

---

① StA VI, 116.
② StA I, 206 ff..
③ Beißner, StA I, 512.
④ [译注]冰极是个混沌、可怕、寒冷和死亡的冰雪世界,本诗第2诗节有这样的描写:我曾造访那冰极;犹如凝结的混沌/大海恐怖地凌空而起。/ 雪壳中被禁锢的生命死一般沉睡,/ 铁似的沉眠徒劳地等待白昼。

如黎明女神拥抱提托诺斯①,祖国的大地,
　　你如往日那样,热烈而高兴地拥抱儿子。
极乐的祖国!你的山丘上无处不长葡萄,
　　秋天里果实洒落在波浪般的草地上。
炙热的山岭欢乐地在河流中沐足,
　　树枝扎的花环和青苔为她遮挡头部。
要塞与茅屋登上了深色的峻岭,
　　宛如孩子们爬上威严的祖父的肩膀。
野鹿宁静地走出森林来到和煦的阳光下;
　　雄鹰高高地翱翔在空中四处巡视。
山谷下,在花儿靠近泉水的地方,
　　小村庄悠然地在草地上伸展四肢。
一片寂静:听不见远处磨坊的喧闹,
　　以及防滑车轮从山上滚下发出的声响。
但闻大镰刀割草的悦耳声,
　　农夫扶犁驾驭耕牛的吆喝,
绿茵上母亲唱着歌谣,五月的阳光下
　　小宝贝睡梦中露出甜美的微笑。
湖边,榆树为变旧的庄园大门披上绿色,
　　在野生的接骨木篱笆上到处点缀鲜花,
此时此刻,我来到房舍和幽暗的院子,
　　在这里,我曾跟父亲学习植物知识,
松鼠似地在沙沙响的树枝上嬉戏,
　　带着梦想将额头藏进芳香的干草中。
家乡的夜晚!你对我无比忠诚!

---

① [译注]提托诺斯(Tithon,Tithonus),希腊神话中的美男子,深受黎明女神奥罗拉(Aurora)宠爱。

你如往日那样温柔地接纳这位难民。
更有茂盛的桃子,美味的葡萄,
　　如往日那样可爱地在我窗旁生长。
樱桃树的甜蜜果实红得诱人,
　　树枝也自动地向采摘的手伸来。
小路像往日那样引领我离开花园
　　[94]向森林无尽的绿叶或小溪走去。
祖国的太阳!你像往日那样为我
　　映红小路,增添温暖,闪烁耀眼的光芒;
我从你欢乐的酒杯中吸吮火焰与精神,
　　你不允许我脑筋老化昏昏欲睡。
你将我从童年的沉睡中唤醒,
　　用柔和的力量将我托得更高更远,
温柔的太阳!我更忠实明智地朝向你,
　　变得宁静,愉快地在鲜花下歇息。

　　如果要勾勒这些诗行给人的第一印象,那么,这是一个美丽、富饶、祥和的空间,返乡者身处其间,享受到一种宁静而有活力的安全感。这是一种新现象。在荷尔德林青年时期的诗歌中,展现在我们面前的家乡,总体上是青年诗人成长的生活空间,在那里,他更多为自己的天性、为祖国,而较少为历史培养自己的感受力。但是,此处家乡完全没有被看作或塑造为一个空间,而是由年轻人的理想、愿望和感觉构成的一条不平静、不均匀的洪流,正在形成中的家乡观的碎片分散飘浮在这里和那里。家乡的安全感在青年时期的诗歌中只是作为萌芽存在,还不是有意识的体验,因此也没有进行诗歌的塑造;因为,只有当漂泊者在异乡对家乡有了体验后才可能这么做。家乡作为环抱返乡者的蒙福的地方,在那里返乡者享受到安全感,这是诗中显示出的新东西,同时也是未来的家乡图像及理念的两个基本母题。

前面描述的图宾根时期赞歌,呈现出在精神封闭的存在空间里,尽管对家乡难免抱否定态度,却具有新的生命感。倘若要追述这个阶段如何恰恰构成新的家乡梦的前提,那就会扯得很远。还是让我们回忆一下,这种家乡梦想具有怎样的性质。

家乡的描述从空气开始:"温柔的风儿";以光结束:"祖国的太阳"。在这两者之间,荷尔德林展示了"祖国大地"从外到内的图像:自由的自然,乡村的[95]生活,房舍与院子。大地、阳光、空气或苍穹,正如他在同时期的赞歌《致苍穹》(An den Aether)①中所称呼的那样,构成了家乡空间的三种要素,同时也是家乡的绝对边界,只有在这范围内,特别的家乡生活,"永恒美丽的世界生活"及泛神论的宇宙生命的写照才可能纯粹和顺利地展现,它们并不只是人们可用感官去感受的自然现象,而是自然的力量,神的本体,其管辖的范围从最微小的元素到最高的精神。后来改写成哀歌的时候,荷尔德林将它们作为神秘的三位一体加以赞颂:②

> 而你,云霄之上,
> 祖国之父!宏大的苍穹!还有你
> 大地和阳光!你们三者合一,管治和抚爱,
> 永恒的众神!我连接你们的纽带永不断,
> 从你们那里出发,和你们一起漂泊,
> 你们,欢乐者,我更老练地带你们回去。

人们或许可以把后来一首残篇的词句与这原始的三位一体联系起来,尽管在词句中还包含着与后来思维方式相应的其他意义:"……自然的运行,精神和形态"。③ 在最后留下的信件④中,荷尔德林曾将光"穿

---

① StA I, 204 f..
② 第 97 及后续几行,StA II, 83。
③ 残篇 67,第 9 及后续 1 行,StA II, 335。
④ 《致博棱多夫》(An Böhlendorff),StA VI, 433。

行于来往中"说成是研究"家乡大自然"中遇见的原始现象。苍穹的精神以及大地的形态是他成熟时期创作的常见母题。当然,光有时候也呈现为精神的东西,苍穹则作为有生命的元素,获得生命的脉搏。这与详细的归类关系不大,更多地取决于人们的认知,即,它们有时候被称为存在的基本形式的三位一体,而在完全不同的媒体中,例如在艺术品的"音响"中再次出现并构成最后原则的封闭范围时,则可能被称为时间原则、空间原则和精神原则,整个此在就包含在它们当中。因此,在上面引用的诗句中,这三种力量也陪伴着漂泊者,但是,只有当返乡者[96]"更老练地"带它们回来,它们才为他准备好一个他有家乡感的、属于他自己的地方。

家乡拥抱还乡者,家乡的空间本身又被绝对的神秘力量环抱,这是一种双重的安全,只有当我们看到荷尔德林多么需要保护和救援,并且因为缺少保护和救援而痛苦万分时,我们才能衡量出这种安全所具有的意义。他很早就谈及自己的本性"苍白软弱"和"易受伤害"。即使别人"没有表现出任何侮辱他的迹象",[①]冷漠也已经可以令他深受伤害。同时,他会感觉到"漫游的众神的力量""随着狂风暴雨、风和日丽的转变,在胸中不断地变换,令人心碎"。[②] 这是一种内心的放逐,使他重新尝试寻找避难所,"留在生活中",拥有安全的空间。荷尔德林患病住在图宾根时的古怪礼节,也只是试图在自己四周建造一堵墙,保护遭受危险的人。

家乡是空间,是荷尔德林的原始空间,但它不像物理的空间那么无限,向四面八方开放,而是封闭的内在空间,一栋房子、一座家园。因此,家乡一切未来的图像都具有这个空间的特征,荷尔德林为了使它更形象生动,逐个逐个地、按照一定秩序地提到各部分的名称,或从上而

---

① 《致纳斯特》(*An Nast*),1787 年 1 月,StA VI, 7。关于这种天性,详见 W. Michel,*Das Leben Friedrich Hölderlins*,1940,S. 26 ff.。

② 《我的财产》(*Mein Eigentum*),第 30 及后续几行,StA I, 307。

下,或从外到内,如果是地理名称,则沿着边界描述。①

这个空间后来变成了神话的空间。对此,这里已经有所暗示;话题除了涉及四周力量的神话意义外,出现了一幅明显的神话图像:

> 炙热的山岭欢乐地在河流中沐足,
> 　　树枝扎的花环和青苔为她遮挡头部。

[97]无论人们联想到的是内卡河边的阿尔普特劳夫(Albtrauf)山麓,还是莱茵河畔的黑森林或奥登森林,这情景离《饼和葡萄酒》(*Brot und Wein*)中描写的希腊幻象——众神的空间只有一步之遥:②

> 极乐的希腊国!天国神灵之家,
> 　　我们年轻时听到的是真还是假?
> 喜庆的大厅!地是海,桌是山,
> 　　必定是按远古独特的风俗建造!

这个空间除了具体的形象性和神话的深度外,还有它的精神意义;因为,家乡不是独自存在的空间,而只是为那里土生土长的人而存在。正如荷尔德林诗歌中的所有现象那样,它也是在自我与世界具体的相互关系中获得本来的意义。返乡者在家乡感到的安全性表现为一种广泛的存在,一种亲密的联系和熟悉。正如母亲那样,家乡曾经培养他,如今又对他保持忠诚。对于荷尔德林来说,忠诚与家乡紧密联系在一起。这是心灵的区域,产生于他最狭隘的家乡范围、家庭及其中心——

---

① 例如赞歌《漫游》(*Die Wanderung*)第 20 行及异文,StA II, 138, 713,参阅 Beißner, S. 716 f. ,瑟克尔(*Seckel*)有关《荷尔德林的空间塑造》(*Hölderlins Raumgestaltung*)的论述,载 *Dichtung und Volkstum*, Bd. 39, 1938, S. 469 ff. ,文中特别谈到空间塑造的动态及音响元素,关于空间与家乡的关系,只是粗略带过,S. 482。

② 第 55 及后续几行,StA II, 91 f. 。

母亲。荷尔德林的母亲对他的工作并不理解,按她的理解,他在生活中毫无建树,尽管如此,她牵挂儿子,心中充满了爱和信任。家乡最终可望给他带来的平静不会使他昏昏欲睡,相反将治愈他,使他振奋全部力量。是的,它将使返乡者重新变得年轻,①因为它本身是持续的存在,不屈服于衰老和易逝性。类似于对待大自然,荷尔德林将它看作一个绝对的天堂,在那里,"变换的""湍急的"时间停止了,不再连续地流逝,只有永恒不变的共时,万物也密切地融为一体。因此,如果说荷尔德林试图从生活的干旱中[98]重新获取接触费希特哲学后所留给他的大自然,那么,正如诗歌《致大自然》(An die Natur)②中所写的那样,这种大自然也可以干脆称作家乡。在颂歌《第俄提玛》(Diotima)中,③"神人",即希腊人,"为家乡及其永远辽阔的天空而感到欣喜",诗人以此暗示家乡在天堂意义上具有的超越时间延续的永恒本质。

家乡是一个安全舒适的空间,既有直观的形态,又笼罩着神话的力量,同时又是精神的现实。下面,我们就从这三方面再考察一下成熟时期的荷尔德林的家乡诗。

但凡荷尔德林用直观的图像呈现家乡,即使没有说出地名,也可以发现他真实家乡的特征。但人们必须努力去发现,因为荷尔德林没有进行描写,而且也不想在抒情诗中着意描写,他只是说出和呼唤家乡而已。如果人们熟悉尼尔廷根的地貌,那么,从诗句"连绵起伏的山峦"和"白杨夹岸的亲爱的河流"④中就可以辨认出这个地区来。阿尔布兰德(Albrand,汝拉山脉边缘)正是从那里开始呈现出比图

---

① 在《漫游者》(Wanderer)的这个稿本中,奥罗拉和提托诺斯的形象以及后来改写时的相应诗行都表明了这一点。荷尔德林当时就已经读过赫尔德的文章《奥罗拉和提托诺斯》,自然与历史中永葆青春的颂歌。

② 第 62 行,StA I, 193。

③ 《你沉默并忍耐》(Du schweigst und duldest)第 6 诗节,第 7 及后续 1 行,StA II, 28。

④ 《返乡》(Rükkehr in die Heimath),第 2 及后续 1 行,StA II, 29。

宾根那儿更加崎岖和"连绵起伏"的山势,内卡河下游两岸以及荷尔德林出生地劳芬地区典型的白杨树也是始于那里。如果不熟悉这个地区,读者就不会因此而怀念诗歌图像中的任何东西。成熟时期的诗人试图呈现立足于自身的图像,读者并不需要对地理或作者生平有所了解,也能理解诗的内容。询问这些家乡图像的真实背景,反而不符合他的本意。

但是,我们暂时仍服从这种情有可原的地方主义!在《许佩里翁》中,主人公曾描述在士麦加(Smyrna,又译"士麦拿"、"士每拿")山区的漫游:①

> 我曾在山脚下的一个温馨的茅屋里过夜。在桃金娘的花丛中,在劳丹树脂的芬芳中,身边天鹅在帕克陀斯河锦鳞般的流水中嬉戏,榆树林中女神库柏勒的古庙耸然特立,宛若羞怯的精灵,窥探明亮的月色。[99]五根精巧的廊柱在瓦砾之上默哀,一座威严的大门已经倒塌在它们的脚下。

这是一幅古典主义的画面——人们有一种想起克罗德·洛林(Claude Lorrain)绘画作品的感觉②——田园诗般秀美但又带着些许装饰和浪漫主义的断垣残壁。荷尔德林并没有用肉眼看见过这片他心灵如此深爱的国土。如果说,他不得不为了应急在游记描写中加入几笔写景,那么,值得惊讶的是,他的幻想力如何使这些画面栩栩如生。主人公继续写道:

> 透过无数开花的灌木,我的小径蜿蜒而上。[……]中午在高山上。我站着,快乐地瞻望前方,享受着天空吹来的阵阵清风。这

---

① StA III, 20f.。[译注]汉译参阅《荷尔德林文集》,戴晖译,北京:商务印书馆,1999,页19,引文稍有修改。

② 格瓦尔迪尼(Guardini)的论文"Form und Sinn der Landschaft in den Dichtung Hölderlins"(1944)在论述《许佩里翁》中的其他风景描写时作了这种比较。

是心旷神怡的时刻。

　　眼前犹如海洋似的,是我登山出发时的那片大地,洋溢着青春,充满了生命的欢乐;春天用天国般无尽的姹紫嫣红问候我的心,大地回馈的光千变万化,而天上的太阳从中又找到自己,同样,我的精神在生命的丰满中认出自己,这丰满拥抱着它,从四面八方朝它袭来。

这是完全不同的一种色调:细节隐退了,画面中充满了潮涌般的生活,仿佛这段描写获得了新的脉动。要猜出这种脉动从何而来并不困难:"眼前犹如海洋似的,是我登山出发时的那片大地。"这是从阿尔布兰德(汝拉山脉边缘)往下眺望符腾堡时看见的情景。如果想准确一些,那就必须说,其实在士麦加后面,从大海那里向上延伸的崎岖山岭中,很难找到一个地方,那里的广阔大地像海洋那样在山脚下。① 我们不应对此加以嘲笑,而应尊重诗人,他从外部生活的贫乏中获得了诗人内心生活的富足。这是一个小小的例子,表明荷尔德林是用什么方式利用他所具有的真实性、家乡,[100]在无意识的逼迫下,实现了颂歌《内卡河》(Der Nekar)所强调的施瓦本与希腊的综合。

　　人们也许会感到惊讶,为了塑造一个并不具有地方特色的家乡形象,荷尔德林一再将这个地区选作榜样。其实他也看见过其他更耀眼、更秀丽、更壮观的施瓦本风景,这是肯定无疑的,而且他也曾经呈现过这些风景。特别是他的哀歌,对此就有描写。② 在哀歌中我们可以找到他对博登湖和莱茵谷的描绘。在哀歌《斯图加特》(Stutgard)和《徒

---

①　接着的这段描述可能源于荷尔德林对1791年瑞士旅行时见到的崇山峻岭的回忆,这次旅行在诗歌《瑞士州》(Kanton Schweiz)中有所反映,StA I,143ff.。

②　关于《哀歌中的家乡风景》(Heimat - Landschaft in den Elegien),米勒(E. Müller)在论述历史神话时就谈到过,见《荷尔德林,他的精神史研究》(Hölderlin. Studiuen zur Geschichte seines Geistes),1944,S. 380 ff.。

步下乡》(*Der Gang aufs Land*)中,他赞颂这座城市以及低地的河流与山坡上的葡萄园,在赞歌《伊斯特尔河》(*Der Ister*)中,他赞颂了上多瑙河谷。但是,在没有标明地点的家乡图像中,人们都可一而再、再而三地辨认出尼尔廷根的地方风貌;因为,这个地区再怎么平庸,都有某些特征比其他地区更显著。对于荷尔德林来说,它们具有非同寻常的意义,因为,荷尔德林世界图像的象征植根于它们,或者,反过来说,它们有助于荷尔德林塑造其世界图像和象征。

首先,起决定性的是西方—东方的取向。山脉的边缘,河流,清风,白云正如常见的那样吹拂飘浮,它们虽然在地理上并不十分精确,但对于我们的感觉而言却相当严格地遵循这种特点,对于荷尔德林来说,这是他的渴望自施瓦本飞向希腊的路径;反过来,除了某些变体外,又是希腊迈向西方的文化进程的轨道。

其次,是过渡性和间歇状态的因素,这在荷尔德林的人生感受、在他对诗人存在的理解中深深扎下根。在这里,内卡河一半仍是"绿草如茵,两岸垂柳"的小河,一半已是宽阔平原上的洪流,两岸矗立着白杨,山坡上栽着葡萄。汝拉山脉连接着低缓的山丘和深远的树林,突兀的岩峰和厚实的城墙令人想起崇山峻岭。冷峻与优雅,田园小景与广阔天地,混杂在汝拉山与内卡河之间的果园、山谷、森林、草地中。处处呈现出来的都是一种风景到另一种风景的过渡,以及对世界整体的这种感知。

再次,这种风景显现为一种结构清晰的秩序,它在高山与江河这两种极端之间展开,对于荷尔德林来说,这是最终的神话的状况。高山,坚固、矗立、层层叠叠;江河,流动、奔腾、川流不息。这是空间与时间的象征。在荷尔德林看来,两者处在一种高度密切的变换关系中。因为,江河并不总是一去不复返,它也会流进田野,形成"垄沟",①使土地可

---

① 《斯图加特》(*Stutgard*),第 63 及后续 1 行,StA II, 88。

以开垦;"因为河流使田野得以开垦",《伊斯特尔河》(Der Ister)①如此写道。时间造就了风景和人类生活的空间,相反,高山也与时间有关。它不只是矗立,正如我们听说的,它"起伏连绵"。

赞歌《大地母亲》(Der Mutter Erde)②中写道:

> 造物主(上帝)的时间,宛如山脉,波涛滚滚流经大地奔向海洋。

高山是产生于时间中的清晰的此在的象征。它是"时间的顶峰",③正如人们说的,④它是用时间造成的。因此,天父"身居高处,将流动的时间""不断翻新"。⑤赞歌《莱茵河》(Der Rhein)中写道,从亚洲走向欧洲和德国的人类历史,是在最高的山脉即"天上的城堡"阿尔卑斯山上更新的。⑥被理解为时间的河流将空间塑造成风景,同样,高山作为空间的形态则让历史从本身是空虚的时间中产生。

对于荷尔德林来说,这种神话本体论的意义隐藏在家乡风景的简单形式中,现在,我们更清楚地了解到,为什么他的想象力一再返回到家乡的风景。这样,我们已经处在家乡的神话象征中间。赞歌《漫游》(Die Wanderung)的开头如此写道:⑦

> [102]生性快乐的苏尔维亚,我的母亲,
> 你也跟那边更为容光焕发的

---

① 第 16 及后续 1 行 f. ,StA II, 190。
② 第 67 及后续几行 ff. ,StA II, 125。
③ 《拔摩岛》(Patmos)第 10,StA II, 165。
④ 格瓦尔迪尼(Guardini),同上,S. 64 f. 以及 Hölderlin, Weltbild und Frömmigkeit, 1939, S. 90。
⑤ 《返乡》(Heimkunft),第 86 行,参阅第 31 行,StA II, 97 f. 。[译注]中译文见《荷尔德林诗新编》,顾正祥译,商务印书馆,2012,页 117。
⑥ 第 6 行,StA II, 142。
⑦ StA II, 138。

妹妹伦巴第一样,
有成百条小溪流经你怀里!
还有够多树木,洁白的、粉红的
和深色的野花盛开在密密的绿叶间,
瑞士境内的阿尔卑斯山也为
毗邻的你投下绿荫;只因你的住处
靠近源头,倾听着泉水
怎样从银色的圣器里
汩汩流出,被圣洁的手
倾倒下来,一旦

  温暖的光线
接触水晶似的坚冰,由于
光的催化,崩塌的
雪峰向大地泻下
圣洁的水。因而
你生性忠贞。紧靠源头的
生灵都眷恋本土。
你的儿女——大小城市,
无论伴着烟波浩淼的大湖,还是
紧靠内卡河畔的牧场,或莱茵河畔,
全都认为,恐怕没有
比这更适合居住的地方。

  一幅宏伟的画面:施瓦本,诗人的"母亲",正如伦巴第那样,靠近源头居住,毗邻阿尔卑斯山,因此,天生忠于它。我们听说过对家乡的忠诚,它变成对源头的忠诚。对荷尔德林而言,这个源头是什么?它不是世界时间的开始,也不是世界的原则或法则,它是无处不在的根基,真正神话的、造物主的深处,一切具有形态和价值的东西不断从那里重新产生。施瓦本是首个法定的果实,"住处靠近"源头,也就是说,不是在源头居住,但源头就在眼前,跟家乡与源头之间存在一种张力。①[103]如果要在这里阐明后期的荷尔德林总是从离源头远近的视角去观察一切现象,上至伟大的文化力量,下至自然与生活中最简单的事物,并据此衡量其现实价值,就会扯得太远了。我们的基本思想是:凡是产生于源头的、天生状态的东西,必须没有在异乡截然不同的他者中失去自我,而是返回来,在保持距离的情况下重新获得源头,并学会"自由运用"自己的东西。②只有这样,它才在完全意义上是真实的,并且是活生生的精神的代表。这样,荷尔德林也可以在另一种语境下把家乡作为源头的同义词。在赞歌草稿《致圣母》(An die Madonna)中,③他斥责一些人"对家乡和重力不屑一顾,永远错误地依附在母亲的怀里"。在唯心论的意义上,任何东西要想"成为意识",理所当然必须首先离开家乡,吸收外来的东西。在这个过程中,它将首先感受"重力",按黑格尔的说法,"努力理解",接着感受痛苦、孤独、命运,而这一切,自从错误地依附于家乡、固有的和"民族的"东西之后,已经很久没有经历了。④ 荷尔德林后来新增的《饼和葡萄酒》的结尾部分,也在同

---

① 海德格尔也强调"靠近源头"这一点,荷尔德林诗歌的阐释,S. 20. f. 。
② 《致博棱多夫》(An Böhlendorff),1801. 12. 4. ,StA VI,425 f. 。
③ 第 90 及后续几行,StA II, 214。
④ 要理解这些诗句,最好是参考人们谈过很多的希腊 - 西国(Griechenland - Hesperien)情结,对此,拜斯纳作过深入分析(Hölderlins übersetzung aus dem Griechischen,1933, S. 147 ff.)。前一诗句是这样写的:"以免他们扰乱分娩白昼的乳娘。"西国是德国人的母亲,希腊是"乳娘",用乳汁哺育他们。希腊分娩"白昼",也就是说,使德国人的祖国尽善尽美,但条件是,这些人不去"扰乱"她,即使是去她那里,在一定限度内向她学习,也是一种"扰乱",第一封博棱多夫(Böhlendorff)的信中如是说。这样,德国人就有可能当着荷尔德林的面协助希腊实现其世界历史的使命。

样的意义上谈到精神:"故乡令他销魂。"①只有"起飞并回归自我",②他才变成自己,并且"找到精神的故乡"。③[104]这些语句似乎包含着对以下事实的最好注解:荷尔德林只有在异乡才能对故乡有所辨识,并实现诗人的客体化。他成熟的家乡诗直接表达了那种难以达到的、对自己东西的"自由运用"。

在这里,故乡这个词在一般的意义上使用,表示自身的、祖国的、民族的东西,这些东西希腊人跟德国人一样拥有,而在《漫游》一诗中则指具体的故乡苏尔维亚。诗中,阿尔卑斯山是源头,施瓦本离它如此近,以至于这个源头总是在眼前,却又离得够远,在"自由运用"中才能不断重新获得它——时间的辩证法转变成空间的画面。因此,施瓦本最纯粹地体现了赫斯培利恩的本质。(das hesperische Wesen,见书稿第 74 页译注,赫斯培利恩是希腊文献中对西方国家的称谓,荷尔德林以此喻指德国。)在那里,生命之泉的力量流动得比任何其他地方都更丰富,那是一个不能离开的地方:"大家都认为,没有比这更美的家园。"

荷尔德林在这里发表了对家乡的高度评价。这种评价能否为施瓦本的民众性格和施瓦本的时代精神所证实,我们无从查证。但知道这一点就足够了:荷尔德林对施瓦本的本质有自己的想法,并且完全可以为己所用。

写到这里,我们暂时中断一下,去看看心灵上的家乡空间母题。在颂歌《还乡曲》(*Rükkehr in die Heimath*)中有这样的诗句:④

---

① 见 StA II, 608 以及拜斯纳对此的详细解释, S. 620 f.。在这里,我们不探讨皮里兹(Pyritz, *Zum Fortgang der Stuttgarter Hölderlin - Ausgabe*, Hölderlin - Jahrbuch 1953, S. 102)的不同解释,因为其前提是对后期荷尔德林思维方式的分析。
② 《许佩里翁》(*Hyperion*), StA III, 38。
③ 《谟涅摩叙涅》(*Mnemosyne*),第 2 稿,第 4 - 8 行异文, StA II, 820。
④ 第 11 及后续几行, StA II, 9。

> 而你,我的祖国!你,神圣的
> 　　忍耐者!看吧,你留在了原地!
>
> 为了让他们与你同欢乐共忍耐,
> 　你,亲爱的,教育你的儿女,
> 　且在梦中告诫那些在远方
> 　　漂泊迷茫的不忠之人。

荷尔德林常常被处境所迫返回家乡,在这里具有一种安慰的意味——"看吧,你留在了原地"——回到了那个超越时间的、永存的神圣地方。是的,[105]如果说还乡还可解释为精神自我运动中的抽象一步,那么,在这个具体的情景中则是听从故乡的告诫。因为她对漂泊者的教育不是用法令和惩罚,而是像大自然那样"轻轻拥抱"。① 并且是带着欢乐和忍耐。这种忍耐不是诗人失去第俄提玛后在死神"可怕的魔力"下学会的听天由命的苦忍,②也不是英雄式坚忍不拔的忍耐,而是神圣的容忍,一种带来拯救的忍耐。因为祖国本身"忍辱负重,似沉默的大地母亲",③保持着这种态度。在无法抗拒的时代急流中,世人目无神灵、傲慢自大,人们必须在静穆中保持神性并让其增长,使世界焕然一新。

此外,除了适应这种静穆的增长外,故乡还有其他的要求。后期的一段残稿这样写道:④

> ……那是因为
> 倘若一个人对太阳不信任
> 且对祖国大地的

---

① 《宛如节日》(*Wie wenn am Feiertage⋯*),第12行,StA II, 118。
② 《梅农的哀叹》(*Menons Klagen*),第19行,StA II, 75。
③ 《德意志人的歌》(*Gesang des Deutschen*),第2行, StA II, 3。
④ 《赠侯爵》(*Dem Fürsten*),第2稿,第17及后续几行, StA II, 247。

> 喧哗又不喜爱,
> 死神将使他流落异乡。

在荷尔德林的世界中,各种各样的死神是恶魔,破坏人与人之间的联系,使鲜活的东西在隔绝中僵化。他们使不信任太阳、不喜爱祖国大地喧哗的人流落异乡,失去家园。《漫游者》(Der Wanderer)和其他诗歌谈到心灵上家乡的安全感,正如我们在这里看到的,它并不是自然而然就有的,必须通过爱和信任才会产生;也只有这样,才会产生故乡。家乡也许有山有水、有城镇、有居民、有历史,但它并不像时空中的事物那样简单地存在。它是一种有精神的物体,在贯穿精神的地方,它存在于人与世界相亲相爱的[106]关系中。这种关系,诗人用呼唤的形式已能表达出来。

另外一篇后期的残稿与大部分残稿不同,冠有标题"故乡"(Die Heimath),①虽然没有明说出来,但却表达了上面提到的相互关系。诗中将这种关系直接转换成图像,正如里尔克在《致荷尔德林》(An Hölderlin)一诗中所说的,用诗谱成"沁人心脾的画面":

> 请允许我漫步,
> 采摘野生的浆果,
> 抹去对你的爱
> 在你的小路上,哦,大地
>
> 在这里——
> 　　带刺的蔷薇
> 与可爱的菩提树
> 在山毛榉旁散发幽香,
> 中午,黄澄澄的麦地里
> 生长在喧哗、笔直的麦秆上,

---

① StA, II, 206。

> 谷穗向侧面弯下了脖子
> 宛如秋日,如今在高大的
> 橡树的华盖下,我思索
> 并仰头询问,远处传来
> 熟悉的钟声,金子般叮当响,
> 此刻,鸟儿醒来。这很好。

然而,当人们信赖地献身给故乡从而变成"本地人"后,他将了解到什么?另一首残篇是这样写的:①

> 院子的斜坡上立着荒野的山丘。
> 樱桃树林立。凛冽的山风
> 在岩洞四周吹拂。就在那里
> 我便是所有的一切。胡桃树
> 娴娜多姿地(映照)在泉水中,
> 灌木丛中的浆果宛如珊瑚
> 悬挂在管状的枝干上。

[107]人们曾经想将这些诗句解释为荷尔德林对法国南部风景的描写。② 但这首诗的异文否定了这一解释。③ 岩洞四周凛冽的山风指的是阿尔普山上的风,荷尔德林甚至想在一首写给妹妹的诗中歌咏这种风,④

---

① 《从深谷开始……》(*Vom Abgrund nemlich*…),第18及后续几行,StA II,250,参阅拜斯纳,增补"映照"一词,StA II. 887。

② 浆果是接骨木的果实,管状的枝干是接骨木的空心树枝。在《漫游者》一诗的故乡图像中,"野生的接骨木"的花在父亲院子的篱笆上盛开(参阅《在梯尔的墓前》,第17行,StA I,83)。荷尔德林家族在其纹章中根据姓氏采用了接骨木树枝作为图样。

③ 这些诗句头一行的上面标上了"日尔曼尼娅"这个词,StA II,887。

④ 残篇19,StA II,320。

这便是直接的明证。荷尔德林在这里最后一次提到故乡尼尔廷根,运用的语言让这个画面像一朵花在破碎的、几乎无法理解的、瓦砾般的诗行中完好地发出光芒。这些诗行似乎说出了一种难以言表的爱和暗暗的震撼。为此,可引用霍夫曼施塔尔(Hofmannsthal)的诗句来形容:"时而每个活人,时而每处风景,皆完全地表白心迹,但只向着受震撼的心。"

"就在那里我便是所有的一切",荷尔德林如是说。他曾经在诗中描写找到第俄提玛时心中洋溢的幸福感:

> 在我们成为万有一如的地方,……就在那里,我确认了我的存在。①

第俄提玛通过她的存在曾赋予泛神论的万有合一感以真实及理由,而现在,是故乡,庭院,家乡最内部的点,在这里,诗人感知到与世界万有的神秘联系以及身份认同。我们还可举出荷尔德林给朋友博棱多夫(Böhlendorff)的第二封信中表达的类似观念,那是在第一次发病后写的,在精神的极端亢奋中似乎包含着他的遗愿:②

> 我愈研究故乡的自然,愈强烈地被触动……富有特色的森林以及大自然各种风貌汇集一处,大地上所有神圣的地方围拢在一个地方四周,哲学之光普照着我的窗户,[108]这就是我现在的快乐;但愿我能记住,我是怎么来到这里的!

在荷尔德林那里,第俄提玛与故乡引发了类似的表述,这大概不是偶然的。如果说,在他如此缺乏外部满足的人生中曾有过两个确凿的、能承载受伤害者的现实,那么,就是这两者。他似乎借助这两者理解了自己世界的元素,通过第俄提玛和自然领会了新集体的理想,通过故乡

---

① 《狄俄提玛》("逝去已久……"),中间稿本第 99 及后续几行, 经校正 StA II, 1000。

② StA VI, 433.

掌握了祖国的观念。

故乡的中心有一个地方聚集了整个大地。这种独特的观念让人想起消除了时间、实现了永恒的瞬间，亦即神秘的"永恒片刻"，或者，如奥廷格尔说的，"总眺望的片刻"。如果说，这种神秘片刻的观念早已有所表现，例如早期的诗歌中写过内卡河畔的神秘时刻，并且后来一直产生作用，那么，关于神秘地方——那里包含着比现实更多的东西——的观念，只是后来在中间时期才看出某些端倪。上面引用的诗中，他将认识第俄提玛的地方法兰克福称为"这片大地的中心"，即西国的中心，就像希腊人将德尔斐的一块石头推崇为世界中心那样。又如，他在《哈尔德之角》(*Der Winkel von Hahrdt*)①一诗中回想起尼尔廷根附近森林里的一块大岩石，据说，乌尔利希大公在克根勒大桥战役后曾藏身在大石下，那里，乌尔利希"脚步"触及过的"根基"已不再"年幼"，历史的事件已进入了空间位置。在后期的荷尔德林那里，故乡不再是四周环抱的空间，它已经诗化为神奇的地方，其中央就是那个代表总体的中心点。

这些母题与后期诗歌中更加强调个体及具体有联系。如果说，古典主义时期的荷尔德林努力在普遍适用的画面中将故乡的生活[109]变成语言，那么，现在，他喜欢提及那些特定的细节，而这些细节却包含着他对世界神秘认识的全部深度。在哀歌《斯图加特》(*Stutgard*)②中，他已召唤来"亲爱的出生地"和"父亲的坟墓"的画面以及"地方英雄"红胡子腓特烈一世、克里斯托夫、康拉丁。在引用过的《漫游》(*Die Wanderung*)诗句中，他沿着与古代施瓦本公国领土相一致的苏尔维亚的边界列举地方名字。③ 在残篇《你们，牢固建造的阿尔卑斯山》(*Ihr sichergebaueten Alpen*)④中他开始写一首歌颂施瓦本的长篇赞歌。他再

---

① StA II, 116.

② 第 39 及后续几行，StA II, 87。

③ 在异文中却也出现了城市海登海姆和内卡苏尔姆，StA II, 713, 参阅拜斯纳 S. 716, 暗示符腾堡的边界。

④ StA II, 231 f..

次开始写阿尔卑斯山,接着,在难以解读的诗行中写到黑森林、内卡河和多瑙河、斯图加特和图宾根以及尖峰山。在这些诗行中,我们也感受到诗人面对"甜美的家乡"——他后期喜欢这么称呼自己的家乡①——表现出的激动心情。是的,他希望在故乡自己"可以埋葬在街道拐弯的地方",那是越过斯图加特的"葡萄路"的拐弯处,漫游者从荒芜的费尔德平原过来,充满神恩的山谷和城市突然展现在眼前。在那里,就像摩西看见上帝应许之地,他想歇息一下,并且作为"这一片刻的见证者"。我们必须将空间的画面重新换为时间的画面,以便理解下面这句话:众神远方夜晚结束、永恒生命和精神开创之时,便是荷尔德林的原始瞬间。他的诗人存在朝向世界历史转折的"黎明时刻",祖国之歌的"崇高和纯粹的颂扬"本来就是针对这个时刻的。因此,他想作为这一瞬间的见证者埋在故乡的那个地方,在道路的拐弯处,在那里,眺望"故乡侯爵夫人"的目光突然开启,"祖国的天使们"显然在共同精神的鼓舞下引领"有先见的民众"走向革新的时代。②

[110] 最后,我们还要就荷尔德林患精神病期间诗歌中的故乡形象提几个问题。在这些诗中,已经不再出现故乡了。这个词在荷尔德林的语言宝藏中消失了,风景的描写不再包含熟悉的特征。也许,大自然使观察者平静下来:"观察使内心安宁,正如画面那样。"③但这是纯粹的画面,风景不再受到喜爱,因此也不再属于故乡。荷尔德林在观察风景的时候,保持着跟他的客人同样的距离。精神上故乡的缺失或许也同属于患病的症状。他此时仍然颂扬大自然的完美,但没有表现出早期那种热爱,往往运用全新的词汇与用语。举个例子:④

---

① StA II, 248, 334, 也参阅 165, 320。
② 《斯图加特》(Stutgard), 第 76 及后续几行, StA II, 88 ff.。
③ 《欢乐的生活》(Das fröliche Leben), 第 29 及后续 1 行, StA II, 275。
④ 《秋天,大地的传说……》(Der Herbst, Die Sagen, die der Erde…), 第 9 及后续几行, StA II, 284。

> 许多事情在短暂的时间里结束,
> 农夫扶着犁耙耕地,
> 他看着欢乐的年终临近,
> 人的白天在这些画面中也完结。

> 大地四周装饰着岩石
> 不像傍晚时消失的云彩,
> 随着金灿灿的白天呈现,
> 十全十美无可抱怨。

"动人的画面"变成了"场景",除了精神病的语言痕迹,其表达有时让人想起启蒙运动时期的教谕诗。的确,"大地四周装饰着岩石",人们可以想象一下,老人从奥斯特山上的魏普林格的花园小屋走向高山牧场,远看傍晚时被照亮的岩石,按照习惯称赞这景色,此时,诗兴发作,涌现出这样或类似的诗句。但是,这已不再是故乡,而是他肉眼看见的、理智解释的一个纯粹具体的世界。他的心已不可以再参与发言;否则,巨大的深渊将会裂开。要知道,病患者总是飘浮在它上方,并且不得不作出我们[111]难以想象的努力,使自己每天简单地生存,摆脱陷入其中的危险。

在这些画面中,荷尔德林走完了诗人的一生,它始于故乡,在异乡找到内心的返乡之路,终止于不再认识的故乡。最后,我们要用荷尔德林的颂歌《故乡》(*Die Heimath*)作为结束,这首诗产生于他的最佳时期,其中包含着本文所阐述的众多特征的萌芽。

> 渔夫喜悦地回到静静的内河,
> 　从遥远的海岛,满载而归;
> 　　我也盼望着重返故乡,
> 　　　带回的收获却是无数痛苦。

你们,曾养育我的河岸,
　　能否平息我爱的痛苦?
　　　童年时代的树林,我回来时,
　　　　能否再次让我恢复宁静?

清凉的小溪旁我曾嬉弄水波,
　　大河上我曾眺望船只航行,
　　　我即将重返故里;你们,
　　　　曾守护我的青山,神圣的

故乡的疆界,慈母的房舍,
　　兄弟姐妹们的热情拥抱,
　　　我向你们问好,你们的拥抱
　　　　如同绷带,治愈我受伤的心。

你们待我如初!但我深知,
　　爱的痛苦不会立即治愈,
　　　世上抚慰人的摇篮曲,
　　　　驱除不了我内心的苦楚。

众神赐给我们天上的火种,
　　也赐给我们神圣的痛苦,
　　　让它存在吧。我如大地的儿子,
　　　　来到世上为了爱,也为了受苦。

荷尔德林对人的解释

[112]"荷尔德林对人的解释"——这个标题似乎有些可疑。因为在诗人的作品中寻找解释,这岂不意味着完全不考虑诗人任务的本质?诗人构想和塑造,谋划一个世界,或者歌颂世界中起作用的各种力量,缔造存留物。他将解释的任务留给阐释者。

然而,荷尔德林后期的一首颂歌用这样的词语来结束:"我要自由地……对你们全体,你们,天堂的语言!进行解释和歌唱。"《拔摩岛》(*Patmos*)赞歌结尾是这样说的,不只是歌颂神秘力量、地母、阳光、亲爱的父亲,"固定的字母受到保护,留存物得到完美解释"。在另一首诗中也说到,在记忆中保存传说,这很好,但也需要诗人"阐明神圣的内容"。诗人进行解释和阐明,有别于评论者。从荷尔德林的哲学文章中人们可以得知,这种诗人的解释是怎么回事。其思想是:诗人所遇见的东西——外在的经历或者内心的体验,历史的传承或者哲学的观点——都不是简单地说出来。正如荷尔德林说的,他必须首先将它放回到"意义"的"根基"上,沉入其本质,然后重新引出来,将它上升到诗歌的具体词汇、形象和寓意符号中。这种解释犹如沐浴,经过沐浴,体验到的东西变成为作品。在此过程中,它失去了偶然的东西,但保留了形态,获得了透明度,可以透过它将有效的内容显示出来。创作本身是一种解释。荷尔德林对人的解释通过作品中的人来显示。本文的标题正是在这个意义上使用的。我们同时利用荷尔德林对人的哲学思考作为某种辅助,这是必要的、毫无问题的,只要我们不将这些解释当作诗歌创作。

一

[113]荷尔德林生活在一个人们充满热情地致力于理解人的时代。在各种见解构成的多声部的、充满不和谐音的协奏曲中,他的声音听上去像从遥远的地方传来。因为,他似乎不是在自己生存的具体状况中探寻人:不变的自然,永恒的诸神,沉没的古希腊,未来的国庆日,正是这些象征场所迫使他描写人,写人过去是怎样的,将来是怎样的,人不是怎样的,应当是怎样的。荷尔德林似乎将人的现实看作不真实的,将自己的理想当作真实的。因此,我们要谈的似乎不是荷尔德林对人的解释,而是他对新人的预示。

其实情况并非如此。因为,荷尔德林对理想的人以及本源的人的想法与当下现实的人的形象相差太远,他的美化元素恰恰是从现实中提取的。人的来历与未来只有在人的腐败状态(status corruptionis)中才显示出来。之所以能够显示,是因为人的天性在这种状态中并没有完全泯灭,而只是被掩盖和歪曲了,荷尔德林所做的与同时代的人没有什么不同,他也致力于发现人并将他交还给命运。

在这方面,他汲水的源泉主要有两个:一是从他自己以及自己遇见的人及其世界中获得的具体经验,这些经验在最早的书信和诗歌中已见于文字,即法兰克福时期的作品,主要通过一个他认为十全十美的人的印象表达出来。另一个是荷尔德林在当时的神学、哲学和文学作品中见到的对人的解释。但个人的经验与流传的思想从一开始就互相渗透:没有一种经验不是在思想形象的视野中形成的,也没有一种思想不是通过经验得到实现和证实的。年轻的荷尔德林还不可能毫无约束地观察和自由地构思。在荷尔德林成熟的初期,从不同物质混杂在一起的母体中最后[114]才产生出他自己对人的解释。因此,有必要简短地回忆一下他早年生活和受教育的世界。

荷尔德林最早期的信仰是:人为了生存需要一个范围,在他看来,这个范围物化为家庭、友人和家乡,其元素是爱。但爱并不具有物体的性质,因此这个范围受到威胁。外部的威胁来自违背爱的关系的人。荷尔德林早期的诗歌喜欢说到"人的压力",该表达指的是"仇恨""欺诈""恶习""世俗的讥讽"。家乡,也称祖国,乃至人类,都在受苦。"暴君"和外国人只是苏尔维亚在长期历史中自我异化的征兆。未受损害的自然以及像光明使者被派入世纪中的"高贵的施瓦本的儿子们"保证了古代及其圣地在半历史、半转世论的未来中回归。这些文学母题带有虔诚主义和狂飙突进运动的语言和思想宝藏的印记。

  内部的威胁来自人自身。美德与恶习在人的心中交替。但这些概念,在具有古老符腾堡精神特征的、融合了启蒙主义和虔诚主义的思想中,并不是简单地指道德与非道德。美德是一种向上开放,恶习则是自我僵化和背离上帝。通向你人性那部分领域,内心生活以及能感知外界和自我的空间,用同样的节奏开启与闭合。荷尔德林抱怨其本质永远如"潮升潮降",让我们看到了这种观点的经验基础。与上帝、人以及自我的全部关联总是遭受僵化及断裂的替代。荷尔德林后来在赫尔德(Herder)的文章《提托诺斯和奥罗拉》("Tithon und Aurora")中找到了关于人和民族逐渐衰老及恢复年轻的话语,这些话语在很长一段时间里被他用作这个过程的文学代码。

  允许人成为人的领域,其边界并不是固定不变的。如果人的生活过分活跃,[115]以至于面临脱离边界、失去自由的危险,那么,这个领域本身也可能对人构成危险。狄俄倪索斯坠湖的经典画面——以最短的轨道回归宇宙——起源于人们很早就有的经验:那些能抵御外部压力却挡不住爱的献身的人"像蜡一样软","容易被摧毁"。因此,在荷尔德林早期诗歌中,我们看见描写退避的姿态,如,"我想从远处聆听",以及类似的表达,在后期的作品中则继续出现断念的母题。在既有束缚又有自由的领域里,用荷尔德林致诗人们的颂歌中的话说,"在轻轻的拥抱中",人才能以人的方式保持理智。正因为如此,荷尔德林常常赞扬"静穆",他在很早的时候就不仅在虔诚主义的意义上将静穆看作是全神贯注、期待恩赐,而且看作一切神灵力量的和谐显示,或者如许佩里翁说的,"在金色的中心飘浮"。

但是,活动而宁静的静穆也可能突然发生以下情况:在释放的情感中,人超越了自我,但不是像狂热的献身那样失去自我,而是为了找到自我。《特克山》(*Die Teck*)这首诗将"灵魂升起"的瞬间,称为"赐予内心感受"的时刻,类似于克洛普施托克的"时刻"或神秘主义者的"永恒的瞬间"。在这种时刻,人运用了超乎人的方式保持理智,他在永恒中领悟到自己的起源与目标。荷尔德林图宾根时期的颂歌创作便是源于这种经验。因为,每首颂歌都塑造了这种"精神振奋"时刻的实现,在这个时刻,诗人将世俗的东西置于身后,注视着他崇拜的、献出诗歌的神祇。

上面的简述也许已经足够让大家看到三个特点。首先,荷尔德林对人的兴趣是随着自我观察增长的,但视角是哲学推理的解释。其实,自身的状态已显示了人的各种可能性。个体的唯一性和不可重复性,无论按近代经验心理学还是赫尔德的史学理论,都没有进入荷尔德林的思想。[116]如果说,他后来将第俄提玛和自己从人的本体中分离出来,那并非因为他们的唯一性,而是因为他们代表了神性。荷尔德林的人从一开始就是人。其二,很显然,荷尔德林的感受方式进入了早期虔诚主义和其他的思维图像中。静穆,瞬间,开启和关闭的节奏,厌恶缺乏爱的能力的人,渴望既有约束又自由的领域,这一切包含了解释经验的基本形式,这些形式直至后期的诗歌都继续产生作用。将早期的抒情诗归到学生习作是不恰当的,在那类诗中还辨认不出荷尔德林。最后,从这些观点中也许可以得知,青年荷尔德林所触及的人的问题,只是探求成为人的可能性,还没有追问人的本质。对本质的解释似乎被更迫切的问题所吞并:在上帝面前,在人当中,在自然中,在当下的祖国,面对一再摆脱自身的自我,我如何才能作为人存在?为了提出许佩里翁关于"人是什么"这一涉及人的本质的问题,还需要有另外的推动。

二

1794年至1795年,荷尔德林在德国主流哲学中遇到了关于人的本质的两种定义,他无法从中解脱出来:人是主体和人是自我。他听说,被解读为主体的人是有限的,因为,人作为主体,只是就客体而言的,他不是客体,对于人来说,客体是已存在的,人必须接受客体,是的,他需要接受才可存在。他必须依赖于外部的存在,具有"我非一切"的局限性。相反,被解读为自我的人是无限的,因为他不像"它"那样交织在世界中,他本身就是一个世界。他所拥有的全是他自己给予的。他可以充分地、无限制地享受摆脱自我的自由以及"我即一切"的绝对性。第一个[117]对人的本质的定义,荷尔德林得之于康德关于"有限主体"的学说,第二个定义得之于费希特的"绝对自我"学说,从书信以及最初的小说创作中,可以找到证据表明他曾研究过以上两种学说,当然,在解释上做了某些变动。

但是,有一个问题是不能绕开的,即,他对人到底有怎样的想法。因为荷尔德林既不会摒弃这种答案,也不会摈弃另一种答案,这个问题自然而然地采取了疑难的形式:如果人同时是有限的又是无限的,受制约的又不受制约的,如许佩里翁说的那样,人在"乞求者"与"上帝"之间摇晃,那么,人究竟是什么? 当时,这个问题的另一种说法是:

我们经常感到,似乎世界是一切,我们是无,但又经常感到,似乎我们是一切,世界是无。

小说中有两个核心句也许能进一步说明问题,一句是:

如果不是命运如古老沉默的岩石对峙,生命的浪花就不会如此飞扬并化作精神。

另一句是:

他想感受一下自己,因此将自己的美貌放在自己面前。就这样,人将众神给予了自己。

也就是说:生命因命运的阻挡而变为精神——人的本质在客体化为神的过程中感受到自己。这两句话在观念上相遇:存在遇到物体就变成意识,但它们分别是两种不同的物体存在方式。命运跟人"相对立",它是投放在面前的客体,人不得不接受它。而神是人自己去"面对的",自己就在他当中,他是摆放在面前的、由主体造就的客体。前者说的是意识的诞生,后者说的是自我意识。但不仅如此,还涉及基本问题:人是有限的主体还是绝对的自我?如果人需要他人给予客体才能变成精神,那么,他就是一个有限的生灵;如果客体是他自己给予自己的,那么,他就是无限的生灵。他在小说的另一个地方写道:"许佩里翁也分裂为两种极端。"事实上,这个持续令人不安的问题时而公开、时而隐蔽地贯穿整部小说,并且还贯穿戏剧《恩培多克勒》:人是世界的接受者还是创造者?人是无,或者,人是一切?

[118]如果一种现象必须同时存在两种对立的解释,那么,二者只取其一与无选择地兼有两者,同样是不允许的。荷尔德林很快就察觉这一点了。反思许佩里翁最初阶段以及同时期的书信,可以看到他不断试图将矛盾的因素合为一体,并迫使对人的本质作出理论上的论证。在此期间,恰恰在思想判断的失败中孕育着文学塑造的最强大的动力。因为,并不是对人的本质的最终确定,而是不断摆脱短暂的答案,导致文学上塑造人,谜语般的人。但是,不应当对此作这样的理解,以为荷尔德林已经走出了哲学的反思,不再需要对他的发展过程做进一步解释。即使我们在他身上看到了一个思想深刻的诗人,我们仍然首先要在他诗人的前期历史中寻找一下,看他在什么条件下才能掌握特定的哲学思想,并将它转化为文学创作的动力。事实上,在图宾根时期赞歌的创作中,这个问题已经有所准备了,但是,还缺少矛盾的尖锐化,这是在他接触了康德和费希特才出现的。

例如,神秘主义的瞬间入迷,静穆的永恒在场,兴奋的心灵向上,这些都意味着生灵从有限向无限超越。但是,这一超越是建立于人的本质中的主观能力,还是拯救人的客观事件,答案完全不确定。同样不确定的是,赞歌所颂扬的力量及天性、美、爱、和谐等等,它们是存在的神性还是理想主义的设定,也就是说,人是它们的造物,还是反过来,人是它们的创造者?如果和谐女神称人为"创造的创造者",那么,这将是一种莱布尼兹式的综合尝试,这种尝试只能在他接受的感觉与他构想的观念的神秘区域里构筑出人的有限与无限的存在。[119]一旦现实的真实性进入诗人的视野并打破赞歌及其人的形象的魔圈,他就遭到失败。在他那里,这呈现为某些形态,呈现为自然、希腊古典,呈现为时代事件的形式,但主要呈现为进入漫游年代后的具体经验——在告别了图宾根神学院及其狭隘的精神生活之后,漫游的岁月使他接触到新的世界,或者说,才使他真正接触到世界。在这个时期,赞歌的唯灵论的激情几乎从荷尔德林的抒情诗中完全消失了,取而代之的是简单形象的语言。一种新的现实感产生了。对人及其与现实关系的追问再次迫切地要求找到答案,对康德和费希特的深入研究进入意识中,这个问题本来就潜伏着,但一直不确定。

三

让我们来探究一下人的概念,在荷尔德林的古典主义诗歌中,此概念的发展来自有限性抑或无限性的二者选一。我先列举几个荷尔德林没有接受,然而在当时的作品和思潮中遇到的答案。

荷尔德林所说的人并不是小宇宙,在小宇宙的构成中,世界的元素,天上的和地下的,全部重复再现,虽然在构成本质的每个部分上是有限的,但在总体上,就像一个自足的体系,是无限存在的,世界能够给予它的,都可以由自身发展形成。他也不是圆极(Entelechie),圆极自身包含着目标,因此总在实现自我的路上,也因此它在每一瞬间都是有限的,但又是无限的,因为它包括了所有瞬间的连续。第三,他不是物质和道德的双重物体,当这两半争执或这一半战胜另一半时,他是有限的,当两者妥协达到和谐时,他获得了绝对的存在。跟莱布尼兹、歌德、康德、席勒这些名字联系在一起的各种解释的母题[120]虽然有时会出现,但是,它们是以一种完全不同的概念形成的,人们怎么也不会想到,将许佩里翁或恩培多克勒看作浮士德、威廉·迈斯特以及席勒笔下的悲剧人物的兄弟。

荷尔德林构想的特色并不体现在结果上,而在于方法上。荷尔德林没有运用各种元素来构建人,他既没有运用构成本质的各部分及其关系,也没有运用本质的核心及其展开,而是将人跟事物的总体作对照,将他置于事物的中心。从人审视自己对世界采取什么态度,以及人如何在这种态度中理解自己,推导出人的本质。从人对世界的态度和自我理解的基本可能性中,引出本质显示的变换形式。荷尔德林的构想在来源上区别于其他的解释。它不是植根于自然科学,而是来源于所处时代的神学思想,一种经过泛神论重新解释的神学,于是,人对世界或自然的态度也就承担了人神关系的角色。

至于荷尔德林试图怎样解决这个疑难问题,首先可以从他的作品中推导出,尤其是小说和戏剧典型情景中对人的描述,还有,可以从诗歌中人的形象得知。汉堡时期关于创作美学的文章只是谈到特定问题时才涉及这个问题。

从纷乱多样的事例中似乎显示出人的存在有四种可能,这些可能性虽然消除不了有关的争论,却将有限与无限的问题分别放在特殊的、具体的情况中,从而实现了对人的本质的确定:有限的人可通过以下两种方式无限地存在,其一,只要他仍然是自然,其二,只要他重新变成自然。第三种可能,只要他将自己设定为绝对,他便失去上述第一种无限性。最后,第四种可能,当他承认了自己的有限性时,他可以希望通过拯救获得上述第二种无限性。我们在下面将进一步说明这四种可能性。

荷尔德林的意象中，个人及民族的童年，属于人仍处于自然状态时。[121]我们称之为一种意象。因为在原本的理解中，自然状态指的是，人还没有作为个体从自然的宇宙生命（Alleben）中分离出来。儿童是最接近这种状态的。小说《许佩里翁》开头对童年的赞扬中列举了童年的性质：宁静、纯洁、完整、美丽、自由、和平、富饶、不朽。这些概念中的任何一个都有其历史。在席勒对朴素特征的解释中，荷尔德林发现了事先形成的外貌上的一致性。他通过儿童的本质也对这种特征进行了解释。但恰恰通过跟席勒比较，可以看出荷尔德林的特点。席勒从未被削弱的自发状态（Aus – sich – selbst – sein）中看到儿童的绝对性。荷尔德林强调的是无渴望的自在状态（In – sich – sein），在这种状态下对世界还没有了解，因此还不是完全意义上的自我。这两种定义似乎很相近，但有着根本的差别：一个是建立在自身基础上的存在的自由，另一个是摆脱了环境压力的、内心平静的生活与呼吸——席勒的独立自主与荷尔德林的完好无损。两种来源不同的思维方式和本性在下面的细节中显示出对立。

儿童的"永恒"在于"对我们四周的环境"一无所知。在荷尔德林的语言中，这个词并不意味着无终结的延续，而是表示纯粹的、没有过去与未来的当下。在儿童身上，它显现为整个本性的持续在场，它不会牵涉外部的东西，也不会陷入变换状态的单一化中。让人长期地保持这种本性，不要使他过早地脱离环境，依靠自己去领悟时间性，这一切，被荷尔德林看作教育的任务。他用雅典人作为例子来说明，因为他们"宛如形成中的钻石"，长期保留儿童的状态，所以成为"完美的人"。荷尔德林后来再次吸取这种思想，描绘了大自然在"轻轻的拥抱"中抚育诗人。

然而，一个不认识客体的生灵可以成为主体和人吗？他像植物那样包含在普遍的生命中，抑或像荷尔德林谈到儿童时说的，只是"客体中的客观生命"？他到底有没有意识，[122]难道他不更接近于无吗？荷尔德林逐字逐句地证实了这一切，他给出了一个佯谬的回答：

> 儿童是有神性的生灵,只要他还没有浸入变色龙的颜色中。

这种佯谬的基督教起源很明显:有自我意识的人是捉摸不透的变色龙,无意识的儿童是现存最确定的东西,是有神性的生灵。但荷尔德林将这个起源遮掩起来,他符合逻辑地认为儿童的无意识存在来自诸神。诸神一无所知,他们存在着,《莱茵河》(*Der Rhein*)赞歌中有这样一段著名的描写:

> 因为
> 那些极乐者对自己毫无感觉,
> 也许,如果允许如此说,
> 必须有他人以诸神的名义
> 充满同情地去感受,
> 他们需要他……

这里的"他"暗示的是诗人,在诗人的歌咏中,诸神才有了知觉,感觉到自己的神性。

对于我们的问题,从上述内容中可以得出:荷尔德林在儿童的象征中解决了人的自相矛盾,他通过剥离客体,使有限的主体回复到主客体分裂前的状态中,而使他变成无限。在他的笔下,人的本性如同初生状态的人,但正因为如此,他并非无,而是属于有神性的类型。这样来确立人的本性并不成功,但是,却找到了判断人的标准。

第二种解决自相矛盾的方法导致人重新变成自然,成为"完美的人"。因为他实现了人的理想化,所以,他已不再是这个或那个徒有其名的人。这样,也就可以解释许佩里翁的佯谬的定义:

> 人一旦是人,他就是神。如果他是神,他就是美的。

在这点上,荷尔德林与席勒也有相通之处。毫无疑问,席勒在审美教育书简中部分关于"审美状态"的论述,对荷尔德林有关"完美的人"的思想起了决定性作用。

[123]在审美状态下,人同时是"空无和一切",也就是说,他并不固定于任何特定情况,他的整个本性处于活动中,他向可能的整个客体开放。他仿佛位于世界的中心,坚持纯粹的能力,不按照这个世界的一个特殊客体用一种特定的行动来限制自己。荷尔德林用这种暂时的可能的状态构成"完美的人"的人格。作为人,他必须进入世界并忍受其影响,但他应当——"自由地处在寂静的自我强权中"——保持世界的审美自由。这怎么可能做到?只能通过以下这种方式:在任何世界影响碰上他之前,将影响变成自我的表达,他是接受者,但扮演给予者。但这并不意味着适应,在适应中人只负有关系职能,而是意味着和谐,荷尔德林说的"齐唱"。一个人跟世界共鸣,犹如合唱队的一位歌手与其他成员齐唱,只有在这样的世界中,完美的人才成为可能。荷尔德林经常运用这个画面:

> 人们想成为音响,融合到天堂的歌唱中。

这句话出自《许佩里翁》。《和平庆典》在描写神与人的妥协时说:"我们如今是一个合唱队。"根据这种图像,他将"美的本质"放到赫拉克利特的"在自身中相区别的一"中。《许佩里翁》的前言说得更清楚些,"统一对立的"和谐建立在内外共鸣的基础上,它让美结束了"自我与世界之间的永恒争斗"。自我与世界,双方交替成为无,并要求成为一切,只要任何一方主动接受对方给予的形态,它们之间的争斗也就停止了。但是,这种情况发生的条件是,它们相遇时出现自身中相区分的一。

荷尔德林通过第俄提玛和恩培多克勒描绘了"完美的人"的形象。第俄提玛是时代的异乡人,这个人物停留在自己的本性中间,没有被触动过,完全只是内在的生命。她在花丛和自然中产生共鸣,感觉在家一样,对于她来说,使人僵化的实用世界是陌生的。[124]她生活在自己的领域内,"逍遥自在","有意识地一无所知。"她在"爱的沉默"中隐藏自我,在"歌唱"中表白自我,这是她的本性的表达,她不喜"言说",因为言说总是传达某种见解或意愿,涉及客体。她与现实世界第一次也是唯一一次接触就是自己的死亡。当她开始死去的那一刻,许佩里翁当着她的面已变成了没有时间的完美的人,他挣脱了,以便此时此地在争取自由的斗争中获得在时间的黄昏才能实现的东西。

恩培多克勒的情况有些相似但又不同。正如最早的计划中说的,他"处于跟所有生命的伟大和声中",与"当前的一切心灵亲密相处,自由而舒展,像神那样"。他憎恶"一切特定的行业",因为这会将他束缚在"继任的法则"上,也就是说,被固定在变化无常的当今。但是他跟第俄提玛不同,他过的是一种公众的生活,他的作用产生明显的力量,在这种力量下,似乎历史中可能出现"整体的恢复"(restauratio ad integrum),黄金时代的回归。这误导他在"过分的热忱"中称自己为神。正如荷尔德林在这里写的,他犯了"傲慢的原罪"(peccatum originale der superbia),因而要以死抵罪。第俄提玛毁于现实条件,恩培多克勒毁于蔑视现实条件。

"完美的人"能够独立存在其中的社会,毕竟是按照荷尔德林的模式构建的,就像席勒的"审美王国"是按照审美状态构建的那样。但是,席勒的社会只是审美化个体的复数,它"借助自由给予自由"的基本原则重复了个体存在的法则。它体现了启蒙运动以道德审美解释的社会学说。荷尔德林的社会与此不同,它本身就如同个体,是神的领域,正如荷尔德林说的,"共同精神"比个体存在更早,它使社会首先成为个体,这样,我们就靠近了黑格尔和浪漫派。虽然,席勒的基本原则也适用于荷尔德林的个体间的关系,但已不再作为法则,[125]而是作为生活的形式。在尊重与相爱中享受自由,这种生活已经是神的庆典:"我们精神的共鸣及其无限的增长将为此而欢庆"——第俄提玛以此结束她对未来社会的幻想。

至此,荷尔德林是如何回答他起初提的问题的呢?有限的人通过两种方式变成无限:他要么不认识世界,要么跟这个世界共鸣,仿佛世界是他的一部分。"塔利亚片断"①的前言将"单纯"与"完美的教化"称为体现在儿童与"完美的人"身上的状态,这两个概念按照字面意义理解指的是天真纯朴、自我与世界相辅相成的状态。它们并不论证人存在的可能性;因为人必须在生存中活动和受苦。如果人们愿意的话,可以称之为乌托邦,而且是真正的乌托邦,即形而上的回忆与希望。只有在过去或未来的人的形象中,人的自相矛盾才可能消除。

按照上述的前言,每个人从儿童的单纯到"完美的人"的完美教化,都必定以某种形式贯穿一条"离心的轨道"。荷尔德林想以此说明:人从原本协调的、与生俱来的儿童存在,到重新协调的、培养造就的美的存在,必定经历与自我分离的过程。他必须失去自我,以便找到自我,经历"脱离和回归自我"。这种从中心到中心的离心轨道正是真实此在的地点。在这里,可以找到现实的人,有限的主体。但是,他的有限性与无限性存在一种双重的关系。谁若将自己设定为绝对的,就会失去自我;谁若面对绝对,并接受有限性,就会找到自我。下面,就让我们来看看这两种可能性,先看第一种。

恩培多克勒的傲慢。戏剧开始于他口出狂言的地方。他"失魂地在黑暗中"坐着,不再有知觉,他说的话是"死亡的音响"。荷尔德林在一个明显的[126]象征中暗示了原先的过程:自我神化——自我丧失。他在经历了一次又一次的变化后,最后遇见了直冲云霄和跳入深渊的巨人们的神话。其中一个巨人想得到一切,却一无所成,他名叫许佩里翁,这并非偶然。

这里要涉及的不是悲剧人物或神话人物的极端的命运,而是下面

---

① [译注]"塔利亚片断"(Thalia‐Fragment),即荷尔德林创作的《许佩里翁片断》(Fragment von Hyperion),1794 年发表在席勒创办的刊物《塔利亚》(Thalia)上,这是《许佩里翁》的最早稿本,同年,荷尔德林在耶拿认识费希特,受其哲学影响,继而创作了许佩里翁的节律稿(die metrische Fassung)和《许佩里翁的青年时代》(Hyperions Jugend),最后,在 1797 至 1799 年期间,完成了书信体小说《许佩里翁》。

这样的问题:一个人想从自我出发去生活,该怎样做?这样的人该怎样理解?他将自己捆绑在已经形成的人格上,认为他已经通过自己的过去得到授权,他不舍弃必然消逝的东西;用圣经里的话说,他不会忘记"身后的东西"。对于这种状态,荷尔德林有几个最重要的关键词:"迷茫"——因为一个这样的人在前进时往回看,"焦虑"——因为他企求世俗的自我变成永恒,"屈从"——因为他臣服于自我欲,圣经意义上的"肉体","怕死"——因为只有在现实存在中盼望拯救的人才惧怕死亡。将自己设想为绝对,无异于证明自己有限,两者是同一回事。

颂歌《人》(*Der Mensch*)将所有这些特征汇合为关于人的伟大神话。作为地母与日父的孩子,他要集两者的本性于一身:大地的快乐与悲伤,太阳神的崇高灵魂。他试图同等程度地实现两种本性:

> 众神之母,大自然,
> 　　包罗万象者,他全要相似!

但是,人不能既享受植物的幸福又同时是自主的精神与意志。他必须决定,世界抑或他自己是一切。他对此作出了抉择。这是他的傲慢;在"高傲"中他脱离了大地的心,行驶在"没有鲜花的水面上",为自己"在山上挖了洞穴",对太阳神不忠诚,"不爱仆人,讽刺有焦虑的人"。这首诗用下面几段诗节作为结尾,它们包含了抽象表述的全部母题:

> 因为林间小鸟更自由地呼吸,
> 　　如果人的胸脯更威严地挺起,
> 　　　　[127]他看见了阴暗的未来,必定
> 　　　　也看见了死亡并产生了惧怕。
>
> 人永远战战兢兢地骄傲,手握
> 　　武器抵御所有呼吸尚存者;

> 他在争斗中耗尽了精力,他的花
> 　虽祥和温柔,盛开时间却不长久。

> 他难道不是所有生活同伴中
> 　最快乐者?然而命运的袭击
> 　却更深更猛,一切全抵消了,
> 　　可点燃的胸脯也抵消了强大。

与这种人的形象相符合的社会,其各部分都与完美的人的社会格格不入,《阿尔希沛拉古斯》(*Archipelagus*)的诗句描绘了这种社会的特征:

> 　　　　他们的动作
> 已身不由己,咆哮的作坊里只听见
> 自己的说话声,野蛮人疯狂地干活,
> 不停挥动有力的臂膀,却一无所获,
> 宛如复仇女神,只留下可怜的辛劳。

这是一个不和谐的社会,它的特征——彼此隔离和疯狂而毫无意义的劳作——来源于自身的个人欲望。陷入自我,就感觉不到所有人的"共同神性"。只有这种神性才将彼此聚在一起,并且给每种行为打上全体的标准和意义。如果利己主义取代了共同精神,那么,就需要另一种约束:用正面的东西、法规和铁的公约代替神和自然。许佩里翁责备德国人的言论逐点地阐明了这个题目:人的残片,毫无知觉,舒适地栖息在死一般的秩序中,并据此将自己作为精英的法则。人性固有的东西被异化了,精神被物化了。

最后,谈谈那种不具有绝对性而接受有限命运的人。在这里,预兆将倒过来。这种人不会迷路,他走在正确的道路上,没有焦虑,坦然地走向未来,[128]由屈从变为自由,由恐惧死亡变为期待拯救。这种人找回了自己,他不再束缚在已形成的自我上,引用圣经的话,就是要继续"努力面前的"。① 因为,这里表达的是新约圣经的时间观。过去不再是我们的立足之地,未来也不再是我们为之生存的目标,相反,人摆脱了已经证明自己合格的过去,不擅自规定目标,为未来者敞开,荷尔德林在一封信中意味深长地称之为保罗的"主的未来"。从这种时间观出发,下面这些话也就得到了解释:"大胆地进入生活,不要有什么顾虑";"父啊,请允许我睁开眼迎向你!"荷尔德林运用了一个生动的比喻,用奔向海洋之父的河川来象征这种态度。如果有人像伊斯特河那样"倒流",那么,这将是反常的,是走入歧途。

用希望、感恩、记忆、怀念、谟涅摩绪涅②以及类似的词来表述的那些现象,也属于这个范畴。我们说,儿童还没有意识;"完美的人"同样不再需要意识,他过着以往理想中渴望的生活;倘若设想自己是绝对的人,将自我束缚于实际的东西,就会使意识的任何内容物化并失去精神;只有那些认定自己有限的人,才会把握住自己所意识到的东西,"开放、与精神相适应"。当他不再担忧已生成的东西将来会怎样时,他便学会把过去与将来保存在记忆中,并且在精神上赢得希望和感恩。尤其是诗人,因为"对于歌手来说,过去与未来同样神圣"。能够呈现人的一切可能性的诗歌,是人的第四个特定的可能性的表达。

至此,我们已经绕圆圈转了一周。在荷尔德林那里,想象为有限和绝对的人的自相矛盾以一种佯谬的形式展开。荷尔德林发明了乌托邦的人——同时兼备有限与永恒、人性与神性的[129]本质——我们不再是的儿童和我们还不是的"完美的人",这种人解决了自相矛盾;真实的人——永恒光明下有限的本质——傲慢的、妄想永恒然而注定有限的人,其自相矛盾是不可解决的;还有断念的人,这种人承认有限性并觉察永恒。支承一个如此大的范围,需要这种佯谬的张力,才可能产

---

① [译注]参阅《新约·腓立比书》3:13:"忘记背后,努力面前的。"
② [译注]希腊神话中的记忆女神。

生塑造原则。但是,塑造原则的产生,并不在于构思人存在的可能性并按其内在的秩序进行安排。按照荷尔德林的理解,这是一个偏心轨道构成的可以实际测量的圆,这条轨道始于儿童天真的自在状态,经历过想成为中心、丧失自我、放弃自我、找到自我,直至成为完美的人,到达了回归自我的状态(Bei – sich – selbst – sein)。许佩里翁和恩培多克勒走了这条路,它无异于整个人类要走的路:从起源时期的黄金时代,经过历史的铁器时代,到达永恒和平的新的黄金时代。

如果说,世界的生命处于展开又闭合,脱离自我又回归自我的不断变换中,那么,为什么人的心灵不也是如此?

——许佩里翁这样来描述宇宙的循环规律。

如果这个规律是完全有效的,也就说,它超越了人这种现象,那么,它即使支配自在的人,也不支配离开自我的人。因此,荷尔德林对人的解释不具有人类学的特征。心理学、社会学、历史学以及提供孤立观察的其他视角,如果偶尔出现,也只有证实的功能,而无支配的功能。在一个以绝对为出发点来思考的时代,荷尔德林作为时代之子,也必然在绝对的原则下——有限和无限的范畴内——对人进行思考。因此,偏心轨道虽然是人通向圆满的道路,但在真正的理解上却是通向自我的道路,无论走这条路是以个体、民族抑或人类的形式,也无论是一次还是多次走完这个圆圈。因为,如果人或人类任意地脱离自然,这种绝对将与自我分裂,同样是这种绝对,如果人放弃自我,向精神开放,又会与自我和解。[130]因此,遵循这种原初的过程,正如"塔利亚片断"的前言所说的,任何人的形成"按其本质方向总是相同的"。不符合这一规律的任何情况都不可能发生在人的身上——恩培多克勒让他的弟子去世界各地时说了这样的话:

去吧!无所畏惧!一切都会循环。
应当发生的,业已完成。

这种绝对的自我分裂又自我统一的过程,荷尔德林曾多次变换美学的角度进行描述。这里感兴趣的只是他的形而上学的基本形态:"原先统一的"绝对虽然存在,但它对自己一无所知,对自己没有感觉,正如荷尔德林说的——儿童也是如此。然而,除了他自己,再无任何东西能作为出发点让他感到可以回归自我,因此,他在自己内部构筑了一个对立面;他将自己分为主体与客体两项有限的原则,荷尔德林也把它们称为"感觉者"与"被感觉者"。它们的活动是这样开始的:这一方扑向另一方,以便占有对方,吸收对方。这样,这一方就夺走了对立面,由于此方的单独存在不能成为感觉的产物,令人目眩的空虚使他感到面对的是无法感觉的强大事实。与此相似的是在傲慢和丧失自我期间靠近事实的人。在情感自我封闭的极端情况下,转折出现了;感觉者向被感觉者敞开,这时,因为他不触及自身的存在,受到被感觉者的善待。人在断念和赢得世界时的情况与此相似。上述两种情况反复出现,最后,人完全具有了世界的属性,世界完全具有了自我的属性,完美的人也就诞生了,绝对产生了感觉,它有了自我意识。

但是,绝对在人的身上有了自我意识,这句话具有双重意思。它表示,人处在绝对中,代表着整体中自我相遇的那部分,但也表示,绝对处在人的身上,人在自己四周只看见局部,且在自己身上谋划、解释并用文学创作来呈现整体的形象。这两种解读[131]都是可能的,而且,按照这种评判,上述自相矛盾维护了自身的权利:意识只能在存在的视野内去思考,而存在也只能在意识的视野内去思考。这种自相矛盾的最后一个理由,正如荷尔德林所理解的,在于存在的本质。在关键的几年里,荷尔德林既没有跟随康德,也没有继续沿用费希特的观点,而是基于施瓦本的神秘主义和莱布尼兹的形而上学这种共同的渊源,像谢林那样,构想了这种观念:存在是"预感",是"渴望"。此处指的不是源于经验的感觉,而是这一基本事实:存在者并非简单地存在,而是在形成中寻找自我。因此,按照荷尔德林的意思,我们可以说:存在就是追求成为自我。这样,尽管自我就在存在者身上,他仍然必须采取意识这种形态,从中找到自我。人作为存在者屈从于存在,却可以借助意识使存在产生知觉。人被指定使绝对的存在反过来进入绝对者的意识,以便在意识中成为它的所是。

四

荷尔德林对人的解释以这种构想结束,其依据中的内容已经展示出来,如有新的视角,只能从新的依据中产生。荷尔德林后来的作品是否可以看出新的依据,无法用一句话来解答,因为后来作品的主题已不再是人,而是在探寻其他题目,探寻处在神与人之间的诗人,探寻来自上方的管治力量以及来自下方的生产与破坏力量,探索上帝与诸神的关系,探寻至高无上者的儿子、他的兄弟以及门徒。作品中涉及由高山、河流、海洋、岛屿构成的大地的形态,大地上精神从希腊向西国的传播,以及创造并歌咏这一切的大自然。在这些领域里也处处都有人,但是,人只是充当解释的角色,就像是现实的工具与指针。过去是什么,为什么消逝了的过去仍然能在当下起作用,荷尔德林从人能够回忆中进行理解。[132]人既可以傲慢地忘却上天,也可以保持一双清白的手和一颗纯洁的心,从人的这种自由中,荷尔德林获悉日父的光芒既可置人于死地又可令人新生。如果各有追求的力量分布在知觉中心四周,突然亲切地拥抱人,这是人终身寻找而得不到的,这时,人就觉察并看到了和平。人在启程与滞留、劳动与自我挥霍、跌倒在地与寻找方向之间进行选择,荷尔德林从中领会到河流的命运或希腊与祖国的起源。同时,各种力量也对人进行解释。将上述每个例子反过来,我们可以说,在上帝和时间面前,目睹河流、祖国与和平,人们才可以知道,人需要什么才可以与它们相遇,或者,人的身上具有什么才能与它们一样。

人与各种力量的相互解释,可以看作荷尔德林神秘诗作的特征,当然,这种创作并不是在后期的诗歌中才开始有。如果说,这种创作具体面对存在领域与人的力量,其前提是探求这种关系的形态,那么,它似乎跟自我与世界之间的唯心论辩证法没有什么关联。但是,这种创作并没有脱离辩证法的框架,而是进一步充满它。因为,我们在荷尔德林的后期作品中一再遇见神秘主义画面,在这些画面中,我们看出了唯心论结构。人们不妨想一想莱茵河从反抗到安分守己的历程,或者《和平庆典》中的"太平景象",它如何从洁白无瑕的岁月,经过历史的天气变换,到普遍和解的天下太平。与这些主题相比,更令人想到辩证法的却是神秘主义的相互解释的原则。因为,世界与自我究竟谁在谁当中,这是一个无法解决的问题,由此产生的作品,必定将内部与外部描绘为可以调换的领域。荷尔德林的长篇小说已经试图将灵魂的东西与物质的东西连接在一起,例如,风景显示许佩里翁的情绪,第俄提玛的形象显示希腊时代的繁荣。同样,在《生命的一半》中,夏天的景象表达天堂般的存在和获得解救的意识,冬天的景象则表达世间的衰败和僵化。如果说,[133]荷尔德林还按辩证法将"神秘主义"作品的概念定义为"理智与历史的"综合,那么,他本人也指明了这两个原则的内在关联。

  以上所述只表明,荷尔德林后期诗歌似乎没有尝试对人进行新的解释。关于人是什么的问题已经回答完毕,它虽然没有得到解决,但已朝着深层展开。我们在作品的图像、象征和形式中要揭示的,是荷尔德林对这一问题所作的文学解答。荷尔德林后期作品所探索的不再只是人,而是存在的整体,人的主题被融合在多种多样的题材中。但这并不是为了扩大作品描写的对象;只要唯心论的依据仍然有效,不受限制,那么,无论在哪方面都可以看到,人始终是描写的起点。如果确实找到了新的依据,才可以认为情况并非如此,荷尔德林后期的作品超越的不仅仅是素材,而且超越了人存在的视域。此处不是阐述这个问题的地方,只可以非常扼要地说,荷尔德林越来越将存在者看作存在显示自己的符号。如果说,自我显示的存在仍然需要人,那么,它已不再是为了在人的身上获得知觉,而是为了被人获悉。将存在者看作存在的符号、看作上帝的旨意,这成了人的使命。因此,荷尔德林后期作品中出现的人只是无限现实的调解者。如果说,在《恩培多克勒》中曾经表达过如下观点,即人可以通过唤起大自然的精神来构建世界,因为"他的言语是了不起的,它使世界发生改变",那么,现在,《人生是什么》这段残稿是这么说的:"仿佛阅读文章,人类在模仿无限与富有。"

附:赞歌残稿

人生是什么

> 人生何物　神性的图像。
> 天下世间万物如何变化,
> 他们目睹。如阅读文章,
> 人类在模仿无限与富有。
> 单一的天空是否丰富?
> 银云似花。但从天而降
> 露珠以及潮湿。倘若
> 蔚蓝褪去,单一消散,
> 大理石般的暗淡显现
> 如同矿物,昭示财富。

荷尔德林作品中的名字象征

怀着感激和敬意将本文献给马丁·海德格尔

一

[134]"言说的名字"(der redende Name)这个概念,在文学史中是很常用的。① 自古典以来,用名字刻画人物性格,在滑稽和讽刺性文学体裁中就属于喜用的修辞手段,在史诗和悲剧中也不陌生。词语与事实,或者图像与事实之间存在神秘的一致性这种想法,被认为是蒙昧无知的人的想法,但在这里,则是对读者或观众的理解力及其"智力"发出的召唤,检验作者与读者双方智力上是否相等。读者或观众应当觉察出名字与本性的一致,例如,秘书伍尔姆(Sekretör Wurm),宫廷侍卫长卡尔普(Hofmarschall von Kalb)②,文书里希特(Schreiber Licht),乡村

---

① 联系其他问题对此作零散分析是常有的,专门的研究却并不多见。我们列举以下例子:H. Maync,"Nomen et omen. Von Bürgerlicher und dichterischer Namengebung",Westermans Monatshefte 62,1917/1918,S. 653 – 664,F. Dornseiff,"Redende Namen",Zeitschr. für Namenforschung 16,1940,S. 24 – 38。其他文章局限于特殊问题或个别作家,如 E. Berend,让·保尔的取名,PMLA 57,1942,S. 820 – 850。

② [译注]秘书伍尔姆(Sekretär Wurm)和宫廷侍卫长卡尔普(Hofmarschall von Kalb)是席勒剧作《阴谋与爱情》中的两个人物,前者名字"伍尔姆"德文原意是蠕虫,后者名字"卡尔普"德文意思是蠢牛。

法官亚当（Dorfrichter Adam）①，当这些角色出场的时候，观众应能扮演"解释者"，通过比较人物与他们的名字觉察出作者的意图。这些名字虽然鲜明地刻画了人物的性格，但是这种解读通常只是局限于单纯的确认，就观众而言，它促动情感多于增加理解。通过这样的名字，人物不只是有一个标识，而且得到了描绘。在名字的魔力下，人物在不知情的情况下必须按照名字对他的规定那样行动。但是，观众觉察到这一点，他从名字中有所预感并报以笑声，或者在不得不接受可怕的性格特征时感到毛骨悚然。

但这种情况与象征名字（der symbolische Name）的情况不同。举个例子也许能清楚说明问题。《威廉·迈斯特的漫游年代》中的雅尔诺（Jarno）自称 Montan，这就是一个言说的[135]名字，在这种情况下是人物给自己的，情感冲动没有介入。人们可以用一个词来翻译这个名字，这个词是人物从他新生活圈中的人们那里拿来的，那就是：高山那样的人。相反，纳塔丽（Natalie）这个人物有一个大家熟悉的名字，这个名字出现在当时那个年代以及作品中。当我们深入思考歌德笔下这个人物的特性时，就会产生怀疑，这个名字并不只是她的称谓，而且有所暗示，它与诞生、起源以及大自然有关，也许，从一开始就指向特有的完美，刻画出纳塔丽这个人物是个"美人"。如果这个推测是对的，那么，我们面前就有了一个象征名字。Montan 与 Natalie 之间，还会有些名字，例如 Makarie 或者 Philine，这些名字虽然不至于罕用到让人立刻对名字的意义产生疑问，但其含义也不像其他言说的名字那样一目了然。因为，Philine 的意思虽然不是"小情人"（Liebchen），但产生的联想却与它的词干很接近。Makarie 这个充满幸福感的人物具有诸神、解脱者及其岛屿的绰号，让人想到的恰恰不是幸福论者追求的福祉（Eudämonie），而

---

① ［译注］文书里希特（Schreiber Licht）和乡村法官亚当（Dorfrichter Adam）是克莱希特的喜剧《破瓮记》中的两个人物，前者名字"里希特"意思是光明，后者名字"亚当"源于圣经，据圣经记载，亚当是上帝创造的第一个人。

是世俗的幸福。

上面的例子首先表明，言说的名字与象征名字之间有一过渡，或者说，言说的名字是个宽阔的范围，象征名字显然也属于言说的名字，在这个范围内，人们可以将这些名字作为一个无明显界限的特殊领域。上述例子进而还表明，如果象征名字也想被理解为言说的名字，那么，就需要有明确的解释，并且因此必须求助读者的智力，而不是情感。此外，象征名字涉及的不是清晰的、圆满的概念，而只是意义的视野，它给读者打开了广阔的视角，相反，言说的名字将人物确定在一个突出的意义上。据此，言说的名字与象征名字之间的区别，类似于歌德所定义的比喻与象征。与此相关联的是，言说的名字期待读者的理解。如果读者不理解，那么，他就不知道取这个名字的意图。相反，象征名字完全不需要理解；如果人物的名字[136]只用作称谓，人物的形象就没有任何受损。但是在更深层次的理解上，对名字意义的认知成为解释形象的重要因素。因此，象征名字完全可以取自人们熟悉的常用名——大多数名字本身已经有某种意思——而言说的名字则必须非常醒目，让人一眼就看出它与众不同。两者的区别在于我们曾说过的，言说的名字对名字的载体作了标记。作家仿佛给人物打上一个印记，这种印记将他先验地（a priori）、从外部作了分类。而象征名字是人物本质的组成部分，就像人物本质那样清晰或者隐晦。它从内部起作用，或许就像有机体中促使物质发展和圆满的（entelechisch）力量，使人物逐渐地成为名字所显示的那样。我们只需要想一想威廉·迈斯特（Wilhelm Meister）①，这个人物在成为大师的道路上一步一步往前走，但却喜欢自称学生。即使不存在这种对未来的预期，象征名字也仍然是人物本性从内部起作用的一种因素，而言说的名字是从外部贴上去的标签和识别符号。言说的名字对它的载体进行分类，象征名字则塑造它的载体——人们也许可以用这种简单的方式表示截然不同的典型形象；因

---

① [译注]Meister 这个词的德文意思是"大师"。

为，如上所说，到处都可以看到各类过渡的人名。

如果人们不想局限于对这种现象的描写，那么，就必须将问题放在历史系统普遍思考的视域中。在这个过程中，人们可以从下面这个原理出发，即文学作品总体上可以看作是一种文化产物，而文化产物是以光明的先进精神为前提，但在语言艺术的造型上却与过去的意识状态相联系，对于这种状态，今天人们使用"神秘的"或"充满魔力的"来描述。人们对这些词汇的理解，当然并不总是来自使用者的实践。像"神秘的作品"或"语言魔力"这些概念，首先是以多义性出名的。我们在此不展开讨论这个分支问题，而只想强调对本文有重要意义的观点。

[137] 此外，事实与意义的一致性属于神秘现象，这是神话学研究的对象。在诸神故事中，事件的实际发生与意识中的意义仍然是不可分地结合在一起，这样，事件便造就了一个继续留存的秩序。它不是一种模糊不清的事件，通过事后作家的推理或时代的信仰才给予意义解释（Sinndeutung），而是一个自身有效的意义事实（Sinnwirklichkeit）。正如浪漫主义神话理论①所说的，解释只有被理解为神秘事件的自我揭示才是正确的，因为这种解释与事件出自相同的神的根源。假使事件与语言有关，那么词语与作用的一致性也属于神秘现象。富有魔力的语言形式瞬间摆脱了人的暴力控制。词语自身具有强大的作用力，它不必间接地通过发送信息或命令给其他主体，由其他主体根据自己的衡量对此作出反应。上述两个一致性的前提条件是，意识状态中思想与存在还没有分开，仿佛处在"意识原罪"之前的状态，原罪犯下后，思考的自我与被思考的对象世界就永远分离了。

这个步骤定位在历史或史前的什么时候，如何定位，甚至是否要定位，或者只是设想为教学法上的界限，是不重要的——我们这里要探讨的文学作品总是代表了创作主体与文学世界的对立，因此，神秘作品或

---

① 关于这个问题，见 K. Ziegler, 词条：神话与诗，*Reallexikon der deutschen Literaturgeschichte* 2, 2. Aufl. 1962/1963, S. 569 ff., namentlich S. 576。

者诗人的语言魔力这些概念本身是有矛盾的。尽管如此,它们的目标仍然是正确的。因为,通过比喻、形象和象征,作品可超越不可否认的分离,呈现原来统一的相似性。诗人的神话不再是创造意义的事实,但它通过形象拓展事实的意义结构,仿佛这些意义结构是事实固有的,而不是由解释主体加上去的。词语的魔力不再是直接[138]起作用的魔术,但是,在语言成为传达工具的领域里,它将听众紧紧地抓住,使听众仿佛处在神秘形式的控制下。因此,人们只能类比,即在"好像"的意义上使用这些概念。如果直接地使用,就否认了作品的历史性,也否认了解释者的历史性。

如果将这种考虑运用到言说的名字与象征名字的问题上,会得出以下结论:象征名字属于诗人创作中象征的总范围;名字正如画像那样,也可以使意义结构变得清晰可见。所谓意义结构不在于画像的造型意义,而在于名字的词语意义,这种说法没有多少意义,因为,人物形象也是由词语构成的,反过来,名字可以引起对人物形象的想象。由于意义结构的构图作用,象征的画面唤醒人们对事物的神秘意义的记忆,同样,象征名字作为已形成的意义的名称,令人想起人物的神秘意义。象征只可能存在于独立自主的精神世界,象征名字搭建了一座类比的桥梁,通往我们想象中现实与精神尚属同一的意识阶段。在赫尔德关于亚当在天堂给动物命名的寓言中,语言起源的时刻,被设定在刚获得自由的精神在象征的称谓中找到办法为现实命名的那一瞬间。

言说的名字似乎与这种模式不同,由于它睿智、"诙谐"的特征,明显可以纳入理性比较的范围,而不属于早期同一阶段的类比。然而,情况并非如此。考虑到这种名字的载体由于得到名字的标识仿佛成了名字的俘虏,它接近于类比,但不是造成神秘的感觉真实,而是实现词汇魔力的效果。用这种名字称呼人物,意味着将人物固定在名字说出的个性上。此时,虽然不可以再变魔术,但会让人想到词语与作用相一致的意识世界。[139]许佩里翁与阿邦达争论时喊他的名字,他的回答是:"不要将我的名字当作匕首刺向我。"其原因在于,我们事先知道这个名字意味着什么,这是对喊出的名字的魔力的记忆。

言说的名字与象征名字很可能不仅仅是文学的修辞手段。它们属于诗歌艺术品的层面,能够借助审美理性手段产生前理性效果的假象,与节奏、音响、隐喻、语言形式以及其他的艺术造型没有什么两样。在这种情况下,如果我们将象征名字和言说的名字分别归入神话领域和神秘领域,那也只是以此作为辅助概念,以便在远古的意识状态中为前者产生意义的功能与后者操控行为的功能取得同等价值。我们这么做并没有摒弃已经提出的现象学的区别,反而是为它提供论据:象征名字通过在人物身上设置意义视野的方式塑造人物,言说的名字则对名字的载体进行分类,将人物的行为举止束缚在名字固有的特征上。

二

为了给研究荷尔德林笔下人物的名字象征奠定基础,上面的基本思考是必要的。然而,我们在开始分析前,还要先回答一个问题,那就是:在荷尔德林的作品中究竟有没有名字象征?荷尔德林在文章或书信中对此并没有理论上的表述。因此,我们只能依靠实践的尝试,并且必须同时得出清晰的结论,以免被人指责,说我们从人物名字中解读出的东西,荷尔德林压根儿就没有赋予这些名字。此外,更困难的是,据我们所知,这个问题在荷尔德林研究中至今还没有出现过。唯独拜斯纳主编的斯图加特版本对《梅农为第俄提玛哀叹》(*Menons Klagen um Diotima*)有这样的说明:他用 Wartende, Ausharrende($\mu\varepsilon\nu\omega\nu$)[等待者,忍耐者]来解释诗中梅农(Menon)的名字(StA II,562)。这个例子在[140]一定方面很有启发,在我们回答有关荷尔德林作品中是否存在名字象征的问题前,值得进一步考察。我们将看到,这个问题的回答是肯定的。

荷尔德林很可能是从柏拉图的对话《米诺斯》(*Menon*)中借用了这个名字,但他似乎不想只在一个意义上去理解,而是在多个意义层面上，这些意义只有细读诗歌时才可以加以区分。最明显的意义应是 Zurückbleibende［留下者］，第俄提玛消失了，梅农独自一人，每天出门，"老是在寻找另一人"。孤零零留下来的情景，就是悲叹以及因此而采用哀歌形式的缘由。接着，在第二层意义上，梅农成了 der mit Willen Zurückbleibende［执意留下的人］；四处寻找的他终于顺从了死神的魔力："若是如此，就别想着疗伤，无声地睡去吧！"但是，在"铁块般的睡眠中"，"希望"在他"胸中"升起；"爱的光芒"也会照耀死者——于是，梅农这个名字在第三层意义上才成为"等待者和忍耐者"。但事情还没有就此结束。因为，荷尔德林现在让"更加明亮时的情景"呈现在惊叹者周围，名字最深层的意义，同时也是百科全书中最简单的释义才显示出来。梅农的意思是 der Bleibende［留存者］；因为留存是爱的存在形式：

> 时光交替和追逐着呼啸而去，
> 掠过凡人的头顶，却留在极乐者眼前，
> 相爱的人被赐予了另一种生活。

"另一种生活"的象征是，天鹅栖息在湖边，或荡漾在碧波上，这让人完全确定，我们此时处在荷尔德林的"留存"意境中，尽管此处没有文字提及这种意境，但在"让我们继续活着，重新拥有一颗心"，或"但愿我们能够留存"以及其他诗句中已经被大家所了解。这种源于新约的"留存"在《约翰福音》中跟永恒生命这个概念相连（μενειν εις ξωην αιωνιον），对于荷尔德林来说，它表达了［141］时间中的永恒存在，表达了时间迅猛变换中源于永恒根基的存在的持久性。

倘若这种留存只属于充盈的爱情及其祥和，那么，这首诗中孤寂的梅农所具有的名字，似乎就会让人带着反讽想到一种没有留存下的留存。实际情况并非如此。当梅农在死亡之夜明白了爱的意义后，他便产生了一种新的留存，这种留存可以用《关于〈安提戈涅〉的说明》一文中的词语来表述，那就是"在变易的时间前最牢固地停留"以及"英雄的流亡者生活"。由此,那种充满渴望期待着幸福回归的等待,就变成了建立在爱的根本意义上的坚贞不渝,它已不再期望越过痛苦的时间,而是接受和理解它。从内心深处理解"简单的时刻流逝",不再"从当下推断未来"——荷尔德林这样解释流亡者的生活。这是"真正最高的觉悟"。置身于时间中的流亡者,失去的只是最高的存在和消除了时间的幸福,而得到的是最高的觉悟。昔日的经历,因为已不能再被经历而引起怀念。荷尔德林的这种基本观点可以多次地得到证明,并用于解释他笔下的"在希腊的流亡者"许佩里翁,同时,也完全表明了这首诗的情景:只有那些具有"最高觉悟"、综观全局的人,才能够谈论爱情与痛苦的意义,谈论过去、现在以及未来,因为他决定"在变易的时间前最牢固地停留"。抒情主体冠以梅农这个名字,不仅仅因为他谈到这首诗,而且首先因为他是这首诗的代言人。他的名字表明了这首哀歌"成为可能的条件"。

但是,我们还缺乏证据去证明荷尔德林给抒情主体命名"梅农"时已经注意到这些关联。或许有一个例子可以作为证据,那就是,在最后一段诗节里,梅农请求恋人的"守护神"在找到第俄提玛之前不要再离开他们,他第一次强调地说出"留下"这个词:"哦,留下吧,神圣的预感,虔诚的请求!"[142]"请留在我们身边,直至我们在共同的土地上……相逢。"这首诗初次加上哀歌标题的版本表达得更加清楚,诗中重复地说:"留下吧,跟我们一起留下……"有一种种推测也许不无道理,即恰恰是诗的这个核心地方使荷尔德林想到了"梅农"这个名字,而当这个名字加在标题中时,诗中也就不必再重复使用"留下"这个词。

在表示感谢的语句中——"因此,天神啊!我还要表示感谢"——爱情的守护神再次显现,他们使梅农重新成为留下者,并且自己也留下,直至相爱之人得到永恒的留存。这样,这首诗的名字象征也就连成了完整的圆圈,但是,它似乎还要在同心圆上向外扩大,诗中谈到了爱的忍耐的光芒,当星辰"永远亲密地聚合在恋人的四周",或者,他们"自己的上帝"的天体呈现出"静穆""安宁""祥和"的景象,这种光芒

"维护着"第俄提玛。《梅农为第俄提玛哀叹》是从一个问题开始展开的,即究竟是什么东西在变换、分离与死亡中留下来并赠予了留存。

这个例子表明,名字象征可以深深地介入到诗歌的意义结构中,并揭示各种联系,缺失这一点,诗歌无论在整体内容、还是表达形式上都不可能获得完全的理解。荷尔德林的特殊之处在于将诗中的人物"超验地"转变成诗的代言人,也就是说,名字从主题－题材的意义转化成非主－结构的意义。另一个特殊之处可以在关联的特有层面上看出。我们可以区分出这个名字的五层意义,这个数字并不那么重要,重要的是它构成了一种阶梯式结构,从显浅的、公开的层次到越来越本质的、奥秘的层次。这种方法在其他地方也可观察到。荷尔德林的关键词和主题常常显示出这种类型的意义层次,在这里只是运用到一个名字上罢了,而这个名字与成为名字的关键词"留存"没有什么两样。正因为如此,这涉及一个真正的象征名字,[143]它允许意义的不断深化,而言说的名字则只有一个固定的意义。

这个例子虽然富有启迪,但尚未回答前面提出的问题,即我们是否可以期待荷尔德林的作品中有名字象征。在研究其他例子之前,我们首先要问,在他的作品中是否有相关的表述,至少暗示出这个可能性;因为,正如我们所说的,我们并没有找到直接的相关陈述。

三

在荷尔德林的作品中,称呼、名字和无名的母题有着不可小觑的作用,它的发展可以从早期的诗歌到后期的草稿看出。跟踪这个发展过程,很可能是获取荷尔德林作品名字象征依据的最简单途径。我们从作品中的母题间接地推断创作方法,应该是可行的,因为,以诗人的方式对创作发表意见,是荷尔德林的特点。

荷尔德林早期诗歌中的名字母题只有两种普通的形式,一种是精神的,另一种是世俗的。诗歌中进行祈求或表白时,使用天父或基督的名义,如果把这理解为赞美的称号,那么,完全可以用自己的名义或者另一个人的名义。在后期的作品中,这种母题仍然存在。恩培多克勒在指责亚格里艮人使自己的名字蒙受耻辱时说"你们这些无名无姓的人",或者,颂歌《致德意志人》(An die Deutschen)中的先知死去时"无人知其姓名,无人哭泣"。在赞歌《大地母亲》(Der Mutter Erde)中,大地应以父的"名义"接受歌颂和荣誉,尽管父在遥远的地方。上述两种情况中,名字虽然有某种意义,但只代表用这名字来称谓的人物,而不代表名字固有的所指。

为了进一步接近这个问题,我们必须跟随荷尔德林绕一段弯路。在名字成为本质内容之前,必须先将本质从掩盖它的传统名字中脱离出来,这是因为,传统名字就像每个人手中的硬币那样,标明的是众所周知的东西,它使意义显得多余。[144]在荷尔德林的创作实践中,直至后期都可以看到这种掩盖意义的传统名字,在剥去这些名字之前必须了解,任何名字,至少是目前可供使用的所有名字,都无法完全揭示本质,一句话:认清名字与本质之间的关系。首先,我们来看一首图宾根时期的赞歌。

《勇敢守护神》(Dem Genius der Kühnheit)第五诗节中,被称为"宇宙精灵"的"永恒的大自然"首先向荷马袒露自己。她"脱下面纱"站立在他面前,荷马用诗歌及其人物为她披上"人类的外衣",使这位"无名的女王"显得更加"迷人"。荷马笔下的人全是大自然——这是荷尔德林及其所处时代的基本思想,而大自然是无名的,因为她不是限定的人,而是普遍存在的精灵。因此,"自然"不是名字,称她为精灵,不是要取消"自然"这个谬误的名字;否则,"永恒的自然"这个词就不会正好位于这首诗的中间位置。以上所说已经表明,无名者——在上一诗节中被称为"无法看见者"——可以在作品中有名有姓的人身上作为决定本质的力量起作用。

在更早一些的诗歌《致吕达的旋律》(Melodie. An Lyda)中,有一行强调主题的诗句(4)是这样写的:"爱的纽带连接音响与灵魂。"这里说的音响是诗歌的音响,而不是名字的音响,它与无名者——此处是灵魂——处在莱布尼兹论述的和谐中。如果说,本质的力量具有超越任何名字的无限性,那么,本质与产生音响的东西之间就产生了一种先在的稳固的联系,后者当然还不是名字。但是,将无限的意义与名字的实际音响联系在一起的道路似乎已经可以看见了。但还必须先走第二步:祛除遮盖意义的名字,接着用无名来称呼意义力量。我们先来考察荷尔德林最初古典时期的创作。

第一次与阿邦达告别后,许佩里翁描述了他心灵的黑暗,他再也看不见有生命的东西[145],世界"没有经过任何修饰"在身边逝去,他说(I,73):①

> 如今,我再也不对鲜花说,你是我的姐妹! 也不对清泉说,我们是一个家族! 我只像回声那样,忠实地给予每个事物它的名字。

僵硬的名字使事物固定在它的这种所是上,并且脱离了生命,这与许佩里翁的僵化是一致的,他的灵魂沉寂了,对事物的爱心灭绝了。如果他的灵魂还活着,并且感觉到万物与神灵像兄弟姐妹那样,那么,对于灵魂来说,万物和众神的名字表示什么是无关紧要的。《我还是个男童时》(*Da ich ein Knabe war*)中有几句写给"友好的众神"的诗行(第20及后续几行):

> 尽管我当时没有呼唤
> 你们的名字,你们也从不

---

① 《许佩里翁》以及《许佩里翁片断》印刷稿的引文出处标的是第一次印刷的卷数和页数,在大斯图加特版本(StA)第3卷文本旁边有注明;流传的《许佩里翁》初期手稿的引文出处标的是引文在大斯图加特版本中的页数,诗歌引文通常标明它们在大斯图加特版本中诗句的行数;《恩培多克勒》的引文用罗马数字表示第几稿,阿拉伯数字表示诗句的行数(按大斯图加特版本第4卷),书信的引文按照大斯图加特版本第4卷中书信的编号标注。

> 称呼我,不似彼此认识的人
> 互相称呼那样。
>
> 但我对你们的了解,
> 胜过以往认识的人。

知道名字并不等于了解本质,人类的自我欺骗是对众神的亵渎。后一层意思虽然没有清楚地说出来,但在许佩里翁的责骂中已经再次流露。此后不久,在荷尔德林的戏剧中,教士赫莫克拉忒代表了在名字崇拜和字母信仰上自以为是的僵化的虔诚,这种僵化的虔诚是对真正信奉上帝的狂妄扭曲。因此,恩培多克勒在他的告别辞中向亚格里艮人呼唤(Ⅰ,1537 ff.):

> 胆大些!你们所继承的,所赢得的,
> 父辈向你们亲口讲述的,教导的,
> 所有法规与习俗,古老诸神的名字,
> 全都勇敢地忘却,宛如新生儿,
> 仰首举目,看着神圣的大自然。

[146]"整体的恢复"(restauratio ad integrum)必然导致忘却众神的名字。但他们的名字不应当永远被遗忘,忘记只是暂时的,一旦精神与普遍存在的无名的大自然接触,变得开放,"更强烈地感受到所有传说",精神就会自由地重新拥有过去曾束缚自己的东西,到了此时,"回忆"将把"被遗忘的英雄世界"和"父亲们的传说"重新带回来,并允许人们在意思上进行补充,将众神的名字一并带回。

这种观点如果跟荷尔德林和青年黑格尔思想中起重大作用的概念放在一起,就会得到更详细的解释。一个流传下来的、按习惯使用的名字,无论它指称的是一件事物,还是一个人,或者是一位神,都属于"设定的""认可的"以及仅仅"假设的"领域,在成为法则之前,都曾生动地、真实地存在过。后辈们用僵化的规则压制它们,使它们那个时间的生命精神遭受扼杀。"是谁毁了爱的纽带,将它们制成绳索?"——《莱茵河》赞歌中如此写道(第96及后续几行)。"认可的东西"(das Positive)之所以有效,并非因为它可能是真实的,而是因为它是真实的。它的危险其实不在于它未经思考就被人认可,而在于它作为早已想出来的东西,通过传统被完好无损地接受下来。实证主义的狂妄,包括沿用原来的名字,在于颠倒了事实与意义之间关系:事实决定意义的有效性,取代了意义决定事实的有效性。因此,人们只有一种选择,要么被所认可的东西压制,要么摆脱所认可的东西——关于这一点,荷尔德林在《我们审视古典所应取的视角》(StA IV, 221 f.)这篇文章中有所论述。因此,恩培多克勒劝告人们,忘却古老的众神的名字,直到精神凭借自然成熟起来,能在正确的意义上重新称呼他们。

在颂歌《诗人的天职》(Dichterberuf)中,这种认可称呼(das positive Nennen)的狂妄还有一个新的重点。诗中在"一切神灵已被奴役得太久"的主题下(第45及后续几行)写道:"狡猾的种族"自以为"识得"天体的运作,"从望远镜中窥视天上的一切,数点星宿的数目,[147]一一称它们的名"。这里说的不是理智地称星宿的名,而是一种妄想:借助名字和数量掌控星球秘密的钥匙,从而赋予人凌驾苍穹的权力。这种权力本是属于上帝的。这行诗照搬了旧约《诗篇》第147篇的句子:"他数点星宿的数目,一一称它们的名。"固定的名字不仅混淆人们对事物的认知,而且试图让称名者拥有暴力——这是诗句深一层的思想,虽然没有说出来,但已经包含在赫莫克拉忒宗教的形象中。这种思想建立在远古的观念中,我们在童话、神话、崇拜、巫术中经常可以遇见这种观念:一旦我知道了对方的姓名,或敌人的妖魔或神灵的名字,我就是优胜者,能够引用、诅咒和掌控它们;由此古人规定了要保守神灵名字的秘密。这个母题最后出现在颂歌《喀戎》(Chiron)中(第15及后续1行):"我在星辰的清凉中学习,但只学有名有姓的。"星辰的寒光象征着西方的"民族"起源(在此我们不能展开相关方面的论述),那就是实证性,它只认识有名之物,直到荷尔德林经常描写的规定的僵化世界在雷暴中破裂,无名之物显露"面孔",喀戎的眼睛"复明",西方重新找到赐予它的精神。

如果这种认可称呼是不好的,那么,按理必有好的称呼。因为忘却传统的名字还不包含对力量的称呼,而这正是荷尔德林进行创作的用意。按逻辑,好的称名应该是否定的,也就是无名的。而形式的否定实际上有丰富的意义;这是一种源于自然的称谓,被称的是天性(natura),而不是姿态(positione)。

据上所说,我们不会感到意外,荷尔德林早期古典时期形成了认可名称的母题,但就在这同一时期也存在它的对立物:无名的称呼。这在《许佩里翁》的[148]章节里有所显示。在《许佩里翁的青年时代》第5章里(StA III, 223 f.),第俄提玛设想未来社会及其宗教的情景:民众充满共同精神,众神亲密无间。人们崇拜所有圣人和四大元素,尊重他们的历史力量和自然力量,其原因和目的是"与一切此在和睦相处"。接着,第俄提玛在破折号后继续说:

> 还有一位我们敬拜但没有称名的;但其实他离我们很近,近得就像我们自己那样,我们没有说出他,没有庆祝他的节日,也没有适合他的殿堂;我们的神灵齐声歌唱,它们的无限生长为他欢庆。

谁是这位高于自然和历史,受敬拜而没有名称、节日和殿堂的神?他就是与我们完全一致的泛神论的神——"离我们很近,近得就像我们自己那样",因此,对他的庆祝贯穿着庆祝者的生命过程。人们根本无法用名字来称呼他。因为,如果他可以被称呼,那么,他就客观地站立在我们的对面,并且不再是我们自己。荷尔德林也称他为"我们身上的神",他联系着多个主体,体现着"共同的神性"——荷尔德林在《论宗教》一文中如是说。但这只是他的特殊之处,他无形地在万物当中,使万物的存在得以实现。由于他起这样的作用,因此,他是有限中的无限,有限主体中的无限主体。任何敬拜和称名的客体化都将使无限变成有限,使神失去神性。因此,他虽无名,但在所有主体和共同体的自我实现中受到主体的庆贺。从根本上讲,是他在这些主体中为自己庆贺。荷尔德林的这种观念来自斯宾诺莎,斯宾诺莎的神爱(amor dei)最终就是无限的神对自己的爱。

但是,有一点似乎与此不一致,那就是,我们不可说出这个神的名字,第俄提玛却可以。其实,这里并没有矛盾。因为,有限中的无限一旦被认识了,它就必然会被谈论。我们知道,称名与命名[149]不是一回事。名字使被命名者成为特定的客体,从而区别于其他客体,并且使它失去了无限性。无名是一种完全合法的称呼,只要它切合被称者的真实本质。称呼切合本质,意味着称呼从本质出发。这种称呼的目的是证明身份。例如,被称呼的是自然,那么,称其为自然的根据应源于自然。赞歌《在多瑙河源头》被经常引用的诗句便是这个意思(第86及后续几行):"如果你们……没有告知来源,我们就称呼你,虔诚地称呼你,自然!"任何认可命名,其依据都来自外部,来自见解、认知、规则、世界观等类似的东西,但是,无限的自然只能依据其自身来命名,因而只有它才被虔诚地称呼;称呼者无论是谁,只有通过自然对其名字加以理解后方可称呼它。

根据上面的思考,我们可以对情况作准确的描述:荷尔德林的无名称呼总是适用于无限的东西,因为名字造成有限。对于他来说,从早期古典时期直到后期的开始,自然绝对是无限的,因此也是在自然的意义范围内永远被寻找却无法用名字称呼的东西。上面提到的那个神也只是自然在神话中的等值物,是形而上学的创造自然的自然(natura naturans),并不是自然界的自然。同时,这种称呼具有自然法的特征,因为自然也包含了称呼者在内,被称者的意义范围与称呼者的法理依据是重合的。为了保持无限性,自然法的行为也要消除认可称名。因此,恩培多克勒劝告人们忘却古老的诸神的名字,并且补充说:"宛如新生儿,仰首举目,看着神圣的大自然。"

在此,我们要对有限与无限这两个概念,以及它们与我们的问题的关系作一点说明。因为,我们完全是在[150]荷尔德林及其所处时代的哲学的意义上,而不是在数学的意义上,或者一般语言应用的意义上使用这些概念的。我们从以下论断出发:无限(unendlich)并不意味着没完没了(endlos)、无穷无尽(infinit),而是像这个词所表达的"不是—有限"(nicht-endlich)。有限(endlich)并不意味着在任何地方任何时候停止,而是表示具有结束形态的终止——这与该词的词源学意义是一致的。所谓终止,即不是开始,但它是以开始为前提的。因此,一切有限的东西都有开始,但不是开始,如果没有开始,它也就不存在了。与此相应,无限的东西是它自己的开始,并且建立在自身当中。换言之,有限的存在是因为有他者,无限的存在则源于自身。因此,自我生产的自然是无限之物,尽管它的力量范围受时间、人类世界和神灵的限制。相反,人是有限之物,尽管没有比他更强大的东西。因为他必须实现他者赋予的存在,而这种存在是无法将自我安置进去的。恰恰是这种存在遇上了某种东西,这种东西被认可的名字确定了他的所是,并且似乎具有了与这个名字联系在一起的传统、教义、公众意见,等等。因此,认可的名字造成有限,而无名的称呼则使这种东西的无限性不受损害,因为它言及的只是影响,这些影响是言者从这种东西造就其所是的充盈中感受到的。

我们说过,有限的东西建立在其自身的、有别于自己的根基上,这一根基便是无限。它存在着,从无限变成有限。所谓"存在",意味着从内部走出来并显现在光天化日之下。因为它来自无限,所以,它本身是在有限存在中自己产生的无限。其原因在于"无限的存在源于自身"这一命题。荷尔德林为此运用了好几个形象的比喻,其中最生动的一个比喻是"涌泉",水从泉眼中不断地流出,仿佛取自喷泉自身。正是从这根基的涌现中产生了世界。世界上无限的东西无处不在,因为世界是它的显现。[151]被释放到世界里存在的有限之物觉得世界是他者,并且也发现自己是这个世界中的他者。由此产生的结果是:无限的东西从来不会撞击到其他东西,而有限的东西则总是撞击到其他东西。对于无限的东西来说,一个充满异己事物和生灵的世界是其存在的物质,它从自身取出这些物质,以便遇见之物在遇见前已成为它的表达。在一个空无的世界里,空无作为"非自我"也与有限的东西相对,它甚至看见自己被隔离在一个再没有存在者可隔开的地方。这些情况要明确界定是困难的,但通过荷尔德林描写的情景得到了清楚的展现。上帝现身可以作为第一种情况的例子,上帝的现身总是发生在一个为他准备的、因他到来而改变的世界里,就像太阳在一个已被朝霞照亮的世界上升起。第二种情况的例子是常被描写到的情况:人面对空无,只能感觉到绝望的孤独,而不是努力积极地去填满这个虚无的空间。同样,导致有限的名字并不是通过比较使载体与其他可称之物区分开,而是通过与众不同的命名使之有别于其余一切事物,而无名的称呼只是反响和回应,就像回声从属于响声那样,从中宣示出无限——"苍穹的回声"是荷尔德林对诗人的一种比喻。无限是独立的,有限受客体束缚,两者的对立引出下一个例子所要做的对时间的阐释。

在颂歌《自然与艺术或农神与朱庇特》(*Natur und Kunst oder Saturn und Jupiter*)中,农神萨图耳努斯对朱庇特说(第10及后续几行):

> 毫不费力,且比你更伟大,
> 尽管他没有说出戒令,
> 世间无人称呼他的名字。

萨图耳努斯的名字在他统治的时代不为人知,只是被推翻后才有了这个名字——人们不难推出这个结论。因为,旧约中禁止说出神的名字的戒条,[152]在一个无需任何戒律来实现统治的神那里是难以想象的。颂歌的标题将萨图耳努斯等同于自然。跟前面那位没有名称的崇拜对象不同的是,他不仅无名,甚至不为人知。诗的说明允许对此作进一步解释。

朱庇特是"变换的时间"的主人,通过"法规"和"权力"建立统治,萨图耳努斯是"黄金时代"的神,以"和平"来管治,因此"毫不费力","没有戒律",荷尔德林用这样的描写来重现奥维德乃至黄金时代拓扑学(aurea

－aetas－Topologie)的"自发"(sponte sua)和"没有法律"(sine lege)。但他利用世界交替顺序及其神话为自己的观点服务。一个神如果让世界屈从法令并感受他的权势,那么,他就会将世界当作客体对待。如果他享有"统治者艺术"的"荣誉",那么,他自己就成为这个世界的崇拜对象。从两方面看都是主体与客体的关系,按照荷尔德林从康德那里借用的观点,这种主客体关系构建了时间。因此,朱庇特是时间的主人,而他本人,这位不死的神,在这种行为中"像我们一样,成为时间的儿子"。

但是,如果神在管治中不宣示意志,不采取上述的行动,那么,他的统治就是一种基于自身的、自足的存在,这种存在不需要凭借客体来达到主体的自我实现。这种"基于内部的所是"(In－sich－sein)和"源于自身的存在"(Aus－sich－existieren),是我们已认知的无限的本质,也是荷尔德林对永恒存在的解释;它是萨图耳努斯的黄金时代的存在方式。按照诗的标题,它也是大自然的存在方式,自然据此被理解为基于和源于自身的实现,而朱庇特的技艺是作用于客体的行为,是"基于外部的所是"(Außer－sich－sein),是附加在某些东西之上的存在。既然黄金时代的神没有统治对象,因为他不是别的,只是该时代的"有生命的东西",那么他也不会成为膜拜的对象。因此,他不为人所知,自从朱庇特和时间成为统治者后,人们才认识他,称呼他。席勒曾经说:

> 希腊人按自然的方式感受,我们感受自然的东西。

将这句话稍微改动一下,我们可以说:黄金时代按萨图耳努斯的方式生活,铁器时代认识了萨图耳努斯。由此,人们可以明白《和平庆典》草稿中的诗句:

> [153]人有了许多经历。自从我们交谈并能互相听懂,众多天神便被人称名。

《和平庆典》更补充了"从早晨起"加以说明。自从开始有时间,天上的神灵才可能被称呼;因为此时才有了语言和会话,其前提是主体和客体构成时间的对立。

这样,问题便进入了救世史关联的视野。在任何个体的童年中所再现的天堂般的无辜状态中,神作为贯穿凡人生命过程的神性,默默无闻地发挥作用。神第一次被称名的瞬间,同时也是语言产生的时刻,意识觉醒了,时间也开始了。此时,我被理解为"我",世界被理解为"非我",天堂般存在的清白无辜,向历史此在的选择自由让步。按照圣经的创世说,如果这是向善或者向恶的自由,那么,它也是选择好的或坏的称呼的自由。企图利用认可的名字掌控神灵,是邪恶的傲慢的一种形式。出于大自然的精神,不指名道姓地称呼神,正如善那样,是永恒的使命和有限的效劳。能够称呼神以及必须决定在两种称呼方式中采取哪种,这两者是一码事。当历史在时间的终点完成时,坏的称呼将会消失,好的称呼将会保留,但情况将会发生变化。因为,原来没有意识到的起源现在意识到了,这样,总有某些东西可以被称呼。但这种称呼已不再是一种手段,而是一种存在,荷尔德林为此用"歌声"作比喻。《和平庆典》那句诗接下去写道,"不久我们将成为歌声",在草稿中则表达得更清晰,"如今我们成了大合唱"。单个诗人呼唤神的名字,变成全体面对众神的回归高唱颂歌。

关于默默无闻的或没有被称名的神的母题,写到这里,有必要附带[154]提到某些圣经的观念,这些观念无疑激发了荷尔德林。例如约伯的话(《约伯记》36∶26):

看哪,神为大,我们不能全知,他的年数不能测度。

这后半句话也许就在颂歌《致德意志人》(42)下面这句诗的背后:"我们的年数看得见数得清。"神学家荷尔德林当然知道路德所说的"隐藏的神"(Deus absconditus),这个神同时也是"显露的神"(Deus revelatus)。他的母题与保罗在亚略巴古向雅典人陈说(Apg. 17, 19 ff. ①)中解释"未识之神"($\alpha\gamma\nu\omega\sigma\tau o\varsigma\ \vartheta\epsilon o\varsigma$)有着最密切的关系。保罗的

---

① [译注]《新约·使徒行传》第17章。

解释对荷尔德林留下了何等深的影响,从多处地方可以看出。保罗说,神"不住人手所造的殿",这句话重现在我们上面引用过的诗句中:"没有适合他的殿堂。"赞歌《拔摩岛》的首句"神近在咫尺,却难以把握",让人联想到"其实他离我们每个人不远"。保罗以"布道"驳斥雅典人"无知的敬拜",很可能产生了这首赞歌结尾的母题:诗人们曾"无知"地侍奉大地母亲和阳光,如今要遵照天父的愿望维护"固定的字母"。与我们有关的尤其是保罗那句话:"我们生活、动作和存留都在乎他。"这让人想到荷尔德林关于神的媒介物的理念,这种媒介抽象地存在,渗透到人当中去,以至于能够在他们里面永远起作用。

这里恰恰表明,保罗的观点以一种全然不同的上帝观念为基础。在他看来,神过去未被认识,并非因为神近在咫尺,他说,神离得很近,是要人们"寻找他,不管人们是否愿意……找到"。"无知的时期"不是神离得近造成的后果,而是上帝通过使徒启示出来的预备阶段。荷尔德林关于神的距离与看不见之间关系的推测,与保罗的观点有很大差别。基督新教还未传到雅典,未识之神的神坛上已经有它到来的征兆。荷尔德林似乎意识到这种对立,[155]他在"关于《安提戈涅》的说明"(StA V,269)中指出,悲剧的"直接的神完全与人为一","使徒的神"与之有所不同,他是"间接的",是"至上精神中的至高理智",在这件事上并不涉及认识或不认识一回事。正如在许多其他情况中那样,人们不得不满足于查出来自圣经的文字和情景的启发,这些圣经的文字和情景,荷尔德林在唯心论思维形式的意义上作了重新解释。同时,人们也发现,新约的思想方式反过来完全进入到荷尔德林的语言中。

无名的神的母题,在荷尔德林后期的作品中曾多次并以不同的形态出现,我们举其中两个例子来结束这一发展进程的论述。赞歌《大地母亲》(第57及后续1行)谈到人远离众神时庙宇被遗弃的情况,诗中写道:"在那里神是无名的。"这里的"无名称呼"指的不是抛弃原来流传下来的名字,而是将神完全遗忘,也就是说,那种情况不是在实证(Positivität)的彼岸,即活生生的人神关系开始前的状况,而是在实证的此岸,即完全没有了宗教的状况。但神仍然存在,庙宇仍然是神殿,尽管"暴风雨"呼啸穿过,"僻静的大地上仍隐藏着神圣的器具"。因此,神既不陌生,也不遥远,更没有死去,而只是"无名"。荷尔德林想说的是:神的存在并不取决于人是否敬拜他。并非人给自己造就神灵,如同《许佩里翁》中按照唯心论所说的那样,而是神存在着,而人有三种选择:或连同名字一起否认神,或给神强加一个僵化的名字,或不称名地敬奉神。现在,我们可以区分三种无名的形式:其一,原初神在冥冥中起作用,不为人们所识,因而无名可称;其二,否认神的黑暗时期,神的名字被遗忘;其三,同样在这个时期,出于自然的精神敬神而避免称其名。

这个母题的其他变种也属于这第三个范围,但它不涉及这第三个时期,而是[156]涉及这个时期的一种特定情境,即这个时期结束,神重新归来之前的情境。《阿尔希沛拉古斯》(*Der Archipelagus*)从第257行诗开始写节日的遐想,接下去的一段异文(StA II,646)是这样写的:

> 因为在场的神离得那么近,
> 我必须置身于远离他们的地方,
> 他们的名字须隐藏在云层的暗处,
> 天亮前,中午的阳光尚未照耀,
> 我悄悄地称呼他们,以便诗人
> 具有他的秉性……

诗人避免与神灵直接接触,虽然神的名字已经到了嘴边,但由于神的在场而没有说出,只是在天亮之前,他暗自称神的名字,作为诗人,他知道自己是奉献给神的。避免直接接触,保持距离,这才使他有可能说出并解释自己看见的情况。荷尔德林这种姿态,我们在他最早期的诗歌中已经观察到。上面这段异文中,允许称神的名字的时辰显得很奇特,它不是在夜晚,而是在天蒙蒙亮的时候。因为,在荷尔德林的时辰象征中,白天的光亮使孤独的此在完全显露出清晰的轮廓。夜晚是迷茫恍惚的时候，眼前没有任何物体，漂泊者只感受到自己。天蒙蒙亮时，各种事物开始浮现，但边缘很模糊，处在过渡状态，跟其他东西连成一片。将此运用到我们探讨的问题上，意味着：夜晚不允许称名，白天只用认可的固定的名称，天蒙蒙亮是无名称呼的时候。对于被称呼者来说，这么做既保留他的自身存在，也保留他与其余所有存在者的联系，这样，也就保留了无限性。只有在天蒙蒙亮的时候，称呼者才可能将被称呼者视为他者，但却感到与他亲密无间。这或许就是隐藏在云层暗处、只可在天亮前称呼的神的名字的意义。

由此得出一个有趣的结论。无论这些神是拯救人的，还是带来福祉的，或者是人们[157]深切期盼的，他们的直接在场，都隐藏着一种危险。这种危险，对于普通人来说就是产生与神同一的感觉，引诱他们将自己摆在神的位置上，对于诗人来说，按照他的职责，他要对神指名道姓，那就有物化神的危险，它诱导诗人用认可的名字掌控神灵。因此，诗人要退缩到晨曦初现时的距离，在这种情况下，他将保持谦卑，无名地称呼无限的神。这种谦卑是"他的秉性"，是诗人必须具有的。为此，诗人及其创作不可超越"先行"这个词字面意义的限制。《饼和葡萄酒》这首诗的异文写道（StA II,597）：

> 提前！乃神圣歌手的使命，因此
> 他们领先为伟大命运效劳和变化。

其他后期的诗歌与草稿也暗示了上述危险。《饼和葡萄酒》描写诸神归来的第五、六段诗节中还没有认识到这种危险。相反，这个过程似乎被分为三步，它们按照称呼的类型区分开来：早在天神来临之前，神灵被称为"一和万有"，也就是按泛神论的叫法，因此是无名的。然后，神灵来了，但还"未被感觉到"，也就是说，还没有被感觉到是特定的神；感觉到的只是一种明亮的、耀眼的幸福。

> 世人敬畏他们，连半神也不知

> 携带馈赠莅临的他们姓甚名谁。

正如诗人一样,世人都避免与之直接相遇;因为,先前感觉到的幸福尚不构成与神直面相对。后来有句异文(StA II,602)形象地写道:"幸福几乎碰到后背。"这令人想到阿波罗背后不幸的打击,这一打击给帕特罗克洛斯造成了死亡——荷尔德林在波伦多夫写的最后一封信中将此图像运用到自己身上。甚至半神也不知道神灵的名字:"因此半神也不用眼睛观看;围绕他四周的是火与睡眠。"这是荷尔德林更晚些时候写的诗句。被天火的暴力控制,无论是人还是半神,都没有一个试图称呼看见的神,并以此巩固自己的地位。[158]这是在曾经有过无名称呼与随后出现新的称呼之间的重大转折。现在,到了进程的第三步,诸神"千真万确"地"亲自"来了。人观看他们的"显现",于是,"他称呼最喜爱之物,此刻,必须产生相应的词语,例如鲜花"。这种新称呼是何种类型,我们还不知道,但是,认可的命名不可能就意味着词语的图型像盛开的鲜花那样。根据分析类似的图像可以得知,我们面前首次出现了象征命名的方式——正如第俄提玛那样,"出自喜爱,给鲜花新的、更漂亮的名称"(I,100)。

颂歌《日耳曼尼亚》(*Germanien*)的第六段诗节也说到了同样的转变,但进行了更深刻的论证。诗中的"你"是指贞女日耳曼尼亚:

> 请畅饮晨风吧,
> 直至你心扉敞开,
> 呼唤眼前事物的名字,
> 秘密再也不能
> 长此不被道破,
> 在经过久藏之后;
> 世人理应知羞,
> 且如此说话通常
> 也是神灵的明智。

> 当黄金比清泉更富余,
> 上天当真大发雷霆,
> 昼夜交替之际
> 必有真相显露。
> 你三重解释,贞女啊,
> 其存在的模样
> 依然没有说出。

　　黄金是起源和圆满的象征,当它显露出来时,伴随着上天震怒,雷声轰鸣,形势严峻——震怒预示了祖国的充盈——此刻,迄今为止秘而不宣的事物应当说出来了。我们不知道为什么没有完全严守秘密。因为,涉及神灵时如此"说话",是"知羞"的戒律,也是"明智"的。[159]人对神灵的谈论不会超越限制,这是 religio[宗教信仰],religio 这个词的意思是:克己,虔诚,慎思,敬畏神灵。名字属于不可言说的范围,那是毫无疑问的,但不可言说指的是关于神灵的任何特定的、详实的陈述,这种陈述会将他们从神性的秘密中劫走。但现在,"昼夜交替之际",也就是说在天蒙蒙亮的时刻,"真相"显露了。但这真相并不像人们期待的那样直接说出,而只允许"三重解释",即使如此,也依然"没有说出"。荷尔德林对此补充说"其存在的模样";因为真相虽然显露,但并没有表白自己,而只显示它的所是。这里的"三重"是否涉及下一段诗节中说的"消逝了的神性""未来之神"以及"当今"起影响者,或者只是一种涉及神灵的习惯说法,我们暂且不作定论。重要的是,这种新的称呼没有揭示全部真相,只是间接地接近真相。

　　这种既委婉阐释又隐秘不说的做法,恰恰表明了象征的本质,它形象地表达意义,但在有限性中并不说出无限性。这是人回答神灵显现的唯一恰当的形式。因为这种显现本身既是揭示又是遮掩:只有在时间中以及进入时间中才显示出永恒,因为时间提供了面对面的维度,在这个维度中,事物呈现出是些什么。如果永恒变成具体事物,它就会具有物体的性质,即具有一时性。永恒只在时间中显示出来,付出的代价是有掩饰地暴露出其永恒性。

由此,我们可以用许佩里翁的一句话来表述荷尔德林的基本思想(StA III,204):

在没有被遮盖的灵光中,神显现在谁的眼前?

与此相反,《宛如节日》(*Wie wenn am Feiertage*)中的塞默勒神话表明,神不加遮掩的显现会将人毁灭,也就是说,废除了一时性。神灵采取朋友的形态出现,或者隐现在云层或[160]灵光中,类似的景象构成了"掩饰"母题的基础。在后期的草稿《什么是神?》(*Was ist Gott?*)中有这样的句子:"越不可直视,越适合陌生化。"永恒者隐藏在时间中的标记即"闪电"和"雷鸣"中,他发出这些信号,顺应有别于自己的时间,其特征被视同时间的特性,闪电被看作神的"愤怒",雷鸣则是神的"荣誉"。因此,对于我们来说,神虽是"未被认识的",然而"苍穹的表情"却向我们显示出"他丰富的特性"。

如果说,神灵以这样的形态隐蔽在他的启示中,那么,人的言论就只能委婉地称呼他,并且对其真的东西秘而不宣。因此,诗歌创作中的象征并不完全是诗人自作主张随意采用的方法,考虑到神灵显现的方式,象征在严格意义上是人的一种适应(Ent - sprechung)。据此,将三重解释与神灵在时间的三种方式中的三种显现联系在一起并不困难,尤其是,正如荷尔德林说的,当时间变换中恒久不变的大地母亲的名字被人呼唤时,这种解释将一再响起。在神性的名字中,神灵以存在者可呼唤的形式显现出来,并且隐藏其从未说出的所是。

我们的论述从无名称呼来到了象征称呼,但名字本身能否成为象征的表达,这种象征是否必须限于神灵,它是否受时间兑现状况的制约,这些问题尚未阐明。对第一个问题的回答包含了后两个问题的答案。因为,只要存在名字象征,它就也能够转用在人的身上和时间内部的情景上。在荷尔德林的作品中,人性只有在神性的视野内才获得特殊意义,一时也只有在永恒的光照下才具有特殊意义。那么,我们怎样才能从象征称呼进到象征命名呢?

如果被称呼者不是明确地被界定,而是通过比喻的方式扩大范围,那么,这里的情况基本上就不外乎如此:象征的名字虽然指称个人,[161]但它的意义——通常是形象化的——却打破了个体的限制,指向个人体现出来的普遍的东西。象征称呼抛弃有限的规定,让人感觉到被称者的无限性,同样,象征的名字也避免了固定化,指向一个无限的意义域,将名字的载体纳入艺术品的精神秩序中。从象征称呼到象征命名,这一步并不像有名称呼过渡到无名称呼那样,它不要求作出原则性的抉择,只是将普遍的做法运用到特别的个案上,因此,只要发现称呼的一般象征,我们就可以预计存在名字象征。

这种母题在荷尔德林古典主义鼎盛期的作品中才遇见,但事实表明,《许佩里翁》中已可以找到象征名字。人们常说,先有实践,后有理论见解,这是对的,但在这里却不能让人满意,因为,名字象征是诗人事先深思熟虑后采用的方法。如果考虑到《许佩里翁》创作时期已经产生无名称呼这种母题,而无名称呼归根到底是一种象征称呼,那么,我们遇到的困难也就迎刃而解了。因为,诗人为了使无限之物显露出来,避免使用有局限性的名字。封闭的、固定的概念并不适合于无限性,只有开放的、超越自身含义的比喻才与之相称,这种认知一旦形成,无名的称呼事实上就变成了象征称呼。在图宾根时期的赞歌中,这种认知已初见端倪,并在《许佩里翁》的预备阶段得到展示。

《许佩里翁》的节律稿和《许佩里翁的青年时代》第一章包含的哲学思想(StA III,189 ff. ;200 ff.)试图探求的问题是,我们心中的真实如何能呈现在身外的美中。当时,荷尔德林摇摆于两种想法之间,时而设想有主观设定的精神,时而设想有客观存在的精神,按照他的解释,一方面,"幻想力"为"你心中所想的东西"创造了"符号",另一方面,"精神不让我们的灵魂感到寂寞",在美所"隐藏的意义"中,显现在我们眼前。这种矛盾[162]作为康德—席勒美学逐步溶解的征兆,我们在此不作讨论。重要的是,在这两种情况中,审美作品被理解为精神的符号载体,并因此被理解为无限性的有限化身。感性的图像变成意象,凭借意象,诗歌甚至超越"纯粹自由的精神",即先验起作用的"与感官及其世界从不和解的"理性。启蒙诗学把诗歌创作看作认知的前期阶段和入门,荷尔德林与此截然不同,在他看来,诗歌创作具有独立性。他从象征的本质中推导出诗歌创作,他在赞歌《致美》(Hymne an die Schönheit)的题解中就引用康德的格言,①谈到大自然普遍象征的"密码"。

为了阐述起见,我们不得不区分三种母题:不命名母题、无名称呼母题和象征称呼母题。现在要指出的是,它们在年代与实际中是彼此相关的,并且源于一个基本认知,即诗歌在有限的文字和图像符号中显示了无限的精神,这种精神仿佛打开实际的外壳,透过描绘存在者,显示其内部起作用的存在。如果诗歌的内容成为意象,那么,名字很少不参与现实的全面转化而继续作为一种僵化的事实。

在转入实践分析之前,我们最后还要问,象征名字是否像前面论述的母题那样,在荷尔德林的诗歌表达中能找到文献依据。为了界定主要现象,我们首先举出几个例子,它们似乎可以表明名字象征这种特殊形式。

风趣的颂歌《貌似神圣的诗人》(Die scheinheiligen Dichter)谴责了诗人中的"伪君子",因为他们谈到神灵却不信神灵,诗的第二段把抒情对象转向神灵:

> 放心吧,神灵!装饰你们的歌,
> 　假如灵魂已从你们的名字中消失,

---

① [译注]荷尔德林引用的康德格言,见赞歌 Hymne an die Schönheit 第2稿(StA I,152),原文如下:Die Natur in ihren schönen Formen spricht figürlich zu uns, und die Auslegungsgabe ihrer Chiffernschrift ist uns im moralischen Gefühl verliehen。试译如下:形式优美的大自然形象地对我们说话,解读其密码的任务赋予了怀着道德情感的我们。

> 有一句重要的话必须表白，
> 　　大自然，母亲！人们怀念你。

[163] 评论这段诗，用得上赞歌《谟涅摩绪涅》(Mnemosyne) 中的一句话：神灵的名字变成了"没有含义的符号"，"几乎在异乡丧失了语言"。这个"异乡"，就是第一段诗节中提到的自主的"理智"世界。然而——此处包含着这首诗的风趣之处——这种变化仍有其意义，那就是：神灵名字的空壳至少保留下来了，人们甚至有时会提到大自然、诸神的母亲及其真实性的根基，尽管这样提时人只是在修辞，并没有意识到她的本质。恩培多克勒建议人们忘却神灵的名字，直到这些名字能够出于大自然的精神被重新称呼。而在这首颂歌中，名字失去了灵魂，却继续被称呼着，就像神虽无法看见，却藏身在歌中。在这里，名字不是通常意义上而是严格意义上的象征，名字一旦"拼写在一起"，甚至被滥用了也无法再拆开。即使按新的精神称呼这个名字，呈现出来的也还是原来那种字词搭配。

这个例子富含启迪，因为它打破了名字形式—名字意义的刻板模式，显示了纯粹的名字读音产生回忆的力量。说得更准确些，两种视点互相取消；因为名字与灵魂这对概念向前者靠近。这种双重性我们后面还会遇见。现在，我们可以来谈谈神话的和神秘的名字象征。我们以荷尔德林关于神话的"知性和历史的"概念为基础，这在他的文章《论宗教》中有所论及：历史的或神话的名字，甚至源于经验的名字，由于其内含的意义而成为神话现象。按照我们文章开头的说明，这种神话现象当然代表了后来类似的神话(Mythik)，因此属于象征。神秘的名字象征与此不同：发出响声的名字唤来它的载体，为它备好了事实上的在场，诗人只需考虑装上神话学的纹饰，完全不需要意识到它的在场。我们如何称呼名字象征的这两种形式，其实并不重要，第二种形式在轨枕下伴随前行，只偶尔在短暂的时间里浮现。

[164] 另一个例子也取自后期的诗歌。赞歌《拔摩岛》(Patmos) 倒

数第二稿,提到十字军兵士和亨利四世后写道(*StA II*,182):

   自基督以来这些名字如晨风
   吹拂。成为梦想。宛如谬误
   坠落在心上且毁灭一切,若非

   有人考虑并理解他们是谁。

  我们在《日耳曼尼亚》中已经读到,晨风使人心扉敞开,这里表达的也是这个意思。谁以基督的名义行动,例如朝着"耶路撒冷"或者"卡诺莎"出发,他的名字也就开放了,因为名字的指称已超出了历史人物这个事实。它象征了转世论的希望。在上面引用的这些诗行前面,诗人写道:"从此,故事情节难以预料。"自基督以来,历史不再叙述封闭式的故事,例如赫拉克勒斯和佩琉斯的神话,而是具有开放式结局的、可以"更丰富歌唱"的事件。在救世史的视野中,所有一时性的事件移到了永恒未来的光线中,历史的人物、业绩和名字变成了未来性的象征,未来性像晨风那样在它们当中吹拂,而它们也必须由此获得理解,否则,它们就像梦想和谬误那样毁灭一切。也就是说,谁在这里只看到人的成就,而看不到它们在谁的帮忙下成为"它们的所是",就意味着夜郎自大,专横傲慢,这种态度毁灭了"心",因为它自己想成为中心。

  在这里,我们看到了与名字的语言形式毫不相干的名字象征。名字载体是象征形象,他的历史形态让人联想到超历史的关联,因为名字载体给自己造了这个名字,带着它进入历史,这样,个人的象征也就转换到名字上——人们是这样认为的。然而,荷尔德林没有说王侯或英雄,而是说基督以来的名字,这必定有某种暗示。名字对于解释历史的诗人来说似乎并不只是一个标记。

  人们也许可以回忆一下荷尔德林最后留下的赞歌[165]草稿和残篇,也就是说,在《拔摩岛》创作期间,诗歌中出奇地大量出现名字,补充性的解释变得越来越简短,有时甚至完全略去,仿佛这些名字在诗歌中会为自己说话。此外,人们也可以想想旧约圣经中的用语"主的名",指的就是天主——主祷文的第一个祈求也是如此——这样,名字就不再作为专有名词,而是作为人物的同义词。以上两个提示汇合在一个思想中:名字不是初级的称谓手段,而是人物自我呈现的一部分,在名字中呈现与在行动中呈现的没有什么不同——正如神以"耶和华"之名从荆棘火焰中向摩西显现;"耶和华"这个名字的意思是"我是自有永有的",也就是说,是一个真正象征的名字(《出埃及记》3:14;耶和华是第三人称:他)。这种设想与普遍的观察相一致,荷尔德林脱离唯心论思想,也就不再将自己的创作看作受精神全权委托发表的言论,而是对事物自我展示作出的回答。于是,名字也就是自我展示的一种形式,而不再是称谓的手段,它在命名者与被命名者之间只起中介作用,这样的主客体关系被提升为更本源的出发点。

按照荷尔德林后期的思维方式,这种出发点可以这样来概括:在名字中展示和介绍自我的人物,将名字摆放在前面,自己则隐退到自我,即人物存在的看不见的根基中——"越不可目视,越适合陌生化"。此话在这里同样适用。人物仿佛隐藏在角色(persona)后面,他的名字从角色那里发出响声。这样,名字代表了人物的所是——名字的响声以及一切跟名字有关的历史现象和影响。人物"存在"于名字中,无论是凡人还是神灵,也无论是历史上的人物,还是文学中的人物。因为作品也必须遵循源于自我、展示自我的东西;作品借名字抓住人物的所是,那里是人物存在的地方。这也就解释了为何出现那么多[166]历史名字以及"自基督以来这些名字"这种表述。如果说名字代表了人物的存在,那么,名字就是人物的象征,但情况不同于上面引用的颂歌。因为嘲讽只是针对诗中神秘的在场。现在,这被解释为从人物的根基进入名字的符号,这样,我们可以在字面意义上称之为存在的名字象征(die existentielle Namenssybolik)。然而,比标题更重要的是由此得出的基本认识:如果这类名字通过婉转的表达令人想起这个人物,那么,它在语言形式上对本质表述所起的只是补充作用。也就是说,至少在荷尔德林后期的作品里,我们寻找的主要的揭示本质的名字象征隶属于存在的名字象征。这种从属关系似乎或多或少使这类象征变成多余,特别是给名字加上隐秘意义的做法,它不只是对矫揉造作怀有某种兴趣,而且严格地说是以唯心论立场为前提的。事实表明,这类象征只是在荷尔德林古典时期常用。

然而,这类象征在荷尔德林后期创作中并没有消失,只是采取了另一种形式,我们将通过第三个例子来阐明这一中间类型。在《关于〈安提戈涅〉的说明》(StA V, 268)中,荷尔德林引用了众所周知的诗句,当中,他将宙斯的名字翻译为"时间之父",并用下面的话来申述这样翻译的理由:

> 对宙斯的叫法也许更确切,或者更不确切。最好还是严格地称时间之父或者大地之父。

因为宙斯的"性格"有这种要求——在这里,我们无需继续引用他的论证。首先,他说的"也许更确切,或者更不确切"是什么意思?很显然,这里的"或者"倾向于后一种可能性,即更不确切。"宙斯"这一特定的表达其实是更不确切的,因为,作为认定的名字,它掩盖了宙斯作为时间之父的本质。荷尔德林没有使用"宙斯"这个名字,而是代之以本质的称谓,依据的原则是:"我们必须处处都更确凿地描述神话。"并且,"为了使它更接近我们的观念",正如在这篇说明中谈到的,这种观念[167]需要的是"能够准确无误"。本质的表述击中了传统名字没有击中的目标。希腊人与此相反,他们必须看见"能理解的东西"。所以他们可以称宙斯,因为对于他们来说——按照荷尔德林一贯的思想——固定的名字是一种"文本",包含着他们活生生的对大地与时间的神秘体验。我们已不再拥有这些体验,这种名字对于我们来说就是一个死的词汇,是必须摒弃的。

根据这个原则,荷尔德林在后期作品中用揭示本质的称谓代替了传统的名字,起初用的是简单的改写,如海神、酒神、战神、爱神等等。在这方面,使用后两个称谓的《安提戈涅》译文走得特别远。①在其他作品中,最高的神也称为"时间的主人""大地父亲",此外还有称"至尊者""统治者""最有活力者""永恒的父亲"的。最常见的是"雷神",还有"基督"——因为他把光带到人间;还有"呼风唤雨者",以及"少年""至尊者之子""独一无二者",等等。"约翰"这个名字只出现在后来修改的赞歌《拔摩岛》(*Patmos*)中,同一首诗中说到了门徒和先知。"全能的节日君王"也属于这个系列。富有启迪的是赞歌《莱茵河》(*Der Rhein*)的第 10 段诗节,诗中为卢梭寻找一个特别的名字:"我该怎样称呼这个异乡人?"接着,诗人将他称为"大地之子"。类似的情况见《漫游》(*Die Wanderung*),诗中对黑海的名字加以补充,"称之为好客者并非没有理由"。不必再举例了,上述情况已清楚表明,荷尔德林是如何实现更确凿地描述和最认真地称呼这一原则的。

联系到我们探讨的问题,人们也许要问:这是象征名字吗?在通常的意义上当然不是;因为所要表达的意思并没有转变成一个名字并通过这个名字得到象征性的表示,而是直接地说出来。用语法术语来表达:种类名称扮演专有名词的角色。尽管[168]"时间之父"或"大地之子"这些用语不仅形象化,而且可以看作象征性的——因为,在荷尔德林的语言里,时间和大地是存在方式的代码——但我们对此可以忽略,因为这属于荷尔德林作品普遍的象征特点,这种特点我们在无名称呼中已经见识了。重要的是,它们不仅如同在无名称呼中那样婉转地表达特性,而且明确地作为名字的等价物。它们完全像希腊的别名那样,让人明显地看出形象化的或象征的意义,不仅对名字进行补充,还经常代替名字。象征的名字既作为名字用于指称,又作为象征具有某种意义,在这种构成物中,意义本身具有名字的指称功能。这样,两者的关系也就倒过来了:不是名字象征意义,而是意义象征名字。"时间之

---

① 参阅拜斯纳,*Hölderlins Übersetzung aus dem Griechischen*,1933,S. 171 ff。

父"是宙斯名字的象征,这无损于荷尔德林特有的意义,它通过形象具有象征性。因此,这种构成我们不称为象征的名字,而称为名字象征,我们的意思,再重复一遍,指的是名字的象征,而不是名字形式的象征。因为它们力求同时揭示本质,所以延续了古典的名字象征学,这种情况我们在荷尔德林的小说和戏剧中将会看见。这种变化的内在原因,可以从关于《安提戈涅》的说明中得知。在外表上,这可以从以下事实中得到解释,那就是,在古典作品中常见的是自由创造的或随意借用的名字,这些名字能够轻易地加入想要的意义。企图"清楚说明存留物"的后期作品遇上了神话或历史存留的名字,如果这些名字会引起误读或像"无意义的符号"那样被人不加理解地接受过去,那就必须用独特的创造取代它们。

我们通过三个例子对这些母题进行了阐述,这些母题在探求的现象中靠近外围,并未触及事实或发展史的层面。它们包含了各种形式的象征[169]关系:名字中人物的神秘在场和存在现象,以及借助一个代替名字的词汇对人物作出的神话解释。这些母题不断地对主要现象产生作用,也正因为如此,我们首先论述它们。如果我们现在要描述它们,就又要从"名字"这个词被意味深长地使用的地方出发。我们当然不期待会遇到"象征的"这个修饰词,因为在荷尔德林的诗性语言中这个词是不可想象的。但是,意义相近的称谓应当可以找到。我们认为可以分成四组:新的和旧的名字,庄严的和神圣的名字,隐晦的名字,专有的和恰当的名字。

第一组,代表性的例子是颂歌《德意志人的歌》(Gesang des Deutschen)中带起赞颂式结尾的诗句(第49及后续1行.):

如今,向你致敬,我崇高的祖国!
用新名称呼你,最成熟的时间之果!

这种表达源于圣经,见先知书(以《赛亚书》62:2,《启示录》2:17);荷尔德林的诗句最接近以赛亚有关锡安的语句:"你必得新名的称呼,是耶和华亲口所起的。"人们可以设想,荷尔德不仅在精神上有新命名的一般动机,而且心目中已有一个特定的名字。这个名字必定是"赫斯培利恩"(Hesperien①),产生联想的链条:"最成熟的时间之果"——赫斯培利恩的果实——赫斯培利恩,类似于《饼和葡萄酒》的诗句,它们同样属于先知的范围(第149及后续1行):

> 古人颂歌所预言过的神的儿女,
> 　看吧!那就是我们;赫斯培利恩的果实!

希腊－赫斯培利恩之路的构想是这首颂歌的基础,沿着这条路,"守护神从这国到那国"。也许——但这种可能性并不大——这个新名字就是"最成熟的时间之果"。倘若如此,我们也许就要这样来阅读这句诗,即在"用新名称呼你"后面加上冒号,这样,我们眼前就会出现刚才描写的这种情况。然而,这些词语只婉转表达了赫斯培利恩这个名字对于荷尔德林来说所具有的意思:黄昏之国(Abendland)——"时间的黄昏"之国,时间的完成。[170]无论我们选取何种解释,新名都只能是一个象征的名字,因为,它已经在词语中注定其载体通过历史变成什么,在历史主人的救世方案中扮演什么角色。"德意志国"这个名字并没有因此而被抛弃,否则,"德意志"这个词就不会出现在标题和诗歌中(第41行),但是,它已经降低到只起理解手段的作用,因为它没有表达出"祖国之魂"(《致德意志人》,第26行),或者"祖国的美好精神"(《德意志人的歌》,第35及后续几行)。这种精神"为了良好的意愿,至今仍是无名"——除非它在赫斯培利恩的意义上得到更新。

颂歌《勉励》(*Ermunterung*)的第一稿谈到了旧名换新意。"苍天的反响",即诗人,在"无神者"当中沉默了。但神圣的大自然仍然活着,时间将会到来,因为,世人的口中重新发出"对众神的赞扬",这样,大地与苍天在世人的反响中又找到了自己。

---

① [译注]古希腊文献中意思是西方,在荷尔德林的作品中喻指德国。

> 他,无言而治,不为人知地
> 准备未来,上帝,人言中的神灵
> 在美好的日子重新用名字,
> 像昔日那样,称呼自己。

无言地、不为人知地实行管治的神,令我们想起古罗马的农神,而被长期遗忘后重新复活的名字,则令我们想起恩培多克勒的遗嘱:在未来"更阳刚的农神节"更新神的名字。荷尔德林指的是哪个神,他心目中到底有没有一个特定的神,这并不重要,因为,这仅仅取决于重新称名的母题,因为诗中不是说世人称呼神,而是说神在人言中称呼自己。正如无名那样,有名的称呼只是反响,从中再次体现了神爱说(amor - dei - Gedanken)的观念:无限进入有限,并在有限中回应自己。如果说,无限的上帝在有限的符号中称呼自己,那么,这种符号已是象征。象征也类似于新名,因为它的更新将旧名中没有意识到的东西提升到意识中。但是,[171] 名字的形式是否参与到象征中,从诗的母题中无法得知。我们只能猜测说,Saturn[农神萨图恩]与 Natur[大自然] 这两个词元音相同,这对于荷尔德林来说不是无所谓的。也许这听上去像文字游戏,但如果我们了解荷尔德林名字象征的实践,就会觉得这不会是偶然的。

新名与旧名的象征产生于救世史,庄严的和神圣的名字的象征则在于形容词。所谓"庄严的"(herrlich),从荷尔德林关于庄严(Herrlichkeit)的概念中可以得到解释,它总是指向圣经中的神光(Doxa),同义词是"荣光"(Glorie)、"明亮"(Klarheit),因此,庄严的名字是熠熠生辉的名字,它给被称呼者罩上永恒的光环。说出这个名字的诗人接收到名字投向他的光线,这些光线也照亮了他的四周,使他脱离死寂的当下。《阿尔希沛拉古斯》(Archipelagus)的诗句是这么说的(第 216 及后续 1 行):在那里,腾皮谷,我愿"夜间,常从那里呼唤你们,庄严的名字!"——在时间的夜晚,呼唤希腊人心中"神祇形象"的名字。这些光线同时也使称呼庄严名字的诗歌增添光彩。他在颂歌《赠奥古斯塔·封·霍姆堡公主》(*Der Prinzessin Auguste von Homburg*)中写道(第25行):"你的名使我的歌增添光彩";接下去写道:"你的节日,奥古斯塔呀,请允许我庆贺。"奥古斯塔被称为"崇高者",诗人对她肃然起敬,为她庆贺,因为正如诗中所说,"讴歌崇高"是赋予他的使命。诗人以及称呼行为使被称呼者光彩夺目,名字为他编织了耀眼的光环。

这种思想也反映在关于《安提戈涅》的说明中。克瑞翁与海蒙争论时谈到不允许埋葬波吕尼刻斯的誓言,克瑞翁说(V. 773):"如果说,我忠实于我的本分,我在说谎吗?"①对方回答说:"你并非如此(即忠实),你没有尊上帝之名为圣。"②荷尔德林在文中这样表述:"你践踏众神的尊严。"对此,他进行了说明(StA V,267):

> 这里有必要改变神圣的表达方式,因为它处在中心位置,至关重要,作为严肃和独立的词语,其余一切因它而变得客观和明晰。

"为了使它更接近我们的观念",他又一次"严肃地"将希腊的[172]表达翻译成主祷文的基督教表达。③ 由于这个词,"其余一切"变得客观和明晰,首先指的是争论的内容,然后是戏剧的总问题——这个词处在剧作的"中心位置"——在这里,戏剧的总问题找到了精辟的表述。

希腊词 *αϱχή* 在文中的意思是"权力"或"统治权",荷尔德林用 Uranfang[泰初,本源]来翻译,用来指涉克瑞翁的誓言,暗示这个男人

---

① [译注]"本分"的原文是 Uranfang,意思是泰初、本源,此处参阅戴晖的译本(《荷尔德林文集》,商务印书馆,1999年,第273页)译为"本分"。

② 原文作:Das (sc. treu) bist du nicht, hältst du nicht heilig Gottes Namen。荷尔德林在《关于〈安提戈涅〉的说明》一文中引用了海蒙的这句台词后,接着又注明,他"不是说你践踏了众神的荣耀"。

③ [译注]基督教中的上帝(Gott)是单数名词,主祷文中称上帝为"天上的父"、"天父"。

失去理智，竟敢作出任意的、非本分的决定，他声称忠于本分，从中推导出处死安提戈涅的权力。上帝没有授权他以上帝名义发誓，而是他在誓言中加入了上帝，用于为己服务；稍后一些，又称他的性格是"敬神，作为一项法则"。但这是他的狂妄。海蒙影射了这一点，他反驳说，克瑞翁恰恰没有忠实于他的本分，因为他不尊崇上帝的名字。海蒙指责傲慢的父亲专横独断、自以为是，对自始至终起作用的神灵的要求置若罔闻。但这一点只有德国读者能够理解，因为，希腊人的敬神充分体现在祭祀、庆典、建造神殿这样一些实用的观念上，现在则被基督教尊崇上帝名字的思想所取代。因此，荷尔德林改变了这个核心的地方。然而，作出这种改变的原因，首先是因为克瑞翁不仅代表自己，而且代表整个时代说话，在实证的规则下，关于天神的记忆已经从这个时代里消逝了，重新恢复这种记忆是安提戈涅的使命——在跟神取得一致以及与神分离的悲剧性过程中，不过这个过程我们不需要重述——海蒙将忠于本分解释为对神恭顺，也对她的行为作了解释。于是，这个词使其余一切变得客观和明晰。然而这个词没有包含名字，只涉及名字母题，采取我们熟悉的圣经的形式，荷尔德林将这看作神在名字中的自我显示。但是，他最后说，无论时间的转向，还是戏剧人物的命运，或者戏剧的希腊—赫斯培利恩进程——克瑞翁通向安提戈涅之路——都是不可更改的，[173]"而神圣的名字则不然，至高者在神圣的名字下被感知或发生"。必须补充一点：至高者，也只有至高者，在希腊人和德意志人那里是相同的；因此，他的名字可以适应我们的观念类型。荷尔德林宁可用"没有尊上帝之名为圣"取代"践踏了众神的荣耀"。既然如此，他又怎么会谈到改变神圣的名字呢？很显然，他将希腊的复数"众神"（Götter）与基督教的单数"上帝"（Gott）混淆了。① Gott 这个词是神圣的名字，它使至高者可以被感知，严肃地称呼这个名字，能使其余一切明晰。由于有这种力量，它是荷尔德林所有象征名字中的第一个。

---

① 拜斯纳也是这么理解的，引文出处同上，页 174。

正如人们看到的,庄严的和神圣的名字的母题是逐渐过渡的。《许佩里翁》中有一个地方包含着对后者稍作修改的解释。第俄提玛在离别后的第一封信中写道(Ⅱ,32):

> 这是神圣的名字,冬、春、夏、秋!我们却不认识它们!

我们试图不按照大自然季节的节奏,像许佩里翁在自由斗争中那样,不合时宜地强求达到时间尚未成熟的东西。一年四季周而复始构成整体,每个季节既有自己的本质,又跟整体保持联系,这是荷尔德林最常使用的意象,用来比喻人或历史的生命整体,它容不得任何脱离整体的行为,但又允许每个人有自己的个性。这个整体母题向我们解释了荷尔德林对"神圣"一词的经典理解:他在当中听到的意义是完好、完整、完好无损。因为四季的名字是这种完好整体的象征,所以,它们是神圣的名字。《饼和葡萄酒》有一段异文(第 56 行,StA Ⅱ,599)在类似的意义上称希腊国是"众神的家","拥有丰富神圣的名字"。不仅众神的名字,还有英雄、地方、岛屿、高山、河川,它们的名字也都是神圣的,因为它们共同并且各自使人们想起神、人与自然和平共处且拥有共同精神的时代,那时生命是完好的,并且各自具有自身的意义。只有至高者能够自己摆脱象征的言辞;在这种情况下,诗人必须保持缄默——在《返乡》(*Heimkunft*,第 101 行)中是这么写的:

> [174]我们不得不常常沉默;缺少神圣的名字。

后来,神圣名字的母题也被用于书写德国历史上的地方,这与后期作品的具体化趋势是一致的。在断片 46 (StA Ⅱ,327)中提到瓦尔特堡(Wartburg)这个名字,后面空了一个位置,接着写道,"神圣的名字,哦,歌唱",这也许与瓦尔特堡有关联。荷尔德林又补充说:"但你称它为德国的忏悔地。"正如我们已认识的例子那样,他给象征的名字加上了一个解释性的名字。

隐晦名字的母题只出现过一次。续赞歌《大地母亲》(*Der Mutter*

Erde)的散文稿(StA II, 683)中谈到大地崇拜,这种崇拜仪式"在深锁的大厅里""隐蔽地"由"守口如瓶的男人们"举行,接着写道:

> 但英雄们喜爱你,通常,称你为"爱",或者,赋予你隐晦的名字"大地",因为,人起初羞于称呼他的至爱。

男祭司们守口如瓶,不说出神的名字——人们必然这么设想,因为,荷尔德林显然是影射拜祭厄琉西尼亚的神秘仪式,以及众所周知的得墨忒耳(Demeter)即地母($Γ\tilde{η}\ μήτηρ$)。① 在赞歌《莱茵河》(Der Rhein)中,英雄被称为"大地的儿子们",因此他们比祭司更爱大地,可以称呼大地母亲,特别是,他们毕生没有处在神圣区域的寂静(favete linguis)中,只有委婉表达的名字,其中包含着虔诚的胆怯,宗教的"羞涩"。人们大概很想知道这些隐晦名字叫什么。它们肯定比起"爱"这个名字更加隐晦。人们也许会想到"藏匿者"(die Verborgene)这样的词,赞歌《日尔曼尼亚》(Germanien)第 77 行诗中写道:"通常,世人称之为藏匿者",这里涉及的是大自然,"万物之母"。但在荷尔德林后期的诗歌中,大自然与大地是互相交融的。人们还可以想到"隐藏者"(die Verschlossene),在《漫游》(Dic Wanderung)中(第 93 行),苏薇亚(Suevia)[175]也是一个女神,被称为"隐藏者"。这两个词都在地母崇拜的特征中出现。如果这种推测正确,那么,隐晦名字表明了大地最内在的本质,即藏匿的根基,它愈是从自身中释放出形成的生存条件,愈是将自己隐藏起来。这符合后期荷尔德林的思维方式,也解释了他的论据:人羞于称呼他的至爱,也就是说,羞于直截了当地用他公开的名字来称呼他。荷尔德林还补充了"起初"两个字,这是因为,

---

① 罗斯托伊彻(J. Rosteutscher)的 *Hölderlin, der Künder der großen Natur* (1962,页 92)谈到得墨忒耳崇拜。"深锁的大殿"指的是位于厄琉西斯的泰勒斯台里昂神庙(Telesterion),这是罗斯托伊彻令人信服的猜测,可惜他在著作中没有说出,特此说明。

开始时,人仍接近起源,仍感觉到他赖以生长的元素,还不能与他的根基分离,他将大地固定在认可的名字上,就如同脚踏实地那样。紧接着上面,荷尔德林写道:

  然而,当他接近更伟大者后——这是上帝赐福——他便用自己的名字来称呼属于他的东西。

  下面,我们转入最后一组,即专有的和恰当的名字。现在,世人允许说"大地母亲",允许明确地称呼她。但也许只有在那些从根基的力量中完全解放出来,并且靠自己生活的人的口中,这才是一个不好的、认可的名字。而荷尔德林在这里说的人遇见"上帝",父亲,其最内在的本质是精神。在精神的领域里,以前的元素成为他的财产。现在,他自由地占有了根基,因此可以用自己的名字称呼根基。致博棱多夫(Böhlendorff)的第一封信在同样的意义上阐述希腊与德意志的关系问题,其中谈到"自由地运用自己的东西",这无疑指最终的、分量最重的以及个人或民族所能达到的最崇高的东西。

  最后,我们从《拔摩岛》(第176行及以下几行的初稿,StA II,776)中举例说明恰当的名字这个母题。这种母题可以归入同样的实现情景,但不是从人的角度,而是从历史的角度。众神的事业,即历史,快速地走向它的终点,"直至重新用恰当的名字称呼天神"。颂歌《喀戎》(Chiron)(第43行)中有[176]这样的描写:从恢复视力的眼里看见,"现在,你们重新正常地呼吸""踏着正确的足迹前行"。《唯一者》(Der Einzige)的第三稿(第60行)提到大地之神,"他提供了正确的道路"。Recht是荷尔德林后期的主导词,它不仅表示"正确",而且含有拨乱反正、纠正错误的意思。专有名字只是扬弃了当初隐晦名字造成的必要遮蔽,恰当的名字则是取消错误的、认可的名字,重新恢复跟神的正确关系。这样,他就有可能不必像秘教那样,向入教的人说:你至今称为宙斯、阿波罗或狄俄尼索斯的神实际上叫……因为,这么做只是实证的一种新形式。恰当的名字更多是从恰当的精神出发称呼的名字,不管是已知的名字重新找回它的"灵魂",还是新造一个名字。两种母题我们都遇见过。这里指哪种,无法断定,因为最后的版本改造了母题:在胜利的日子里,至高者的儿子被"强大者"称作"口令",但最后成为口令的不是他的名字,而是基督的名字。这个母题在《许佩里翁》中已经出现(I,121):"我希望,人类将第俄提玛作为口令。"

首先,用恰当名字称呼是诗人的事情。所以,跟在"直至重新用恰当名字称呼天神"后面的句子是,"看吧! 接着是歌唱的时代"。由于稍后的异文又补充了"正如现在这样",所以这句话有两层意思,它可以表示接着将是歌唱,但也可以表示接着将是歌唱中宣布的时代。正如《和平庆典》中说的那样,诗人孤单的歌唱变成全体的大合唱。恰当的名字在大家的口中流传。最后的版本证实了这一点:"在此,歌唱的小棒向下挥动。"有研究者曾引用克洛普施托克和赫尔德,将此看作挥动创作魔棒示意让众神到来。① [177]这不是荷尔德林的观念,而更符合年轻席勒的母题。我们建议采用一种更简单、更现实的解释:"歌唱的小棒"是打节拍的指挥棒,它"向下挥动"示意开始合唱。荷尔德林继续写道:"他唤醒死者。"荷尔德林的许多母题来自《哥林多前书》,该书第十五章述说了基督复活,这是唤醒死者的长号响声。将战斗的场景变成艺术的场景,这完全符合荷尔德林的方式,他最后写的那些断片仍然常常让"词语像鲜花般"盛开。

我们分四组对象征名字的母题进行考察,可以发现,荷尔德林的创作不仅熟悉这个母题,而且用它作为重要的象征,表达神、人、诗人、祖国、历史以及自然之间关系的基本原则。名字的象征形式使母题易于理解。Hesperien 或者 Augusta 这样的名字构成,符合我们对荷尔德林名字象征实践的期待。而对于"藏匿者""大地母亲",甚至"神"这样的词语,我们

---

① 伯克曼(P. Böckman),*Hölderlin und seine Göffer*,1935,S. 448;拜斯纳,StA II, 793 f.。按伯克曼的阐述,我们的解释似乎更早一些,只不过是在另一种意义上表述。

也可以按照其动机赋予特殊的象征值。由此得知,外来词并不是前提条件,名字象征也不只是翻译的事情。事实再次表明,具有某种意义的名字与成为名字的意义,两者完成了相同的功用,它们的区别只是在使用的时间上,一种主要在荷尔德林的古典主义时期,另一种主要在后期。

我们的母题研究的另一个结果补充了这个观点。称呼属于名字,意义构成物需要实施才能实现自我,并在称呼者与被称呼者之间建立一种意义关系。而这可以通过两种方式发生:一种是用名字,即专有名字或恰当名字来称呼,另一种是给他命名,使用一个新的或隐晦的名字。后者是创立一个名字,前者只是重新找回原有的名字。这将我们引向大家熟悉的双重角度:指涉某物的符号与[178]显示自我的符号。这种解释性命名与名字中自我呈现的对立,跟承载意义的名字与充当名字的意义词的对立交错,使创造的名字与接受的名字能够有这种和那种形式。这样,我们就得到四种不同的类型,用已遇见的名字为标题,分别为:"梅农"类,"藏匿者"类,"奥古斯塔"类,"大地母亲"类。这种分类的认知价值并不足以覆盖整个体系,它只有利于更快理解。但由此可以看出,荷尔德林的象征名字的母题,远远超过了人们在语言形式的视角下所期待的范围。

第三个结果是:在称呼者——即诗人或民众——与被称呼的神灵和力量之间,象征名字设计了意义关联。象征名字不是随心所欲、可在任何时候被称呼的,只是在时间的流逝中,当这些意义关联对于其特殊形态变得成熟了,象征名字才会成为这些关联的写照。意义的赋予与意义的再现在象征名字中是同一的,因此,说出这种名字,既是首发的言说,又是再次响起的回答。这种生产与再生产功能的矛盾统一,我们相信,乃是建立在一种对于荷尔德林来说十分典型的循环之上。作品中诗艺主体"我"在言说时没有采取冷淡的态度,而是立足于一个描绘世界结构的位置上。例如,如果是针对时间的循环周期,那么,他会在每个时间段之间的转折处找到阿基米德点,循环规律允许他勾画出这些点。因为,只有从旧转换到新,才可看出整体。整体如果始终保持一种特定的状态,就是隐蔽的。

要是涉及个体生命的"离心轨道",那么,这个轨道的图像可以在转折点——从中心出发,返回到最外部的远处,重新找到起点——上呈现出来。诗人的状况与作品中世界的结构处在[179]一种固定的相互关系中,因此,我们可以讲,创作与存在之间有一个循环,创作决定存在的方式,反过来,存在决定创作的可能性。象征名字也在这个循环中运动,他将被称呼者放进一个秩序的视野中,这个秩序提供一种情景,使这种称呼成为可能。名字意义与称呼的实施,彼此互相提示,因为它们遵循的是存在秩序与创作情景的循环。由此,名字既是意义关联的设计,又是这些关联的写照,称名既是回应,又是创立的行为。

　　如果名字的象征以这种方式交织在作品与存在的关联中,那么,它就不是诗人能够随心所欲对待的事了。诗人不能凭自己的感觉对人物起这样或那样的名,而必须给他一个名字或在他的名字中选择一个,这个名字能够代表他在人或神的存在方式的结构中所处的位置。至于这是一个真实的还是虚构的形象,那都无关紧要,因为它关系到的不是现实中而是文学中的真实,现实的与虚构的形象没有什么不同,都是通过诗人的解释达到这种真实。如果这种解释让人在经验的形象中想到存在的一种基本形式——因为文学的真实建立在代表性上——并且为此利用了他所给的名字,那么,这个名字本身便是真实的一种元素;它失去了一切偶然的东西,并在最严格的意义上具有约束力。由此,我们得出最后一个观点。前面,我们已经说过,象征名字表达了载体的本质,这种本质是诗人幻想力的自由创作,还是存在方式的镜子和拷贝,或者两者皆有,这是不确定的,由此,名字象征问题并不能获得我们在荷尔德林那里期待的约束力。如果我们现在看到,这个名字只有在创作与存在之间的循环中才能成为象征名字,那么,这个问题就在第三种可能性的意义上得到了解决:名字所表达的本质出自存在视野中诗人的解释,表达本质的音响是存在通过[180]诗人之口的实现,从中体现了荷尔德林象征名字的约束力。

　　我们就此结束关于称呼、无名以及名字母题的讨论。本文没有讲到所有问题,但我们希望已经将典型的地方讲到了,这类母题的发展、分支以及内在联系可以忽略不谈。我们期待为荷尔德林名字象征的可能性找到依据,这一点已经实现。同时,本文已经呈现出一个植根于荷尔德林图像世界、与诗人自我认识紧密联系的领域,在这个领域内,象征名字只是部分地、阶段性地表达了跟称呼原始母题有关的情况。

四

如果我们现在开始逐个分析名字,那么,我们并非从诗学转到了创作;因为,称呼母题本身属于创作,它并没有阐明实际操作中重现的操作原则。它揭示的规律性与形而上学的条件有关,但不涉及诗学规则,只是改变了寻找实际的名字象征的视野。即使这样的象征不存在,这个视野也仍然保持其有效性,它不像规则那样指望实现,而只是论证了象征的内在可能性。正因为如此,实际分析的实验特征不会被排除。我们的任务是说明找到了怎样的解释,至于是否说中了荷尔德林的意图,那取决于文本的提示以及我们对文本的理解。在某些情况下超越猜测是不可能的,还有一些名字不得不放弃解释,那是因为荷尔德林在这里显然没有使用象征。下面,我们从小说主人公的名字开始。

许佩里翁(Hyperion)

根据赫西俄德《神谱》(V. 371 ff.),许佩里翁是乌剌诺斯与盖亚的儿子,巨人提坦之一,赫利俄斯、塞勒涅和厄俄斯①之父。赫利俄斯从[181]他父亲那里得到了别名许佩里翁伊德(《神谱》,V. 1011)。《奥德赛》也提到这个由父系而来的姓名(12,176),在所有其他地

---

① [译注]三者分别是太阳神、月亮女神和黎明女神。

方——总共八次——荷马使用没有改变的父名许佩里翁作为太阳神的别名,其中两次作为他自己的名字(II. 19,398;或 1,24)。荷尔德林接过这种用法。① 第二首《自由赞》(Hymne an die Freiheit,第 94 行)首次出现了这个名字,指的是太阳神:

> 每当暗淡的繁星让你们垂下头颅,
> 英勇奔跑中的许佩里翁大放光芒——

小说中谈到"天上庄严的许佩里翁"(I,130),这就跟与小说标题同名的主人公建立了联系。许佩里翁说:"人是一件长袍,上帝常将它披在自己身上。"第俄提玛回应说:"对,对!……你的同名兄弟,天上庄严的许佩里翁在你身上。"这种联系在描述亚当斯主要场景的信件(I,23 f.)中也有暗示。许佩里翁在晨曦中跟他的良师益友在得罗斯岛登上昆图斯山。"太阳神曾住在这里",他将阿波罗(Phoibos Apollons)与赫利俄斯(Helios)视为同一个神——接着,"古老的太阳神"从地平线上升起,"你要像他那样! 亚当斯冲我喊道,拉起我的手,朝向太阳",许佩里翁感觉到被吸收进"神灵的扈从"中,"这时扈从们上升到天的巅峰"。在这里,诗人没有生硬地说出[小说主人公许佩里翁与太阳神("天上庄严的许佩里翁")]名字相同。但是附加的词语"这位永生的巨人"透露出,人们可以在头脑里对"你要像他那样"这句话进行补充:你有着跟他一样的名字。因为,按照希腊神话,唯独巨人许佩里翁的儿子赫利俄斯 - 许佩里翁是巨人。② 如果指的是赫利俄斯 - 阿波罗,那么附加的词语必定有所不同。下面,我们将会看到,这虽然与阿波罗的出生地与敬拜地有联系,但还是有其特殊性。

---

① 参阅青克纳格尔(F. Zinkernagel),*Die Entwicklungsgeschichte von Hölderlins Hyperion*,1907,页 325。

② 因此,没有必要采用荷尔德林的做法,将父亲的"提坦"名字转用到儿子身上,见拜斯纳,StA III, 444。

名字相同意味着[182]世间的映像与天上的原型或榜样有着本质的亲缘性。在首次将人称呼为"上帝的长袍"的地方，荷尔德林还进一步尝试将神的思想具体化在人的身上。在这些年里，我们处处遇见这种观念，例如《许佩里翁的青年时代》中第俄提玛谈到"一位神"时作的表述。我们说过，我们身上的上帝——无限的主体，在人的有限主体身上起作用，他指使有限主体实现自我完成，然而对于神来说，这意味着放弃自我成为凡人。两者表达了这么一幅画面：上帝像披着的长袍那样带领人通向他的天职，而他自己也像裹在长袍中那样藏在人的有限性中。在这幅画面中还有第三点。许佩里翁说的是"常常"。因为，人并不总是可与上帝的长袍相比。许佩里翁熟悉遗弃神的岁月，"脱离了一切有生命的物体"，感觉到"沉闷的空无"和"死亡"——他将此解释为自我丧失的周期，因为，如果有限的自我觉得身上存在一个无限的自我，一个与他不同的自我的根基，那么，他只会自傲。亚当斯的场景也含蓄地暗示了这种思想，他用这样的话与许佩里翁告别："神在我们心中……首先愿他与你同在！"正如其他地方那样，这里将神在人的心中的普遍观念运用到许佩里翁与太阳神的特殊关系上。

于是，我们站在了象征解释的起点上，这种解释更多是从名字的语言形式出发。Ὑπερίων是源于父名的名字(Patronymicum)，表示此人是Ὑπερος(superus，至高者)的儿子。如果可以把他看作乌剌诺斯(Uranos)，那就是天的儿子。①小说的几个地方可以在这个意义上进行解释，但是，也有另一种更合适的解释。一个后来的、流传更广泛的对名字的解释，它出现在荷马注疏本中，这一资料来源，被黑绪赫(Hesych)和苏伊达斯(Suidas)百科词典、希腊语词源词典(Etymologicum Magnum)以及其他地方采用，并且也收进各种德文的神话手册，包括普雷

---

① 克恩普特尔(L. Kempter)将他视为"上帝的儿子"，见"Das Leitbild in Hölderlins Friedensfeier"，Hjb 9, 1955/1956, S. 90。类似观点见Rosteutscher，同上，S. 124 f.。

勒尔(Preller)编著的希腊神话手册中。[183]这种解释将名字的结尾 ιων看作是ιεναι的分词,这当然是不恰当的,因为,Υπεριων中的ι是长音,其他的格不可能有分词词尾。这个名字要么是由Υπερος与ιων复合的,意思是"漫游的至高者",要么可看作υπεριεναι的分词,意思是"在上空运行者",这两种可能性都涉及赫利俄斯(Helios)。第二种解释更通常些。我们只引用荷马注疏本中第一次出现这个名字的地方: ο υπεραυω ημων ιων χαι περιπολων τον χοσμον,其意思即,在我们上方运行并围绕地球旋转者。黑绪赫百科词典对词目Υπεριων的解释是 ο ηλιοξ απο του υπερ ημαξ ιεναι,意思是: Hyperion, 太阳, 因为她在我们上空运行。①

荷尔德林应当知道这个解释,即使不知道,这个解释在当时语言史的认知水平上也不难理解,他自己完全可以想到。我们在他的作品中首次遇见的"英勇奔跑中的许佩里翁"这个词语,不正是荷尔德林在赞歌中对上述词源的一个自由的、高雅的翻译吗?这也说明了荷尔德林及其时代在重音使用上的不拘一格。因为,人们从υπερ ιων比从Υπεριων更容易得出 Hyperion。

Hyperion 可能是"在上空运行者",超验者,与太阳神相似。让我们仔细看看,出自小说的这个名字的意义是否有道理。由于出现的地方很多,我们只能选译一些来复述。下面,首先看看超越(Transzendieren)母题。

许佩里翁首次讲述自己的过去并向第俄提玛解释自己,长谈后,他意识到自己"一直在挣脱……挣脱粗俗的此在"(I. 123)。他指的不仅是自己因为第俄提玛而产生转变,也是指自己的命运。第俄提玛使许佩里翁看清了命运,并用自己的此在使他的命运有了内容和意义。在

---

① 其他证据见帕佩(Pape), *Wörterbuch der griechischen Eigennamen*, 第3版, 1863 至 1970, 上面提到的普列勒(Preller)将名字翻译成"高空漫游者",见 *Griechische Mythologie* 第1和第2版, 1860, 页40。

那次交谈中(I.119),第俄提玛向许佩里翁解释,他失去[184]良师益友后的绝望源于一个错误,那就是,"你想要的不是人,我相信,你想要一个世界",那个消失了的"黄金世纪"的世界。你以为两个当今的人可以捕获这个世界:"在你的朋友中你拥抱这个世界。"许佩里翁是"正义和美的领域的公民",是"美梦"中"众神中间的一位神",他醒来时站在"新希腊的土地上"。表明这种超越任何现实的最典型的句子是,"因为你拥有一切而又一无所有",也就是说,你没有任何确实的东西,或者说,任何尘世间个别的东西都不属于你。人与此时此地的联系只是虚假的,一瞬间的。假如人消失了,或者行动——例如为获得自由、实现理想之一切的斗争——失败了,那么,许佩里翁作为一个超越者,为此付出的代价是失去超越性(Transzendenz)。因此,每次随之而来的是死一般的僵化。唯有与第俄提玛的关系是例外。因为她是时代的陌生人,不伪装绝对的真实,她是"我在现实中感觉到的完美,我们将之搬到星空之上,我们将之推移到时间的终点,它在这里,至上者,它在人类与万物的圈子中!"——许佩里翁这样描述第俄提玛身上所体现的无限(I,93),这类似于《约翰福音》第一章第10节的描述:"他在世界上。"因为这种状态不可能最终有效地在世上长存——第俄提玛只生长在田园风光的保护区里——她对许佩里翁的爱、她的死亡,成了与现实最初的也是唯一的接触。她的命运与许佩里翁的本质完全相符。许佩里翁无论在何处,凡是受现实的约束,就遭受失败,只有绝对变成真实,他才可以受约束而不失败,但是,对于他来说,在尘世间将自己与绝对的真实持久地捆绑在一起,又是不允许的。

灾难后(II,68),第俄提玛在信中对许佩里翁本质的第二种刻画涉及超越主题:

> 我能为你解开尘世的羁绊吗?我能熄灭你胸中的火焰吗?这火焰使泉水枯竭,葡萄凋谢。我能用盘子为你端上世界的欢乐吗?这是你想要的,是你需要的,[185]你只能如此。

路德的"我只能如此"也被吸收进《和平庆典》的前言中。许佩里翁的本性显示了无限和整体。但许佩里翁是一个有限的人，因此他"确实前景渺茫"。这是从根本上说的。因为，争取自由的斗争遭受失败，是他命中一开始就注定的。"我生来就没有家乡，没有歇息的地方"，他在失败(II,51)后写道。第俄提玛说"精神孤独"是他的命运(II,100)，她听说许佩里翁作出必死的抉择后，明确地提到他的名字，相信"许佩里翁要飞向古老的自由"。许佩里翁也使用了同样的文字与图像(II,53)："飞向自由前，在沉默的大地面前，我吞吞吐吐说出告别的话语。"

我们转到小说的另一处描述，看看小说前言中提到的许佩里翁的"悲哀性格"。此处置显示出小说与特定的精神史有关联，这种关联虽然只能看作一种启迪，但却将我们研究的问题放到一个更宽广的背景中。荷尔德林创作小说前不久，席勒发表了《论朴素诗与感伤诗》，其中包含"悲哀"的著名定义，荷尔德林引用其基本思想，说："昔日的自然变成理想。"(I,112)哀歌是感伤诗的一种形式，因为这种诗将当下跟投射到昔日的理想比较，并因此而悲叹。许佩里翁为消逝的幸福悲伤——历史的英雄为黄金时代悲伤，叙述者为黄金时代在第俄提玛身上归去而悲伤。但这种悲伤并非短暂的情感，而是他本质的基调。因为他将过去的自然上升为理想，也就必然摈弃当下的现实。在这种冲突之中产生了他的"不谐音"(前言)。因此，悲哀性格是一种超越处境、超越历史的在场以及超越现实的性格。"许佩里翁"是其合适的名字。

我们曾谈到荷尔德林关于"神话的"、"知性和历史的"概念，并将其归入后期的[186]象征神话，这是因为，现实与意义的统一不是被理解为存在的一致，而是被看作建立起的综合。"许佩里翁"是这种意义上的神话名字，其"知性"意义是"在上空运行"的概念，其"历史"意义在这里体现为神话学的意义，指他与太阳神的具体联系。小说中这两个地方已经做了解释，它们公开说出或让人清楚地认出这个关系。除此之外，还有大量多少有些隐蔽的暗示分布在整部小说中，尤其在第二部中更是屡见不鲜，它们仿佛在不断地提醒人们记住许佩里翁的守护神。我们从中可以得知,上述两个主要地方,特别是这个句子"你的同名兄弟,天上庄严的许佩里翁",并不是突如其来的想法,而应当视为理解其他所有地方的钥匙。下面,我们只选择一些描述来介绍。例如,第俄提玛谈到许佩里翁的"福玻斯(Phöbus)①眼睛"(Ⅱ,33)。纳塔给钱支持许佩里翁出征时诙谐地说:"福玻斯的骏马也并非仅仅餐风饮露。"(Ⅱ,13)其精妙之处在于:太阳神的别名后面隐藏着与许佩里翁名字中神性的联系。另一个隐藏的暗示是,灾难后第俄提玛回顾过去,谈及对未来社会的幻想,说(Ⅱ,71 f.):

啊,许佩里翁!你为希腊人治愈了眼睛,使他们看见了生命。

——如同阳光使盲人的眼睛复明。他在希腊人中点燃了激情和对充满活力的大自然的感觉:

赫利俄斯的光明,比战争的乐曲更加雄丽,伴送年轻的英雄们走向壮举。

许佩里翁与赫利俄斯的名字环抱着赞美的幻想巅峰。她在另一处(Ⅱ,32)同样含义丰富地说道,"大地的孩子们活着靠的是太阳,我靠的是你"——太阳的同名凡胎兄弟。又如,她想象,许佩里翁的士兵们沿依陶道流斯,朝着喀劳亚,奔赴伯罗奔尼撒:

在远处阳光中闪闪发光,就像传令官那样护送他们,哦,我的许佩里翁!(Ⅱ,43)

为了再次让人想到这种联系,她补充说出他的名字,这样,传令官的形象就具有了双重含义,因为,[187]她希望许佩里翁能成为传令官,为她传送凯旋的喜讯。

---

① [译注]福玻斯(Phöbus),阿波罗的别名,意即"光明"。

许佩里翁说得更加不掩饰(II,3):

> 神圣的太阳……我从来都是充满欢乐和感激地称呼你,是你,时常在我深陷痛苦的时候用目光为我疗伤,洗涤我们的心灵,使我摆脱烦闷和焦虑。

又说(II,64):"我愿崇拜你,阳光!"如果说,这是许佩里翁面对太阳神虔诚的表白,那么,下面则是借太阳的画面描述他对世界的态度。为了动员许佩里翁参加解放战争,阿邦达写信给他,说(II,6):"至今对你来说世界太糟了,不值得让它来识别你。"在雅典,第俄提玛告诉许佩里翁,他的任务是成为"我们国民的教育者",她说(II,157):"你必须像光线落下……你必须降落到大地上,照亮尘世,像阿波罗那样。"这些话背后的画面是,不仅"守护神在云中"(I,129),而且太阳神也隐藏在云中。第俄提玛还说他像朱庇特那样"震撼大地"(tonans)和"激发生命"(pluvius),虽然小说中没有朱庇特更确定的轮廓。许佩里翁将成为恩培多克勒的神,在这里,国民教育的母题已经预示了这一点——富有启迪的是许佩里翁对阿邦达信件的反应:"被阿邦达超越"(II,7),这刺痛了他,名字意味着"飞越者"的他,面对飞得更高的朋友不得不甘拜下风。最后引用一句话,这是许佩里翁在米斯思塔战役后申述理由,表明决定死去时说的(II,54):

> 啊,孩子,让我们在阳光中容忍奴役吧!母亲对波利科赛娜说。她对生命的热爱没有能比这更好的表述。但恰恰是阳光劝阻我接受奴役,它不允许我留在这令人失去尊严的大地上,神圣的光芒如踏上归途的白驹带领着我返回故乡。

第俄提玛说,他必须像光线落下,目的是为了"照亮",而不是为了焚毁。由于他的错误尝试遭受失败,神圣的光芒带领绝望者重返故乡。但这也是一个错误,[188]许佩里翁另有使命,这一点我们将再次从他的名字中得知。

我们探讨了超越母题以及与太阳神的亲缘关系。但在荷尔德林的意义上,分别考察一种现象的"知性"与"历史"意义是不够的,还必须合起来看,它们的综合必须得到验证。这种尝试导致对作品的主题产生意想不到的洞见。

许佩里翁的超越只表明,他从来就无法在"平庸的此在"中立足并在有限的作为中实现其使命。固定于任何位置,投身于任何具体的关系中,这对于普通人的存在是不可或缺的,而对于许佩里翁来说,却意味着放弃超越,也就是丧失自我。但是这个居无定所者同时是太阳神的凡胎变形。作为这样的变形,他身上发射出别人必须接受的光。"天上威严的许佩里翁"在他身上,他仿佛在华丽变身,这种两重性,第俄提玛概括为"拥有一切而又一无所有"(I,119)。她在同一个地方还说:"你看,你是多么贫乏,又是多么富有?"她另外又说过(II,34):"他的守护神如此幸福,以至于不能单独存在,而这世界又太贫乏,无法理解他。"第俄提玛以此将许佩里翁放进一个注定他贫乏的处境。同样是这种措辞,"幸福而贫乏"再次出现在完全不同的场合。颂歌《致一位订婚女子》(An eine Verlobte)描写了爱情的互相占有的幸福,诗的结尾写道:

> 不,情侣们!不,我不嫉妒你们!
> 　不受伤害,如鲜花靠阳光活着,
> 　　乐于梦想美丽的画面,且
> 　　　幸福而贫乏,诗人们如此生活。

这里包含着许佩里翁式此在的完整主题:从阳光中吸取养料,对生活真实的梦想,幸福而贫乏地存在。这就是诗人的所是。我们是否可以由此推断,许佩里翁注定成为诗人,其名字的最终意义就在于此?对此,小说给出了明确的正面答案。

[189]就荷尔德林而言,太阳神与阿波罗,诗人的神与创作激情,两者的一致性在作品中再三得到暗示,这显示了上述回答的取

向,其中昆图斯山(Cynthus)上的情景是解开答案的钥匙,这座山的神与许佩里翁天上的同名兄弟是同一个神。《许佩里翁的青年时代》在一个很小的、后来删去的情景中也显示了这个关键(StA III,220):第俄提玛将父亲的两枚钱币带给许佩里翁——在那里,她是亚当斯的女儿——其中一枚印有"阿波罗的头像",并补充说,它让人想起"戴洛斯岛和昆图斯山"。许佩里翁是否具有阿波罗的形象,第俄提玛谈及自己时是这么说的(II,71):"许佩里翁!许佩里翁!难道不是你将未成年的我造就成为缪斯?"又如,在面对雅典的废墟时有这样的描写(I,154):"犹如天上的缪斯弹奏的琴声荡漾在参差不齐的元素上,第俄提玛静穆的思想笼罩在废墟上。"许佩里翁与第俄提玛相遇(I,104)后用最后一个也是第一个缪斯的名字"乌剌尼亚"(Urania)来称呼第俄提玛。在这里,"知性的"内容也成为神话的反映。我们不仅仅指许佩里翁推崇的形而上的美,他想开创美的王国,而且还指重要地方的具体表述。许佩里翁在回应第俄提玛谈论他未来职业时说(I,159):"我是艺术家,但我并不灵巧,我在头脑中构思,却不知道如何指挥我的手。"这只是前奏,因为他相信,不仅要用诗人的语言,而且要用教育家的著作去培养人。在争取自由的斗争中,这个希望破灭后,他说(II,64):"我要像艺术家那样保持自己的纯洁。"他的意思是,不仅保持道德上的纯洁,而且在对生活的"设计"与"要求"上保持纯洁。这是他首次对诗人"幸福的贫乏"的表白。在第俄提玛的遗言中,我们找到了开启钥匙的关键地方,这是她最后一封信的最后一句话(II,104):"你的月桂尚未成熟,而你的桃金娘已经凋落,因为你应该是神圣自然的祭司,诗性的时光业已为你而萌发。"这里十分清楚地说出:许佩里翁既没有建立自由国家——这是战争的月桂所表达的意思(如II,101)——也没有把第俄提玛带回家乡。"荣誉与爱情,是将他跟现实联系起来的唯一纽带"——荷尔德林在法兰克福构思《恩培多克勒》时如是说[190](StA IV.147)——这位超越者的此在因此无法持久,正因为如此,他注定要成为诗人。诗性的时光已经为他萌发,而他的最初作品,致北腊民的书信,即小说《许佩里翁》。小说用这样的话来结束:"我这样想。有待下回。"许佩里翁诗意地完成了人生中的断念,他未来的创作将歌唱宇宙"唯一的、永恒的、灿烂的生命"。这层意思也包含在谜语般的结束语中。

我们可以结束对这个名字的考察了。然而我们的结果触及各种其他的问题,有两个问题我们还想说明一下。这部小说通过许佩里翁的诗人存在母题,从图宾根时期赞歌的"父亲"概念,过渡到后期关于神人之间中介者的观念。在赞歌中,诗人被看作先知,传播对世间万物的神示,他获悉了神谕,显现在神灵"神圣的轨道"上。超越已经为诗人的这种形象打上了标记。赞歌中的诗句"英勇奔跑中的许佩里翁"似乎可以视为接触点,通过这个位置,建立起诗人与即将创作的小说主人公之间的类比。超越要求生活中断念,这是"许佩里翁"创作时期的认知,他与真实的第俄提玛相遇对此产生重要作用是不言而喻的。在考察断念母题时可以得知,荷尔德林在法兰克福时才形成小说的构想。而在获悉成为诗人的"可能性的条件"后,诗人才可能在尘世与仙境之间的边界上成为中介者:在上下之间滑行的流星中找到最终位置的超越者。在赞歌《宛如节日》中,诗人们"心地纯洁"与"双手清白"的形象再次重现了许佩里翁的[191]生活准则:像艺术家那样保持自身的纯洁。这样,小说就弥补了荷尔德林早期以及后期之间诗人观的缺口,在Υπεϱιεναι[在上空运行者]的变形链上增补了缺失的环节。

我们的第二个问题是:荷尔德林的小说在母题和主题思想上并无缺陷,为什么还要加上诗人存在的特殊问题?为什么没有以此为题详细描写,而是将它分散在个别的说明和图像中,只有从结尾处回顾才完全看出其中的内在联系?首先,人们要说,这部小说是他的头一部大作品,跟抒情诗或赞歌逐点展开的方式不同,他必须奠定宽阔的、有区分力的题材基础,并且谋篇布局,筹划好各个主题关系的整体框架。许佩里翁逐渐成熟为诗人,是其中的一个主题,在主人公塑造的角度上,也是最重要的主题。年轻诗人以一个直接涉及自己的主题为基础,在作品中首次完整地呈现自我,这不会令人感到诧异,尤其是,当反思自己行为的前提已成为诗人的内心需要时。从这个角度看,《许佩里翁》是一部由诗人的自我认识构成的作品。但这部作品不仅是诗人独特创作上的突破,而且是朝着更真正的创作的过渡。没有一个句子不带有鲜明的荷尔德林特色,只有少量句子没有预示出另一个正在发展中的荷尔德林。工作越是接近完成,新的计划越是涌现,他也越强烈地感受到自己正迈向创作的旺盛期。恰恰在小说的第二部,有许多地方显示出荷尔德林实现自我、完成诗人使命的道路,仿佛早已潜在的母题如今才可能完全实现。这个母题分布在简短但重要的说明中,也是与此联系在一起的。如果有人说,荷尔德林最终仍将这个母题暗地里放进小说中,那么,这种观点肯定错了,是一种实证主义的解释。他把这当作[192]一个意义域,在许佩里翁这个名字的象征结构中,属于象征意义向前延伸到的最后一层,因此,少量提示就已经足够。在梅农(Menon)这个名字中,我们也看到类似的意义层,这个意义层在"留下"这个词中达到了顶峰。此外,小说的前言已经明确提醒读者,不要过于关心有教益的寓意。如果许佩里翁最后公开地说,我就这样成了诗人,那么,这个母题将肯定导致这种寓意。作品恰恰不是教人如何成为诗人,而是从某些角度并且最后在诗人存在的视野内描述一个小说人物及其命运。

  我们的研究从名字的形式出发。这种名字形式的词源虽然不正确,但在荷尔德林那样的古典主义时期却有着大量证据,在这个意义上,它是可以被理解的。我们从中得出了"超越"概念,一个神话学家,贴近太阳神,其知性—历史的双重性符合荷尔德林关于神话的观念。重要的人物刻画以及暗示像网络那样贯穿小说,两种元素借此得到实现,综观作品,最后将人们引向许佩里翁式的诗人存在问题,在逐层递进的描述中,小说揭示了许佩里翁的最终使命,同时也表明了荷尔德林作品中诗人的发展。由此也再次证实了名字象征可以跟作品的结构深深地啮合在一起。

第俄提玛(Diotima)

由于各种原因,她的情况有些不同。有一点可以看作优势,那就是这个名字也出现在抒情诗中,因此我们的考察范围可以宽一些,因为小说中的人物与诗歌中的偶像并没有本质的区别。有意思的是,第俄提玛的命名并不是从一开始就固定下来的。在《许佩里翁》残稿中,她名叫梅里特(Melite),这是一个流传下来的人名与地名。许佩里翁用"甜美的幽灵"来描写对梅里特模样的回忆(I,89),从中我们可以推断,荷尔德林从这个名字中听出的意思是"甜"(希腊文μελι,意思是蜂蜜)。更重要的是,第俄提玛从[193]梅里特那里吸取了某些特征,这些特征因为以前已经存在,在她的名字中没有消失。在"塔利亚片断"中,首次提及梅里特时清楚地显示出荷尔德林如何突然想到这个新名字。许佩里翁描述遇见她如同看见神灵现身(I,88):"她出现在我的面前,"他继续写道,"妩媚而神圣,如同爱欲的祭司站在我面前。"爱欲的祭司——来自孟铁尼亚——是柏拉图式的第俄提玛,从她那里,苏格拉底听到了《会饮》中关于爱的教诲。梅里特的第一个标志暗示了柏拉图的形象。在《许佩里翁的青年时代》中——韵律稿没有写到相遇就中止了——她已经名叫第俄提玛。

有学者很重视这个人物与苏格拉底式"爱情导师"的关系,并且将荷尔德林笔下的第俄提玛阐释为"振奋和拯救人的爱情学说的缔造者"。①这或许说得过去,但只说明了这个名字的"历史"关联,而且并不准确,因为荷尔德林关于爱的概念更多植根于唯心论哲学的开端,而非柏拉图的爱欲说。小说与孟铁尼亚的第俄提玛之间,并没有建立起像许佩里翁与太阳神那样的人物关系。这个名字的"知性"意义必须从名字的形式中产生。但是,正如已经提到过的,它并非源自这个人物的全部本质,因为好几个特性要么在用这个名字前已经设想好了,要么从

---

① 米歇尔(W. Michel),*Das Leben Friedrich Hölderlins*,1940,页179。

最初的方案中发展来,与这个名字毫无关联。但这些特性与名字也不是互相矛盾的,它们甚至完全符合名字的意义域,只是跟名字形式没有直接关系而已。我们必须首先描述我们认为最基本的三个特性,然后再讨论这些特性与名字的关系。

许佩里翁在刻画第俄提玛时用的词是"威严而可爱"(Ⅰ,99),"优雅而高贵"(StA Ⅲ,217,230)。同样,荷尔德林称贡塔德(Susette Gontard)①"可爱而高贵"(致诺伊弗的信,StA Ⅵ,Nr. 123)。形式上,这符合他关于"对立统一"现象的思想,②客观上也符合席勒[194]关于优雅与高贵的概念,他相信,两者的综合体现了古典的人与神的形象特征。然而,对于席勒来说,优雅与高贵只是"现象中的表达"——荷尔德林也这么理解。它们所表达的本质包含在美与崇高这两个概念中。因此,"美"是第俄提玛的本质特征(Ⅰ,94),这个独一无二的特性是暂时的;因为,随着许佩里翁的告别以及预感她的死,"美的灵魂"才在席勒的意义上转变为"崇高的灵魂"(Ⅱ,11),席勒将感情看作这种转变的前提。

首先,第俄提玛的美符合古典美学的美的人性。荷尔德林致力于塑造一个人物,这个人物不是通过个别的行为和特性来表现自我的个体,而是体现出任何时刻都在场的、全部存在的人,因而她是美的。但荷尔德林超越审美的范畴,进入到形而上学的层面对美进行解释,这是他特有的。在摒弃了的《许佩里翁》序言(StA Ⅲ,236 f.)中,他称"美"为"存在,在这个词唯一意义上",是一与万有的"至乐的统一"状态。小说中描写第俄

---

① [译注]苏塞特·贡塔德(Susette Gontard,1769—1802),娘家姓波肯施泰恩(Borkenstein),出生于汉堡的商人家庭,1786 年嫁给法兰克福的银行家雅各布·弗里德里希·贡塔德,育有四个子女,1796 年 1 月,荷尔德林到贡塔德家担任长子亨利的家庭教师,与女主人产生恋情,最终导致在 1798 年 9 月离开了这个家庭,直至 1800 年 5 月,两人仍保持书信联系,在这段刻骨铭心的爱情经历中,苏塞特化身成为荷尔德林作品中的第俄提玛,1802 年 6 月 22 日,苏塞特因病去世。

② 参阅贝克(A. Beck),StA Ⅵ, 800。

提玛的美时(I,93)也涉及这一点。我们处在分裂之中,在一切分裂之前,自身统一的人生活在统一的世界中,就像众多植物当中的一颗植物,河流中的一个波浪。我们认识这种存在,在这种状态中,还没有时间,自我面对的世界还不是他者与陌生者,那就是荷尔德林式永恒的存在;第俄提玛的美如同永恒生物的大自然的美。这种没有时间与世界的永恒如何能够成为人的性格形象,留存在小说的真实层面,也就是说,留存在时间与世界中?荷尔德林试图在性格学的类比中表达这种美。据"塔利亚片断"(I,97)和小说(I,100 f.)中的描写,梅里特似乎"不太注重身边发生的事情";第俄提玛"无忧无虑,超凡脱俗",是一个"什么也不知道,连自己是谁也不晓得的精灵"。这种性格类似于席勒的概念"幼稚的天才",这种天才对自己而言永远是个秘密,这是很明显的,但两者的相似与荷尔德林原来的[195]观点无关,小说序言的结尾提到柏拉图,显示出作者将自己的美的概念置于柏拉图名下。

第俄提玛本质的另一个基本元素体现在两个定语上:"无欲无求"和"神一般知足"(I,103)。后者说明前者,表明这不是廊下派式、苦行僧式的禁欲,也不是其他无欲无求的道德要求,而是指某种更基本的东西。贫困或"贫寒",正如荷尔德林喜欢说的,是衡量有限性的标准。有限的人需要存在,以便成为存在者,并需要世界,以便成为自我。这两者必须给予他。在依赖这种给予的空间里才萌发出人的特别需求。神是无限的,靠自身存在,因此不接受客观事物,他创造对象,没有需求。这是"神一般知足"的意思。神灵也许会需要人,尤其是诗人,这种观念是在《许佩里翁》创作时期之前不久才出现的。刚才提到第俄提玛的永恒,她的无限性正是靠自身的存在,这使第俄提玛在人类的范围内达到了过渡为神的边界。然而严格地说,情况正好相反。第俄提玛不是被神化的人,尽管有这样的说法,因为小说的作者还没有完全摆脱唯心论的思维形象。实际上,她是化身为人的神。"乌刺尼亚""神灵""天神"这些名字并不是用作比喻。荷尔德林本人从未确定地这么说,它们只是从叙述者许佩里翁的嘴中说出。叙述者的经历是权威,可以使不可能的事情也成为可能。

荷尔德林将第俄提玛看作按照古典崇高美的理想塑造的人物,她在时间中过着类似永恒的生活,接近于神的无限存在。第俄提玛本质的这三大元素包含了其余的元素,我们将逐步看到:她祥和宁静,浮游于金色的中心,与大自然亲如姐妹,敬仰古代的英雄和神灵,腼腆羞涩,文雅娴静,歌声动人,[196]等等,在此不一一列举。基本元素已足够表明她的名字与整个本质的关系。

第俄提玛这个名字是 Dio-tima 复合构成的,正如大多数希腊名字那样,它包含两部分:一部分表示出自宙斯(称为 $\Delta\iota o\zeta$)或天神的,似神的(对照拉丁文的 divus),另一部分表示敬意($\tau\iota\mu\eta$)。它们的组合可以表示:"受神尊敬的",或者"尊敬神的"。第三种意思在荷尔德林的意义上是最高的、最根本的,我们暂时往后放一放。正如前面那样,我们寻找明显表达名字关联的词语。受神尊敬的或尊敬神的第俄提玛的母题出现过两次,但都不是明显说出的,人们也许不能肯定,荷尔德林是否想到了这个名字。我们指的是《梅农为第俄提玛哀叹》(*Menons Klagen*)中的诗句(99 f.):

> 而天父,他本人,通过轻轻呼吸的缪斯,
> 向你播送温柔的摇篮曲。

以及颂歌《康复》(*Ihre Genesung*)中提出的质问(第 7 行):为何大自然不救治好

> 这个生命,你们诸神,
> 它是你们为自己生育的?

第俄提玛受到众神的称赞,但是,明确显示跟名字发生关系的词"受尊敬的"没有出现,在母题的变体中她才变得稍微容易理解些:第俄提玛不是受到神的尊敬,而是像神灵那样受到尊敬。正如许佩里翁的呼喊(I,121)那样:"我愿,人类把第俄提玛化作口令,把你的肖像画

在他们的旗帜上,说:今天神性将获胜!"同样,荷尔德林在颂歌《第俄提玛》(你沉默并忍耐着……,第 23 及后续 1 行)中期待:

> 这一天,第俄提玛!它除了
> 神灵及英雄,还称呼你,与你相似。

许佩里翁把这一天开创的世界称为"第俄提玛的复制品"(II,40)。在这两个例子中,这个与神灵或神性有联系的名字意味深长。但它们并没有明显地提示名字的形式。相反,它有两种解释的可能:[197]第俄提玛,一个尊敬众神的生灵。许佩里翁说(II,30 f.):"第俄提玛!请为大自然的光辉节日以及敬拜神灵的隆重日子珍惜自己。"这句话只能理解为对她名字的暗示。如果第俄提玛的"复制品","美的神权政治"在共和国出现,那么,敬拜众神的日子将来临,人们将会看到,第俄提玛是众神受崇拜的生活的原始图像。荷尔德林在颂歌《下沉吧,美丽的太阳》(*Geh unter, schöne Sonne*)中非常清晰地说出了名字的联系。第一节诗描述"劳累者"忙于日常的劳作,对太阳缺少足够的"尊重",不"认识"神圣者。第二节以这种形式流传下来:

> Mir gehst du freundlich unter und auf, o Licht!
> Und wohl erkennt mein Auge dich, herrliches!
> Denn göttlich stillehren lernt' ich
> Da Diotima den Sinn mir heilte.

> 你在我面前友好地升起落下,哦阳光!
>   我的眼睛认出了你,无比壮丽!
>   因为我学习神灵般默默地尊敬,
>   因为第俄提玛治愈了我的感官。

为了完全了解相关内容,我们必须首先对这节诗缺少了一个音节的第三行作些补充说明。评注本是这么写的：Denn göttlich stille ehren lernt'ich。由于各种原因，这种修订并不可取。荷尔德林不用元音重叠是众所周知的，此处修订为 stille ehren，有违荷尔德林的习惯。将两个词合在一起写为 stillehren，肯定不是书写错误，①正如其他的例子那样：stillvereinen［默默地统一］，stillentfalten［默默地展开］，stillebilden［默默地构成］，stillebegeistern［默默地振奋］。这种修订没有意义。因为，人类的尊敬也许与神灵默默地尊敬相反，是喧闹的，但对太阳的崇敬既不喧闹，也不静穆，他们完全不关注和认识她。最后，"神灵般尊敬"是什么意思？神的属性不是尊敬，而是受尊敬。因为神是受尊敬者，所以受诗人的尊敬。我们建议将上面的句子修订为：

  Denn göttliches stillehren lernt'ich,
  Da Diotima den Sinn mir heilte.

  （因为我学习默默地尊敬神物，
  因为第俄提玛治愈了我的感官。）

  göttliches 一词小写是完全可能的——人们可以联想一下《和平庆典》草稿中的句子 sterbliches bist du nichts［你绝非尘世之物］——末尾的音节有可能因为下一单词的开头［198］而略去。当两个 s 相遇，这种情况是经常出现的，上面的第一行诗倘若读起来拗口，就有可能读成 Göttliche stillehren。如果是这样读，那么，诗句就回复到原来的意思：诗人从敬神的第俄提玛那里学会了尊敬神物。这个神物便是太阳。下一段诗节着重描述第俄提玛这位"天国的使女"教会诗人抬头仰望"金色的白昼"。显然，这与许佩里翁及其名字的神性存在类似之处。第俄提玛使诗人恢复感觉，就像她治愈许佩里翁的感官，使他在神的身上重新找到自己。我们再附上《梅农为第俄提玛哀叹》中的两行诗（第85

---

① 拜斯纳如此评说，见 StA I, 634。

及后续1行),这是最后一次提到第俄提玛这个名字的诗,诗中的措辞与颂歌诗行相似,此处的表达虽然很含蓄,但同样暗示了第俄提玛:

> 你如他们那样,曾无声教导,默默激励我,
> 眼观伟大之物,欢歌称颂神灵。

人们有时问我,为什么第俄提玛那么早从荷尔德林的诗歌中消失。米歇尔①说得好:她并非离开了荷尔德林的世界,而是潜入了荷尔德林的世界。他这么说,按字面意义是有道理的。因为,第俄提玛的名字还继续活着,只是不以希腊文的形式,而是以德文的形式。至少,荷尔德林后期的诗歌让人想起用阐释本质的称呼替代名字这种做法,如"宙斯——时间之父"。这种"敬神"的套语毕竟没有了名字的功能,所以说得更准确些,继续活着的是第俄提玛这个名字的内容。我们在此引用几个例子。

首先,敬神是人的行为,表达了与神的关系,人神关系原初曾存在,在时间完成后将重新存在。《阿尔希沛拉古斯》一诗哀叹人们失去对神的热忱,用这样的话对海神说(第57及后续几行):

> 这些高贵的宠儿们,不再跟你一起生活,他们当年曾崇敬你。

因为,供奉的物品"为了称颂需要有感觉的人的心灵"。与此相应,在节日的憧憬中,天神重新归来,诗中写道(第259及后续1行):

> 为了对神表示敬意,百姓的灵魂在自由的歌中默默统一。

[199]《饼和葡萄酒》如此描写众神的出现(第91及后续1行):

> 如今世人真诚地想敬重万福的神灵,

---

① [译注]米歇尔(Wilhelm Michel,1877—1942),德国作家,关于荷尔德林的著述有《弗里德里希·荷尔德林》(1912),《荷尔德林的西方转向》(1923),《荷尔德林和德意志精神》(1924),《荷尔德林的生平》(1940)等。

对他们的称颂必须如实地宣告一切。

颂歌《勉励》(Ermunterung)中表达的希望也用了同样的话(第13及后续1行):"很快,歌颂神灵的不单单是小树丛。"在救世史的进程中,描绘基督死去和复活的圣殇,其功能是敬重、赞誉、歌颂神灵。

后期,母题的意义似乎有所偏移,不再涉及敬神的行为,而是讲述神灵的尊严,这不是人类行为的产物,而是神灵存在的表达。因此,它总是存在,但可能有时候看不见。在《拔摩岛》中写道(第145及后续几行):"倘若神人(基督)及其家人的声誉消逝……。"诗的结尾还写道(第212及后续几行):

> Zu lang, zu lang schon ist
> Die Ehre der Himmlischen unsichtbar
> ...
> Denn Opfer will der Himmlischen jedes.

> 太久,已太久
> 看不见天神们的尊严
> ……
> 因为每位天神都要供品。

这里,τιμη[尊敬,尊崇,供品]转变为 δoξa[声望,荣誉],后者属于神的本质,以往叫作"尊严"的东西,现在被称为"供品"。τιμη不仅意味着敬重,而且也意味着荣耀,正如《安提戈涅》中的那个句子,荷尔德林翻译为 trittst du der Götter Ehre[你践踏了众神的荣耀]。首先,这种新的词义源自圣经,《诗篇》第十九篇中有这样的诗句:"诸天述说神的荣耀,穹苍传扬他的手段。"①

---

① [译注]中译文参照圣经和合本,南京:中国基督教协会印发,1994。

这样,我们就来到了荷尔德林对名字的第三种解释。这种解释在小说中已经出现,不是在后来的作品中才可以找到。第俄提玛在最后的信件结尾(II,103)谈到自己的死,说:"我将存在,我不问我成为什么。存在,生命,这就够了,这是众神的荣耀。"按照我们到目前为止的观察,我们不会怀疑,她在最后谈论自己的表述中给了自己名字最后的意义。她提前说到了死后的存在。她没有将死亡理解为跨越[200]到彼岸,而是看作全部生命中的转化。"我怎会从生命的领域中消失,……我怎会离开联系所有生灵的纽带?"因此,她未来的生活不会在任何其他意义上有别于现在,这种存在是神灵的荣耀。看一看我们开头描写的她的本质,就会容易理解这一点。她具有崇高的美、永恒、无限,生活正如按神性图像构成的人的存在。神灵通过她来赞扬自己。她作为完美的造物,可以称为神的荣耀。但是,第俄提玛没有直截了当地说"我是神灵的荣耀",而是说:这是那种生活与存在。她接着说:"因此,在这个神性的世界里,只要是生命,全都一样,没有主仆之分。"神性的世界——此处与彼处都是同一个,只不过此处的常常遮掩——不知道有等级和本质的差别,因为一切存在者,无论是伟大的还是渺小的,显赫的还是卑微的,都是神性存在的显示。我们先前说过,无限的神显现在有限的世界中,现在,我们可以再作些补充:因此,只要有限世界的生活和存在来自神,不任意自我封闭和僵化,那么,它本身就具有了神的本性,并且成为无限的神的荣耀。有限世界实行"这个词唯一意义上的存在",它尊敬神,神亦通过有限世界赞扬自己。

另一种观察表明,可以对这个地方进行名字象征的解释。由此处带起的段落,主题是存在的永恒性。接着的段落同样很短,按照意思,涉及此在随着时间变换。这一段用这样的话开始:"星辰选择了恒久……我们于变易中表现完美。"段落最后一句话是这样的:"我们用飞遁的生命之歌缓和太阳神及其他神灵的严肃。"尘世之物缓和永恒性的思想,直至《和平庆典》多次出现,这可从无限显现于有限的观念中再一次得到解释。但是,为什么"世界的寂静的众神"——段落倒数第二句中这么称呼他们——被包括在集合概念"其他神灵"中,而唯独说出太阳神的名字?显然是因为,太阳神是许佩里翁这个名字所具有的神性。[201]"神灵的荣耀"与"太阳神"包含了最后这封信的核心内容,第俄提玛神秘而明显地将她的两个名字编入遗嘱中,将许佩里翁和自己嵌入时间与永恒的整体中。

我们探讨了这个名字的"知性"意义,再次看到了荷尔德林式的意义层面,它以受神尊敬者开始——尽管这个母题只是暗示出来——过渡到敬神者,最后到神灵的荣耀。第俄提玛似乎在名字中显现为尊敬的客体和主体,最后显现为荣耀本身。因为许佩里翁的名字同时还有"历史"意义,所以在第俄提玛这里,人们也会期待有这种情况。我们曾说过,与柏拉图的第俄提玛的关系退到次要位置;许佩里翁与太阳神有亲缘关系,与此相应,第俄提玛也肯定会以特殊方式分派给一个神灵。名叫第俄提玛的女神是没有的,但是,自《许佩里翁》创作时期以来,大地与太阳神有着不可分割的关系,事实上,小说中的确有些地方显示出第俄提玛与大地之间可以建立关系,而且这种关系不可能是偶然的。但是,由于第俄提玛这个人物还没有叫做"第俄提玛"的时候是天神,后来又叫乌剌尼亚(Urania),相关的母题陷入某种矛盾当中,不可能像许佩里翁与太阳神的关系那样自由地展开。

初次遇见第俄提玛被描写成一次无言的显现。小说中对会面的情况是这样开始叙述的(I,95):"我们在一块儿很少说话。人们为自己的语言而惭愧。"接着,两人开始了交谈,但两人说话支支吾吾,显得怪怪的:"我们该谈什么?我们仅仅互相望着。我们羞于谈自己。终于,我们谈起大地上的生命。"这段交谈被许佩里翁称为对大地唱的"赞歌",它涉及一个神话故事,起初,它让人在不知不觉中想起关于天与地"神圣婚姻"(ιερος γαμος)的观念,但随后,它更贴近另一位神话学家的描述:两人谈到,大地是太阳神永远钟爱的另一半,原初,[202]太阳神与她深情地结合为一,后来因凌驾万物的命运与她分离,好让另一半寻找他,接近他又远离他,在愉悦与悲哀中成熟为至高的美。

这首赞歌按照《会饮》中阿里斯托芬叙述的关于另一半的爱的神话,①将大地当作太阳神的另一半。接着,在第俄提玛表白爱情前,许佩里翁抱怨(I,124):"分离,不和相爱的另一半共有一个灵魂,是无情的法则。"如果太阳神尚未让人联想到许佩里翁,那么,将另一半的母题运用到这对情侣身上,这让人确信,对大地与太阳的赞歌是借神灵讲述人的事情。但这不应当从心理学上去解读,误以为许佩里翁与第俄提玛出于羞怯而使用比喻,或者他们的无意识将此神话化;荷尔德林笔下的人物不是植根于人存在的心理条件,而是人存在的超验条件。这对情侣指的确实是太阳与大地,只是诗人利用神灵作为人物的审美镜子。

下面这些词语,显示了大地与第俄提玛之间的参照关系:大地寻找另一半,在愉悦与悲哀中成熟为至高的美。这些词语预先说出了第俄提玛的命运,愉悦与悲哀,"接近又离开",甚至先后顺序也一致。接着,书中写道(I,99),在第俄提玛的歌声中,"生命所有的愉悦与悲哀显得更美",由此,荷尔德林足够清楚地证实了两者的相似性。在诗歌中,涉及大地时也多次出现这样的用语。例如颂歌《人》(Der Mensch),诗中写道(第21及后续1行),人作为太阳父亲与大地母亲的孩子,勇敢而独特,在他身上,

> 天父高尚的心灵跟你的愉悦,
> 哦大地! 以及你的悲哀从不分离。

天父的高尚心灵令人想起许佩里翁的名字,倘若"这个奴仆没有了爱并且嘲讽焦虑",那么,还可以举出许佩里翁关于焦虑和奴仆情感的大量表述。大地的另一个标志,[203]是我们在这时期直至后期诗

---

① 参阅拜斯纳,StA III,458。

歌中不断遇到的:沉默与忍耐。颂歌《第俄提玛》开头的诗句是"你沉默与忍耐","在阳光中",第俄提玛寻觅她的家人。在其他诗歌中,荷尔德林表示曾向第俄提玛学习沉默与忍耐。我们不必逐一举出这些诗歌。第俄提玛与大地本质之间存在内在联系,这点完全可以证实。

在小说中,大地与太阳神常被提及,但到了第二部才清晰地在多处显示出与这对情人的关系。我们在考察许佩里翁的名字时曾引用第俄提玛的话(II,32):"大地的孩子们活着靠的是太阳,我靠的是你。"现在,人们可以看到,她也将自己纳入隐晦的比喻意义中。此外,荷尔德林增加了愉悦与悲哀的母题。第俄提玛继续说:

　　我有别样的欢乐,如果我有别样的哀愁,这有什么奇怪?

也就是说,如同植物,"大地的孩子们",在他们的世界里,"万物哀伤,并在其时节里再度欢乐"。许佩里翁在讲述灾难时为希腊的"悲哀的大地"哀叹(II,46),他想用"神圣的丛桂"与"希腊生命的所有芬馨"装饰她。在此之前,他为自己描绘,第俄提玛在解放了的国家里如何"在令人心醉神迷的光环中盛开"(II,31)。他在海战爆发前的告别信中写道,他想"在临飞向自由之际,在沉默的大地面前吞吞吐吐地倾诉离别的话语"(II,53)。在这里,我们已看见暗示许佩里翁的名字,现在,再次找到一幅包括两人的画面。许佩里翁放弃必死的决定,再次将大地与第俄提玛进行对比(II,74):

　　我非常愧对母亲般的大地……我更是万分对不起你,天神般的姑娘!

荷尔德林故意将"母亲般的大地"与"姑娘"对照;因为第俄提玛在像"母亲般的"大地前已走向尽头。在那首大地的赞歌中,分离构成了终结,第俄提玛最后的书信一再对此进行暗示,她称自己的死是辞别大地(II,98),[204]但她在这个平常的母题中使用了只有在我们这个主题的意义下才可以理解的用语,她将此解释为许佩里翁飞向太阳的火焰王国。她说(II,97),"你的第俄提玛曾在此,你的孩子,许佩里翁,在你幸福的明眸前……天地的力量在她身上和平地交织。"但是,许佩里翁的秉性和第俄提玛的天性只能和平地结合一会儿。令她深为感动的是(II,100)"一种精神中的力量……一种大地的生命在它面前也显得苍白憔悴的内在生命"。"你的火焰活在我心中……你抽去我大地的生命。"也许,许佩里翁有力量将她"系在大地上"。但是,当她不得不相信,许佩里翁"已飞升到古老的自由"时,她便决定辞别大地。纳塔最后告知(II,104),她曾表示"情愿在火光中与大地告别,而不愿土埋",至此,这个决定本身获得了特殊的意义。

综观上述描写,所有这些地方汇合成暗藏的许佩里翁与第俄提玛的神话,这个神话在小说看得见的外表下展开了自己的生命:一个像鲜花从大地上生长出的生灵,她的心在花间安家(I,99),遇见另一个生灵,他宛如太阳,是火焰和精神,他认出了"云端中的守护神",呼唤他从阴暗中出来,开始放出光明,在一段时间里,这些元素似乎没有遇到危险,结合为至高的美。接着,太阳的同名兄弟又被驱赶到他的轨道上,大地的姐妹,已习惯于保持沉默,并这会了忍耐:"你行动吧,我愿担负起它。"(II,10)秋天里,她如同大地的姐妹,从愉悦变成悲哀,因为她认为,她的太阳在西沉——太阳在大海里下沉,许佩里翁想象在大海里找到自己的坟墓(II,55)——在死一般沉睡后(II,61),太阳的升起也不能再救活她。第俄提玛如同她的神灵那样,在成为母亲前让阳光少年的火焰(Sonnenjüngling)离开了大地——"我也不要孩子;因为我不想将他们交给一个奴隶的世界"(II,73)。

[205]这个神话在某些方面很有启迪。正如上面提到的,这个神话与第俄提玛的乌剌尼亚出身及天性有矛盾,那种天性显然是起初的构想;因为它也显现在所有预备阶段。对于她的大地本质,除了直接与此衔接的构想外,小说只是在第二部中进行暗示。关于大地与太阳神的赞歌虽然是在第一部,但在预备阶段同样没有其对照物,相应的描写只是点到即止。事实上,所有关于许佩里翁与太阳神的亲缘关系的暗

示,都出现在第二部,关键的地方"你的同名兄弟,天上那个庄严的许佩里翁"出现在第一部,但在预备阶段也没有提供凭证。唯一创建许佩里翁—赫利俄斯—阿波罗之间关系的昆图斯山的情景,只是以雏形出现在《许佩里翁的青年时代》中。对于我们来说,它构成了中间环节,将最初构想的"英勇奔跑中的许佩里翁"跟许佩里翁与第俄提玛神话联系起来。荷尔德林在写第一部并考虑第二部时必定作出决定,要更加突出许佩里翁的太阳天性,并且随之决定将第俄提玛的乌剌尼亚天性转变为大地的造型。这种变化谈不上形象的破裂,只是在形象保存的视野内进行了推移,这个视野我们可以用美、永恒、无限这些概念来概括。因为,天上的第俄提玛并没有变成大地的第俄提玛,而是在大地的神性中获得其缪斯的对称物。

　　许佩里翁与第俄提玛的神话提出了一系列问题,其中最重要的问题我们将扼要说明。这个神话的扩充是在法兰克福时期,我们观察到的情况与此一致,大地与太阳神的古代神话在法兰克福时期的诗歌中经常出现,并且很快就有了他自己的解释。图宾根时期的《爱情赞》只是在传统意义上简短地提到它(第29-32行)。我们指的是《致春天》(*An den Frühling*,第21及后续几行)、《太阳神》(*Dem Sonnengott*)和《人》(*Der Mensch*),在这些颂歌中,大自然这个"众神之母"首次[206]作为大地和太阳神的母亲出现。在她的身上,两种神灵合二为一,她"包罗万象",人是这两者的孩子,想跟大自然一样。这种"想成为一切"的傲慢,荷尔德林不仅在《恩培多克勒》,也在其他作品中多有刻画,但诗人也懂得对宇宙大自然的敬奉,这一点在此处显得尤为重要。因为,太阳神与大地的相遇,必然将诗人引到两者能够遇见的"区域",这个区域只能是大自然。

　　崇敬大自然作为主导母题贯穿这部小说,其中,特别显示了许佩里翁与第俄提玛休戚相关,而这在之前的小说阶段是没有先导的。对大自然二重唱式的赞歌,描述了他们隆重的订婚,开头是这样写的(II,17):"很久以来,……啊,自然!我们的生命已与你为一。"许佩里翁为自然及其统一、永恒、灼热的生命创作最后的赞歌,诗的中间(II,123)呼唤"大地的源泉",她的繁花、森林和"兄弟般的阳光"——也就是说,再次呼唤第俄提玛的神性和许佩里翁天上的同名兄弟;因为"兄弟般"涉及的是太阳,不是大地——接着又说:"我们,我们也没有分离,第俄提玛……大自然,我们是生动活泼的音响,在你悦耳的乐音中和谐地共鸣!"荷尔德林的自然宗教在小说中包含非常具体的意义,可以根据他论述宗教的概念,用最简单的方式表述如下:尊敬自然是对这样一个"领域"的崇拜,在此领域,许佩里翁和第俄提玛有一个"共同的神性",他们的神性拥有一个共同的领域。

《论宗教》写于《许佩里翁》第二部发表那年,文中也包含我们经常引用的关于神话的定义。我们可以假设,荷尔德林在从事创作实践时,试图从理论上对现象进行把握。按照这个观点,许佩里翁和第俄提玛的神话可以看作他第一部新型的神话作品,在这类作品中,事实不再比喻概念,而是显示意义的范围。图宾根时期的赞歌以及紧跟其后的[207]自然抒情诗的神话学,就像充满概念的经纱上织入拘谨的纬纱,其图像几乎总是变得十分抽象。在《恩培多克勒》阶段的作品中,人们经常看见向真正神话作品的突破,而《许佩里翁》这部小说则可归入另一种文学类别。当然,在第一部中占主导地位的是感伤主义和唯心论哲学。但是在第二部中展开的许佩里翁和第俄提玛神话向我们透露,荷尔德林在《恩培多克勒》阶段前已经走在通向神话作品的路上。但不是向它突破,而是逐渐转变。它的最初萌芽,我们在许佩里翁这个名字的象征意义中已经能够看见。

我们似乎已经远离第俄提玛名字的问题;她名字的意思不是大地,只是因为许佩里翁意味着太阳,它才进入大地的意义域中。如果我们沿着大地神话的线索进入荷尔德林后期的作品,我们最终将会在大地的本质与第俄提玛名字的内涵之间找到一种肯定并非偶然的关系。

我们从第俄提玛的一个看似次要的说明开始,这个说明由于其他原因我们在前面曾经引用过(II,97)。许佩里翁与第俄提玛相遇后,

"天地的力量在她身上和平地交织",她说:"你的第俄提玛,你的孩子,许佩里翁,在你幸福的明眸前。"她称自己是许佩里翁的孩子,因为她感到自己是他精神的造物,是许佩里翁的精神唤醒了她内在的生命,并将它引向光明。但这些话的出处是大地与太阳神的神话,所以,后来这种画面再次在这种情况下出现,也就不会令人感到惊异了。在《莱茵河》(Der Rhein)赞歌中(第176及后续几行),大地是"雕塑家"即日神的"学生",此处的异文称其为"显赫的皮格马利翁"(Pygmalion),①把大地称为他的"新娘"。由此,我们可以理解残篇《当天神们在建造》(Wenn aber die Himmlischen haben gebaut)中的这些诗句(第5及后续几行)是暗示天与地的神圣婚礼:

> 因为光照射着
> 它们,在那里,雷神
> [208]被颤动的光线之神的
> 正直女儿粗鲁地抓住。

赫利俄斯太阳神的位置被雷神顶替了,而大地像第俄提玛那样,既是女儿又是情人。在赞歌《大地母亲》(Der Mutter Erde)中,荷尔德林却将第俄提玛这个名字的意义与大地神话联系在一起,后者构成了那对情人对大地唱的赞歌的映像。

我们曾根据赞歌《大地母亲》的续稿,解释"隐晦名字"和"专有名字"称呼。该文接着写道:

> 你看,我感到,仿佛听见伟大的父亲在说,从现在起,你可以享有荣耀,你应当以他的名义接受歌颂,如果他在远方,成为古老的永恒,变得越来越隐蔽,你作为一个凡人,应当代替他。

---

① [译注]皮格马利翁(Pygmalion),希腊传说中的雕塑家。

神话学的各种关系不完全清晰。虽然天父很明确地被称为永恒存在的主人,古代的神话学已认识他在时间中的隐蔽性,并且在名字象征上与逃亡拉丁姆(Latium——latere)的克罗诺斯(Kronos)联系在一起。也许,大地是他的女儿,至少是他的妻子,为他"生育和抚养孩子",这与古希腊诗人赫西俄德(Hesiod)的学说有矛盾。据赫西俄德,大地是克罗诺斯的母亲。然而,按照前面引用的地方,她甚至与雷神,即天父的儿子结婚。上面,荷尔德林暗示的有关隐藏孩子、不让他们被父亲发现的神话,在古代已经从众神的第一代移到第二代身上。弄清辈分上的正确与否并不重要,重要的是荷尔德林赋予这个神话的意义,对此,下面将清楚地进行表述。

在时间中,大地代表了永恒的主人,正如所有的神灵那样,她具有永恒的本性,但是在特定的意义上她从属于时间,也就是说,时间不控制她,就像关于《安提戈涅》的说明中讲到的"时间之父"那样,而是承载着她,并且以双重的方式。作为土地和空间,她使此在成为可能,她是历史性此在的潮汐生成的领域。这种空间-时间的视角,给荷尔德林古典及后期的大地形象打上了烙印,同时也表明,大地不干预此在,而是让此在发生。因此,当大地被错误认识或[209]虐待时,她并不自卫——沉默与忍耐的母题在这方面持续显现——但儿子们喜爱和尊敬她。不过,他们考虑到的只是父亲离开后,即开始有时间后大地所得到的荣耀。她的荣耀是保持父亲创造的此在,直到他使"古老的永恒"摆脱隐藏状态,并将它"重新发送",为此,人应当尊敬大地,并且"以他的名义"。大地以伟大父亲的名义受到尊敬,这是神的荣耀。人们也许可以接着说:"他双手的杰作将节日公布于众。"同一首诗(第25行)讲述了父亲"锻造"出"钢铁般的大地节日",还有其他的用语也让人想到圣经《诗篇》第19篇。

还可以做最后的补充:第俄提玛这个名字的全部意义在此再次获得体现。如果说,第俄提玛的大地本性似乎使我们远离了她的名字问题,那么,这种本性在这里又以惊人的方式再次与名字相聚。显然,荷尔德林不是在随便一种意义上用赞歌中的大地母亲映射第俄提玛这个人物，而是在人物身上建立名字与本性的统一，使之成为固定的思维形象，这个形象脱离了人物，然后再次显示在这里。

在结束这段考察时，我们还要指出：《梅农为第俄提玛哀叹》中最后一次提到了第俄提玛的名字。我们曾经说过，这个名字的含义继续留存。我们认为，后来的诗中还有一个地方明显提到她，尽管没有说出名字。那是赞歌《莱茵河》原来的最后一段诗节，写给海涅（Heine）的，他是收到赞歌的第一人，在他的陪伴下，荷尔德林与第俄提玛在德里堡度过了最幸福的几个月。按照《马太福音》第十三章第45节中的比喻，第俄提玛就像海底的珍珠。我们还可以补充引用荷尔德林写给她的一封信中的句子（StA VI，Nr. 182）：

> 一种天性，正如你这样的天性，一切都紧密联系在不可摧毁的、充满活力的纽带中，这是时间的珍珠。谁认识她，了解她先天拥有的天堂般的幸福，又知道她深深的不幸，谁也会永远幸福并且永远不幸。

[210]下面的诗节也以幸福与不幸的问题开始，使诗人沉入海底的波涛仍在耳中咆哮——令人失去知觉的离别的痛苦——现在按照许佩里翁与第俄提玛的神话才可以理解。关于大地与阳光的话题，两者看似不平等，然而都具有神性；不能作其他解释，因为这对于贡塔德（Susette Gontard）和荷尔德林而言是神话密码，只有海因塞（Heinse）①可以并应当解开它，这段诗是这样的（StA II, 729）：

> 你在远处对我说话，
> 发自永远快乐的灵魂，

---

① ［译注］海因塞（Johann Jakob Wilhelm Heinse, 1746—1803），德国作家，1796年夏与荷尔德林和贡塔德在卡塞尔和巴特布里堡共度过一段日子。

> 你告诉我什么是幸福,
> 什么是不幸? 这个问题我理解,
> 我的父亲! 波涛将我沉没,
> 它仍在我耳中咆哮,我梦想着
> 海底珍贵的珍珠。
> 而你,湖泊,像大陆那样,
> 内行地望着大地和阳光,
> 这两者似乎不相等,但你想,
> 他们是神圣的,因为
> 从雅典派遣的守护神
> 总是在你前额的四周。

为了把握这两个名字意义在作品中的反映,我们不得不从源头上开始论述。不言而喻,次要人物或某些地点的名字,凡是有某种意义,根扎得不那么深,或者辐射作品的区域不那么广,那么我们都只要做简短的分析就足够了。我们先从一个意义很容易看出的名字开始,如果这个名字不是涉及荷尔德林的意义范围,以至于成为象征名字,我们完全可以将它看作言说的名字。

北腊民(Bellarmin)

这个名字可以追溯到卡迪纳尔·罗伯特·北腊民(Kardinal Robert Bellarmin),他是 16 至 17 世纪转折时期神学著作的作者,荷尔德林在大学时期[211]肯定已经认识他。①但这只解释了名字的来源,而不是它的意义。"北腊民"这名字在"塔利亚片断"中首次出现,从小说的第一封信(I,8)以及许佩里翁的责备言论(II, 113;118)中得知,北腊民是德国人。正如许佩里翁在希腊人中忍受痛苦那样,荷尔德林也在德

---

① 参阅 Zinkernagel,同上,页 47,注释 1。

国人中忍受痛苦。假如说,荷尔德林在责备的言论中赋予这种痛苦最怨恨的表达,那么,正如他所说的,这位朋友是以他的名义在说话。两个人都没有家乡,两个人都在脑海中怀着同样的真实家乡的画面,希腊人和德国人"在古罗马废墟上"(片断,186)的中心位置找到自己,这个地方后来也呈现为希腊通向西国的道路的中点。人们或许可以想象,许佩里翁"朝西北方向航行"(II,111),跟随的是太阳的运行,北腊民则是跟随他名字的南方读音——有一回称为"你的意大利"(片断,189)。这种解释可能过度了,我们不再继续穷追下去。我们必须从名字的意义而不是读音出发。

对于荷尔德林来说,北腊民意味着"美丽的德意志人":所谓美丽,是在小说美学意义上说的;所谓德意志,可从德意志英雄意义上理解;关于阿美尼乌斯(Arminius),①18世纪有大量颂扬他的作品。这里,我们要简单解释一下。

有证据表明,荷尔德林曾受到当时文学上的阿美尼乌斯崇拜的感染。他从德利堡回来后写信给兄弟,认为自己在那里的住处离发生瓦鲁斯战役的山谷不远,并回忆二人在乌尔利希施泰恩(Ulrichstein)共同阅读克洛普施托克的作品《赫尔曼战役》(StA VI, Nr. 126)的情形。在田园诗《婚礼前的埃米丽叶》中,父亲与女儿前往"瓦鲁斯山谷乡间","对当地的英雄和神灵津津乐道"(第189及后续几行)。在那里,首次遇见埃米丽叶的青年小伙子名叫亚美里翁(Armenion),我们后面还会来谈他。荷尔德林笔下这个名字的意义,我们可在颂歌《致爱德华》中寻找证据。这首诗的标题,按顺序提到过以下名字:Bellarmin[北腊民]— Arminius[阿美尼乌斯]— Philokles[菲洛克勒斯]— Eduard[爱德华](StA II,464)。北腊民与阿美尼乌

---

① [译注]阿美尼乌斯,日耳曼部落首领,公元9世纪曾率众在瓦鲁斯战役中战胜三个罗马军团,被视为德意志民族英雄,1838至1875年,在德特莫尔德为他建立了巨大的纪念碑,称为赫尔曼纪念碑。

斯之间的联想可以直接看出。如果说,荷尔德林为朋友辛克莱尔(Sinclair)①首先想到北腊民这个名字,[212]那么,很显然,荷尔德林也将许佩里翁的形象看作自己。还有 Philokles[菲洛克勒斯],插入说一下,是一个象征名字,"以爱著称者"(不是"喜爱名声者"),正如第四段诗节的文本和异文所证实的那样。因此,人们也许可以推测"爱德华"这个名字后面的意义,特别是,田园诗中埃米丽叶的兄弟也叫这个名字。荷尔德林不太可能知道这个名字的词源意为"财产的看管者",而且这个意义也不适合两人中的任何一个。倒不如想一下给他留下深刻印象的历史人物或文学形象中谁用这个名字命名,然而,我们又无法给出特定的建议。

这个名字的第一个组成部分解释了为什么北腊民在他的同胞中是个陌生人——因为,德国人从根本上缺乏的就是美。许佩里翁说的那段责备的话是这样开始的(II,112):

> 我谦卑地来,像流离失所的瞎子俄狄浦斯来到雅典的城门,这里,众神的庇荫容纳他;美的心灵欢迎她。——我的情形多么不同!自古以来的野蛮人……

北腊民多次被称为"美丽的灵魂",所有责备德国人的词语,比如支离破碎、麻木不仁、矫揉造作、老成持重、僵死秩序、蚌类生活、自私自利、自以为是、害怕死亡,这一切都植根于一种思想,即在那里,"所有人生来是美的"(II,118),却被自己扭曲得面目全非。"如果没有畸形的对立物,我们想象不出任何卓越的东西"(I,18),根据这个原则,小说只写至一半——责备的言论是其结局的开始——许佩里翁将雅典人描写成德国人的相反形象(I,139 ff.)。作为"美丽的生灵",雅典人

---

① [译注]辛克莱尔(Isaac von Sinclair,1775—1815),德国外交家、作家,荷尔德林的友人,据德国学者研究,他是小说《许佩里翁》中阿邦达的原型。

"出自大自然的手,天生丽质,包括躯体和灵魂",他们能完成德国人没能做到的事情,将这种自然的美不间断地转换成"精神美"。许佩里翁从这个例子中得出来的美的哲学,我们在此无须重复。

但是,由此得出最后一个观点。美是"无限的,神性的存在"(I, 144)——类似的用语我们在联系到第俄提玛的美时曾遇到过。"阿美尼乌斯"这个名字所意味的德意志特性[213]是原初的、远古的本性,它已经丧失,也许换上"新的名字"将受到欢迎,并且作为"时间最成熟的果实"归来。"北腊民"这个名字将永恒的存在与历史的渊源联合起来,表达出重新恢复这种本源的希望。荷尔德林在小说前言中用一个句子开始表述这种希望:"我乐意为这本书承诺德国人的爱。"但他担心,如果只是为了"单纯的沉思"或者"空泛的兴趣"而阅读,也就是说,只关心利益和情趣,那么,他们是实现不了爱的,书是出于爱和为了爱写的——因为,他们必须成为像北腊民那样的德国人。"祖国的优秀精英","为了美,直至今日仍然无名","北腊民"是它得到的第一个仍然隐蔽的名字。为什么必须隐蔽,最后在责备的言论中说明了(II, 117):在跟"野蛮人"的"绝望的斗争"中,德国的诗人们拿起变化多端的"普罗透斯①技艺",至少用比喻的方式说出他们不能公开说的话。正如许佩里翁从根本上不是海伦(Hellene),而是德国的菲尔海伦(Philhellene,"希腊之友"),他的同胞是德国的腓力斯特(Philister,"市侩"),他所处的不可救药的世纪是荷尔德林的德国当下,北腊民的名字也是一个密码,在诗人对德国人的愤怒的爱经过长期克制后突然猛烈爆发出来的地方,泄露出它的谜底。

亚当斯(Adamas)

关于这个名字,只需稍稍做些说明。Adamas 的意思是"不可制服者"(词根 δαμ-参阅 domare),或者用同一词根构成的"无法克制者",然

---

① [译注]希腊神话中的海神,一位善预言、会多种变化的老人。

后是"金刚石"(Diamant),首先是"光"。人们可以将此名字解释为"心灵不可制服者",他不屈服于时代精神,到希腊去寻人,只找到一个,然后逃往"亚洲深处",因为那里该有"一个民族,蕴藏着杰出的禀赋"(I,26)。但是,这种禀赋与睿智的、善良的、父亲般的良师益友是否一致?这与许佩里翁的最初印象(I,19)——"宛若植物,它的和平缓和奋进的精神……他如此站在我跟前"—— 不是很矛盾吗?这个问题很容易解答。在最初阶段,[214]他还没有命名,那位在印刷版本中起名阿邦达的朋友当时叫亚当斯。这个名字非常适合他那种钢铁般的天性。许佩里翁在加入涅墨西斯同盟时说(I,56):"阿邦达像被弯曲的刀剑一般跃身而起。"这是对他还叫亚当斯的时期的回忆,由于名字的改变,这个时期也失去了意义。如果使用原来的名字,那么这个句子可以用在残篇①遗失了的开头,流传下来的残余部分首次描述了朋友的绝交(StA III,238 f.)。

我们马上就会看到,这种改变并不是为了给许佩里翁的教育者,而是给他的朋友找一个更恰当的名字。但荷尔德林还是尽力在新的亚当斯的刻画中让名字显得有些意义。因为他的本质或多或少已经预先规定了,并且在小说的人物圈子中不会做根本的改变,只能加入个别的暗示。许佩里翁(I,17 ff.)谈到他的"强大",他的精神的"赫赫光辉",称他为"胜者和斗士",身边容不下"平庸和懦弱之辈"。他用"我变成我所见到的"这句话转入叙述这种本质产生的影响。在亚当斯的培养下,他的精神"逐渐武装起来"。他经常看见他的老师在古代英雄当中,他们在前面引领这位穿着"崭新甲胄"的青年。攀登昆图斯山的情节中提到了这个名字:希腊的青年在"太阳神"的庆典中"不可战胜"地走出来。亚当斯将其名字的神性赋予许佩里翁——"愿你如这位!"——许佩里翁从中接受了亚当斯名字中包含的意义。这是一个明确的、意义丰富的暗示。初期,这些特征还不存在,不可战胜的青年

---

① [译注]指留存下来的小说倒数第二稿的残稿。

形象在《许佩里翁的青年时代》中仍然是孤立的,只是在终稿中才与太阳神的庆典联系起来。这表明,荷尔德林很可能试图借助这个名字,将名字的特性也加到教育者的形象上。

阿邦达(Alabanda)

[215]尚未听说过用此名字的人物,但在卡里有座城市以此命名。Αλαβανδα位于马安德尔河南部一条名叫马尔许亚斯河的支流旁,米莱特和拉特摩斯山脉的东边。最早提到它的是希罗多德(VII,195),后来的地理学家和神话学家对它进行了详细的描述。荷尔德林很可能在使用的游记中找到这个名字的。①不管情况怎样,这座城市都属于小亚细亚最内陆的地区,荷尔德林从山脉与河流的名字,例如梅索吉斯、特默鲁斯,或者凯斯特尔、帕克托尔中想到这个地区,用来命名这个地方的英雄是Αλαβανδος,卡尔的儿子,卡里人的始祖,他同样经常被西塞罗提到(De natura III,15;19)。赫德利希(Hederich)②利用古典晚期的资料,按照卡里人使用的词汇解释这个名字(见词条 Alabandus),"Ala,意思是马,banda,意思是胜利,合起来意思是马的战胜者"。无论这个词源正确与否,荷尔德林是否了解这个词源都与他笔下的阿邦达无关。Alabanda 不是一个希腊名字,这从希腊文中极少出现辅音连接 -nd- 中可以看出,其他邻近的卡里城市还有 Labranda、Karyanda、Alinda,等等。它们中同样也不存在这种辅音连接的希腊词。

因此,我们可以放弃这种解释。但这并没有表明,这个名字跟其他许多名字一样不是象征名称,尤其是,阿邦达是许佩里翁和第俄提玛之外最重要的小说人物。如前所述,初期他也有一个很有特色的名字,人们可以猜测,荷尔德林不会改用一个毫无意义的名字,相反,只会用一个更有

---

① 参阅拜斯纳,StA III, 436。
② 赫德里希,*Gründliches Lexikon mythologicum*, I. Aufl. Leipzig 1724, 2. Aufl. 1741。

意义的名字取代它。这种情况迫使我们经过解释后有一种预期,因为按照初期的证据,名字的改变没有导致明显的本性变化,它不应当与"不可制服者"亚当斯差得太远。由于[216]不可能从一个清晰的词义出发,我们建议反其道而行之,即根据人物的意义找到一个解释这个名字的词。

阿邦达在小说中出现了两次,两次都消失在不知名的神秘东方,但不像亚当斯那样变成了"卓越"的民众,而是加入了秘密同盟的可疑社团,一条看不见的链条将他捆在这个同盟上。许佩里翁与他的第一次相遇只在一封内容丰富的信件(I,38 ff.)中叙述出来,其过程就像戏剧,包括上升、转折、下降和灾难。他们从远处互相观察了一段时间,然后,偶然事件让他们走到一起,脉搏相同的心灵在瞬间找到对方,两人迅猛地被推向好感的高峰,互相赞美,于是在他们本性的"永恒的基调"中并肩走来。友谊的实际纽带在于对时代的相同判断以及对新未来的热忱。然而,当他们的见解变得具体,也就是说,阿邦达将世纪的净化看作一种破坏(destruere),许佩里翁却看作构建(condere)——共同精神的"新教会"——情况出现了转折。许佩里翁沉湎于飞向天空,正如他所说的,"众神的力量如一片彩云,载着我离去",阿邦达却留在地球上,发出质问:"去哪儿,我的空想家?"他的伙伴们出现了,对于许佩里翁灵敏的感觉而言,他们如同几个"骗子",无限的失望以及绝不回头的"不幸的自尊"导致了二人关系的破裂。

这个过程虽然似乎符合逻辑,但是,倘若友谊自身没有瓦解的萌芽,这个过程是没有根据的,他们的友谊与意见分歧并无关系,并且跟理想的外表相反。后来,阿邦达从第俄提玛那里获悉许佩里翁在何种意义上误解了他们的友谊。这曾经是话题。阿邦达没有从中获取信息,而是赋予它错误的解释,他曾多次流露,尤其是在高度兴奋时说的话中有所表示:"我们纵情享乐,……我们在陶醉中消灭时间。"①许佩

---

① [译注]引文(wir töten im Rausche der Zeit)有误,现根据小说原文(wir töten um Rausche die Zeit)予以更正。

里翁与第俄提玛相遇也表现了相同的母题(I,94):"让我们忘记有时间。"在小说[217]创作初期(StA III, 167; 217),这个母题显得更明确:"时间不复存在。"此处是神秘主义的离去,不矫揉造作,充满仁爱,彼处是任意地丧失自我,在陶醉中自我享受友谊。

荷尔德林在微小但清晰的差别中揭示,阿邦达不论是在个人规划还是在对待朋友中都是相同的,他试图迫使许佩里翁按照自己的意愿那样做,只像太阳那样发光和振奋精神。人们称阿邦达行动果断,称许佩里翁天性被动。这种性格特征的描述与其说揭示,不如说遮盖了事情真相。这是了解荷尔德林笔下人物性格的先验条件,而不是心理条件。强调阿邦达的行动,是因为他将存在总体上理解为行动的完成,行动无论完成得好与坏,都是以行动主体为前提的。相反,许佩里翁将存在理解为自我,这个自我要借助人成为它的所是,也就是说,活在他的天性中,在他的精神中显示自己,或者隐藏在他的非精神中,最后,在成为精神的生命和成为生命的精神中焕发光辉。这一对友人对存在的理解不同。许佩里翁可惜不认识这点,也不能认识这点。他怀疑阿邦达,以为自己被他欺骗了,又为他辩护,但没有成效,他依然如故,在秘密同盟的成员来访后,与阿邦达再次见面时说:"我应该怎样想你?"他不理解阿邦达从容的、完全正确的回答:"正如我的为人那样就可以!"他要求对方道歉,净化自己。"阿邦达,这个难以捉摸的人",这是第一次见面得出的结论,而他对阿邦达的这种疑惑经历了"漫长而病态的悲哀"后仍然无法澄清。

第俄提玛的出现抹去了这种印象,以至于许佩里翁忽视了她的警告,对朋友的行动欲重新着迷,因为阿邦达动员他参加自由斗争。阿邦达在他的信件中(II,6)以及见面后兴奋的对话(II,28 f.)中,再次显示出是个有作为的人,他积极主动,并在行动中[218]证实自我和获得享受;而许佩里翁是行动的解释者,将目光投向理想的目标,并在行动中只看手段,以便创立永存的事业。第二次和最后一次见面结束时,阿邦达以新的面貌出现,他脱离了秘密同盟,等待同盟的审判,因为一切都失去了,使他不可能与许佩里翁、第俄提玛一起过悠闲的田园生活。死亡近在眼前,告别的时候他将自己的"奥秘"、自己的"秘密思想"告诉许佩里翁,这是他自思考以来从未公开的。下面是最重要的句子(II,90 f.):

> 我感觉到心中有一种生命,它不是神创造的,也不是凡人生的。我们相信,我们因自身而存在……因为我在最高意义上是自由的,因为我感觉到自身没有始初,所以,我相信,我没有终限,我不可摧毁。假如我是陶匠造出的陶罐,那么他可以随意把我敲碎。但是,我是有生命的,必定不是造出的物件,神圣的天性必定存在于我的胚胎中,它超然于一切力量和艺术之上,因而不可损坏,恒久不衰。

这些句子首先只是想说明为什么阿邦达不惧怕死亡,但其内在意义要深得多。这里面包含着一种自由哲学——许佩里翁强调了"自由"这个词,将它作为精髓——它不是从康德的"道德自由"概念中引出来的。阿邦达说,我们是自由的,因为我们"因自身而存在"。这种"建立于自身","因自身而存在",可以看作荷尔德林的"无限"的模式。如果他将此联系到自由的本质——因为自笛卡尔以降,自由被定义为物质——那么,这可能涉及费希特。在《全部知识学的基础》第二篇导言(1797)中,可以找到自由的这种定义,但它是掺杂在其他思考中的。在我们看来,席勒对他的启发似乎更明显些,《审美教育书简》的第11封信将人身上持久不变的东西与变动不居的东西分别称为"人格"与"状态",席勒很可能受费希特的影响,对此做了如下解释(*Nat. Ausg.* XX, 342):人格是"绝对的,建立在自身基础上的存在,这就是自由",状态是在"时间"条件下"依附的存在或变化"。正如[219]席勒的自由与时间性,荷尔德林用绝对的存在与依附的存在这两个概念来解释无限性与有限性。小说中阿邦达用这些话做了结论:"生者不灭,在他最低下的奴仆形式中仍然保持自由,……即使你把他打得粉身碎骨,他的本质也会从你手下胜利地飞走。"这样,他就清楚地解释了"状态"奴役下的"人格"自由,这种状态,即使是死亡,也不能摧毁人身上的活力。

我们曾经说过,阿邦达将存在理解为"造就的存在"(Gemachtsein),但此处,又将它理解为"因自身而存在"(Durch – sich – selbst – sein),这恰恰不是造就的。他说,"假如我是陶匠造出的陶罐,那么他可以随意把我敲碎。但是,我是有生命的,必定不是造出的物件。"这样就没有矛盾了。因为这里说的是自我,那里说的是世界,是自我的世界。这一个制约另一个。因为自我是靠自己存在的,因此,世界是自我的产品。阿邦达将人理解为绝对的、设置有限世界的自我,也就是理解为创造的神;许佩里翁将人理解为绝对的最高的有限显示,也就是神在人身上的造物。第二次见面并没有消除两种天性的对立,而是更加深了对立,但也还没有理由导致新的不和。因为,许佩里翁此时才理解他的朋友:"我还从来没有听你这么说过。"他在阿邦达身上认识到了什么是"不可摧毁""不可消灭""不可损坏"——阿邦达用这些词语来解释他所感受到的有始无终的存在。他明白了,他曾经认为不可理解的东西是无懈可击的。

这样,我们就能够尝试对"阿邦达"这个名字进行象征解释了。希腊文的形容词 $αλαβης$ 包含两个含义:不可理解与无懈可击,其基本意义是不可理解,因为,派生出这个词的 $λαμβανειν$ 首先意味着掌握与把握,然后是精神上的把握、理解,最后是抓住、攻击。如果第二和第三种意义可以用在这个名字上,那么,第一种意义也必定允许用。事实上便是如此。阿邦达在后一种意义上出现前,他是[220]把握不住的,不仅因为他两次避开朋友,遁入无人知晓的状态。避开是他的天性,两次避开都暗示了他的名字的这层基本意义。

两人激烈争论,分手前阿邦达喊道(I,63):

> 我脚上拖过所有铁链,也砸碎了所有铁链,只有一条没有拖过,只有一条还需要砸碎,我还从来没有被一个脾气古怪的人豢养过。

这个把握不住的人忍受不了束缚。在接下去的叙述中这个形象才被赋予了特殊的意义:

"啊,阿邦达!阿邦达!"我喊道。
"住嘴,"他回敬道,"别用我的名字当匕首对着我!"

许佩里翁似乎用这个名字呼唤朋友的真正本己,但阿邦达却感觉受到攻击。这种令人吃惊的反应只能这样去解释,那就是,许佩里翁在呼唤"阿邦达"的时候,他从中听到的是:你把朋友的纽带撕断了,难怪你的名字叫无法把握,因为你是不忠诚的。人们对这个小场景的意思完全可以做这样的设想。如果没有对名字的解释,这个场景的轮廓就是模糊不清的。

第二次分别前,在相应的地方,似乎再次暗示了这个名字的原始意义,尽管更隐蔽些。相关句子涉及许佩里翁的期待,他希望将来跟朋友和第俄提玛一起生活(II,87 f.):

为了朋友,我需要义务。为了爱情,我愿断绝友谊。为了第俄提玛,我会欺骗你……

但这一次事情不会"走它的行程"。撕断任何束缚、不懂得纯粹忠诚的无法把握者,转变为无懈可击者:"未来再没有权力凌驾在他之上。"(II,79)阿邦达没有回来,他对过去一向否定的东西没有给予肯定,而是放弃,获取他的圆极(Entelechie)目标,①这种目标的圆满实现将他从流动性带到自由的守护神那里。

我们开头说过,如果阿邦达的名字可以解释,那么,不会离开对亚当斯早期名字的解释太远。这已得到证实。亚当斯不可战胜,阿邦达

---

① 圆极(Entelechie)是西方古典哲学中的一个概念,指事物尤其是有机物个体内部具有实现自我、达到圆满目的之能力,参阅亚里士多德《形而上学》(IX,8)、《政治学》(1252 b30)。

无懈可击,不受制约,生性自由,两者如此接近,他们的名字在这方面几乎是同义词。但是,[221]阿邦达这个名字中加上了"流动不定""不可理解"的意义,这在亚当斯名字中没有任何相同之处,但对于理解这个形象却不可缺少。阿邦达这个名字含义更丰富些,这符合他在作品中的地位,也解释了更换名字的原因。这样,就产生了一层含义,这个含义与这个词的意义完全一致,并且说明了冠名人物在小说事件中的历程,而他的道路与许佩里翁有着惊人的相似。流动不定的阿邦达与永远超验的许佩里翁——像时聚时散的莫逆之交——只有在他们毫无保留地接受他们的天性时才找到各自的使命。在两人断念的情况下,许佩里翁表明自己相信许佩里翁式极乐的贫困,阿邦达表示信奉阿邦达式存在的不可侵犯的自由。两人在肯定各自名字的最内在的含义时达到了完满。

现在可以结束我们的分析了,我们希望,尽管分析结果还没达到其他例子那么显而易见的程度,但也已经够清楚了。这个名字为什么是非希腊语词尾,仍然存疑,但正因为它不是希腊语,所以可以忽略。总之,即使有这个不确定因素,还是有那么多理由和文本依据,使我们完全能满足于象征意义的解释,虽然还不完全,但已包括了其意义的重要组成部分。

格贡达·纳塔(Gorgonda Notara)

小说的最后一个人物名字似乎无法作出确定无疑的解释。荷尔德林是在一部游记中找到这个名字的,①并且从"塔利亚片断"开始使用,起初是全名,后来在印刷版中只用姓。无论在这部小说还是其他作品中,纳塔都是次要角色。但是,在《许佩里翁的青年时代》以及随后的残篇中,都赋予人物大段同样的性格刻画,其中,值得注意的是对人物的评价褒贬结合(StA III,211 ff. ;243 ff.)。显然,青年荷尔德林试图

---

① 拜斯纳,StA III, 459。

描写一种混合的性格,这样描写当然并不很成功。因为当中包含着许多细节,让人容易想到去名字中[222]寻找一条理解其统一性的钥匙。Gorgonda 这个名可能出自形容词 γοϱγος,意思是:野性的,引起恐惧的,令人惊呆的,插入——这没有什么寓意。过去,人们认为德语词 karg(稀少,贫乏)与这个词有亲缘关系。事实上,那段性格描写中提到他"常常对自己有些吝啬"。但是,说荷尔德林对这个今天仍有争议的词源有所了解,那是可以排除的,更不要说运用了。Notara 这个姓让人想到动词 notara,意思是:标识,观察,记录。在性格刻画的两个版本中,都有这样的词语:"他懂得每种事物的价值所在。"他被描写为理性的人,观察事物冷静而睿智,在最终的版本中只留下了一个词"聪明的纳塔"(II,12)。在这里,我们也许可以找到《许佩里翁的青年时代》对该人物进行详细性格描写的原因,但还有待证实,因为,"塔利亚片断"中并无任何类似的描写。我们只是推测,还不能完全肯定。

喀劳亚(Kalaurea)

这个名字的真实词源并不清楚,但荷尔德林的解释却容易看明。同一封信中(I,85 - 89),许佩里翁在叙述相遇前描写了第俄提玛的岛。真正的描写只限于纳塔的邀请中的几句话,它们显示出该岛是令荷尔德林感到愉悦的地方:群山,森林,溪流,树木,花丛,牧群。接着,信中叙述许佩里翁乘坐渡船,并步行游览小岛,最后以相遇结束。这个内容范围广阔的部分,放弃了具体的描写,而是缩减为纳塔信件中呈现出的动机的仅有的持续变奏。这体现在下面这些语句中:凉爽的风——风儿这么轻柔——神性的空气——母亲般的风——精神的吹拂——神圣的清风——令人神驰的清风。它像"清悠而妩媚的大海"环绕着春日出游的人们,"这高尚的元素与孩子们玩得最美"。许佩里翁将神圣的清风称为"精神的姐妹"。"普遍的现在,不朽",[223]就像一股"陌生的力量"将他最终引领到相遇的地方。我们不会怀疑,荷尔德林将"喀劳亚"这个名字看作两个部分组成($καλη-αυϱα$),Kal - aurea,意思是清风怡人的岛屿。在最后一封致第俄提玛的信中，许佩里翁让她回忆这些幸福的"美妙"的日子(II,78)："它们没有从喀劳亚所有的树林向你诉说?"当然，人们也必须想到荷尔德林语言中代表全部意义的两个词组：美的统一和救治本质，风的物理和气体性质，这是荷尔德林所展开的雅典神话的母题。救治和振奋——这个小岛的名字预示了许佩里翁在岛上的感受。

在这个例子中，我们还能够推测荷尔德林如何关注起喀劳亚这个名字，它首次出现是在最终版的草稿中，起初的版本将第俄提玛的家乡以及相遇地点设定在另外地方。从书信和作品，包括这部小说的多处地方，我们知道，荷尔德林非常熟悉普鲁塔克，①后者的《道德论集》中有一篇题为"希腊问题"的论文，叙述地理、历史、神话、民俗以及其他各种问题，并且(在 Nr. 19 下)引用了一首格言诗，诗中出现了安提多尼亚(Anthedonia)这个名字。普鲁塔克说，这是喀劳亚岛过去的名字，也叫埃雷娜(Eirene)和许雷亚(Hypereia)，分别按照海神波塞冬子女的名字命名，这个岛属于波塞冬，岛上的庙宇成了狄摩西尼②最后避难的地方。荷尔德林在小说中曾附带暗示了波塞冬的结局(I,136)。如果荷尔德林读过这段文字，那么，看看他的小说就可断定，所有这些名字都直接令他感兴趣：埃雷娜(Eirene)，意思是和平——在叙述喀劳亚的信件中，提及第俄提玛时开头就写道："美的和平！神性的和平！"安提多尼亚(Anthedonia)是按照波塞冬的儿子安提托斯(Anthos)命名的，荷尔德林将它理解为花岛。书中经常谈到鲜花盛开的喀劳亚，第俄提玛的鲜花。立即进入《许佩里翁》作者眼中的名字当然是 Hypereia。假设荷尔德林熟悉普鲁塔克的这段文字，当中的[224]名字听起来仿佛概

---

① [译注]普鲁塔克(Plutarch，约公元 45 — 125)，希腊作家、哲学家、历史学家。

② [译注]狄摩西尼(Demosthenes，公元前 384 —前 322)，希腊著名演说家。

括地描写了第俄提玛所处的环境,那么,我们还可以再补充说,他在最后修订小说时决定,为了显示第俄提玛在时代中具有小岛般的存在方式,他将她从约尼恩(Jonien)移到了阿尔希沛拉古斯(Archipelagus)岛上,这样,他就可以自己选择和解释喀劳亚这个名字。

也许有人会提出异议,认为荷尔德林虽然知道普鲁塔克的生平,但不太可能读过像《希腊问题》这么冷僻的文章。这里,对时间顺序的考察可以帮助我们。荷尔德林有三个普鲁塔克著作的版本,两个旧版本,还订购了一个现代的版本,①是图宾根中学校长胡滕(Johann Georg Hutten)主编的,1791年至1804年由柯塔(Cotta)出版,共14卷。1796年5月15日,荷尔德林写信给柯塔,要求从《许佩里翁》的稿费中扣除"已寄出的部分普鲁塔克著作"的款项。其中最后那本必定是1796年出版的第8卷,收有《希腊问题》一文。同年5月,荷尔德林开始构想小说的最终稿,②在此书稿中首次使用喀劳亚这个名字。这些事件发生在同一时间,人们完全可以想象,他翻阅普鲁塔克著作新的一卷,看到这部分描述,并找到喀劳亚这个名字,确定了第俄提玛的家乡地点。

萨拉米斯(Salamis)

我们提到这个名字,是因为许佩里翁的一个特别说明。叙述者在哥林多地峡写第一卷的书信,地点在陆地与海洋之间,寓意主人公在美好的过去与渴望的未来之间生存;涉及第俄提玛的第二卷开头,他转移到了萨拉米斯岛,因为现在要叙述情人的秘密世界,这个地方像小岛那样使她与世俗和时代隔离。在这一卷的结尾,故事的主人公许佩里翁说(I,156):

---

① 赫策尔(U. Hötzer):普鲁塔克版本的订户荷尔德林(Hölderlin als Subskribent auf eine Plutarch – Ausgabe),*HJb.* 1950,S. 120 – 126。由于文章作者的帮助,本人有幸见识普鲁塔克的这个版本。

② 拜斯纳,StA III, 311。

[225]我何必要为世界的沉船操心,除了我幸福的小岛,我什么也不知道。

叙述者许佩里翁表示,他在萨拉米斯岛上找到了冷静和安宁,能允许他记述自己与第俄提玛在一起的生活(I,85):"正如满天星斗的夜空,我既平静又不平静。"同样的母题在优美的萨拉米斯片段中有更详细的描述,这些描写在印刷版中删去了(StA III, 256 f.),下面引用几句:

我感到离开这个岛是很困难的。我很喜欢它,我要给它一个名字。我想称它为宁静的岛。

在《莱茵河》赞歌中,诗人写道:"我该如何称呼这个外国人?"接着,他将卢梭称为"大地的儿子"。许佩里翁想给萨拉米斯"起名"时,表达得更加果断。当然,这可能是一种姿态,只是对这个岛送上的礼物表达感谢,人们无需在这种姿态后面继续寻找任何东西。但是,一旦注意到荷尔德林的名字解释,我们就要问,"宁静的岛"与"萨拉米斯"之间是否存在一种暗藏的语言关联。说它派生于 σαλος[狂澜],是不靠谱的。但荷尔德林是否想到阿拉伯语的 salam(Salem,希伯来语 schalom)?这个词的意思是祥和、安宁、平安。这当然不是词源上的关系,而只是联想的意义,①会不会是这引起他用这个别名去修饰萨拉米斯?这个问题只是就文中特有的句子"我要给它一个名字"而提出的。除此此外,我们没有什么可说的。

小说中的其他名字,特别是许多地名和人名只是提及而已,我们就略过了。在这些名字中,要么看不出荷尔德林赋予的特殊意义,要么其明显的意义没有成为诗人创作的母题。有时候,也许是名字动听或神

---

① 也许同时联想到库彭岛上的"和平城"萨拉米斯(Salamis)(Apg. 13, 5)以及耶路-撒冷(Jeru-salem)。

秘的外语音响决定了他的选用。我们所讨论过的名字在很大程度上也发音响亮，[226]尽管这只能看作附加的动机。也许，像下面的例子可以作为专门探讨的对象，它们赋予诗句特殊的魅力：

> 因为我从未住过
> 这么宽阔的街道，在那里，
> 从特墨鲁斯山顺势流下
> 金色的巴克托尔河，并屹立着
> 陶鲁斯和美索基斯山。

这些名字的发音具有激发人们想起"亚洲"世界的力量，地貌转化为跟东方景物相符合的神秘的原始图像，其最后的元素是流动与屹立、时间与空间；这一切在此共同起作用。下面，让我们看看田园诗作品中的名字，这部作品紧跟着运用许佩里翁母题，因此在命名中也继续采取了小说的做法。

田园诗中的名字

我们曾说过，《婚礼前的埃米丽叶》(*Emilie vor ihrem Brauttag*)这首诗包含四个名字，其中，爱德华(Eduard)似乎无法解释。亚美里翁(Armenion)在希腊文中写成 Αϱμενιον，这是塞萨利地区一座城市的名字，如果写成'Αϱμενιων，那就可能是亚美尼亚人(Armenier)的氏族始祖亚美诺斯(Armenos)的儿子——由此不会引出更多信息。在作品中，荷尔德林将亚美里翁跟亚米尼乌斯(Armenius)联系在一起了，虽然这个亚美尼亚人名字叫亚米尼乌斯——这被看作是在罗马军队服役得到的别名，他的日耳曼名字无人知道——但荷尔德林时代人们敬仰赫尔曼(Hermann)，荷尔德林这里却没有暗示这个词源。在荷尔德林看来，阿米尼乌斯是德国人，诗中用希腊名字"亚美里翁"出现；我们可以由此出发进行解释。诗中虽然没有出现"阿米尼乌斯"这个名字，但那个穿过瓦鲁斯山谷遇见埃米丽叶的异乡人亚美里翁令人想起的只能是阿米尼乌斯。荷尔德林略微改变了名字,显然,引导他的是 Hyperion——Armenion 具有相同尾音。读音相同可以促使我们试图找出类似的词源,也就是说,亚美里翁由 Ἀρμενος（源于 αραρισκω,意即结合的、连接的、适合的）与ιων合成。[277]它的意思大概是:为(埃米丽叶)匹配的漫游者。事实上,他自称是在她那里找到安息的"漫游者"(第 451 行)。对于他们事先没有想到的关联,他明确地表示(第 418 及后续 1 行.):"我们早就是上帝主持婚礼的亲戚。"亚美里翁与埃米丽叶兄弟相似的母题也与此有关(第 223 行):"这是同一个人,又不尽然!"这个词源虽然可以得到证实,但是与许佩里翁的类比法构词相比,显得有些不自然。"亚美里翁"这个名字的前面部分υπερος,甚至"许佩里翁"中的υπερ,都是很罕见的生疏的词。而且在做这种解释时,也缺失了与亚米尼乌斯的关联。我们必须认可使用希腊名字形式的"德国人",然后在"亚美里翁"(Armenion)这个名字中观察希腊文与德文相遇的语言标记,这对荷尔德林当时的创作产生了影响,并且被视为一种可能的综合。如果荷尔德林打算同时运用其他象征,也只会是个别案例。因为,这不涉及一个名字有两个意义层,而是一个名字有两个互相排斥的意义。

解释女性名字要简单些。在《恩培多克勒》中,荷尔德林将两个女性形象相对照,一个聪慧沉静,另一个有所探求,被深邃的命运所驱动。克拉拉(Klara),意为"纯洁,清晰,明亮",用作收信人的名字,不言而喻,这是一个知己。但荷尔德林进一步表明这种聪慧,它不是通过学习获得的,而是像孩子"明亮的眼睛"那样,与生俱来、未经训练、无需人生经历。埃米丽叶讲述失去兄弟及其相像的人,结束时说了下面的话(第 263 及后续几行):

> 幸运的人啊！你从来
> 不知道这情况,别自负了。
> 包括你,谁还能够在这阳光下
> 继续保持自己的存在？

埃米丽叶(Emilie)失去了女友自身的平静,从此在众人中再也找不到"安宁"(第17行)。这表明了她的名字。[228]Aemilia(aemulari)首先意味着追逐者、竞争者,然后是追求者。第一层意思也许是暗示对童年的回忆,当年与兄弟在一起,"追逐野兽,常感到劳累"(第138及后续1行)。她的信不断地谈到寻觅、追赶、渴望;因为这正是她所描述的那个时期的生存形式。在当年天然的童年的宁静与即将获得财富的新的宁静之间,埃米丽叶是个追寻者。她的自我阐释在诗歌的头几行中用这样的画面开始:她常常眺望外面森林中"清澈的"流水,看着它如何匆匆流逝,变成小溪,汇成江河,我"渴望着与它一道外出——谁知道流向何方?"。在最后的几句中,她用同样的画面结束诗歌:她如同一股清泉,"颤动着寻找途径","总是充满渴望和希望地"流逝,

> 而这骄傲美丽的江河
> 友爱地容纳匆匆奔腾的泉水,
> 于是我平静地流淌……

诗的首尾之间,如同心灵起伏运动总是重新回归到基调,反复出现类似这样的句子:"我现在也没有停留"(第142行),"渴望在我心中"(第306行),"哦!一切渴望向我致以虔诚的问候"(第374及后续1行),"我时常寻找它"(第386及后续1行),"如今在渴望的眼中,它不再像往常那样闪烁"(第583及后续1行)。然而,这种渴望,正确的理解,并不是单纯要在此时此地就实现的对幸福的要求。"时间并不逼迫我",她说,并补充道(第281及后续几行):

> 我不效力于
> 虚荣,这只讨时间喜欢,
> 我不属于平庸之辈,
> 我另有所爱;那就是
> 你永不灭亡……

她将这种不屈从于时间的永垂不朽称为"美",她的内心自从觉醒后便倾注于这种美。只有在亚美里翁(Armenion)这个凡人身上她对它又有了认识。这样,荷尔德林就将埃米丽叶名字中的基本意义"追求"推移到寻找真实[229]和渴望美的真实的双重光线下。在他看来,这种永恒与一时性的视角下呈现出的人生,不再拥有起源的永恒存在,也还没有获得圆满所具有的永恒存在。这种追求者是人的象征,他处在通往自身的途中,在从一个中心到另一个中心的"离心轨道"上。

如果让这个名字回到荷尔德林的基本思维结构中,我们可以期待得到另一种类似的结果。在田园诗创作时期,"纯洁"这个词在荷尔德林的语言中再次发生了意义转变,成了整个存在范畴的主导词。"克拉拉"这个名字的选择肯定与此有关。它不再表示我们在《许佩里翁》中看到的道德的纯洁,或者断念的纯洁,甚至不是通过脱离不纯洁而获得的纯洁,,而是一种更本源的纯洁,即起源的品质本身。处在起源状态中的东西是纯洁的,无论它是预先就有的还是后来保持的。在这里,可以看到,它留存在事物的"隐秘根基"中,正如荷尔德林喜欢用的一个神秘概念。这个根基——颂歌《致德意志人》中提及的"生命的纯粹深度"——无所不在,因此是永恒的、不受时间约束的,相反,时间从那里产生。

与此相应,如果纯粹显现在时间中,那么,它的存在就是典型的荷尔德林"正反"双重意义上的不合时宜(Anachronismus)。在事物迅猛变换的过程中,它与自身完全保持一致,不受任何破坏,仿佛没有能够动摇它的时间与命运。正因为如此,在那里显示出一种光,它不因现实产生的错觉而变得暗淡。荷尔德林称之为"精神","因为在纯粹者漫步的地方,精神更可以耳闻"(《致德绍的侯爵夫人》)。根基显现在精神中;因此它同样纯粹。然而这种显现的前提是,目睹它的人可以"耳闻"。根基自发产生作用,精神则只有在受它"感染"并觉察到根基的人身上才能实现,这种人来自根基,并以精神上重新获取根基为使命。对于这种情况[230]的人,不合时宜是不适用的,他们存在于时代中,一言以蔽之，他们不再停留在"是"（ist），而在寻找（sucht）自我。天真者具有自然本色，感伤者寻找失去的自然——我们可以在这里不加思考地引用席勒的这个基本思想，因为荷尔德林就像其他的时代诗人，虽然不能将字句，却可以将其形式完全变为己有。"克拉拉"——纯洁者，"埃米丽叶"——追寻者，前者是本源的存在者，后者是精神的自我实现者，两者就像天真的诗与感伤的诗相得益彰。

这种原则也解释了两个女性形象的具体关系。如果埃米丽叶的成长超越了克拉拉所处的纯粹的、保持自身宁静的存在，克拉拉就不可能是解释她命运的知心朋友；相反，她将会受到劝导。荷尔德林一再表达这种思想，并以此展开决定许佩里翁与北腊民关系的调子。然而，克拉拉在其本源存在的纯洁中也拥有埃米丽叶追寻的东西，这使她成为埃米丽叶的知心朋友，不过是以一种相反的方式，她不理解埃米丽叶是怎样的人，而埃米丽叶却理解她。

这条理解的道路继续向前延伸；埃米丽叶的使命并非指向单纯存在的本源，即克拉拉的领域，而是指向自身理解的本源，即亚美里翁的范畴，她将这个使命称为美，并将亚美里翁视为美的化身。因此，她所把握的美并没有任何新东西，而只是本己的、从亚美里翁这个形象中显现出来的根基，两个地方都暗示了这一点（第 278 行；第 421 行）。正如抽象地思考这种美的自我恢复（Zu - sich - selbst - kommen），荷尔德林美学思想体现为辩证的发展阶段，即存的美、具体寻找的美，以及自我感觉和发现的美（I，第 141 及后续几行）。通过第俄提玛和埃米丽叶这两个人物，荷尔德林描绘了人类发展的类似情况，一个从悲剧的视角，一个从田园诗的视角。美在根基的自我感觉中完成——所谓 εγδιαφερογεαυτω [这不同于自己] 说的是它的形式前提——一个完美的人必须表现出完全拥有自己的本质。根据这个观点，可以对亚美里翁这个名字做更严格的解释。

亚美里翁从许佩里翁身上接受了几个特点，其中包括[231]与太阳神有亲缘关系——他称太阳神为自己的"典范"、"我的太阳神"（第

435 及后续几行）。更重要的是，本质的稳定性使他们分离，亚美里翁对自我丧失阶段一无所知，对此几乎没有觉察。亚美里翁在更高程度上代表美的人性。荷尔德林也清楚地区分人物的悲剧处理和田园诗处理。我们从小说中看到这个命题：人"生来是美的"，但德国人否认希腊人懂得保持和发展自我。如果德国人想认识自己的本源，他必须拜希腊人为师——这是荷尔德林在这些年仍在思考的，后来，他将情况加以区分。希腊文中意味着"德国人"的名称正好说明了这一点。它不仅象征着一般的希腊与德意志的综合，而且准确地体现了一种思想，即德国人如果通过希腊形式把握德意志的自己的天性并且让它成为精神，将获得美的人性。事实上，北腊民和亚美里翁有着相同的意义，但一个是直接的表达，另一个是更详细、更富有才智的表达。

最后，从这种关联出发还可对爱德华这个名字做些解释。正如诗中说的"上天的宠儿"早逝（第 403 行），爱德华体现了悲剧的提前性（tragische Vorzeitigkeit）。荷尔德林在第俄提玛、阿喀琉斯和恩培多克勒、安提戈涅、克里斯蒂的命运中都对此有所描述，他总是将这种存在视为后来才兑现的承诺，倘若这种存在理解过早逝去者作出的牺牲。这样，我们至少可以明白为什么爱德华用的只是德国名字。这个名字仿佛是一个要由亚美里翁这个希腊-德国名字回答的问题。亚美里翁的形象与爱德华很相似不是没有理由的，但他"目光更锐利"，似乎承载他的是"静穆的严肃"（第 225 行）。

荷尔德林在致诺伊弗（Neuffer）的信中（StA VI, Nr. 183）对他创作田园诗所遵循的原则做了说明。他将目光投向女主人公时，将素材称作"感伤的"（手稿中最初写为"感伤主义的"），并寓意深长地谈到"渴望与希望"，他相信他已经赋予爱的"美丽[232]精神"一个诗意的形象，并有意将信中谈到的埃米丽叶的人生片段看作"重要契机"。所有这些观点，我们在解释这些名字时都试图加以考虑。荷尔德林在结束时指出，他"信中所言不乏戏剧或一般诗学的根据"。人们可以设想，其中名字的选择不是各自孤立进行的，而是首先考虑到它们的系统化关联。女主人公的名字源于出版商"写一部关于埃米丽叶的短篇或长篇小说"的建议（StA I, 599）。人们作出以下猜测并不过分：荷尔德林清楚记得这个名字的意义，从名字中自发地产生思维结构，进而得出故事的基本框架，并且随之定下其他名字。这样，如同小说中的情况那样，女主人公的名字便与整体的构想紧密地联系在一起。

《恩培多克勒》的构思属于《许佩里翁》时期（1797），最后一稿没有超过创作田园诗的年份（1799）。因此，人们可以期待他运用了名字象征，但实际的前提却有些不同。主人公的历史名字是现成的，是否适用于表达荷尔德林的问题或人物塑造历来的特点，原则上还不能就这么断言。最初的证据，法兰克福的计划和颂歌《恩培多克勒》，都显示不出荷尔德林有一种初衷，即在小说和田园诗中从主人公的名字出发进行构思。名字虽然已经定了，但还没有任何东西使荷尔德林能够将这个名字看作一项提出的任务，并且将它发展成简单的人物形象。如果他束缚于作品最重要的名字上，稿本及其不完整性就会阻碍我们像前面那样，从作品的整体出发对名字进行解释。但有足够的迹象让我们去跟踪荷尔德林的意图，创作过程中几个名字的改变甚至向我们透露出他命名的原则。作品的戏剧形式毕竟产生这样的结果，即，意味深远地称呼姓名（Namensnennung）不仅可追溯到诗人的意图，而且也跟剧中言说的角色有关。这种做法，我们从小说的直接引语中已经熟悉。

然而，这些观点是肤浅的。名字象征的可能性与限度，较少取决于个别条件，而更多与整部作品的精神品级有关。决定精神品级的问题，荷尔德林事先没有原则性地提出来，后来也没有再原则性地重新提出，即关于神与人的问题，包括他们之间的区别、相互之间的依存关系、他们的斗争与和解。许佩里翁的众神仍是人的投影，然后，在关于大地与太阳神的神话中，众神成为人的原型，但无论在哪里，他们都不是完完全全的他者。戏剧体裁对此问题作出了妥协。因为正如荷尔德林在《恩培多克勒的根据》一文中（StA IV, 150 f.）所说的，戏剧与抒情诗不同,不是间接地,而是通过"陌生的类似的素材"表达,这些素材与诗人所处的世界和时代愈陌生,愈显得"可信"。小说并非偶然选择第一人称的方式,它没有保持距离,这种距离让作者的意思完全显现出来,作品仿佛充满了荷尔德林对神的粗浅的知识,并带着荷尔德林对神性感的强烈渴望。而这种知识在戏剧中并非突然地、一劳永逸地存在。在写作过程中,创作第二稿与第三稿之间,荷尔德林陷入了深刻的危机,这种危机迫使他再次从根本上重新确定神与人的关系以及恩培多克勒的活动和死亡。如果不进一步解释以上这些提示,就会得出结论:在这些问题的范围内,名字象征可能不再起决定性作用。只要涉及人的身上具有神性,那么,人名就可能有许多意义。但如果涉及与人相对而立的神,那么,人名就会退居次要的地位。随着从先验的(transzendental)神转向超自然(transzendent)的神,荷尔德林的名字象征失去了分量和刻画性格的力量。这显示在一种很特别的变动中。小说中,[234]从主人物到次要人物,名字的意义内容和关系范围逐渐变小。戏剧中情况则相反,恩培多克勒与其他人物特别是次要人物相比,他的名字并不显示个性特征,也没有充分呈现人物的性格。

恩培多克勒(Empeolokles)

这个名字由两部分组成,$εμπεδος$[恩培多],意思是稳固的、不可动摇的、经久不衰的,原本表示"扎根大地",$κλεος$[克勒斯],意思是荣誉,两部分合起来的意思是:永葆荣誉的人。①荷尔德林没有采用这个解释。剧中人物戴丽亚(Delia)曾说(I,10 f.):

> 关于这个人,他们当时(在奥林匹亚)谈论了很多,他的名字一直留在我脑中。

---

① 见帕佩(Pape),*Wörterbuch der griechischen Eigennamen* 该词条的释义。

这句话听上去虽然像一个巧妙的暗示，因为它的确使名字的意义成为现实，但缺乏其他的说明。恩培多克勒本人并没有想过身后的荣誉。荷尔德林当时的念头记录在法兰克福计划中，后来就被搁置在一旁了，也不可能联系到名字上。正如菲洛克勒斯（Philokles）那样，荷尔德林将名字组成部分的关系倒过来，按他的解释，意思不是牢固的荣誉，而是荣誉的牢固性。"牢固"和"牢固性"其实很少用在恩培多克勒身上，使用更多的并且包含在主导动机中的，是其同义词以及和它有密切关系的词，例如力量、强大、权力、稳固、无错误、不摇晃、勇敢、自由，等等。它们仿佛构成恩培多克勒这个名字的词汇场，显示了他悲剧道路上的步子。因为他在自我神化的傲慢中失去了原有的坚定和强大，而在决定自我献身时又找回了坚定和强大。下面，我们按照稿本的顺序，引用作品中刻画性格的地方，分别指出恩培多克勒的问题，以便将它们彼此联系起来。

　　第一稿的前提是，恩培多克勒公开自称是神；因为他理解大自然及其诸神，成为他们的主人，要他们为自己效劳（I, 479 – 483）。自我神化，不是普罗米修斯式的反抗，而是充满爱的奉献——这种特殊的观念可以这样解释：一个完全被穿透的对象不再相对而立，在它的跟前，自我变成绝对，如果那是神，亲密感将超越界限，在界限的另一边显现为[235]亵渎神灵。因此，荷尔德林在手稿的此处记录下这样的话（StA IV, 464）："他的罪过是原罪"，das peccatum originale der superbia［傲慢之原罪］。很明显，这个神学的根据用错了地方；因为恩培多克勒并不想如同神那样存在，而只是想完全感受神。同时，他的神也不是基督的天主，当时自然万物（das All der Natur）甚至还需要有感觉的人，以便在人的感受中成为自己。但是，当元素（das Element）在他身上忘乎所以时（I, 338 ff.），他想到的是自己，他的感情超出了效劳的限度，转变成自负。这是他的傲慢。其结果只能是说出傲慢的言辞，向民众炫耀自己是神。

　　相反，赫墨克拉特斯（Hermokrates）谴责恩培多克勒口出狂言——

其原因出于宗教还是政治的焦虑,无法确定——诅咒他失去力量(I,185ff.):

<blockquote>
于是
众神夺去他的力量,
自从这个陶醉的人
在民众前自称是神。
</blockquote>

此前的情况是另一种措辞(I,201 f.):"在你们当中,这个人的心灵是强大的。"教士作出这种判断,既不是从基督教的视角,也不是从泛神论的视角,而是从第三种视角出发。他举出这个"将区别忘得一干二净"(I,213)的众神的宠儿葬身火山为例,似乎说:现在,他不再是他名字所指的那样,众神将他的名字变成了讽刺。接着,恩培多克勒称自己是可怜的坦塔罗斯(Tantalus),变得像冥府深渊里的"弱者"(I,315;335)。

傲慢与坠落使强者变弱,这个强有力的神话动机打破了另一种思想,严格地说这种思想与之是相违背的:众神没有责打恩培多克勒,而是在他面前逃离了,他的力量也随着神的离去而失去。恩培多克勒称自己是"被完全离弃的人"(I,419),赫墨克拉特斯说,富有生命的广阔世界,在他面前"如同他失去了的财富那样"(I,227)。这种思想来自刚[236]发展形成的观点:被理解的神成为人的产物,对于人来说,这种形态已经不再是神,也就是说,已不再存在,但是,神在人的心中死去,才完全成为神。因为,透彻的理解如果把握本质的所有特征,最后,理解就会到达剩余的那部分,即被理解者的纯粹此在,它是永远不会成为理解的产物的,神就在那里。因此,神要避开到人感受不到的地方,即纯粹神性之所在,并且让纯粹人性后退,人于是必然感到神离去。因为这种思想在逻辑上是正确的,但在神话学上却表达不了,所以,荷尔德林在第二稿中几乎完全抛弃了"众神宠儿坠落"一说,代之以被离弃的母题。例如,恩培多克勒在孤独中哀叹(II,342 ff.):"哀哉!孤独!

孤独！孤独！我再也找不到你们了，我的众神！"或者，通过教士的口说出类似这样的话(II,218 ff.)："他寻找因自己妄说而离去的神。"

这样，恩培多克勒强大的本质得到了更清楚的说明：这种强大不是出自他本人，而是出自众神，神不是粉碎一种变得过于强大的权力，而是收回受赠者一心想占有的赠品。只要悲剧的终极结果是理所当然的，那么，这样或那样的事情就必然会发生。因为，恩培多克勒只有强烈感到失去了曾大量拥有的东西时，才会打算付出生命重新夺回失去的东西。由此得出的结果是，事件的发展背道而驰，因果关系上虽然确实是前进，但法律上最终是倒退。荷尔德林从结局出发构想整部戏剧，在中间和开头寻找使结局不可避免的前提。因此，他的主导思想不是导致罪恶的过失，而是自我献身，重新获得失去的财富。由于这个原因，过失－罪恶的关联在恩培多克勒开始看到傲慢的瞬间短暂闪现，接着在他意识中便完全消失。恩培多克勒不再谈论过失，更别说罪恶了，这不是偶然的。稿本中放弃使用多种多样的同义词，而用一系列包含以下关键词的语句表明他的道路：[237]亲近神灵的"过度幸福"，被神遗弃的"痛苦"，与神和解的"欢乐"。与此相应，从他的名字中逐步引出这组词语：受宠者的"强势"，被离弃者的"虚弱"，和解者的新"力量"。下面，举几个例子。

戏剧开头的词语描写了他的威力。潘忒亚(Panthea)讲述他对大自然的神奇控制，然而，他对人的影响作用更强大——"在他身上，有一种改变一切的可怕本性"(I,22)。当民众中的暴乱找不到出路时，他作为"更强大者"出来挽救局面(I,88)。在反对者口中，他是"魔术师""狂人""胆大者"(I,198;237;253)。他们的担忧是，怎样才能"控制这个超强者"(II,209)。最后，信徒说(I,444 f.)："在他的力量中，我认识了你的精神。"人们对恩培多克勒的态度因地位不同存在差异，但表达的意见却相同。后来，恩培多克勒的强势转变为傲慢，荷尔德林又从名字的词语中提取出一个合适的概念：恩培多克勒变成一个"专横者"(I,601)。借用的东西他却要占据，于是坠落了。直到现在，他本人才用名字范畴中借用的词语表明自己的状况。当然了，丧失才让他知道原来的拥有,唤起他对昔日自我以及名字的反省。在丛林的"不会迷路的"大树中间,他回忆起已不再适用的名字(I,288)。现在,他就像我们已经引用过的词语:冥府深渊里的"弱者"。如果说,这个比喻是由他自己的名字和命运决定的,那么,使用这个生硬的、与坦塔罗斯或西叙福斯(Sisyphus)显得不相称的用语就自然而然得到了解释。教士与阿尔孔(Archon)及民众来诅咒恩培多克勒,见面时他说(I,509 f.):

> 你们呀,像对待轻易得到的猎物那样
> 尊重这位强者,当他变得虚弱的时候?

与此相关,最后要提到恩培多克勒第一次独白结尾删去的两句诗。他在结束自我诅咒后原来还有两句(StA IV,457):

> [238]倘若永远不再称自己的名字,
> 我宁可仍然像小孩子那样。

这可以意味着:我从来没有进入公众当中,那该多好! 但也可以意味着:要是我这个以强大著称的人从来不夸耀我的名字和我的力量,那该多好! ——其意思类似于《旧约圣经·耶利米书》(Jeremia)中的话(9,22):"强者不要因为自己的强大而夸口。"从这两行诗句中得出更多的是第二种解释。如果这种解释是对的,那么,我们在此找到了恩培多克勒对自己名字的直接提示。在决定献身时,他又恢复了强大,但不同于往日令他错误估计自己的超强感,而是一种认识自己来历和使命的有分寸的力量。"众神的青春"使这个枯萎者脸颊泛红(I,1261),他的"眼睛像胜利者那样闪闪发光"(I,1177 f.)。由于献身的时候生命最终为他点燃自己,他认识到,"现在我才是,是——"(I. 1921)。在此之前,他直接说出了涉及名字的话语(I,1880 ff.):

> 我并非被世人逼迫,
> 我使出自己的力量,无畏地

> 沿着自己选择的道路走下去；
> 这是我的幸福，我的特权。

因此，"现在我才是，是——"这句话也许可以这样来接续：是我名字所称呼的那样。

从这些地方可以得出三点看法。它们证明，作品中存在一个从名字角度解释才具有说服力的母题，这个母题完整地揭示了冠名者的发展步骤。但这些步骤只涉及恩培多克勒问题的边缘。恩培多克勒力量的丧失与重获只能看作他与神和民众破裂后重新和解的内在过程的后果或征兆。他的名字解释了状况是怎样的，但没有说明其原因。我们曾经说过，运用找来的名字的可能性是受限制的，我们必须承认，荷尔德林十分善于充分地展示这种名字。第三个看法特别证明了这点。恩培多克勒这个名字的基本意义是"坚强"，他的强大只是到最后才显示出稳固和持久。起初的优势是不牢靠的，必须被消灭，[239]以便从它的破灭中得出一种成熟的、对自己和目标都毫不怀疑的力量，使人物有可能走出最后一步。正如许佩里翁和阿邦达那样，恩培多克勒在命运完结时才显示出其名字的真实情况，而且严格经历了三个步骤：名字的意义从仅仅有过却没有守住，经过失落，到最后获得。主人公似乎只有献出生命才有权在真正意义上叫做"恩培多克勒"（"强大"）。

第二稿与第一稿形式上的区别是明显的，问题的某种变动却不那么引人注目。起初，人们只发现，荷尔德林舍弃了主人公自我神化的妄言，而紧紧抓住他傲慢的事实，将此描写得更清晰可见：人也许命定在称呼大自然中唤来它的精神，并且通过自己的言语改变和构成世界（Ⅱ,531 ff.）——恩培多克勒最后说的一段话就此中断。他将在何种意义上继续说下去，这个问题在泡萨尼阿斯（Pausania）问他何必自责后，不会存在疑问：这种行为的力量令人失去理智，看不见效劳与自负之间的狭小的分界线。恩培多克勒将自己"凌驾"于大自然之上（Ⅱ,349），因为他将语言赋予沉默的大自然——"神灵及其精神算什么，如果我不将他们广而告之？"(Ⅱ,514 ff.)——并且声称(Ⅱ,133)："我跟任何人不同，又跟所有人相同。"也就是说，跟某一确定的人不同，又跟任何个体相同，即将自己看作绝对。第一稿中表现为情感的傲慢，第二稿中变成言语的傲慢。从上面这句话中，已透露出亵渎神灵的语言。情感为了宣泄还需要自白：我是神。但前面的言论已经如此专横，所以后面这句话就可以不说出来了。从情感向言论的过渡中，问题的范围从内部扩展到外部。外部是民众、历史和宣讲的空间。我们向第三稿接近，它将骚乱、时代转折以及通过先知传布的神推到前台。但如上所说，第二稿仍坚持傲慢母题以及恩培多克勒发展的三个步骤。

[240]首先，这造成的后果是，名字的母题及其三个步骤也保留下来了。几乎所有引用过的地方都逐字逐句或只做微小改动地重现，荷尔德林甚至对那些地方做了一些新的补充。对此，我们略过不说反对者的表述(如Ⅱ,29；57；269)和门徒的表述(Ⅱ,471)，这些表述只是在重复已知的东西。富有启发的是恩培多克勒第一次独白中增加的内容(Ⅱ,330 ff.)："傻子！你还是这样，如同痴人说梦。""谦卑的人呵，别再错误估计来自你胸中的力量！"坠落者自以为仍然拥有向神灵索回的东西——"有一样东西你们一定留给我！"——并且认为，靠自己可以得到自我恢复："凭自己的火焰我将迎来黎明。"众神宠儿的忘乎所以转变成巨人的执拗，坦塔罗斯变成了普罗米修斯。因为，恩培多克勒仍然感觉到胸膛这"生而自由者是由自身而非他者构成"(Ⅱ,315 f.)。他坚持基于自身和源于自身的存在——这一点我们在阿邦达身上已认识到——并且通过利用这去对付神灵，非常清晰地表达了自己的傲慢，并且高傲地解释自己的名字。但是这种反抗只是短暂的，他很快又重新陷入被离弃的哀叹中。另一处新的补充是，在三个留下来的人糅合着叹息和颂扬的赞美中，戴丽亚说的话(Ⅱ,669 ff.)：

恩培多克勒，你太愿意，
太愿意牺牲自己了，

> 弱者被命运推倒,而强者,
> 他们视此为跌倒,站起,
> 且成长,如同柔嫩者。

　　称呼恩培多克勒的名字,表明这些诗句在暗示他的名字,但诗句的描述并不完全符合情况。因为从接下去的诗句中得知,变得脆弱对他的强大不可能造成任何损害,变脆弱与被放逐的痛苦有关。戴丽亚对恩培多克勒的丧失自我和弱点一无所知。但这符合局外人的角色,因此,这句话可放在母题的整个结构中解释。

　　第二稿中扩展名字母题的倾向是显而易见的。因此,[241]使名字其他组成部分发挥作用的一些字句,不能看作偶然,尤其是第一稿中至少语言上没有用到的名字部分。我们举三个例子。据梅卡德(Mekade)叙述,恩培多克勒向民众解释(II,101 f.):"你们尊敬我……做得对。"据称,恩培多克勒的言语唤醒了沉默的自然,使它有了活力。为了更辛辣地刻画他的自负行为,第二稿中写到,恩培多克勒面对门徒补充说:"要是它有声望,那是因为我。"(II,509)最后,这位门徒看到恩培多克勒作出必死的决定,称他是"可怕的游子",命中注定,他"享受荣誉走的路,其他人踏上去没有不受诅咒的"(II,596 ff.)。恩培多克勒让大家尊自己为自然及其力量的大师,嘲讽自己妄想大自然将荣誉归功于他的威力,其实,这力量是大自然赋予的,因为大自然向恩培多克勒揭示了秘密,他在献身中获得了真正强者的荣誉。这些地方的描写可以清楚地归入他人生道路的三步,以便将它们跟恩培多克勒这个名字联系起来,这样,我们就可以类似对第俄提玛的名字那样,对它进行三重的解读:因强大而受赞誉,夸耀自己的强大,实现强大应有的荣誉。如果我们还记得问题的变动,那么,很容易理解,恰恰是第二稿突出荣誉这个要素,并试图完全验证名字的意义:言论属于公众的范畴,在那里,也必定会出现真假荣誉的问题。

　　第三稿建立在一个全新的起点上,荷尔德林的理论研究《恩培多克勒的根据》在一定程度上对此进行了解释。名字问题不可能不受此影响。正如前面那样,我们首先简要说明这个起点。

荷尔德林将傲慢这个概念置于客观性历史的角度之下,这样,事实上是放弃了这个概念。因为,只有反对者才看到专横的开始,当时,恩培多克勒认为,自己被选出来在时代的黑夜建立新的人神关系,并且通过自己的死将这种关系确定下来。虽然他在回顾过去时将自己的所作所为称为"罪恶",但这跟说"功劳"没有什么不同[242](III,34 ff.)。因为,世界的拯救受他"个人"制约,但不是建立在他的个体此在之上,正如研究中所指出的,世界的拯救"提前"出现,只是在"时间"上,而不是"普遍有效"(StA IV,156 f.),而且,这需要具有先驱意识的开拓者。因此,他不想成为民众的崇拜偶像,事实上民众将他看作完美的化身,但又不愿意接受他无法阻止的罪恶(StA IV,161 f.)。按照对索福克勒斯戏剧说明所表达的意思,他将自己看作神的工具,神将无辜的罪恶的命运安排在他身上,让他"抵罪",补偿时代对神灵的背离(III,440),并由此获得权利与众神取得和解。他的作为要求他付出生命,不再是为了重新获得众神的开恩,而是为了在历史上得到证明,直到现在,他才具有了替代牺牲品的形象。第一稿中还只是说(I,497 f.),你"将自己从众神的心中剥离,又甘愿将自己献身给他们"。第二稿以这句话结束(StA IV,637):"他的神性是伟大的,牺牲者是伟大的!"这句话直接过渡到第三稿的出发点。恩培多克勒不再是自我献身,而是成了牺牲者。因为他在思想上不再认为自己傲慢有过错,这样,傲慢的前提和后果也就不存在了。超强、虚弱和新力量的母题也因此被抽去了基础,所有表达这个母题的词语在第三稿中没有再出现。只有泡萨尼阿斯暗示过一次他的名字(III,233 f.):

    是的!即使我是个弱者,然而
    我因为如此爱你,仍坚强如你。

他还讲到自己"明察秋毫的眼睛"(III,142)。文中没有一个地方提到他的力量被拿走或者重新被赋予,他说的话"我不是原来的我"(Ⅲ,253)并不意味着"我失去了自己",而是意味着:我注定会死去。人们也不能认为,先是恩培多克勒在埃特那(Aetna)的孤独中重新找回自己,然后,这部戏剧从这个稿本开始。因为,对于[243]先前疏远神灵和自我丧失的状况,作品中既没有剧情之前历史情况的概述,也没有其他的回顾。第三稿放弃了傲慢母题,也理所当然地放弃了按三步展开的名字母题。

如果不从其他方面对名字进行审视,我们大概可以就此结束讨论。在世纪转折时期,荷尔德林的某些用词的意义发生了变化。它们变得广泛,同时也变得准确。词汇用作整个存在范围的代码。这类例子我们已经见识过。其中包括了同义词"牢固""稳固""确定"——恩培多克勒这个名字的基本意思。荷尔德林用它们作为现实的特定模式的主题词,也就是说,真实并不仅限于事实,而且是显示出"根基"的"符号",因此也是"精神"的标志。根基隐蔽地进行创造,精神使之公开、明了——我们认识这些概念——符号作为媒介,使它们在自己身上显现并起作用。嵌入在根基和精神中的真实只要保持其符号特性,就是稳固和牢靠的。例如,"牢固建造的阿尔卑斯山""从深处(根基)拔地而起",由天父的光线"自上而下建造",作为意味深长的符号,耸立在两个世界的分界处,创作的"牢固字母",也像符号那样,揭示了历史的健全根基和神灵精神构成的"留存物",而诗歌则将"它的严肃性、牢固性、真实性"赋予根基(基调)和精神。荷尔德林因此将"这种意义上的确定性"称为"符号的最高类型"。真实如果脱离根基,试图独自存在,就变成了"无意义的符号",没有了精神。这样,真实就失去了稳固性,正如背离了自然及其神灵的亚格里艮人(Agrigentiner)那样,陷入"不稳定的、时而错误的"举止中(StA Ⅳ,159),或者,像恩培多克勒那样,落入自我解体的脆弱中。①[244]在荷尔德林的

---

① 此观点在本书《荷尔德林作品中的语言与真实》和《荷尔德林的苏尔维亚颂》两篇文章中有所论证。

作品中,大地和阳光是根基和精神的神话相似物。植根于大地且沐浴着阳光的物体具有坚定和稳固的特征。我们正是这样来理解他在创作《恩培多克勒》的那一年所写的颂歌《我的财产》(Mein Eigentum)的诗句(第23及后续1行)的:

> 天空将坚实的大地以及
> 这坚定男子映照得更加艳丽。

"坚定男子"近乎恩培多克勒这个名字的翻译,名字的另一组成部分则表明这个男子生活在"荣耀的家乡"(第22行)。颂歌《致一位德绍的侯爵夫人》(An eine Fürstin von Dessau)也是同一年写的,我们曾谈到诗中的"纯粹者",他们使根基的精神昭然若揭——因此荷尔德林补充写到,在他们身上"显现出坚定的光线"(第20行)。恩培多克勒也被称为"纯粹者"(I,2018),他自己称"本源"为"纯粹者",由于本源这个根基在场,"精神"得以彰显(I,1599 ff.)。恩培多克勒与大地和阳光的关系也显示了上述关联的存在。他在头两个稿本中经常提及大地和阳光,并且补充写到天空,偶尔还提及江河的流水、海洋,或者埃特那火山的火焰。第三稿与上面引用的颂歌产生于同一时期,删除了可能令人回忆起自然元素崇拜的所有内容,将恩培多克勒神化为大地和阳光的儿子。剧中人物马尼司描绘"新的拯救者"——起初在理论上,后来才发现他所描绘的是恩培多克勒的形象——他是这样说的(III,371 ff.):

> 一位比我更伟大的人!如葡萄藤
> 由天地所造,沐浴在阳光里,
> 从黝黑的土地中向上攀登,
> 他如此成长,从光与夜中诞生。

此处的异文称这位拯救者"自由而坚强"(StA IV,676)。恩培多克勒自己谈到"自由而坚实"的纽带将他跟民众联系在一起(III,446),他呼唤"阳光"和"大地母亲"见证自己的牺牲(III,459)。最后,泡萨尼阿斯称他为"黑夜之子,苍穹之子"(III,242 f.),人们不难看到,如果这里不是[245]指自然元素圈,而是指根基与精神这两极,那么,苍穹与阳光两者被混淆了。恩培多克勒身上集中了阳光与大地,它们分别是许佩里翁与第俄提玛的神性,他名字所表达的坚固性由此而产生。人们可以设想,εμπεδος[恩培多]这个词的基本意义在荷尔德林的脑海中是"扎根大地"。他是否取 κλεος[克勒斯]的意义"荣誉"来暗示光辉和阳光,姑且不讨论。这样,我们在小说和戏剧之间就遇到一种偶然的相似:创作的最后阶段,无论是小说还是戏剧都产生了人物神话,同样的神性,小说中被安排在一对恋人身上,戏剧中则集中在"单个人"身上。

恩培多克勒这个名字除了"知性的"意义外,也有"历史的"意义。但他不像许佩里翁那样称自己为神,而是称自己为联系两种神性及他们身上两种原则的纽带。知性和历史的综合并不在于名字具有双重意义,而在于一种意义两种用法。恩培多克勒分享了大地与阳光的本性,而主宰他命运的神是时间的主人朱庇特,这个神走向大地与阳光,神没有在他身上,而是站在他的对面,神交给他一项使命,让他高于所有凡人,又让他在死亡中免除效劳。因此,在恩培多克勒式傲慢的牺牲者中从来没有提到过朱庇特;在那里,谈论的只是大自然及其诸神。因为,恩培多克勒在自己身上感受到的是这些神灵,并且认为自己掌控了他们,尤其是阳光和大地,他确信它们是他的精神和根基。因此,当神灵离开这个坠落者的时候,恩培多克勒失神地坐在黑暗中,并像逃亡者那样在大地上奔走。朱庇特是他的主人,他跟随着朱庇特,甚至他的傲慢似乎也是跟朱庇特学的(II,356 ff.):

哦,精神,
养育我长大的精神,你呀,
年老的农神,你为自己培育
主人,一个新的朱庇特,

一个更软弱、更狂妄的主人。

颂歌《自然与艺术或农神与朱庇特》描绘了朱庇特的傲慢,恩培多克勒将大自然的主人农神称为养育他的精神,再次暗示了[246]根基(自然)和精神,他要用朱庇特的艺术使他们听命于自己。如果朱庇特是他的主人,那么,这个神的某些特征必然很显眼,让人联想到恩培多克勒这个名字。颂歌中写道,朱庇特安享"不朽的统治艺术之荣誉",这跟恩培多克勒享受他的权力的荣誉很相似;因为,两者的情况是同样的,朱庇特没有怀着感激之情记住自己权力的增长源于大自然及其农神赐予的和平。朱庇特傲慢母题引起的词语,与恩培多克勒式傲慢联系在一起,就产生于名字。我们在删除了傲慢母题的第三稿中得出其他的名字解释,重现在颂歌《盲人歌手》(Der blinde Sänger)中。在那里,雷神被称为"解放者"(第29及后续几行)——恩培多克勒也被这样称呼(I,1902;1910)——在暴风雨中"摧枯拉朽""唤起生机",迅跑而去,同样,马尼司最后将恩培多克勒看作"被委任者",担负"破旧与立新"的重任(StA IV,168)。这位雷神被盲人歌手称为"可靠者":"我也得离去,在迷途上跟着这可靠者。"恩培多克勒的神从他名字的词语中得到了修饰语。

至此,解释恩培多克勒这个名字的方法都试过了。出发点可以分为两种。第一稿,展现恩培多克勒由于傲慢,其力量随着人生道路的三个阶段发生三次变化,因此仅仅涉及问题的次要方面。第二稿扩展了这个母题,补充了荣誉的真假问题,这样,就解释了从这个名字中得出的意义。随着构建历史的主体转变成历史之神的工具,傲慢母题成为多余,第三稿必须放弃全部的内在联系。"坚固"和"可靠"的概念开启了一个通往名字的新的重要通道,毫无疑问,这些概念在《恩培多克勒》的创作中具有中心词的分量。从第一稿开始,神性就属于恩培多克勒的范畴,现在,它可以准确而意味深长地与这个名字的本性连接起来。为了认识这个名字最后的神秘区域，需要有完全不同的思考，人们[247]几乎不能再谈论名字象征，而只能讲这个名字深藏不露的象征依据。如果荷尔德林完成了这部戏剧的创作，这些依据能否昭然若揭？我们的回答是否定的；关于这个问题，我们后面再谈。

泡萨尼阿斯(Pausanias)

这个名字容易解释，古代人们对它已有解释。名字的组成部分是：παυω，意思是"停止""结束"，ανια表示"痛苦""折磨""悲伤"。两部分合起来，泡萨尼阿斯的意思是"结束痛苦的人"。柏拉图在《会饮》(185c)中用此名字的前面部分做文字游戏：Παυσανιου δε παυσαμενου……泡萨尼阿斯停止了[说话，我就离去……]。苏伊达斯(Suidas)①谈及这个地方时提到παραγραμματιζων，这个词可以意译为 Wortspieler [擅长玩文字游戏的人]。名字的后半部分在阿里斯托芬的《云》里可以找到解释(V.1163)。在那里，专用名 Lysanias 作为通称名词使用——该人物另有名字——意思应解读为"解除痛苦的人"(λυω)。历史上的恩培多克勒对名字做了完整的解释。有一首箴言诗被认为是恩培多克勒为朋友泡萨尼阿斯写的，泡萨尼阿斯是格拉的一位医生，恩培多克勒还将一首关于大自然的寓意诗献给他(Diog. Laert. VIII, 61; Anth. Pal. VII, 508, 那里署的名是 Simonides von Keos)。箴言诗的开头写道：Παυσανιην ιητρονεπωνυμον...εθρεψεΓελα。由于επωνυμος 的意思不是"被称为"，而是"据此命名为"——这是荷马、赫西俄德以及悲剧诗人对名字解释的常用模式——因此这句话可翻译为：有权利称为泡萨尼阿斯的医生，或者，具有泡萨尼阿斯这个意味深长的名字的医生……是格拉抚养大的。为何他的名字意味深长，第二句双行诗有说明，我们大体可复述为：他将许多饱受病痛折磨的人从佩耳塞福涅的屋前接回去。

---

① [译注]传说中古希腊的辞书编者。

在这里,荷尔德林找到了名字的解释;箴言诗中描述的是肉体痛苦,他要用恩培多克勒的痛苦取而代之。因为,他的泡萨尼阿斯是个安慰者、减轻痛苦的人。下面举几处例子。

在第一次谈话中,泡萨尼阿斯察觉到大师的转变以及言谈中流露出的"死亡之音",试图[248]重新召唤他的幸福和神灵,使他振作起来。恩培多克勒回答说(I,438):"你何必费尽心机安慰我!"泡萨尼阿斯没有察觉自己的话说中了恩培多克勒的痛处,继续请他说明自己的痛苦,恩培多克勒回答说(I,466 f.):"泡萨尼阿斯,没有什么能比识破痛苦更令人痛苦。"他责怪泡萨尼阿斯:你的名字叫做解除痛苦,但你却让我痛上加痛。泡萨尼阿斯回应教士的诅咒,表示将跟着恩培多克勒一起被放逐,照顾他,并说出了对恩培多克勒具有安慰作用的话,"我愿祈求,阳光友爱地照在你心灵上。"(I,661 f.) 这一次,话说在了恰当的地方。在埃特那一幕的第一场,照顾恩培多克勒是他唯一做的事情。但在这里,他又犯了个笨拙的错误,对恩培多克勒受到的耻辱说了一些不经思考的话,以至于恩培多克勒"艰难换取的安宁"(StA IV.516)蒙上阴影,对此,他责备自己(I,1239):"啊!我可恶地打扰了他欢乐的心。"荷尔德林从这个名字中获取了泡萨尼阿斯的原初情态,同时也了解了在什么情境中过分热情会引起相反的情态。最后,泡萨尼阿斯似乎违反本意地以完全不同的方式使恩培多克勒的名字得到实现(I,1853 ff.)。恩培多克勒迫使泡萨尼阿斯对自己的献身表示赞同,他说:"要是我早知道你会高兴地让我离去,那该多好!"泡萨尼阿斯直到这时才认识到自己所作所为有何意义,回答说:"现在你还感到痛苦吗?"。

第二稿中泡萨尼阿斯也是安慰者。恩培多克勒隐晦地暗示众神宠儿"特有的诅咒",泡萨尼阿斯回应说(II,459 ff.):"你不应使我们的灵魂感到恐惧。"并接着说:"别再生气了,亲爱的!"他在下面的诗行中巧妙地暗示了他们俩的名字:

> 克服你的悲哀
> 并运用你的权力,直至
> 你比其他人更强有力。

按照我的名字那样去做,然后再恢复到你的名字那样——人们可以这样去解释上面的诗行。还有最后一场,他试图减轻女人们的痛苦,将她们的目光引向献身者散发出的神采,说(II,615 ff.):"你们看他,[249]盛开得何等灿烂,这位高人,悲伤……难道在极乐的眼前没有得到缓解。"

第三稿中类似的词语和情景我们可以略过不再重复。它们没有为这个母题增加新的特色,暗示的直接性甚至大大减少,不是因为这一稿中泡萨尼阿斯的场面没有为此提供足够机会,而是因为荷尔德林的名字象征已经超过它的顶点,关于这个问题,我们后面再谈。在这里,我们引用第一稿中的一句话作为结束,在这句话中,恩培多克勒向民众解释自己门徒的使命(I,703 ff.):

> 我常告诉你们:黑夜与寒冷
> 将降临大地,困境中灵魂发生
> 扭曲,此刻,善良的众神
> 不会派遣这样的年轻人,
> 使枯萎的人重获生机。

上面提及的箴言诗讲述泡萨尼阿斯将饱受病痛折磨的人接回去。在此,荷尔德林对这首诗以及名字意义的认识也得到证实。

潘忒亚(Panthea)与戴丽亚(Delia)

正如田园诗中的情况那样,两位女性形象的名字最好是互相进行解释,但是,我们还是要首先对每个名字进行各自的考察。潘忒亚,意思是"众神的",可以有两种解释,它可以象征所有神灵(Pantheon),也可以象征神圣的万有,泛神论的一和一切(Eins und Alles)。在第一稿中，荷尔德林似乎注意到了这种解释，第二稿将此说出来了，潘忒亚最后说的话中有这样的诗句(II,723 ff.)：

> 神圣呀，万有！
> 你充满活力！情深意切！感激你，
> 他为你见证，你永远不死！
> 这位勇敢者含笑将他的珍珠
> 抛入大海，它们本来自那里。

在如此显要的地方，从潘忒亚的口中说出这样的表白，只能是基于其名字的本质。除了此处，在任何地方以及其他稿本中从来没有提到万有(das All)。同时，这些诗句揭示了恩培多克勒在荷尔德林泛神论意义上的死：他将自己交还给万有，[250]他来自万有，对一时性的生存(Dasein)充满感激，并且要以此证实永恒的存在。这在荷尔德林的哲学语言中叫做：无限在有限的"远足和归来"中感受自己，最后达到自己。名字的第一种解释或许就是潘忒亚谈到的"世界的天才们"，恩培多克勒与他们共同生活，紧密相连："你将他们全抱在怀里"(I,1005 ff.)。平时，她常谈起"所有神灵"(I,142)，向众神求助。但有一位特别的神被她称呼了一次，那就是天父埃忒耳(Äther)(I,1020)，当时，她称恩培多克勒"朱庇特的宠儿"，将泡萨尼阿斯比喻为"朱庇特的鹰"(I,1075;105)，因为她知道恩培多克勒与朱庇特的秘密关系。尽管我们考察到这些情况，但第一稿对潘忒亚这个名字的解释是不确定的，而第三稿在这个人物登场前已经中断了。

戴丽亚起初名叫瑞亚(Rhea)，这个名字的词源——按照古代传统，意思是生命之源(ϱεω)或大地——对我们的解释没有提供更多帮助，但关于她的神话则不同。瑞亚是黄金时代之神克罗诺斯的妻子，她来的地方雅典和希腊仍然处在黄金时代，受唆使与神疏远的亚格里艮人没有对那里造成影响。这是反复清楚说明了的，并且可以解释荷尔德林对名字的选择。后来，还在写第一稿时，他已决定为她起另一个能更直接理解的名字。他曾考虑过(StA IV. 494)给她取名柯丽安(Korion),意思是少女,就像田园诗中那样,将她与年长成熟的潘忒亚作对比,但同时又找到戴丽亚这个名字,并继续使用了下来。

这位来自戴洛斯岛的女子让人想起《许佩里翁》中昆图斯山的情景,想起赫利俄斯-阿波罗,这位光芒四射、令人兴奋的太阳神。《阿尔希沛拉古斯》中写道:"日出时分,霞光似锦,戴洛斯昂起兴奋的头颅。"(第14及后续1行)戏剧中有一地方与此很接近:恩培多克勒建议克里提阿(Kritias)将女儿带回"神圣的国家,去厄里斯(Elis)或戴洛斯(Delos)",如果不想让她在亚格里艮闷闷不乐地枯萎的话(I,811 ff.)。厄里斯(奥林匹亚)和戴洛斯是希腊举行庆典的地方,[251]恩培多克勒用于描写那个地方的词语,"欢乐"与"静穆","美妙的感觉"与"满怀希望的生活",其含义更多涉及精神而不只是情感上的兴奋。戴丽亚的任务,显然是使观众预感到这种精神的温柔光线将呈现在这部戏剧中。这在第一场中就显露无遗了,她将潘忒亚对恩培多克勒"无限的"、"痛不欲生"的爱与雅典女子对她们的"太阳"索福克勒斯"毫无忧伤的喜爱"进行对照(I,107 ff.)。戴丽亚的人生感是有克制的——古典美学意义上的和谐平衡——人们几乎可以认为,那种"毫无忧伤的喜爱"让人想起康德提出的对美的"没有利害关系的喜爱"。诗人是她心目中的英雄,这符合她的温柔本性,她的名字当然首先由此产生;因为在这一场里,她的名字还是叫瑞亚。由此也可以理解那个时代温和意义上的和谐适度,后来,这种温和被庄严原则的对抗所排除。最后几场,戴丽亚的所有言论都表达出温和:"跟人们居住在一起不是很美好吗?"(II,558 f.;I,1961 f.)又如:"凡人的心也喜欢温煦的阳光,并关注留存的事物。"(II,650 ff.)潘忒亚无条件与恩培多克勒共患难令她志忑不安,同样,她也不可能像恩培多克勒的门徒[指泡萨尼阿斯——译者注]那样充满悲伤和热忱(I,2028 f.):"伟大的灵魂!伟人的死使你更崇高,而我则只会被撕碎。"

"温煦的阳光"这个用语拓展出更广阔的联系。与此相应,鲜花如同"寂静的火焰"和"不造成伤害的炙热","它们不愿在猛烈的光线下开放"。还有更鲜明的例子:众神与凡人的新婚庆典上笼罩着"和蔼可亲的光"(《莱茵河》,第 189 及后续几行;《拔摩岛》,第 38 行,第 188 及后续 1 行),以及许多类似的词语。这些图像显示了平和的命运,显示了起源及其在圆满中回归。戴丽亚使用的词语"居住"与"留存",以及在其他地方声明自己信仰的"和平"与"精神"(StA IV,574),都指向同一个范畴,它们类似于"温煦的阳光",只不过是抽象的表达而已。经过瑞亚这个名字的准备,荷尔德林用戴丽亚作为意象,象征在痛苦与怜悯中完成的悲剧故事此岸与彼岸的解脱。[252]正如荷尔德林在创作《恩培多克勒》当年所写的,让人们在粉身碎骨的命运当中感受这种福祉,即"与一切有生命的物体同一",正是悲剧的任务(StA IV,267 ff.)。悲剧事件中起主宰作用的是故事主人"宙斯不可避免的任意专断"。但悲剧性诗歌的基础是理智看待统一永恒的存在。因此,在"宙斯仆人"恩培多克勒的身边,除了站立着与他志同道合的人以及敌人外,还有戴丽亚,她的名字与天性让人想起诗歌之神及其"默默闪烁的"世界。

希腊文 δηλος [戴洛斯]这个词意思是明亮的、清晰的、明显的,古典时期已经将这个词跟岛的名字以及阿波罗的别名赫利俄斯(Delios,疑为 Helios)联系在一起。戴丽亚的名字中包含着明亮(die Helle)和清晰(die Klarheit)的成分,她不仅是克拉拉的亲戚,而且是同名姐妹,并像克拉拉那样,是一个将更深层的命运与自身宁静存在分开的本性的知己。这样,从潘忒亚那里听见有可能从追寻者埃米丽叶(Emilie)口中说出的话,也就不足为怪了(Ⅰ,165 ff.):

> 哦,永恒的秘密,我们是什么,
> 我们在寻找,但我们无法找到;
> 我们找到的并非我们自己——

"我们是什么,我们在寻找",潘忒亚如是说。因为正如埃米丽叶那样,她寻找的不是外来的东西,而是自身的根基,恩培多克勒从她那里将这个根基拿走了,他改变了这个根基,并将它显示出来。戴丽亚说,她觉得高兴地留在人们那里会更幸福些,克拉拉责备女友不再安静地留在人们那里,她们的话说明了这种关联。

但是,这种关联随着两个女性被恩培多克勒的命运所打动而丢失。很快,潘忒亚就不再像是追寻者,而变成知情者,戴丽亚最后也说出知情的话,好像她们的英雄不是戴洛斯的神,而是得尔斐的神。但是,荷尔德林没有抹去当中的界限。在此,我们仅引用戴丽亚为例,她抱怨说(II, 659 f.):"在他[译注:指恩培多克勒]盛开的时候,没有生命可以留存。"她问女友(II, 693 ff.):"你如此高兴,潘忒亚?"听见的回答是:"在鲜花与紫葡萄中并非只有神圣的力量,生命也从痛苦中吸取养分。"戴丽亚理解她所看见的情况,所以感到悲伤;潘忒亚变成了她所看见的那种状况,因而感到高兴。由此[253]我们得出人物与名字中力量之间的最后关联。如同神不进入他用谶语预示和解释的生命,这个拥有他的别名的人物始终面对发生的事件,知道情况并充满同情。如同神圣的万有必须潜入个别的事物中,在那里找到自己,这个以他命名的人物也陷入个体的痛苦中,并且在战胜死亡的快乐中重新找到自己。

赫莫克拉忒与克里提阿(Kritias)

教士和执政官的名字可能是荷尔德林从柏拉图的对话《克里提阿》中借用来的,在那篇对话中出现过这两个名字。荷尔德林早期的残篇《赫莫克拉忒致刻法洛斯》(*Hermokrates an Cephalus*, StA IV, 213)曾使用赫莫克拉特这个名字,残篇标题中的第二个名字可能出自柏拉图的《帕默尼德》,而不是出自刻法洛斯(Kephalos)的神话,尽管他是赫耳墨斯的儿子。据荷尔德林解释,这个词的意思是"脑袋"。刻法洛斯认为,知的理想在某种体系中是能够实现的,而且已经实现,而赫莫克拉忒作为荷尔德林的代言人,则捍卫进步永无穷尽的观点,我们从荷尔德林的书信和《许佩里翁》中知道,正是这种无穷的进步才使美达到静止。赫莫克拉忒这个名字的象征意义从这则短短的残篇中却无法得出。

戏剧中的情况则不同。首先要记得的是,赫耳墨斯虽然是阿波罗、狄俄倪索斯、赫拉克勒斯的兄弟,但在荷尔德林的众神中却没有出现,而只出现在教士的名字中,荷尔德林承诺通过名字将他的力量($\varkappa\rho\alpha\tau o\varsigma$)来武装教士。这种力量具有令人生疑的性质。神话讲述的神的众多特性之一是诡计多端,这种特性在他生命的第一天已使他成为盗贼之神,一个难以捉摸的神,喜欢将事物变得模糊不清、无法看透——在巨人的搏斗中,他戴着冥王哈得斯(Hades)的雾帽——并能够说服任何人做任何事情。赫德利希在 Mercurius①这个词条下曾提及这种特点,并认为 Helmes 这个名字是出自腓尼基语的词 haram, calliditate usus est [他利用了计谋]。在赫西俄德的《工作与时日》中,众神将送给潘多拉的光灿灿的礼物放在摇篮里,而送给赫耳墨斯的是谎言、花言巧语、盗贼的感觉(V. 78),[254]于是,赫耳墨斯首先将最有天赋的女子变成祸星。这些神话故事荷尔德林在写第一篇硕士考查论文以来就已经知道。也许,他讨厌这个神也源于此。这也可以解释为什么赫耳墨斯这个名字在他的神灵中缺席,却又用于称呼伪善的教士。

几个例子足以揭示赫莫克拉忒这个人物具有赫耳墨斯形象。他是个"虚伪者"(I,518 ff.),"他的面孔是虚假的,冰冷的,死气沉沉的,就像他的神灵那样",像"经商"那样干神圣的事情。通过这些描写,荷尔德林让人想到商人的神。荷尔德林两次充满嘲讽地称他是"无所不知的"教士(I,581;II,160)——赫耳墨斯永不衰减的记忆力起了重要作用——"将自己的一切神圣化的圣人",荷尔德林借用当时耶稣会士斗争中的用语挖苦他;因为,赫莫克拉忒作为狡诈诡辩的形象,没有任何

---

① [译注]见赫德利希《神话详解词典》(*Gründliches mythologisches Lexikon*)。

值得令人喜爱的地方。后来，因为他向恩培多克勒预告了民众的宽恕，恩培多克勒嘲笑地称他是"虔诚的和平信使"(Ⅰ,1314)，以此影射赫耳墨斯充当神的信使。接着，用种类名称"怪物"作为他的称谓(Ⅰ,1341)，其间也许是想到了赫耳墨斯这个神道德上的多义性。最后，使用了最激烈的词："神圣而狡猾的刽子手"(Ⅰ,1381)。这样的用词过渡到第二稿，继续用于刻画赫莫克拉忒。第二稿开始的一场完全改变了第一稿的写法，在第一稿中，赫莫克拉忒只是谈到恩培多克勒的傲慢，而在第二稿中，他最大限度地暴露出教士的专制(Ⅱ,10 ff.)。

> 因此我们也用绑带
> 捆住人们的眼睛，以免
> 他们过分使劲接近光明。

恩培多克勒挽救了赫莫克拉忒扼杀的东西，他使"神性重现在他们眼前"，这就是他犯下的死罪。赫耳墨斯掩盖真相和蒙蔽对手的本事也起了作用(Ⅱ,56 f.)："理解他们的人，比强者更加强大"，这句话将赫耳墨斯的狡猾与恩培多克勒的强大作了对照。但是，除此以外再没有其他的提示。第一稿从这个名字中找出更多样的特征。最后，该稿中引用恩培多克勒被诅咒后向民众说的一句话，[255]影射了赫耳墨斯另一个完全不同的职责，即引领阴魂下冥界(Ⅰ,750 f.)："当死亡渐渐降临，这位教士的鸦声将护送着你们。"

克里提阿是执政官。他是否从事司法工作，剧中没有明确的交代。但剧作开头他就声称(Ⅰ,189 ff.)，民众非常狂热，不再听从"法律"和"法官"的话。潘忒亚也一口气提到"明智的法官们"以及他们的"父亲"(Ⅰ,1011 ff.)。他在宗教诅咒同时也是政治驱逐时在场，也可以做同样的解释。特别是当一个市民说(Ⅰ,627)"他必须被处决"时，克里提阿回应说："我已经告诉过你们。"不管怎样，法官($\varkappa\varrho\iota\nu\omega$)名叫克里提阿，他认为(Ⅱ,208 ff.)：

判决并不难,但这个超强者已控制不住……我有另一种感觉。

这个想法再次将两个人物的名字做了对照,当然,这是回顾先前的描写而言。因为在这时,他已改用了另一个名字。但荷尔德林并不满足于法官这个称呼,他利用了相关动词的基本意义:区别、选择、裁定。有讽刺意味的是,这位法官从来不懂得如何裁定,而是毫无主见,谁引起他的好感,他就听从谁。恩培多克勒治好他女儿的病,他觉得应当答谢恩培多克勒;后来,他对教士俯首帖耳,像应声虫那样跟着教士诅咒和市民说闲话。最后,恩培多克勒又将他拉到自己这边,直到最后,克里提阿通过确凿的事实,看到恩培多克勒拒绝当国王,并且听了他说的告别话后,才被恩培多克勒的精神折服。

诅咒后的一场清楚地表明,荷尔德林要观众理解克里提阿这个名字具有的讽刺意味。在这一场里,恩培多克勒劝克里提阿带女儿离开亚格里艮,当时,克里提阿还在努力执行法官对被驱逐者的那套程序,并且已完成了一半,他说(I,847 ff.):"我不能这么快作出选择。"对此,恩培多克勒回答:"那就好好选择吧!"克里提阿干巴巴地说了句安慰的话——"现在,你走你的路吧,可怜的人!"——就离去了。恩培多克勒接过他的话说:"是的,克里提阿,我走我的路,并且知道去哪里。"如果说克里提阿有个绰号的话,那么,一定是 Akritos[德利希无决断的人]。

[256]第二稿,他的名字变了。荷尔德林在一份手稿的人物表中(StA IV,581)曾考虑用 Simmias[西米],这个名字因柏拉图的《斐多》而闻名。鉴于这个人物带有的讽刺意味,不排除荷尔德林想到的意思是扁平鼻(源自 σιμος,向上或向下弯曲),后来,他还是采用已经找到的名字 Mekades[梅卡德斯],这个名字是荷尔德林自己发明的,在希腊的专有名中没有。因此,有必要进一步探究这个名字的意思。这个词是从 μηκαδες 派生来的,意思是长度,连接的词尾如同 Alkibiades,这个意思在文本中得不到证实。另一个意思初听上去显得有些荒诞,但进一

步观察却很有可能。在荷马史诗中有这样的固定用语：μηκαδεζαιγες，意思是咩咩叫的山羊（meckernde① Ziegen），与这个名字的拼写相同，在六音步诗中跟它一样，重音也在第一个音节。荷尔德林肯定对这个用语留有印象，由此产生联想，派生出 Mekas［梅卡斯］，用于指人，表示咩咩叫、哼哼叫、嘎嘎叫的人，至于采取更完全的词尾，是因为荷尔德林需要一个三音节的名字。以上分析，我们是就反讽而言，而梅卡德斯唯一登场的情景只提供了间接的依据，表明这个解释是正确的。

跟第一稿相应的场次比较，修辞的转变不可忽视。在第一稿中，克里提阿说话像赫莫克拉忒那样文绉绉的，而在第二稿中，他的说话风格与教士形成对比，大量使用短句子，日常用语，如："难道你更强大吗？"——"不能让他再这么持续下去。"——"我只是不晓得在哪里能逮住他。"——"但愿我能从这件事情中脱身，教士！"这些句子的水平与他从恩培多克勒在民众面前说的不寻常的话得出的结论是一致的："傻里傻气的话。"（StA IV, 590）他对这些话的精神丝毫没有感觉，像背熟了那样说出来，更加强了这种印象。从没有决断的克里提阿变成思想狭隘、头脑简单的梅卡德斯；讨好被煽动的民众以及面对恩培多克勒束手无策已经显示了这种转变。"梅卡德斯"也许是一个言说的同时又是拟声的名字：咩咩叫的家伙，［257］"西米"，意思是扁鼻子的家伙，表达的同是绵羊的特性。这只是推测；文本中的依据还不足以作出完全的肯定。

下面，谈谈第二稿人物表中三个亚格里艮人的名字，我们可以从这些名字中读出各种意思，但是，在文本中还得不到任何相关证据，因为这个稿本在第一个市民聚焦的场面前就中断了。

马尼司（Manes）与斯特拉托（Strato）

一个是老人，一个是国王的兄弟，他们是第三稿中新出现的人物，

---

① ［译注］Meckern 这个词转义表示发牢骚、爱挑剔。

取的是简单的、言说的名字。有学者认为,这个名字与摩尼教的创始人摩尼(Mani,也称 Manes)有关。① 但是这个历史人物的时代、出身、教义、宗教态度在荷尔德林创作草稿中并没有反映出来。正如我们所看到的,这个在光明与黑暗中诞生的新救世主的观念完全是个人造出来的,没有必要追溯到古波斯或诺斯替教派的思想,倒是可以让人想到弗里吉亚宗教的神祇马尼司(Manes),他是天与地的儿子,希罗多德(Herodot)、普鲁塔克(Plutarch)以及其他人都曾提到过他。此外,荷尔德林的人物马尼司是埃及人,也让人想到埃及国王的名字美尼斯(Menes)。不过,我们的解释要从马尼司的身份出发:他是一位先知,也被称为"老者""老叟""智者""阅历丰富""无所不知"的人,而最常用的称呼是"先知"(StA IV,168;675;684)。马尼司向恩培多克勒"预示"了他的命运(III,353),恩培多克勒回应他(III,495)说:"而你,无所不知者。"但马尼司不仅仅身份是先知,就荷尔德林而言,他的名字就是"先知"。这还不只是就荷尔德林而言,这个名字派生于 $\mu\alpha\iota\nu o\mu\alpha\iota$,意思是着迷,随之产生 $\mu\alpha\nu\tau\epsilon\upsilon o\mu\alpha\iota$,预言,$\mu\alpha\nu\tau\iota\varsigma$,先知,这在词源上是正确的。②

另一个名字的解释是显而易见的:Strato(Straton,$\mu\alpha\nu\tau\iota\varsigma$ 的简写形式),意思是武士、战士,第三稿的计划中明确提到武装暴力,这个人物用武力对付民众的骚乱(StA IV,165)。由此,可以说明[258]最后一稿的人物结构。恩培多克勒处于先知与武士、全知者与行动者之间,参与两个领域,但不完全献身于某一方。我们前面说过,在第三稿中,恩培多克勒的名字表明了大地与阳光、根基与精神的牢固联系。这是绝对的原则,跨越对立者的领域,造成的效果是:精神支配的知变为行动,由

---

① 鲁佩尔(I. M. Ruppel),"Der antike aehalt in Hölderlins Empedokles"中的古典内容,Diss. (mschr.) Frankfurt 1925,S. 71 ff.,另参阅拜斯纳,StA IV,363。

② 帕佩(Pape),*Wörterbuch der griechischen*,见该词条。

根基的力量支撑的行动充满意义。先知纯粹的知停留在理论上,①他必须问恩培多克勒是否确实就是那个要献身给世界运行法则的人(Ⅲ,399):"你是这个男子? 同一个人? 是你吗?"同样,国王的行动停留在政治直接性的层面上。"他的美德是理解,他的女神是必然性。"论文②中如是说(StA Ⅳ,162)——对于意义问题没有给出答案。恩培多克勒身上与众不同的是,在献身中最充分地显示了知与用、行动与精神的统一。现在,恩培多克勒的姐妹潘忒亚终于不再需要一个女性的对立形象,正如人们从荷尔德林的笔记中能够得知的,她的职责是使争斗者和解。因为众神的在场是和解的本质,潘忒亚在戏剧的这个阶段似乎仍在实现其名字的意义域。

随着《恩培多克勒》创作的结束,荷尔德林运用名字象征也到达或者接近其边界。因为,我们在短短几个月后的《梅农为第俄提玛哀叹》中找到的是最后的例子,也许,靠在它旁边的是赞歌《大地母亲》中三兄弟的名字。③随后开始的阶段中他不再给名字配备意义,而是使意义具有名字的功能,这是先前有过的话题。但是,这种转变的征兆在更早一些时候已经可以观察到。我们看到,剧本第三稿中,主人公名字包含的意思只对作者有效,并不期待读者的理解,学生的名字几乎[259]得不到证实,新出现的人物只满足于使用简单的言说的名字。荷尔德林对于玩多种关系名字的游戏的兴趣,让位给了其他类型的诗学问题。与此相一致,我们还看到,恩培多克勒的神只在第一稿和第二稿中叫朱庇特,而在第三稿中称为时间之主,同样的情况发生在1800年的诗歌

---

① 参阅科默雷尔(M. Kommerell)对马尼司的分析,见"Hölderlins Empedokles – Dichtungen",现收入"Beiträge zu seinem Verständnis in unserem Jahrhundert", A. Kelletat 主编, *Schriften der Hölderlin – Gesellschaft* 3,1961, S. 215f.
② [译注]指荷尔德林的论文《恩培多克勒的根据》。
③ [译注]赞歌《大地母亲》(*Der Mutter Erde*)的副标题是"奥特玛、荷姆、特罗三兄弟之歌"。

中。在那里，名字也被有意义的词取代。如果说这种转变跟过渡到《恩培多克勒》最后一稿同时发生，那么，我们有必要弄清楚其原因的前兆。

我们说过，在荷尔德林的作品中，恩培多克勒似乎不再是构成历史的主体，而是历史之神的工具，大自然已不再需要他来达到自身，完成历史的变化，神祇只是通过他宣示自己，以便历史根基中的东西得以显露，圆满的事情得以发生。如果我们用"存在"这个概念取代自然与神灵的概念，那么，我们会认识到，荷尔德林对存在的理解发生了变化，对人的理解也随之发生了变化。①存在者身上力求被人理解的存在，必须具有意识的形象、人的形象，人通过感受、了解和言说帮助存在成为自身，并在这过程中陷入傲慢的危险。存在者身上显示出的存在利用人，使自己被人以及通过人获得理解。彼处，有一种力量进入人的自由中——恩培多克勒在第二稿最后说的话讲到这里；此处，这是赋予人的任务——第三稿中恩培多克勒对马尼司如是说。如果我们为人委派一位诗人，这意味着：彼处，创作使存在成为自身，此处，创作是听取和传播存在的符号。赞歌《宛如节日》开头写诗人感受大自然的兴奋之情，结尾写照射诗人的天父之光，前后互不押韵，因此，诗作没有完成。该诗写于恩培多克勒第二稿到第三稿的过渡期，这说明了前后不连贯的缘由。如果将这种想法应用到[260]名字问题上，可以得出这样的结论：谁在草拟名字时将目标指向存在的方式，就会让这些存在方式出现在名字及其载体中；谁如果只是说出名字或者代替名字的词语，就会传递他所接受到的存在的符号。只有在第一种情况下，名字才变成我们实际分析意义上的象征。从《许佩里翁》到《恩培多克勒》的这段创作时期，荷尔德林的名字象征能够展现并且成为他创作的重要元素。

---

① 参阅本书中的文章《荷尔德林对人的解释》。

作品分析

离别与重逢

——荷尔德林对告别第俄提玛的文学塑造

[263]"任何重大的离别都隐含着疯癫的萌芽。"歌德这句名言的真实性,荷尔德林在为第俄提玛感到的悲痛中,以他独特的方式有了体会,同时也加以克服。第俄提玛离别后的多首诗歌是对此唯一但详细的表白。将这些诗联系起来研究,意味着试图描述荷尔德林生平中的行为,这种行为隐藏着他人生中最深刻的震撼。我们从诗中了解这种悲痛的程度与意义,并不是要将这些诗歌降低为与诗无关的"人生"传记的"资料来源"。荷尔德林在文学创作中克服了离别的痛苦,其生平与作品的最后融合恰恰是写这些诗歌时完成的,我们将这种融合看作他晚期诗歌创作的条件。因此,诗歌表达的艺术形式将处处向我们证实对诗歌内容的阐释。

这些诗歌的链条以法兰克福时期的几首短颂歌开始,这些短诗产生于离别之前,在诗歌创作上为离别做了准备,链条结束于《梅农为第俄提玛哀叹》中对痛苦的克服,同时这里也是最后一次提到第俄提玛这个名字。她消失了,当然,借用米歇尔的话,不是离开荷尔德林的世界,而是进入其中。

一

正如第俄提玛进入他的生活那样,荷尔德林在见到她之后,就预感到与她的离别。在一封离别期间的信(1799年9月31日[译按:原文如此])中,她让荷尔德林回忆往日的情景:

那是我们最初全心相爱的幸福的时刻,你当时说,哦! 哪怕幸福只持续半年时间!

两人相遇从一开始就具有双重感悟的特征:一方面,体会到人生的解脱,在解脱中精神的东西成为不可失去的财产;另一方面,[264]感受到存在的实现,这种实现从来不可能采取财产的形式,那是因为,用《莱茵河》赞歌中的诗句来说(第 182 以及下一行),命运的快乐补偿只会延续"片刻"。这个过程借助许佩里翁和第俄提玛初次相遇的文学造型,通过小说的形式设计,采取孤独中回顾的方式,使两个母题有可能感人地浓缩在一起。①小说写于他在贡塔德(Susette Gontard)身旁,幸福已经完全凋零但尚未彻底毁坏之时。

对离别的预感与这对情人的市民地位没有任何关系。相反,在法兰克福逗留的中期,从他们的市民地位中产生了爱情与反抗敌对世界的痛苦冲突,这种冲突最终在 1798 年秋天导致荷尔德林离开贡塔德的家庭。在他的印象中,作出这种决定的想法是后来产生的。当他初次尝试分手以便结束折磨时,还没有这种想法(《情人》)。很迟以后,诗人将这首诗扩写成颂歌《离别》,此时才从拆散情侣的敌对的人中认识到命运的机制,并且在清晰回忆曾有过的预感("呜呼! 我已预先知道")时找到不得不分手的原因。

从留存下的书信中,我们知道,荷尔德林在法兰克福时期后半段的痛苦源于"两种心态的矛盾"。他在致诺伊弗(Neuffer)②的信(1797 年 7 月 10 日)中,有意识地映射卡图卢斯(Catull)③著名的两行诗《我又恨又爱》(*Odi et Amo*),写道:"我被爱与恨撕碎。"在这种"矛盾"的心理

---

① 尤其是 StA III, 51:我神圣地保留它……;StA III, 52:我曾看见过……。

② [译注]诺伊弗(Christian Ludwig Neuffer,1769—1839),德国诗人、神学家,荷尔德林的友人。

③ [译注]卡图卢斯,公元前 1 世纪罗马诗人。

状态下,他拾起搁置了多年的颂诗。首先产生的是一组一至三段诗节的"格言式颂歌"。① 这些诗在警句式的精炼中直接陈述了这个时期的亲身经历和体会。诗人内心的那种反复折磨似乎要在对偶的结构中得到反映和加固。因此,[265]预先投下阴影的充满痛苦体验的离别,在这里也头一次找到了途径进入诗歌。

不可宽恕

> 若你们忘却朋友,嘲笑艺术家,
> 　　蔑视和粗俗地理解深邃的精神,
> 　　　上帝尚可宽恕,唯独
> 　　　　永远不可打扰情人的安宁!

情人的安宁不是自以为有的特权,而是爱情最内在的本性的表达。为什么情人有得到宽恕的权利,后来的诗《爱情》(*Die Liebe*)②从历史哲学的角度进行了论证。此处根本上取决于体验赋予情侣的全权。而这种强调完全可以看作最有力的理由,因为这些过错与蔑视爱情相比,在上帝面前仍然可以获得宽恕,通常,荷尔德林是在"天才之敌"这个词目下描写这些罪过的,③他感到,那是对艺术家和民众生活实质的攻击。

但是,情人在瞬间变得动摇起来:

---

① 这是拜斯纳起的标题,StA I, 556 这些诗在 1798 年 7 月和 8 月寄给诺伊弗。

② [译注]短诗《不可宽恕》写于 1798 年 6 至 8 月,后扩写成 7 段 28 行的颂歌《爱情》。

③ 《离别》(*Abschied*)第 3 行,参阅《众神曾四处游荡》(*Götter wandelten einst*)第 10 行,《许佩里翁》(*Hyperion*) StA III, 156,还有《阿尔希沛拉古斯》(*Der Archipelagus*)第 86 行。

情人

我们曾想分手,以为是明智之举;
　分手时为何又惊恐如临谋杀?
啊!我俩对自身了解甚少,
　皆因一位神在我们心中主宰。

这是唯一后来要扩写的短颂歌(两首联系在一起,短诗的内容得到了解释)。诗在形式上是完整的:它包含一问一答,讲述了经历,并进行了解释,试图将外部冲突转化为一种无法解决的、让人预感到悲剧性结局的内在冲突,将司空见惯的情况拓展到宗教的深度。而这一切都容纳在四行诗句及标题的狭小空间(标题在这里不可或缺)。但是,内容紧凑恰恰注定这首诗[266]只能满足于仓促做些暗示,直到创作《离别》(*Der Abschied*)时,内容才彰显为鲜明的表象。

因为这位"神在我们心中"抗辩,分手的尝试失败了。爱是一种神性(后面还会再谈),也就是说,是无条件的。因此,离别造成的痛楚也具有无条件的特性。这种特性,在悲痛欲绝中可感受到,在坠入无神的黑夜中可获神秘的感知。爱情与痛苦对此在的决定性意义在这里已显现出来,它们对人生历程进行划分:

Lebenslauf

Hoch auf strebte mein Geist, aber die Liebe zog
　Schön ihn nieder; das Laid beugt ihn gewaltiger;
So durchlauf ich des Lebens
　Bogen und kehre, woher ich kam.

人生历程

精神曾奋力向上,爱情却使劲地拽它

>   向下;痛苦更强暴地迫使它屈从；
>   我如此跑过人生的弯道
>   返回我来的地方。

"精神"(Geist)和"痛苦"(Laid)在诗行中通过相同的音响和音位互相配合，标示向上和向下的陡峭，"爱情"用温柔的声音和诗行分界的休止，绘出"美妙的"转折，终曲（第3和第4行诗）在扬扬格 Lebens Bogen 流畅的节奏中，借助双重头韵，将弯道顶点歇息的画面再次变为动听的音乐形象。

这些格言式的颂歌——还可举出《短歌》(*Die Kürze*)、《家乡》(*Die Heimath*)——包含着离别母题的萌芽，为后来书写离别，进入离别诗的世界做了引导，正如我们所看到的，这些母题以及略经改动的语言造型，后来进入了几首主要的诗中。某些动机的先现音，对两人分手的预感，恰恰在思想上为离别做了准备，它迫使诗人在所有变化的可能性中通过一定的轨道完成现实的离别。

二

分手后随即写下的第一首诗是哀歌《阿喀琉斯》(*Achill*)，这两节诗的第一节描写了阿喀琉斯为失去的情人在母亲忒提斯面前哭诉，第二节写自己的哀叹。

> [267]显赫的众神之子！你因失去爱人，
>   跑去海滩,泪如雨下汇入大海，
> 你怀着渴望,心向神圣的海底哀诉，
>   深深的波涛下,远离船舰的喧嚣,
> 蓝色的忒提斯栖息在宁静的洞穴，
>   这海洋的女神,守护你的慈母,
> 曾在岛屿礁石旁哺乳儿子，

用澎湃的浪潮之歌，
　　在锻炼筋骨的海水浴中，
　　　将少年抚育成英雄。
　　母亲听见儿子的哭诉，
　　　哀伤地从海底冉冉浮起，
　　用柔情的拥抱抚平爱子的痛楚，
　　　他听见，母亲心痛地答应救助。

　　众神之子！我若是你，会信任地
　　　向一位天神倾诉心底的悲痛。
　　我似乎应该视而不见，忍辱负重，
　　　仿佛她为我落泪，我却不属于她，
　　慈悲为怀的神灵！请听世人的祈求，
　　　啊！我无比虔诚地爱你，神圣之光，
　　有生以来就爱你，大地及森林泉水，
　　　还有天父，深深思念你，这纯洁的
　　心——抚平我的痛吧，慈悲的神灵，
　　　别让我的心灵过早沉寂，让我活着，
　　在流逝的日子里用虔诚的歌声
　　　感谢你们，崇高的上天的力量，
　　为昔日的恩典，为青春的欢乐，
　　　愿你们大发善心接纳这位孤独者。

　　前后两节诗中的情况有何相似之处？诗中并不像人们起初预料的那样只是以情人被无理拆散为母题。在诗人这里，有效的权利在情人这一方，并且从来没有被肆意触犯。如果情人的权利[268]被一种所谓"较高的"、凭直接感知的神性才能真正存在的权利所废除，那么，这一层次的法制和权利将会被置之不理，从而使情人有效的权利重新

"合法"。有情人对爱情拥有更高的权利,这种权利不是从法律范畴产生的,所以,不能使"其他的权利"(《离别》,第 10 行)失去效力;它只能在冲突中证明自己的优先地位,但所涉及的人将要以悲剧性的结局为此付出代价。这正是《离别》这首诗的内容。

第二个母题乃《伊利亚特》(*Ilias*)中引出整首叙事诗主题的主导主题,即阿伽门农的咒骂和伤害,在这首诗中没有提供类似之处。在我们提到的哀歌中,阿喀琉斯不是为失去荣誉,而是为失去情人哭泣。这不是没有意义的,因为在其他地方,荷尔德林完全依照《伊利亚特》的场景(《许佩里翁》,节律稿,第 245 行):

> 我曾读过,佩利德①
> 　为荣誉而深深忧伤,
> 　　在大海岸边坐下痛哭……

《关于阿喀琉斯》(*Über Achill*, II)中写道:"……因为这位年轻人天性超脱,作为无限者感觉自己受到地位显赫的阿伽门农的极大羞辱。"阿喀琉斯的故事与荷尔德林自己的经历非常相似,但诗人同样没有进行类比。哀歌第二部分提到蒙受耻辱,但是,触动诗人的不是侮辱本身,而是他不可以反驳,不可以自由地向情人表白自己,他不得不"暗自"忍受痛苦。② 他感到自己没有办法抵抗,于是,他寻找知心人,倾诉痛苦,寻求安慰。在需要安慰这一点上,他感到自己与英雄阿喀琉斯息息相通。这首诗的生命力靠的就是这一点上的相似。

荷尔德林如何逐项实施这种类比,我们无法追踪。要评判这首诗产生的情景,下述情况颇能说明问题:这首诗并不只是叙述寻找知己,在某种意义上可以说是呈现自己,荷尔德林运用神话的形象,因为他自

---

① [译注]佩利德(Pelide),阿喀琉斯的别称。
② 在随后的诗《心情恶劣者》(*Die Launischen*)、《离别》(*Abschied*)、《众神》(*Die Götter*)中,诗人才完全感受到这种悲伤并产生恼怒和愤慨。

己似乎还不能判断方向。离别、难过、悲伤和痛楚紧紧缠绕着他,使他脱离现实。在他的心中,只有沉闷的震撼。《阿喀琉斯》如同小孩[269]惊醒后扑向母亲的那种神情。为此,诗歌不必显示整体在形式上的圆满。恰恰因为这种痛苦还没有进入他毁灭性的现实中,外部的形态还能够像离别和痛苦的短颂歌那样,成功地用箴言式的尖锐形式表达。但是,这些母题在保持前瞻的距离时才能清晰地展现,在这里尚未占据主导地位而处于萌芽中。

《阿喀琉斯》揭示了诗人离别后的心境,然而没有言及离别。这种心境的特征是在双重的现实与非现实之间浮动:痛苦、愤怒、绝望,这些情绪全都有,但却像隐藏在面纱后面那样。第俄提玛已经失去,但诗人仍被笼罩在她的旁边。这是一种中间状态,是天性为了缓和冷酷无情的变化而提供的。我们还将看到,更晚些时候,对离别的全面审视(《离别》)也懂得在毁灭性时刻提供天然的保护。但这种保护并不是由于离别的意义尚未完全进入意识中,而是相反,在长期竭力克服伤痛中,超意识使这对情人在失去感觉的同时,免除了他们被推入致命的情感冲撞中。为了完全塑造最直接的现实,当然还要走很长一段路。

三

大约在1799年夏天,荷尔德林才第一次开始写离别的主题。[①]在未完成的诗稿《离别》中,他看到自己被抛弃给了毁灭性的力量,再没有情人在身旁阻止这些力量的冲击。

> 倘若我带着羞辱死去,倘若
> 我的灵魂不向狂妄者报复,

---

① 在霍姆堡最初几个月写的诗(StA I, 272 – 277 ff.)只限于暗示孤独和失去家园,附带对死亡的预感和尝试弄清楚爱的感受。

　　　　倘若我被这位守护神①的敌人
　　　　　　战胜,坠入胆怯的坟墓,

[270]那就忘却我,哦,别再从沉没中
　　　　拯救我的名字,你,善良的心!
　　　　　别再脸泛红晕,你曾对我
　　　　　　充满柔情,千万别再如此!

　　　我难道不知道? 不幸呵! 慈爱的
　　　　守护神! 顷刻,在远离你的地方
　　　　　死亡的幽灵将在心弦上
　　　　　　撕心裂肺般地为我弹奏。

　　　哦,今日就为我染白那无畏的
　　　　青春的卷发! 不必等到明天。

　　　　　　此处,在孤寂的
　　　　十字路口,我被这痛苦
　　　　　被这致命者打翻在地。

无言胜有言。因为,诗句出现空缺已不是偶然,最痛苦时候写的所有关于第俄提玛的诗都是未完成的作品——破碎的弹奏,隐藏着没有歌声的心,这是我们熟悉的画面——在这里,我们可以观察到,诗歌中断处恰恰是内容本身不能继续下去的地方,也就是说,当目光投向真正离别的时候。诗中的空缺表明,致命的痛苦在十字路口②将诗人打翻在地。后

---

　　① "这位守护神"(der Genius)指上一句诗行中提到的"我的灵魂"。
　　② 十字路口是分手的地方,不是作出抉择的地方,参阅《梅农哀叹》,第83行。

来，颂歌《离别》说出可怕的认知后，将这中断写入诗中：

> 让我沉默吧！让我从此再不见
> 这致命的不幸……

只有在这首颂歌中，荷尔德林才敢于呈现这种痛苦表达的毁灭性，也只有在这里，才会在第三节诗句中用黑暗的画面揭示痛苦的残暴性。像写痛苦那样，颂歌中也写了为守护神感到耻辱。这已不再是"对严重的羞辱表示气愤"，这种气愤，我们在《阿喀琉斯》中仍发觉不了，在颂歌《心情恶劣者》(Die Launischen)中与其他诗歌联系起来时才稍微有所感觉。[271]受玷污的不是个人而是守护神的荣誉，即大自然或者众神的荣誉。① 他的报复应当不是追究"无耻之徒"，而是不理睬这些人的羞辱，继续神圣地拯救破碎的弹奏。② 只有在这首颂歌中，痛苦的绝对性才公开显示出来。《梅农哀叹》(Menons Klagen)并不说明其他任何事情，但神话画面的绚丽、哀叹的柔美以及和解的结局，很容易掩盖了思想内容涉及生死存亡的严肃性。

1799年产生的一首致第俄提玛的残诗中，这种痛苦转变成无声的、无法消除的折磨，这首诗中间部分逐渐成为《诗人的胆识》(Dichtermuth)的构思，开头和结尾只是片言只语，停留在萌芽状态：

> 厄吕西翁③
> 那里我找到

---

① 许佩里翁责备德国人的言论说明了这点。
② 后来对这个母题的处理在颂歌《众神》(Die Götter)中达到了顶峰并宣告结束，我们此处不再复述。守护神克制痛苦保持了美好姿态(第1段诗节，参阅致兄弟的信，1797.11.2)。他带着贵族的自豪望着那些鲁莽的无神者，他们是得不到救助的(第2段诗节)。守护神对提供救助的众神怀着虔诚的恭顺，则如同中间诗节那样保存在外部两段诗节当中(第1和3段诗节)。
③ [译注]希腊神话中，厄吕西翁(Elysium)是信徒和阴魂居住的乐土。

通向你们死亡的神祇
在那里 第俄提玛 英雄们。
我不想歌唱你 但只有眼泪。
在我游荡的夜晚，你明亮的眼睛
对于我已熄灭！天上的神灵。

诗的中间部分描述了人生经历中熟悉的、特定的离别特征：①

若友善者在仇恨的时刻
没有觉察，将他扔进
可怕的野蛮的生活，
酒神祭司狂野的轮舞

抓住这位失落者……

正如《阿喀琉斯》揭示的那样，荷尔德林在一个神话人物的身上看到自己的命运：俄耳甫斯没有觉察到[272]"敌意时刻"正在来临。②这个时刻仿佛是友善时刻、希腊人神助之时（Kairos der Griechen）的兄弟。敌意和友善共同作用，给涉及者分别留下了一半一半的机会。涉及者可以发现并利用，也可能错过有利时机，可以觉察并预见增大的灾难，也可能被灾难惊倒。在分道扬镳的时候，尽管有内在的必然性，但有一股阴险的、被神秘地客体化为仇恨时刻的力量产生影响。在《哀歌》（*Elegie*）的一段异文中（第67以及后续几行），这股力量有一个神话人物的名字。诗人将自己比作成千上万的人，他们

---

① 尽管早有预感，法兰克福离别还是来得很突然和出乎意料，参阅贡塔德的第一封信。

② 《诗人的胆识》第一稿异文中出现他的名字，"酒神祭司狂野的轮舞"这句诗的意思很明确：俄耳甫斯被酒神祭司们撕碎。

>……在狂热的日子被复仇的帕耳岑①抓住,
> 没有哀叹和歌声,秘密地带领到底部,
> 在过分冷静的王国,在黑暗中赎罪。

复仇的帕耳岑的立足点更高些;她们的职责不是施诡计,而是报复。亵渎神灵、报应、诸神的嫉妒,这些母题在诗中短暂出现。仿佛情人在热恋中分担着众神宠儿的危险,即"过分幸福"并招致"自己的灾难"(《恩培多克勒》II,V. 455)。② 但荷尔德林立即抵制这种想法,甚至不惜代价,在语言和事实上稍微转向:"在迅猛的命运女神的明亮白昼——栖息在黑暗里。"(参阅残诗中的《无辜》)。

他必须在"没有哀叹和歌声"的情况下到底部去,也就是说,在精神上不可能思索和消化的情况下到底部去。由此,诗人产生了失去保护的孤独感;因为,"不变的是,他们在合适的时候将用自己的力量选择分手的时间"(《恩培多克勒》I,V. 1496)。对于诗人来说,那种人生在自身毁灭时刻"成熟到分手"的状态已经不可能有,他让许佩里翁和恩培多克勒感受这种状态不是偶然的,对于前者这是臆想(StA III,101),对于后者则是有理由的(《恩培多克勒》I,V. 1914)。诗人必须艰难地补上离别的体验,在这些颂歌中,他一步一步地占有离别的体验,直至后来才实现全面的描写(《离别》)。[273]"没有哀叹和歌声"的诗歌—宗教含义在于:有情人就像每一个充满价值的生命的承载者那样,有权利在死亡的哭诉中获得他们在世界意义关联中指定的永恒位置。只有平庸者无声地下去阴间。《梅农为第俄提玛哀叹》要完成的正是这个任务。

这组抒发绝对痛苦的诗的最后一首《我每天走不同的路》(*Wohl geh' ich täglich*)同样是未完成的颂歌。

---

① [译注]帕耳岑(Parzen),决定世人生死的命运女神。
② 《梅农哀叹》(第71及后续几行)中对此处的改动令人想起伊菲革尼亚的命运之歌。

我每天走不同的路，时而
　　入林间[绿谷]，时而沿溪水溯源，
　　　　时而登玫瑰盛开的悬崖峭壁，
　　　　　　从山岗上眺望田野，却不见

优雅的你，阳光下没有你的身影，
　　当年互相倾诉的虔诚话语
　　　　已荡然无存随风而去

是的，你在远方，极乐的容貌！
　　你生命的乐音已悄然无声
　　　　我再也聆听不到，哦！迷人的歌声
　　　　你们曾用天堂的宁静抚慰

我的灵魂，如今你们在何方？
　　太久远了！哦，太久远了！
　　　　昔日的少年已经衰老，甚至
　　　　　　对我微笑的大地也已变了模样。

永远珍重！我的灵魂每天告别
　　又重返你身边为你哭泣，
　　　　目光，重新变得明亮，
　　　　　　投向你踌躇止步的地方。

最后一节诗揭示了全部内容：诗人日复一日地告别。① 他寻找情人

---

① "永远珍重"意味着："永远重新好好生活！"最初的结尾是这样写的："（我）每天向你告别"（StA I, 633）。

(第一和第二节),但不指望在现实中找到。这是幽灵般[274]虚幻的行为,表明了诗人目前的生存方式:不断逃避到过去中,又被打回到现在。在这里,还没有涉及克服痛苦,而是要拯救生命,并且是以最低等的形式,通过瞎跑和逃避,在完全化为乌有前保存生命。这样,我们就来到了最深的点:彻底陷入痛苦,"悲痛的午夜"——如诗中所能看到的那样;因为,完全沉默本属于这午夜。

四

在大自然中四处寻找的母题还重现了两次,它们文字相似,意思却有变动。先看看《致希望》(*An die Hoffnung*)第9以及后续几行:

> 绿谷中,清新的泉水
> 每天从山上流下,在那里,
> 迷人的永恒者在秋光中盛开,
> 寂静中,优雅的你!我要
>
> 将你寻找!每当午夜降临,
> 看不见的生命在林中翻腾,
> 我的上方鲜花怒放永葆欢乐,
> 坚定的繁星璀璨辉煌……

由此,我们踏入了下一个发展阶段。因为,在这里已不再是失魂落魄地寻找那位无法召回的失去了的人——抗拒死神是无济于事和错误的(《梅农哀叹》,第二段)——而是要怀着拳拳之心,不达目的决不罢休地寻找:现在寻找的目标不再是情人,而是希望。当悲伤者能向希望发出纯粹的请求时,希望已触摸到他。当他拒绝诱惑,不想让自己被带回第俄提玛那里,并且将诱惑扼杀于萌芽状态时,他立即补充说:但愿诱惑向他预示的不是尘世的幸福。

[275]在《我每天走不同的路》这首诗中,诗人通过风景画面使大自然的地方具体化(第一段),由于情人的分离,此在的爱情空间变得毫无意义。①现在,寻找者诚心转变,用新的生命填充这个空间。细微的差别显示了这点;每天从山上流下的泉水,永葆欢乐的繁星,还有永恒者这个名字。这是一个消除了时间的生机勃勃的地方。这些描写符合该诗所召唤的那种抽象纯粹的、重获新生的希望的本质。

哀歌(《梅农哀叹》)的开头,我们第三次遇见寻找的母题。此处寻找的是"另一种"东西,即生命对应物,指的是第俄提玛(参阅《梅农哀叹》,第91以及后续一行)。但诗人故意表达得不确定,没有提她的名字,以免再次陷入早些时候颂歌中那种阴森可怕的迷惘之中。这种不确定性很快就消失在具体的说明语中,诗中用中箭的野兽作比喻,描绘出"渴求宁静"的心态,此时失去心上人的事实已获最终承认,对于诗人来说,重要的是从毁灭性的痛苦中解脱出来。因此,大自然的场景在这里带有喘息的特征("凉风习习的高地","林荫")。

随着《致希望》这首诗,我们来看看小说中描写许佩里翁预言般的"命运之言"在荷尔德林身上开始实现的地方:没有比这更美好的了,"在漫长的死亡之后他心中又现出曙光,痛苦像一位兄弟,上前迎接远方破晓的欢乐"(StA III,43)。

> 只有经受住悲苦的午夜的煎熬,心中才会萌生新的福乐,世界的生命之歌,才会像黑夜中的夜莺之歌,在深深的痛苦中为我们神

---

① 正如拜斯纳纠正施瓦布(Chr. Schwab)和青克纳格尔(Zinkernagel)指出的那样(StA I, 633),这首诗的第二行,"绿"字后面缺了一个单音节的名词。在我看来,补入"谷"(Thal)字比"叶"(Laub)字更具有说服力,这样,与《致希望》的第九行就构成类比。列举的规则是从低到高的排列,例如语言最接近的梅农哀叹的一段。在《致希望》中,绿谷甚至将山带进诗中(泉水从山上流下)。而且,在创作颂歌的这个阶段,此处用"谷"字在音响上也显得更悦耳动听。

圣地奏响。(StA III,157)

[276]早在1799年秋创作的颂歌《我的财产》(*Mein Eigentum*)，已描绘了初次破晓的特征。诗中，为"拯救枯萎的心"，诗人找到"安身之处"，他从逃避和迷乱中获得首个立足点，"友好的避难所"。但生活仍然被关闭在外面（第12段诗节），必须重新获取它，才能保证真正"驻留在生活中"。这种情况在接受痛苦后才出现在紧接着的诗歌中。

《我的财产》也产生于对离别的回忆。下面是该诗最初的开头，后被删去用于构思创作《帕里诺底》(*Palinodie*)①（没有异文，StA I,620）：

秋　日

大地呀，四周渐亮的是你友好的翠绿？
风儿呀，为何你重又吹拂，似乎要
赐我欢乐，如同昔日，并且
为了幸福，扰乱我的心房？

离别的日子曾是如此。

这对情人在一种特殊意义上被安置在并不理会悲伤者的大自然中。② 实际上，在离别的日子，大自然还没有指明一条摆脱痛苦的道路，这也是许佩里翁要走的路。《帕里诺底》(*Palinodie*)试图以艺术性很高的撤回形式来贯彻这种思想，对此，我们这里不做进一步阐述。

---

① ［译注］帕里诺底（Palinodie）的意思是撤回，古希腊的一种诗歌创作形式，诗人在完成一首诗后，再创作一首，用同样的形式表达相反的意思。
② 作品中相关的主要描写：《许佩里翁》，StA III, 101，《梅农哀叹》第31及后续1行，《莱茵河》第186及后续几行。

五

至此所讨论的颂歌，除了《致希望》以外，都在某一点上描写离别的体验，并分别用各自的形式表达悲痛。现在，话分两头，在颂歌《离别》(Der Abschied) 中，这种体验得到了综合的造型和揭示。另一系列颂歌的创作则继续沿着痛苦的主题进行:《致希望》(An die Hoffnung)、《返乡》(Rückkehr in die Heimath)、《故乡》(Die Heimath)、《人生历程》(Lebenslauf)，后者是同名格言诗颂歌的扩展。正如《离别》那样，它们写于离开和返回霍姆堡那几个月。

[277] 这些诗在接受悲痛中完成了《我的财产》和《致希望》所暗示的向新生的转变。仔细考察，这种转变呈现为：诗人在绝对痛苦的状态中不断地重复告别，作为爱的最后实现。他用这种方式持续地用自己的源泉滋润悲伤，从来没有找到立足的根基。现在，他改变了态度。他放弃了离别的体验——这个系列后续的颂歌没有再这么做——转而面对至此遭受的痛苦。他不再寻找牢固的立足点，采取了流动。这样，他便获得了不可思议的自由。痛苦并没有消失，但改变了模样，显现为"神圣的痛苦"，因为只有虔诚才能接受它。在后来的诗歌中，诸神又出现了。只有上述三首颂歌无条件地接受悲痛，既没有提到也没有呼唤神灵，这不是偶然的。

《故乡》的最后一节为新一组所有诗歌承受了痛苦。荷尔德林有意识说出心中最后的话，他倾情地写道：

> 因为他们，赐给我们天国火种的诸神，
> 　也赐给我们神圣的痛苦，
> 　　就让它存在吧。我仿佛是
> 　　　大地之子，生来为爱，也为痛苦。

但也有某些东西超越了痛苦的接受，那就是克服。诗人已不可能凭自己的力量去克服痛苦。因为痛苦跟爱一样,具有无条件的特性。诗人能够将它变得可以接受,但不能排除它。克服是无法强求的,它的授予具有奇迹的性质。这个奇迹发生在《梅农哀叹》中。它以一种飘然而至的神秘方式向陷入死神黑夜的诗人预示(第 25 以及后续几行):

> 并非节日,但我想给卷发戴上花环;
>> 我不是孤单吗?但友善定然从远方
> 飘然而至,令我微笑且惊喜,
>> 痛苦中的我竟然也有如此福分。

一幅幅光明的画面,越来越灿烂地展现,交杂着当下令人不寒而栗的回忆。然后,[278]随着"奇迹的力量"发生了突变,歌手的第一回应是致谢(第 109 以及后续几行):

> 天神呀!我也想感谢你们,终于
>> 从舒坦的胸中又发出歌手的祷告。
>
> 我也要活着!大地泛绿!如神圣的古琴,
>> 阿波罗的银山发出前进的呼唤!
> 来吧!往事如梦!

六

我们已经探讨完痛苦思想的变化,下面谈另一个问题,即离别的呈现。在接受痛苦的过程中,荷尔德林摆脱了离别经历造成的迷惘。这样,他就有可能用正确的方式弄清楚:不能没完没了地重复感受,而要在心灵上一劳永逸地彻底转变。这在颂歌《离别》中实现了。

我们曾想分手？以为是明智之举？
　分手时为何又惊恐如临谋杀？
　　啊！我俩对自身了解甚少，
　　　皆因我们心中一位神在主宰。

背叛他？哦,是他为我们创造一切
　感知和生命,是他赋予我们灵魂,
　　我们爱情的守护神,
　　　背叛他,这我做不到。

但人的知觉想的是另一种错误,
　它奉行另一套铁的职责和律法,
　　习俗也日复一日
　　　索要我们的灵魂。

是的！这我事先知道。自从仇恨
　这挑拨离间者将神与人隔开,
　　[279] 以血赎罪定然难免,
　　　情人的心必定逝去。

让我沉默吧！让我从此再不见
　这极大的不幸,让我祥和地
　　步入孤寂之中,至少
　　　让我们还能互相道别！

拿碗来,让我与你一道
　饮下足够解脱的神圣毒液,
　　那忘川之水,把一切

恨与爱统统忘却!

我愿离去。也许很久以后
　在此相遇,第俄提玛!那时
　　愿望已流尽鲜血,我们相安无事
　　　如天堂亡灵,彼此互不相识,

我们平静交谈来回踱步,
　寻思,犹豫,然而此刻
　　告别之地勾起遗忘的往事,
　　　我们的心顿时充满温暖。

我惊讶地凝望你,声音和甜美的歌
　仿佛来自过去的岁月,我聆听着,
　　琴声激荡,我们的精神
　　　熊熊燃烧向空中飞扬。

　　颂歌《情人》(*Die Liebenden*)构成这首诗的第一节,如前所述,它需要在意思上做补充说明。后续的两节承接了第一节;第二节认定"神在我们心中",第三节说的是世人。然而这两节承接的方式是,让神与世人这两种力量为情人陷入无法解决的冲突中,争斗的悲剧性结局在第四段诗节中借用奉献思想显示出形而上学的意义。为此,抒情主体还决定拥护神灵,反对人的叛逆("背叛他,这我做不到")。于是,在连贯的过渡中,神的警告萌生出自愿的抉择,不成功的[280]分手尝试走向真正的离别,格言式的颂歌发展为悲剧性颂歌的宏大景象。

　　荷尔德林多次提到"神在我们心中",他还用这样的名称,如"自己的神""我们的ϑειον[神]""我们爱情的神""你我之间的神祇"。

神不是世人存在的原则,比如"人类"或者个人,而是独特的实体,属于特殊人物。但他不是这个人物本身的存在方式,例如神化的人,而是一种独立的神性的力量,栖息在人的身上并起作用,在特别的时刻被感觉到,并发出指令,要求得到敬拜和奉献。跟他最接近的是罗马宗教中的神灵,正如第二段诗节中称的"守护神"。荷尔德林的残稿《论宗教》在哲学的思考中谈到它的本质和元素:每个人都有"自己的领域",①在这个领域中,他"以超然于必需之上的方式劳作和受苦",也就是说,有更高的生活和处世的空间。"在此主宰的精神",那决定这个领域的本质力量,是"我们心中的神"。只要这样的一个领域联系着多个人,他们就有一个共同的神性。需要补充的是,这些人不是在传统的认识上联系在一起。神在我们心中成了共同体神性的本质。爱情是这样一个重要生活的共同体。因此,神给有情人创造了一切感知和生命。背叛神,如同谋杀一样可怕。

神在我们心中,人才成其为所是,并非因为精神振奋,而是在于这个词原来希腊文意义上的神灵附体。在这种"神灵附体"(Enthusiasmus)的状态下,人得以成为人。第三段诗节中人的形象是"失去神灵附体"特征的人的剪影,是纯负面的,荷尔德林根据法兰克福的经验在这个时期对此有所阐发。②他做了扼要的解释:[281]恶的根源在于自负地脱离自然或神灵,也就是说,和谐的整体"亲密关系"受到干扰。其后果是分崩离析(共同神性的灭亡),噪音四起,缺乏共鸣,终日忙碌,劳而无功,奴隶般忧心忡忡,对神灵缺乏恭敬。人们"仿佛在阴曹地府"生活。"一事无成"的厄运落到他们身上。他们形如鬼影,像《奥

---

① 这个概念是荷尔德林从费希特的自然法中借用的,参阅 Böckmann, "Hölderlins mythische Welt", 载 *Hölderlin, Gedenkschrift zu seinem 100. Todestag*, 27ff。

② 颂歌《人》(*Der Mensch*)中有正面的评判,致兄弟的信,1799 年 6 月 4 日。

德赛》描述的冥府那样,幽灵般毫无意义地重复着特有的生活运动。①这种自负丝毫没有魔鬼难以揣测的,时而"半死不活"、时而"气势汹汹"的特征。

后者是我们这首颂歌的情况。第三段诗节贯穿的主题是"隐藏的奴役欲"(致兄弟的信,1797年11月2日)。诗节在第9行谈到人的观念世界②——残篇《论宗教》解释时用的短语是"傲慢的道德,自负的礼仪,陈腐的准则"——谈到人们这么做③时的肆无忌惮(第10行),谈到对有情人的后果(第10和11行):习俗日复一日索要他们的灵魂。因此,诗人在另一处恳求,"但请尊重有情人的灵魂"(《爱情》,第3和后续一行)。习俗独立了,它不再受人的支配,而是反过来支配人。有情人的灵魂是其毫无抵抗力的牺牲品,那里是神在他们身上的栖息地。

于是,彼此分手已经不可避免。离别似乎是人及其习俗造成的,实际上,它遵循着一条人们曾有所预感,而且现在已经可怕地体验到的世界法则。自从神与人在仇恨中分隔开,也就是说,自从人自负地自我隔离,神祇气愤地(还不是"宽容地")离去,有情人就不得不作为赎罪的牺牲品流血死去。为了抵抗对此在的干扰,必须有人作为[282]唯一者自己保持着此在法则的纯洁(热忱)。他们替众人作出牺牲,使撕裂的世界有可能继续存在。这还治愈不了裂痕,单凭自己牺牲还不能使神与人和好——这还有待"更伟大者"去完成(《恩培多克勒》,III,V.371)——但是,它提供了一种和好的可能性,即为神灵和黄金时代的归

---

① 相关的主要引文:致姐妹的信,1798年7月4日,《爱情》(Die Liebe),第5及后续1行,《哀歌》(Elegie),第70行,《阿尔希沛拉古斯》(Der Archipelagus),第241及后续几行,《饼和葡萄酒》(Brot und Wein),152以及后续1行,《恩培多克勒》,第1稿第1315及后续几行,第2稿第715及后续几行。

② "想的是另一种错误"(anderen Fehl denket)意味着:"断定其他做法错误"(anderes bestimmt als Fehl)。

③ [译按]指《离别》第9行说的行为举止。

来敞开大门。①

在这首颂歌中,即在离别的情况下,荷尔德林要求为此作出自我牺牲。在颂歌《爱情》中,情人作为这样的牺牲者成为"我们信仰的美好时代的标志",并因此在民众当中充当这一美好时代破晓的信物。正因为如此,荷尔德林在后来写的《和解者,你令人永难相信……》[译注:第三稿](StA II,137)中赞颂此在的这种实现:在历史的黄昏,他们出现了,

> 这些在情人中行之有效的法则,
> 这些善于调解的能手,他们神通广大,
> 从大地升起直达天际。②

贫困时代藏匿在情人中的世界法则重新升起,似乎要充当新状态的典范。在"众神与世人的婚宴上"(《莱茵河》,第 180 以及后续几行),其余的所有人,包括难民、勇士、势不两立者,都必须在生活转向时与命运取得和解,情人则无需做任何改变:

> 而情人们呢,
> 像往常那样;他们待在
> 家中,那里鲜花怒放
> 如火如荼,阴凉的树林
> 精神呼啸……

---

① "挑拨离间者仇恨"这个词让人想起历史上的恩培多克勒,他将分裂与统一的世界原则神秘地称为爱与恨。第二稿中用"畸形者畏惧"取代"挑拨离间者仇恨",就像这首诗结尾那样,生硬的表达变成了充满寓意的表达:充满热忱的畏惧也毁坏了形态。因为热忱是"个体化的",即造型正常的成员们的和谐。在这个意义上,恩培多克勒用种类名词"怪物"来斥责赫莫克拉提斯。

② "善于调解"意味着在美的意义上进行调解,也就是说,不是搞平均主义,而是"使之和谐相处"。"调解"这个概念在另一地方(《莱茵河》,第 182 行)再次出现并非偶然:"命运一时间得到调解。"

[283]在这首颂歌中,情人通过牺牲自己产生的世界意义,进入到恩培多克勒和唯一者(马尼司)的家园。这是一幅离别的幻象,它比痛苦表达的激情更清楚地证实了体验的绝对性。但承载这种牺牲的不是怜悯或仁爱:情人们觉得自己是"充当祭品的牲畜"(草稿)。贡塔德在这个时候写信给荷尔德林(1799年6月6日),也许不是出于偶然,她写道:"让你的心永驻同情而不是对他们(世人)的仇恨和厌恶!"

对离别有了极深的认识后,重要的是最后一次完全实现爱情:"至少让我们还能互相道别!"然而,这种"充满感恩的愉快的"离别庆典(《恩培多克勒》,I, V. 1905)必须在战胜离别后才降临。

离别中充满矛盾:最后一次爱,头一回痛,两者伸手可及,而且形式提升,产生最终的开始和结束。生与死的统一将此在压缩到不可名状的强度,这种强度,当事人是无法承受的,如果他们不能保护脱离一切干系的特殊状态的话:情人仍在一起,但爱已从直接的感受退回到它的永恒本质,痛虽然已成事实,但还没有附着在感觉中,而是消释在纯粹的知中。离别是既在场又不在场的瞬间。此时此刻,情感对未来的预见和幻想作出回应:

> ……此处,在孤寂的
> 十字路口,这致命的痛苦
> 将我打倒在地。

> 分手之日我们的灵魂预言,
> 说实话,离别后不再归来。

许佩里翁的告别场面(StA III, 99 ff.)将这个法则形象化,富有诗意地逐步分解到各个细节:"我心已决……我预感到的痛苦如青云扶着我往高处去。"然而,痛苦尚未消失,却突然[284]产生现实感:"她看出我是多么怔忡不安!"订婚的时候情绪激动:

> 我感到我至高的心；我觉得自己已经准备好辞别。现在我就要走了，亲人们！我说。生命从所有人的脸上消失，第俄提玛像大理石像立在那里，可以感觉到，她的手在我手中死去。我杀死了我周围的一切，孤独地在这无尽的寂静前晕眩，此刻，汹涌的生命再也得不到支撑。

生与死互相触及，现实已经消失："我想把持住自己，可是我惘然如在梦中。"此时，幻觉出现了："天啊！我唤道，这可是生死之别。"① 接着，现实退回到永恒之中：

> 我踉跄着前行。第俄提玛独自跟随我。黄昏已过，天空升起星星。我们静静站在这座小屋下面。永恒在我们心中，又在我们之上。

这首颂歌也塑造了离别的发生。如果说，叙事性讲述让人在描述的内容中认识"离别的法则"，那么，这首颂歌则按照抒情表达的本质使这个法则在表现形式上得到鲜明的显示。反思与情感、释义与哀叹在节奏上造成变换，截然的对比与流畅的过渡在语言中相互搭配，意味着致命的感受与逃避的意识彼此融合。为了进行阐释，我们先看一看这首颂歌的形式特征。

阿斯克里皮亚底斯诗节有利于对照的表达。诗行分界和两个首行的中间分别有两个扬音节碰撞，导致诗节分裂为六个最小的成对排列的小节（Kolon）。从产生史来看，这是一种"埃珀式排列"（aab）；因为，第三和第四行其实共同只构成一个较长的结束句，像诗歌起首诗句通过停顿分为两行，由此有可能使诗句逻辑和句法结构与格律形式显得更和谐，例如《苏格拉底与阿尔喀比亚德》中的诗节"思之深者……"，就完全利用了

---

① 只有狄俄提玛知道这一点。参阅伯姆（Böhm）的艺术阐释，*Hölderlin – Gedenkschrift*，页233。

这种可能性。① [285]本颂歌的第一、三、四也跟随这个例子,尽管没有达到那么完美。而第二、五、六诗节体现的是相反的原则,似乎用句法结构淹没格律划分,诗句通过首语重复(Anapher),如泉水奔腾涌出,漫过诗行的分节流淌而去。如果诗句在其他诗段中呈现出巧妙的构建,那么,它在这里应当给人留下自然生长的直接印象。这段诗节的特殊魅力在于,狄俄倪索斯披着阿波罗的外衣,无形的情感用完美的形式呈现。这些是哀叹的诗节,另一些诗节是反思和论断。在这首诗的后三分之一,诗句甚至与诗段的分界重合。由此形成一种真正荷尔德林式的递增(《盲人歌手》《被束缚的河流》),这种递增的类型——犹豫的准备,缓慢的提高,迅猛的上升——让人想起布鲁克纳交响乐曲的结尾。最后一段诗节中频繁使用首韵增强了结尾的音乐效果。

忘川水使情人沦入冥府般的此在中,这里的一切没有激情,没有联系(心愿流尽鲜血,相安无事,互不相识,平静交谈)。但他们不同于那些万念俱灰与世隔绝的人,他们的迷惘仍停留在神圣的高度上,还可能苏醒和重新找回自己。

这发生在"分手的地方"。为了解释这种观念,我们比较一下《诗人的胆识》(第一稿)第 25 以及后续几行诗句:

> 傍晚,若我们中的一员途经
> 兄弟沉沦之地,或有所思
> 在这告诫人的地方,
> 　　保持沉默,武装前进。

《哈尔德之角》(Der Winkel von Hahrdt)第 4 以及后续几行:

> ……大地上,
> 已经成年不再稚嫩。

---

① 参阅收入本文集的《荷尔德林的颂歌诗节》一文。

> [286] 此处,乌尔里希曾经
> 逃遁;常思忖,石上的脚印,
> 一个伟大的命运
> 准备就绪,在这不显眼的地方。

　　某个地方发生过重大事件,作出过一项决定,遭遇了一场劫难,或者有一个伟人停留过,这个地方的土地便"已经成年",因为故事已保存在土地中。如果一个"有缘分的"人来到这个地方,它就会再次爆发出来,重新对历史进程产生影响;因为记忆不是对已知事件无关紧要的重复。这涉及一个相关的人,诗人兄弟,一个获悉自己天职发生内在变化的伟大命运。告别的地方为情人解除了忘川水的魔力。他们认出了对方,在曾经陪伴他们爱情的神秘音乐中回到人间根基的统一中。

　　在创作中,各稿本的诗歌结尾有明显差异。这个草稿写的遇见仍保持在两人重逢并互相认出的范围内:

> 这离别的地方用爱的力量
> 很快将梦想者捆绑……
>
> 我们的眼中再次
> 闪烁青春的光芒。

　　衰老和断念的思想是从《帕里诺底》或《我每天走不同的路》这些诗中传达出来的。[287]第一稿让情人重逢时回到万物中,在修辞上几乎用酒神的狂热方式表达这扣人心弦的过程。当然,不是从生命的顶峰疯狂地坠落,而是两个幽灵刚刚抵达生命的门槛时结合在一起。这是一种极度兴奋,有别于荷尔德林通常所指的那种狂喜,其差别就像阴间的此在不同于阳光中的生活。

　　第二稿终于排除了勾起回忆的印象("提醒被遗忘者"),诗的结尾呈现出如下画面,宛如敲响不意味着任何东西又说明一切的钟声:

> 百合花浓郁芳香
>
> 　　金灿灿越过溪水向我们飘来。

人们不必追问情人现在到底怎样了。他们从最初尝试分手,到离别,再到重逢,这个运动停下来了,似乎进入到自身。这首诗的结尾不是事件的最后进程,而是意义的绽放。

《梅农哀叹》的结局也是情人重新结合,但它发生在一个完全改变了的世界里。诗人在痛苦转折后呼唤爱情的守护神,祈求精神振奋(第123及后续几行):

> 　　请永远伴随我们,直到在共同的土地上,
>
> 　　　　那里所有仙逝的人准备重新降临,
>
> 　　　　那里有雄鹰、星辰、天父的使者,
>
> 　　　　那里还有缪斯、英雄和情人的故园,
>
> 　　　　或者,我俩相遇在这冰雪消融的岛上,
>
> 　　　　这里我们结伴在鲜花盛开的花园,
>
> 　　　　这里歌声真切,春天早已绚丽多彩,
>
> 　　　　这里我们的灵魂又开始新的一年。

情人在彼岸,在神祇的怀抱,或者在此地,"冰雪消融的岛上",重逢在他们自己圈内。此地指的不是亡灵岛,① 那些岛不在"这

---

① 特别是维克托尔写的 *Hölderlins Liebeselegie*, *Festschr. für J. Petersen*,页142及后续几页。荷尔德林笔下的岛尽管有近似的特征,但不是希腊亡灵岛那样生死离别的地方。这个地方在期待未来的神灵,因此显然在情人眼前的世俗现实中,这里不久将有不同寻常的事情发生。情人生前还是死后在此重逢的问题,就像众生的泛神论的河流中肉体死亡那样,同样只有从属的意义。《梅农哀叹》如何运用内在神秘主义的图像补充《哀歌》的神话元素,见 Böckmann, *Hölderlin und seine Götter*,页341及后续一页。对《梅农哀叹》的全面阐释超出了本文题目范围。此题目可参阅上面提到的维克托尔的文章,还可参阅 Böckmann 文,同上,页333及后续几页。

里"。它让人更多想到《阿尔丁赫罗》①的"幸福岛"——《哀歌》写的仍是"在极乐的岛上"——其观念无疑十分接近荷尔德林式岛屿以及居民社团的景象。不过,这一切都只是让人有所感觉。这种岛屿只能从荷尔德林自己的历史神话中接受意义。这是世界上的一个地方,但又摆脱了这个世界。在"爱情的诗人"的圈子里,已经实现了那种整个自然的统一,那种亲密无间、和谐共处,而四周的世界则仍在匮乏的黑夜中沉睡。众神能够首先在这里落脚,他们已经"准备好归来"。荷尔德林首次将长期渴望的"更美好时代"定义为逃离的神灵的回归。在这个时候,情人的相遇几乎沉没了。《哀歌》中有一句诗是这样描写相遇的:"在那里我们重逢,感到惊奇,陌生,熟悉",这清楚地显示出与《离别》的联系,而在《梅农哀叹》中,这种情景被略去了。个人的命运退回到普遍的命运中。重新相遇不再具有从痛苦和生活中解脱出来的含义——在转折中已经克服了痛苦,获得了新生——而是在时间上实现了永恒的彼此相属。

七

随着重逢,情人的命运回到它的开始。从相识到重逢,包括一段人生历程,这段历程也按荷尔德林通常描述的辩证法三步骤实现。离别是第一个转折点,爱情步入痛苦,生转变为死。在痛苦发生转折时,生命重新复活,但仍摆脱不了"悲哀—快乐"的对立。荷尔德林一再说到这种统一状态:"愉快而不痛苦那是睡眠",[289]人"生来为爱和痛苦"。正如"从阳光和黑夜中诞生"的葡萄藤,生命将根扎在痛苦的土壤中,从中"获取养分",朝着永恒欢乐的光明向上攀登。

---

① [译注]《阿尔丁赫罗》(*Ardinghello*),书信体长篇小说,德国作家海因塞(Jakob Wilhelm Heinse,1746—1803)写于 1787 年的作品,对德国浪漫派曾产生很大影响。

辩证法的运动在重逢时没有停止，在那里，只是"我们的爱情重又开始新的一年"（《哀歌》，第 116 行），反过来，第一次相见也不是绝对的开始，从根本上已经是一次重逢（《第俄提玛》，押韵赞歌，中期稿本，第 22 以及后续几行）：

> 彼此有缘神秘莫测，
> 我们在遇见之前，
> 内心深处已经相识。

在这首赞歌里，人生被解释为与情人本质精神相遇的链条，而在哀歌中，人生相应阶段在现实中重复的想法已成为前提。① 辩证法的进程重复发生理所当然成为循环运动。爱情、痛苦、新生，不确定地周而复始。

> 去吧！无所畏惧！一切都将重复，
> 将要发生的，已经圆满结束。

在我们看来，这种周而复始的思想如此令人绝望，荷尔德林却从中找到自己的慰藉："去吧！无所畏惧！"因为，这种包含一切的循环的封闭性，每个辩证法阶段总体的神秘在场，保障了此在中最后的安全感，而这种此在是生活的直接需要。同样的观念在作品相应的地方一再重复，多年后仍然如此，甚至文字上也变动不大，表明了他在这种循环思想中陷得有多深。押韵赞歌《第俄提玛》（较早的稿本，1796）描写了童年无忧无虑后的第一次痛苦："疲惫了爱与恨的交

---

① 当然，结尾的诗句不必严格在灵魂转生的意义上去理解（维克托尔，"Petersen – Festschrift"，页 145–146；关于荷尔德林的轮回思想，参阅拜斯纳，Iduna，"Jahrb. der Hölderlin – Ges"，I, S. 76 ff. 以及贝克（Beck），同上，S. 82 ff.。他认为，毋庸置疑，在循环的历史进程中爱情的实现总是暂时的；参阅《莱茵河》，第 180 及后续几行。

集,美好的精神离我而去。"《离别》(1800)写了第二次痛苦,喝了忘川水后,"把一切恨与爱统统忘却"。当年,[290]他的生命已经在"无声王国的阴影中"倾斜,如今又一次被放逐到冥府。描写相遇前的生命用这样的词语:"你也想有更伟大的作为。"(《人生历程》,第1行)描写重逢前的新生用这样的词语:"尚待发现的伟大事物还有很多,很多。"(《梅农哀叹》,第117行)

三个步骤的每一步,正如促成它的转折那样,都是由自身的存在感决定的,这种存在感显露在时代意识的独特转换中。我们已经看到,离别如何将过去和未来作为情感挤压进当下,以至于当下被挤破,过去和未来泄露到遥不可及的地方。于是,在未来转入消逝的地方就出现了一个空缺,也就是生存。时间作为运动被取消了,只作为不可改变的过去存在。悲伤者呆呆地回顾过去或者完全遗忘。这就是冥府中的存在,那个越来越古老的、永不结束的、阴森可怕的王国,铁一般沉睡和忘川水的意义。绝对状态的痛苦是死亡。肉体的死亡只是进入生命的另一种形式的循环跨越。

痛苦的转折重建了当下生活的位置,使时间动起来。《梅农哀叹》将这个时刻描写成唯一的解放的开始。诗人在过去的虔诚时刻的护送下从这里启程。未来的神灵在那里准备好降临。生命是动荡进程中的时间。它怀着希望朝前望,充满感恩向后看。

相遇中,时间的运动重新发生变化,它仿佛走向静止,向内震动。目光回到现在;因为永恒已进入当下。当不断变换的时间在外部呼啸而过的时候,荷尔德林乐此不疲地庆贺情人的生活,将它作为永恒的当下中极乐的宁静。在这种生活中,他跟宇宙合为一体,同时从真正泛神论的思想出发深信:

> 在我们成为一和万有的地方,……在那里,我说,我存在。

爱情的绝对真实是永恒;神祇也不拥有其他东西。

[291]从时间意识的改变中,我们获取了对有节奏变换的生命感

的详细解释。同时,在有关第俄提玛的诗歌中,数量有限的例子清楚表明,基本概念在循环的意识中如何变化。爱情与痛苦从感觉扩展为此在的范畴。死亡与永恒失去了绝对的意义,进入历史的范围。死成为生的一种形式,永恒成为时间的一种方式。① 这些概念尽管被纳入宇宙生命(Alleben)的泛神论范围,但相对于狭义的生命而言,它们仍具有绝对性。因为,生命没有将概念造就成特殊形式,它更多植根于此在终端的概念中,并作为中间者从相邻的部分接受全部意义。是的,它从循环重复的跨越边界中一再重新回归自身,由此才获得真实形态。②

人生节奏的划分对于我们来说,不仅具有传记和思想史的意义,而且具有艺术的价值。诗歌是生命的重要表达。那么,生命的结构中哪里可以找到有利于诗歌产生的情景?

荷尔德林几乎从来没有在美满现实的宁静中写诗,也没有像人们起初猜测的那样,因失恋或盼望未来而陷入僵硬状态。转折点更多发生在富有成果的时刻,因为,在某些东西转向反面的地方,总体散发出光芒。而这个总体,正是荷尔德林最初和最后努力所追求的目标。

哲学残篇《在毁灭中生成》详细阐述了这种转折点的现象学:在现存者的瓦解中,"在存在与[292]非存在之间的状态中",涌现出取之不尽的可能性。成为现实的可能性不是产生于另一个个体,而是出自生命的总体。因此,这个时刻确实是创造性的,它产生"一个完整的生命感",并且让真正的作品产生。

实际上,从转折的三种情况中诞生了三首重要的第俄提玛诗:从遇见中产生了押韵赞歌《第俄提玛》,从分手中产生颂歌《离别》,从痛苦的转折中产生哀歌《梅农哀叹》。它们的形式来自它们的渊源:哀歌的

---

① 关于永恒的概念,参阅瓜尔迪尼(Guardini), *Hölderlin, Weltbild und Frömmigkeit*,页183及后续几页。

② 按照唯心主义哲学的观点,综合处于完全和谐的状态中,这种较古老的发展模式的评价没有因为这里描述的辩证法而作废。一切渴望都像以往那样适用于这种状态,并推动三段式的进程超越自身,进入新的循环重复之中。

基本情感自古以来是悲伤,它最终转变为新的对生命的肯定。痛苦的转折是悲伤的时刻,《梅农哀叹》是所有哀歌的典范,它的第一稿干脆就叫"哀歌"。荷尔德林的抒情颂歌很大程度上靠的是沉迷和失落感——人们只要想想重复出现的句子"你在何处?"——由此产生出如同在思想上总揽全貌的感觉。离别是这种感情的基本情况,是抒情的时刻。赞歌赞美的是永恒的降临,时间的实现。"现在天亮了!"是它的情景。遇见是赞美的时刻。

我们对上述诗歌一再进行普遍的讨论后,最后要特别探讨一下它们在荷尔德林全部作品中的意义。提出这个问题不在于拓展表达形式,虽然这方面已经有指引性的个别成果(《梅农哀叹》),也不在于将思想范围系统化,虽然为了阐明个别问题需要有系统的研究;这些诗歌将特定的个人经验加工成一种世界观的构成部分,这种世界观为荷尔德林的后期作品奠定了基础,并赋予小说《许佩里翁》相关场景中所没有的分量:哀歌和赞歌的历史神话植根于爱情、痛苦及其克服的体验中,这种体验正如我们上述诗歌所塑造的那样。如果荷尔德林将离别和分手看作此在的基本过程,对于艺术而言,是揭示本质的一种独特的可能性——人们不妨想一想[293]恩培多克勒的两次告别和许佩里翁的四次告别——那么,正如我们这些诗歌里表达的那样,作品背后存在着对这种被预知且被实现了的个人体验的加工。对于荷尔德林来说,如果情人如同自然或诗人,甚至像基督那样,成为贫乏中希望的载体,那么,这全在于爱情的意义和权利得到了证实,而这,正是这些诗歌所做的事情。

离别诗歌代表了荷尔德林作品的一个基本特色。这种特色我们在另外一个入口也会立即遇见,那就是:所有关联交织在一起,这些关联几乎从每个转折点都会立即将我们引导到作品的中央以及作者的内心。荷尔德林最厌恶的隔离在他的创作中从不存在。在他的作品里,一在万有中,万有在一中。这是他曾自我生存的形式:*εν και παν*[一即万有]。

荷尔德林的《和平庆典》

本文首次印刷时（*Deutsche Vierteljahrsschrift für Literazutwissenschaft und Geistesgeschichte* Jg. 30, 1956, S. 295 – 328），在大量注释中包含对《和平庆典》研究文献的考订。其中较长的一段按语（页 304 – 306）讨论了迄今发表的对"节日之王"的解释（Christus, Napoleon, Genius unsers Volks u. a.［基督、拿破仑、我们人民的守护神，等等］）。涉及荷尔德林其他作品的某些例证和说明，因为用于解释《和平庆典》的个别词语，收入本文集时删去了。想了解详细论证的读者，可参阅上述文章。首次印刷的文本在个别地方会稍长一些。

［294］这首长篇赞歌的发现，①超出了研究的边界，引起了轰动，自从发表以及首次阐释以来，已经有大量不同的解释。意见的分歧始于对单个的词和句子的语法逻辑分析，在认定诗歌中一个没有命名的重要形象时，分歧升级，显示了分析出发点的根本差别。其中有三种解释的原则，一种是政治和世界史的，一种是基督教和救世史的，再一种是语言和艺术的，说得更笼统些，一种是历史的，一种是体系的，一种是美学的。克任吕伊斯（Kerenyis）提醒人们应当认真看待荷尔德林对"世界历史的喜爱"，皮格诺特（Pigenot）提示诗歌"关于世界末日的预言层

---

① ［译注］《和平庆典》的最初手稿（"和解者，你令人永难相信……"）写于 1801 年春，一年半后，大约在 1802 年秋产生了最终完成稿。1954 年 6 月，这份完成稿于伦敦一处不知名的私人收藏中被发现，同年，由拜斯纳编辑和解释，首次发表在 *Bibliotheca Bodmeriana* IV（Stuttgart, 1954）上，立即引起学术界广泛关注和讨论。

面",拜斯纳呼吁对诗歌核心地方做语言解释时关注"诗人的能量",他们的意见很能说明上述那些立场。在作品分析的实践中,这些立场当然是混在一起的,但在关键的问题上,通常会由某一种解释原则占主导地位。

人们应当欢迎这些不同视角的争论:荷尔德林的诗歌没有一首在如此短的时间里得到如此多方面的阐明。但是,分析的结论分歧之大,迫使人们作出决定——选择一种原则上可以期待得到可靠解释的方法,而不是赞同这种或那种个别解释。然而,[295]能设想有这样一种方法吗?分析者的视角难道不是进入每种方法当中,在其视野中才领悟到文本的内容及其内在联系吗?然而,诗人也是在一种视角预先规定的视野内思考和言说的。分析者的视角越是接近诗人的视角,分析方法的可信度也必然越高。当然,运用每种分析方法都会依据荷尔德林的某种观点。但是分析结果的矛盾告诉我们,重要的不在于个别的观点——观点的数量有许多,而且有多重变换,程度也有差异——而在于那些重要的、基本的、相对持久的观察方式,正是在这些观察方式中,某些东西才成为诗人要表达的对象,诗歌的每个内容也才接受其结构意义。它们总体上构成了诗人抽象的、全面有效的视野。但是这些观察方式只能从诗人的语言整体、象征、哲学思维方式中间接地获取,并按发展阶段加以区分。在此基础上建立的方法,至少有望对诗歌作出可信的解释。

下面的分析试图走这条路。其方法论和事实前提在其他地方已经阐述过,在此不再重复。但是当中有三个特别的观点,我们在解释中将会经常涉及,因此重提一下也许是恰当的。

诗歌的文本中,有多个词语在荷尔德林的语言中具有主题词的性质,这些词的传统意义——它们大多出自虔诚主义的语言——并没有被扬弃,而是深入到根本中:它们表明了这些词所描述的具体对象的存在方式,因此也表明了在荷尔德林的存在秩序中这些对象在视角关联中所处的位置。在这个存在秩序中,观察形式的结构被客观化,主题词对于我们来说具有分类标志的价值。

在这些存在方式中,有限的存在方式与无限的存在方式构成最高的对立。荷尔德林用时间类别解释这种对立。有限的东西具有时间的本性,按照先后排列,绷紧在未来与过去中。无限的东西拥有永恒之物的绝对在场,它像[296]没有时间的东西那样持久,但又像有时间性的东西那样实际。在克服早期的二元论和图宾根的万有内在神论(Panentheismus)时,荷尔德林提出这种存在方式的泛神主义的内在性,导致的后果是:时间中的事物、生灵和状态,例如自然、儿童、第俄提玛、情人的生活、黄金时代,这些能够代表永恒的存在方式。1794年和1795年,他与康德、费希特讨论时,跟谢林不约而同找到对暂时的和永恒的存在方式的解释。暂时的存在方式在主体与客体的对立中形成,永恒的存在方式即将或已克服了这种主客体的分离。暂时的对象关联和永恒的存在实施(Seinsvollzug)是不同的类别,在这些类别当中,《和平庆典》在概念、图像和象征上也显示出重要的对比。

众所周知的荷尔德林辩证三步骤形式是在存在方式的顺序中构成的。早期诗歌和图宾根时期的赞歌更多将第三种状态看作第一种的重复(永恒——时间——永恒,黄金时代——钢铁时代——黄金时代),从1794年起,荷尔德林将第三种状态严格地理解为"综合"(第一个证据是"塔里亚残篇"的前言)。"起源的统一"——因此是永恒的状态——分裂成"主体性"与"客体性"的暂时分离,并且以"同时的一致与区分"方式,即对立的辩证统一方式重新建立。"时间傍晚"举行的和平庆典便是如此。

诗的标题是"弗里德里希·荷尔德林的和平庆典"。与类似的标题——《在这庆祝友谊的日子》《这个秋天的庆典》——不同,《和平庆典》标题中没有定冠词。荷尔德林似乎想以此表明:庆祝和平是诗的内容和目的。以描述庆典的方式庆祝和平,诗人的创作过程也被写入诗歌叙述的内容。随着创作过程,诗人也被包含到诗中。诗歌的任务与诗人后来在诗歌中的任务互相解释。在标题浮现的意义中,[297]

荷尔德林创作的实施与诗歌内容意义之间的相互关系得到了直接的表达。诗的简短前言也将读者带进这个过程：

> 我请大家怀着善意读这片诗叶，这样就不会觉得费解，更不会有反感。倘若仍有人觉得这样的语言太不传统，那我必须向他们承认：我只能如此。在这美好的日子里，几乎每种唱法都可聆听。大自然是它的出处，也会将它再次接纳。

第一句话不是请求谅解，而是呼吁读者怀有良好意愿。Gutmütig［善意］，也许来自古老的词 captatio benevolentiae［赢得善待］，1800 年前后，这个词仍具有 benevolens［乐善好施］的意思，荷尔德林自己在《安提戈涅》的翻译中有时用 Gutmüthigkeit［善意］来翻译ευβουλια［深思熟虑］，后者可能从βουλεσθαι［意欲］一词派生出来。在《许佩里翁》残篇中，guter Muth［好心情］意味着 Gutwilligkeith［友善；乐意］——在友善的阅读中完全可能做到理解（不会不理解），至少做到宽容（更不会反感）。也就是说，读者的善待可以从自己方面开拓出荷尔德林称为"共同领域"的东西，即相遇的空间，从中即可感受到这首诗的"精神"：和平的本质。

也许人们会期待诗人作出妥协——使用一种较为传统的语言。但是，荷尔德林用一种路德式的表态"我只能如此"断然拒绝了这种苛求，以此捍卫了自己的修辞原则或艺术创作的权威。对于他来说，"传统"不仅意味着习以为常，而且意味着德意志，并且他是在贬义上使用这个词。从许佩里翁说的责备德意志的话到关于《安提戈涅》的说明，荷尔德林形成了这种思想：德国人和他们的诗人如果想"有所作为"，"好运"并"找到自己"，就必须摆脱传统的"僵死秩序"。作为"祖国的"诗人，荷尔德林只能如此，别无选择。

作出这种表白之后，荷尔德林似乎做了让步：幸福年代人们在艺术的事情上可以宽容一些。事实上，他将诗里展示的和平结构运用到自己的处境中：当"任何地方都看不见统治"（第 28 行）的时候，传统的审美专制也要[298]保持沉默。因为,"美好的日子"恰恰是新的和平年代——"美"与"和平"是同一种"永恒"存在的主题词,并且相互解释——这个年代允许不同的"唱法"并存,甚至和谐地结合在一起。从荷尔德林关于"神灵的各类观念"能在"和谐的观念总体"中共存的类似观点(《论宗教》)中可以得知,其意思更多是指后者。

另一个似乎更大让步的思想包含在诗的前言中:"大自然是它(这首诗本是'叶子')的出处,也会将它再次接纳。"荷尔德林致兄弟的信(1799年6月4日)表达了同样的观点,当中有一句话概括了上述观念,他说,一切"人类活动的河流"——他特别提到哲学、美的艺术、宗教——"都流进自然的海洋,正如它们来自那里一样"。河流与海洋,流动的与宁静的,一如既往表示暂时与永恒的存在方式。刚才提到的这些信念进一步说明了下述思想:一切行为都有所指向,这些行为展现在构成时间的主客体的对立中。这些行为来自永恒的、自我实施的自然——因为任何分离的前提都是统一,统一体是在自然中分离的——并在自我完成中使主客体实现综合,重新回归自然。文学创作也是如此,它不仅像哲学和宗教那样走这条路,而且同时用形象显示这条道路,以此引导返回到起源中。它的任务在于此,它的临时性也在于此。前言的结束语似乎谦逊地缩小了这首诗的意义,它提到诗歌的历史形而上学意义。如果说,这首诗实现了这一意义,那是由于它预示了永久和平的景象,但是,作为暂时性的作品,它实际上只到了门槛前。我们这篇分析将揭示,荷尔德林用哪些手段将此表达出来。

前言的短短几句话产生于关于诗歌影响范围、祖国本质及其救世史功能等的基本观念。这些观念细心地编制在一起,并且在顺序上[299]显示出与诗歌基调变换相似的节奏:对读者的请求符合那种表达感受和"真实"的朴素基调,"只能如此"的表白充满激情地表达了"必要性",具有英雄主义基调的特征,对时间规律中诗歌地位的展望属于唯心论基调的范畴,它构想多种可能性,并使直接的东西与"知性观"中所领会的存在秩序联系起来。如果人们考虑到,这篇前言正如荷尔德林的所有前言那样,不是论述,只起引导作用,因此是一种修辞手法,那么,人们对本文做的艺术分析将不会反感。

此后不久,这篇前言增加了第二小段:

> 笔者想为读者奉上一整卷这样的诗篇,而本篇应只是其中一次试笔而已。

荷尔德林曾想将赞歌单独印刷出版,但计划失败了,这件事可以从书信中找到证据。但这些证据不足以确定这首诗的写作日期及其与早已为人们熟悉的草稿(《和解者,你令人永难相信……》)时隔多久,这些草稿写作的前提是1801年2月签订的吕内维尔条约。① 如果赞歌是公开发表的第一首,那么,当然就不必说明它也是第一首完成的。从修辞风格看,同样只能定一个大约的日期。从前言透露出的时事中,人们也许可以取得依据。如果说,前言是在美好的日子里写的,那么,在时间感中,相关的历史事件必定仍然是活生生的。荷尔德林只有通过这种具体的关联,才可能希望向"读者"呈现他的神秘幻象。尽管创作的初期阶段和终稿之间的环节缺失了,人们还是不愿意想象,最终的稿本是在缔结和平较长时间后才产生的。

> 上天的乐音,悄悄回响,
> 缓缓徘徊,充盈四方,
> 和风吹拂这古代建造的,
> 安居的殿堂;绿毯芳香,
> [300]欢乐之云霞光远照,
> 熟透的水果,金边的杯盏,

---

① [译注]吕内维尔条约是法国与神圣罗马帝国于1801年2月9日签订的停战条约,法国由波拿巴代表,帝国一方由奥地利外相科本茨尔代表。吕内维尔条约标志着第二次反法同盟的崩溃。

> 排列有序，布置华丽，
> 旁边平地上摆放桌子，
> 东一张西一张，向上攀登。
> 友善的客人们已作出决定，
> 在这黄昏时刻，
> 从远方来到这里。

这首诗以隆重的多元组合句和响亮的双重词语开始。它们是"开场的音乐"(StA II,335)，宛如前奏，因此，这些"基调"也构成开端。这种音乐开启了诗的赞颂以及诗中的庆典，这赞颂、这庆典所构成的空间既是诗人创作过程的领域，也是诗中描述的事件的殿堂。与标题中的情况类似，创作的实施与具体的题材不可分割。按照荷尔德林的意图，画面的具体意义应当产生于赞歌的整体。如果诗中描写的"黄昏时刻"是"时间的黄昏"(第111行)，客人是重新归来的神祇，那么，这个空间就不是众多空间中的一个，而是原始空间(Urraum)，与黄金时代希腊举行庆典的"节日大厅"相符（面包和葡萄酒，第57行）。我们不需要直接说明它的特征，既不需要用家乡风景作比喻，尽管家乡风景也总是呈现为建造的空间，也不必描绘成现实的建筑物。画面的内在象征已经足够了；如果再用外在的东西去解释，象征就被破坏。

殿堂本身已具有象征意义。因为，为任何"永恒的"、不受时间流动影响的事件举行庆典都需要一个封闭的空间，无论是大厅、洞穴、岛屿、殿堂或者原野之地。暂时性的此在被安置在小径、歧途、露天的大地。殿堂里物品的特征含有更准确的象征；它们显示出在时间的黄昏里重新获得的永恒状态。这种状态的主题词是"上天的""悄悄""缓缓""安乐""欢乐""熟透""金色"，它们部分来自圣经—虔诚主义，部分来自古典主义，在荷尔德林的语言中，从早期的[301]诗歌以来，这些词就数以百计地一再以准确的意义出现。这些基调发出"回响"，返回自身，这种现象与综合的思维形式一致，音乐永远是实现纯粹存在的表达,殿堂是"古代建造的,安乐居住的",因为,永恒的和平此时已指日可待,公开预告出来,并且在未来的公民中受到隆重庆贺;不妨想一想"塔利亚残篇"中的荷马庆典、《梅农哀叹》中情人的岛屿以及类似的描写。旁边的桌子"向上攀登""排列有序",一方面表达了"庄严的秩序"——古代各族人民站立"在天神面前",希腊的城市"屹立在江海之滨"(《饼和葡萄酒》,第 95 以及后续几行)——同时也表达了"正确的秩序",在农神节归来的日子里,"新生活"将建立在这种秩序上(《恩培多克勒》,StA IV,66)。

我们不可能逐个详细地从荷尔德林式永恒的结构中拓展出这些概念和图像的意义。如果能清楚显示庆祝和平的殿堂的画面在所有的元素上都预示了和平与庆典的本质,那就足够了。具体的空间扩展为事件的意义范围,这是诗歌要呈现的,而这只能从象征中得到解释。但画面、音响和节奏中让人想到,诗人创作的庆典将在怎样的气氛中完成这个事件。荷尔德林的草稿用和平之神的显现开始,而在这个空间图像中则仿佛建造了一条柱廊,人们通过这条柱廊进入赞歌的精神—诗学领域。

这段诗节的结束句过渡到神灵显现,但神灵的显现并没有说出来,而只是预先推定。同样,诗中没有通报客人的光临,而只是期待他们的到来。荷尔德林对这种环境的描写比草稿更详细:和平已经实现,但和平的庆典还没有开始,殿堂已经为此做好了准备。谁做准备,没有说明。因为第三段诗节中诗人提议筹办花环和佳肴,因此,这里也可以想到是诗人做准备并宣布众神节日的到来。[302]然而,诗人的身份不是行动者,而是观看者和观看中受触动者;因为,不是他邀请客人,是客人自己"决定"来这里,到了第四段诗节,他希望也能邀请基督参加。这首诗将要揭示的,只是对诸神的期待与世界重放光彩的内在联系。谈论这种联系,并在言说中庆贺这种联系,是诗人的唯一任务。为此,他似乎在和平与和平庆典的接合处、在这种联系的中间述说。

> 眼泛微光，我思忖，
> 带着对严肃伟业的微笑，
> 看见他本人，这节日之王。
> 如果你乐于否认你的异邦，
> 似乎厌倦了漫长的征战，
> 垂眼，忘却，蒙上淡淡阴影，
> 采取朋友姿态，你，众所周知者，
> 高尚令人折服。在你面前
> 我一无所知，只知你非凡胎。
> 一位智者曾向我揭示：何处
> 仍有神祇显现，
> 那里便有另一种荣光。

这段表达婉转的诗节，头两行已令人感到费解。人们可以将泛着微光的眼睛与诗人联系在一起，将对严肃伟业的微笑与节日之王联系在一起；因为，诗人相信在"黄昏时刻"能"看见"君王，而下一段还将再次谈到和平的"伟业"。这恐怕是最自然的解释。但是，诗人也可以带着对严肃伟业的微笑，因为他不断宣告的和平理想已经成为现实。相反，泛着微光的眼睛显然也可以跟君王联系在一起，因为，接下来马上又谈到他低垂的、蒙上淡淡阴影的眼睛。如果这种句法关系还不能完全说清问题，那么，通过象征的关系就可排除疑问。"微光"和"微笑"作为主题词表明永恒存在的意义域；因为，在荷尔德林的作品中，白昼与昏晨常用来比喻[303]暂时性与永恒性，微笑是神灵或敬神之人的标志。

下面，我们探讨一下各种阐释的关键性问题：谁是"节日之王"？施泰格尔（Staiger）的解释是有道理的，他说，荷尔德林在 Fürst[君王]这个词中理解的是原始的意思：首位，第一位。这就足够了：这个人物在节日中排在第一位。赞歌中没有指出，撇开节日他原本就是首领,或者代表首领的原则。因此,我们不可以援引荷尔德林诗歌中的其他君王来解释这首诗,其他那些是社会等级和现实意义上的君王,而这位仅仅是节日之王,只可以从节日的本质出发来解释他。此外,在荷尔德林时代,应用 Fürst 这个词的隐喻是很通行的。"光明之王"在布洛克斯(Brockes)的诗中是指太阳。在莱辛的指环寓言中,拥有真正指环的人称为"家族的首领",德罗斯特(Droste)将人称为"大地之王",荷尔德林本人将星球称为"天上诸王"(《致一棵树》,第 5 行),将迁徙时代的希腊人称为"森林的君王"(《阿尔希沛拉古斯》,第 167 行)。正如"节日的太阳"(在《多瑙河的源头》,第 34 行)一样,"节日之王"是一个隐喻。

也许,人们还会问,这位"节日之王"在庆典中占什么位置。庆典中有两个特别重要的人物:一个是庆典由谁举办,另一个是为谁举办,即东道主和被庆贺者。"节日之王"这个隐喻按意思只能用在被庆贺者身上。而且,他是跟"友善的客人们"一道来的,因此,不可能是东道主。(下面将会指出,东道主可在"时间的主人"中寻找。)和平庆典为谁举办,谁就是节日之王。

从句子和画面的逻辑中就可以得知,这个人物是受庆贺者,他的本质可以从庆典的本质出发进行解释。这个庆祝活动叫做"和平庆典"。和平是这次活动的君王,因为他是神,和平之神。此外,诗的草稿用"极乐和平"来称呼他,后来又将他叫做"节日之王"。这个极乐和平不是"凡胎",而是"神"。

当然,后者是大家熟悉的。但是,分析者[304]经常将"和平"只看作历史事件,因此,他们必须将早期的和平神看作和平的拟人化,当作单纯的比喻,在终稿中才用具体的形象——例如基督,或者波拿巴特,或者另一个人物——取而代之。这样,当人们往往不加思考地运用前期的情况解释最终的稿本时,就不可避免会设想荷尔德林的构思发生了深刻的改变,尽管荷尔德林诗歌的产生史中不存在这种重大的情况。由此,笔者建议首先要问一下,在荷尔德林的众神中有没有一个称为

"极乐和平"的神。

这个神是有的。因为他的本质比他的名字更重要,我们必须首先弄清楚荷尔德林语言中"和平"(Friede)这个词的意思。① 正如新约中的 ειρηνη[和平]表示的不是契约关系的 pax[和约],而是一种状态,非战争的、平安幸福的状态,荷尔德林也将和平理解为状态,在这种状态中,一切都"亲密无间",生活幸福,无论是在自然界、在个人或者生灵之间都是如此。这种状态代表了"永恒的"存在,任何东西都不会分散成七零八落,而是一切"聚集在黄金中心",纯粹的存在状况克服了在客体身上才能实现的行为。因此,所有"永恒"的事物、生灵和关系也是和平的代表:大自然保存"和平的黄金果实",儿童是"和平"的化身,第俄提玛被称为"美的和平,神性的和平","情人的和平"是他们能够成为恋人的领域,历史的此在一直延续,

> 直至从时间的神秘摇篮中
> 走出上天的孩子,永恒的和平。

选取少量例子已经可以让人们认识"和平"这个词的主要特征。自从图宾根时期的赞歌以来,这个词已经反复以精确的意思出现。不少诗歌结尾的句子都围绕着"和平"这个词构成,《许佩里翁》也在结尾的地方写入"一切以和平告终"这句箴言。在这里,尤其值得注意的是,最终的和平以重新归来的黄金时代的形式出现。[305]第一次对

---

① [译注]德文单词 Friede 在中文里对应的词有:和平、太平、平安、安宁等。在基督教的教义中,Friedefürst[和平之主]指的是救世主,基督,新约《罗马书》第五章陈述"与神相和"(Friede mit Gott),指的是人与神的和好,《歌罗西书》第一章,谈到神通过自己的儿子基督在十字架所流的血造就了和平,借着他叫万有,无论是地上的、天上的都与自己和好,这里的"和平"与"和好",在德文中均使用 Friede 这个词。考虑到荷尔德林写这首诗的时候,寄希望于吕内维尔和约的缔结,因此,主题词 Friede 既包含神与神、神与人和好的意思,也在更广的意义上表示和平,故将此诗的标题译为《和平庆典》。

未来黄金时代的描写几乎不被人们重视,但极其重要,当中首次出现希腊神祇和基督同时受敬奉的思想,最精辟的描写是下面这个句子:"他确实值得庆贺,这极乐和平及其此在的一切!"(《许佩里翁的青年时代》,StA III, 224)。赞歌的前期,"极乐和平"用于称呼"节日之王"。许佩里翁原有的前言断定,"无限的和平","一切和平的和平,高于所有理性",高于"这个词唯一意义上的存在";因为,包含理性在内的暂时的此在,是由存在(Sein)和非存在(Nichtsein)混合成的。

和平不是一种政治状态,而是存在的最高形式,但它在历史事件中可能成为现实。只有这样,人们才理解荷尔德林不同寻常的希望,按照他书信的证据,他将希望寄托在吕内维尔和约的缔结上。他当然不相信时间已经停止,转世已经来临。如前所述,永恒不是超验的领域,而是内在的存在方式,各民族的生活都会"在命定的时间"采取这种存在方式,用颂歌《和平》里的词语来表述:他们将找到"心"——黄金的中心——"留存在生活中"——时间中永恒存在的持续性。

如果和平是永恒的存在,和平之神就必定是永恒之主。赞歌中提到"时间之主"(第79,89行),在荷尔德林的古典主义时期,名字是Jupiter[朱庇特]。当时永久和平之主名叫Saturn(萨图恩),①这并不表明,萨图恩与节日之王是同一个人,但他如今在统治架构中占有了过去那位神的位置。正如荷尔德林翻译《安提戈涅》时说的那样,"宙斯……严格地说最好称为时间之父",以便"把神话表现得更有据可查"(StA V, 268),他避免使用萨图恩这样固定的名字,而只是说"神",名叫"极乐和平",并称之为"和平庆典"的"君王"。这么做不是为了编制密码,而是为了使故事的神秘意义表现得更有据可查。此外,他也会用揭示本质的称谓取代传统的名字:"雷公"[306]"充满生机者""宁静的强大者""不可遗忘者""少年"。简而言之,"和平庆典"的"节日之王"这个称谓足以标识神。对于荷尔德林"祖国的"读者来说,甚至标

---

① [译注]罗马神话中的农业神,名字的意思为"播种者"。

识得比神话中的名字更加清晰,神话中的名字很难令人联系到和平条约的缔结,甚至会在词源学的意义上被误解为 Kronos——Chronos(克罗诺斯——时间),①词源学解释是人们喜欢使用的,但荷尔德林的想法并非如此。

然而,节日之王仍具有萨图恩的特征。荷尔德林的诗歌《自然和艺术或萨图恩和朱庇特》对于人们了解荷尔德林的历史形而上学最具启发性,在这首诗中,有许多观点可用于解释《和平庆典》。朱庇特这位"变换的时间"之主推翻了他的父亲"黄金时代"之主萨图恩,第一次永恒后面紧跟着的是时间。朱庇特用"法则"和"权力"(暂时的对象关联)实行管治,萨图恩则体现"和平"(永恒的存在实施)。"从萨图恩的和平中将生长出各种权力",这种权力充满感激地意识到自己起源于和平,只有朱庇特使萨图恩重新受到尊敬,这个历史才能实现。在神祇的和解中,将会出现"时间重新回到摇篮中"(异文)。然而,朱庇特将继续统治,"如同我们,时间的儿子"(他像在《和平庆典》中那样分派他所控制的领域的命运),同时,他将宣告,"神圣的昏晨(萨图恩的领域)隐藏着什么"。最后一段诗节在第 27 行 und[并且]这个词中实施了暂时与永恒的综合,这决定了黄金时代回归的特征——赞歌中,和平之神将在"时间的黄昏"作为首席嘉宾出席"盛宴",这是"时间之神"完成日常工作(时间)后为"庆祝节日"而举办的——"庆祝"总是具有双重含义:节庆和歇息。庆祝这是同样的综合,同样的神祇和解,同样的历史画面。

也许有人会提出反对意见,认为荷尔德林作品中萨图恩是一个很次要的人物,不配解释为节日之王。虽然萨图恩的名字不常出现,但恩培多克勒碰到的全部问题都受到萨图恩与朱庇特的对立性制约。

---

① [译注]克罗诺斯,希腊神话中的神祇之一,即罗马神话中的萨图恩(Saturn),中文也译为萨图耳努斯,读音与 Chronos[时间]相似,又被看作时间之神。

[307]尤其是颂歌中间的话让人想到:朱庇特必定为萨图恩感到高兴,"歌手在神灵和世人面前提到他"。在我们所熟悉的地方以外,哪里还发生这种事情?如果回答荷尔德林经常用大自然暗喻萨图恩,那是错误的。自然和萨图恩,"知性的"概念和"历史的"(即经验的)形象,两者共同构成臆想的"知性历史的,即神秘的"人物。但是,由于表达手段只能要么用这种、要么用那种,因此可以预期,"历史的"形象会出现在荷尔德林的神话中。我们举两个例子,这些例子将会搭建桥梁,从《恩培多克勒》中"新的更阳刚的……农神节"的"和平精灵"出发,经过颂歌中的"萨图恩的和平",通向赞歌中的和平之神。

《阿尔希沛拉古斯》第250行至第277行:"自然的精灵",即颂歌的萨图恩,在诗中受到赞扬,两次被称为"神",比其他的神更多。昔日,他"在赫拉斯青春年少的孩子们那儿","新时代"里将和我们在一起。因此,他正如节日之王"自远方而来",然后"悄悄地停留"——正如随着他"寂静来临"。在《阿尔希沛拉古斯》中,"节日的合唱"欢迎他——正如赞歌中"节日"充满"合唱的歌声"。他带来"一年的圆满"——正如赞歌初期写的"岁月的圆满"带来充盈。他"应该在高处",这句显然可以用克罗诺斯崇拜来解释:在奥林匹斯,克罗诺斯被敬奉在克罗诺斯山上——赞歌《在多瑙河的源头》的草稿中谈及"世界精灵",即"世界的精神"与和平庆典的"时间之主"。随着"其他事情发生"这句诗,诗人的目光转向一位新的"神",他已经"在歌声的云彩中登基",[308]统治"各个民族,所有君王","没有人提及雷神",因为这是时间之神。诗句"已经在摇篮中练习"(参阅颂歌中的时间摇篮)以及"如同在初春"(春天常常比喻黄金时代)清楚地表明,这里涉及永恒之神,他在这里甚至被视为新的世界统治者。贴近时政的语调("已经")流露出,这也是对吕内维尔和平条约的回应(这首赞歌写于1801年)。

诗歌文本、主题词"和平"的意思以及关键年代的神话学,一致证实了节日之王是和平之神。和平之神作为永恒存在的代表,是古老的和新的黄金时代的主人。荷尔德林相信自己处于世界的两个和平年代之间,为了表达渴望,需要一个主要形象,在这种情况下,他给和平之神起了神话名字萨图恩。这个借用的名字在诗人见证历史上实现和平的那一刻才可能出现。这位神原来的本性突显出来,诗人"望着和平"。

第二段诗节的其余内容现在已不难理解。在恢复和平时,和平之神乐于否认"异邦"。"异邦"这个常被错误解释的词在过去的语言中意味着陌生和贫困。席勒在使用这个词时也是强调这个意义,他在《论朴素诗和感伤诗》中谈到"外地":我们由于自由而忘乎所以,离开"自然"的"慈母般的家",跑到外地去。可是,"一旦我们开始经历文化的折磨,便怀着痛苦渴望回家,并且在遥远的艺术异乡聆听母亲的动人的声音"(Säk. – Ausg. 12,177)。自然和艺术,被席勒理解为基于自身的存在和从事创作的对象,对于世人来说如同家乡和异邦。如果人们回想一下荷尔德林颂歌中的安排——自然萨图恩掌控基于自身的永恒的和平,艺术朱庇特掌控在权力和法则中运作的时间,这里的内在关系就更加清晰:和平之神在历史的时代风暴中被剥夺了统治权,驱赶到"异乡",[309]现在回到自己家园,乐于"否认"忍受过的事情——在荷尔德林那里,"否认"总是意味着拒不接受、压制阻止——他不再想他的苦难。因此,再下一段提到"遗忘"。但是,他似乎已经感到"厌倦"的苦难道路是"征战";因为他"既不怕洪水也不惧火焰",经历时代的"千年的风云变幻",承担和平"伟业",使它现在终于实现(第3段诗节)。因此,这次征战是"漫长的",严格地说,它就像时间那么长,赞歌《谟涅摩叙涅》提到时间时说(第16以及后续几行):"时间漫长,但那真实的却发生了。"这说的是在时间的黄昏。如果说,和平之神的征战在原本理解中是穿越时间的道路,那么他的"遗忘"就是消灭时间性;因为,回忆构成时间,永恒是绝对的当下,这种思想是《许佩里翁》中一句话的根据:

> 有一种对一切此在(即尘世存在)的遗忘,在那里,我们觉得似乎找到了一切。(StA III,42)

而他本人是"众所周知者",各时期对和平的一切渴望熟悉他,同时作为和平的全体,friediche $Eν και Παν$ der Welt[世界的和平的存在与整体]而著称(StA III,236)。但是,当他在众人目光下到来时,必须采取"朋友姿态";因为,"在没有遮掩的灵光中神会在谁的眼前显现自己?"(StA III,204)。他只有"蒙上淡淡阴影"才可以被人们领会,就像蒙上阴影的基督(第46及后续几行)那样。然而,"高尚令人折服"。众所周知是不受时间限制的广为人知,暂时的现象,永恒的神威,三者构成了这几句话的视觉空间。

随着神祇显现,"便有另一种荣光"。如果这种荣光如同人们经常设想的那样,是"智者"能够说出的一种知识的提升,那就几乎无法理解为什么荷尔德林会说"在你面前我一无所知"。"另一种"荣光,意味着这种亮光是另一种类型的,是"全新的"(构想),与理论知识毫无关系,它与天使宣告"平安回归人间"时牧羊人四周照耀的"主的荣光"一致(《路加福音》2:9)。荷尔德林从开始学习神学便知道这种$δοξα$ $κυριον$[耶和华的荣耀],[310]他在《哥林多前书》第十五章第41节中找到惯用语 $αλλη$ $δοξα$ 的表述 andere Klarheit[另一种荣光],在图宾根时期赞歌中涉及 Doxa[荣光]这个词时,他通常用"灵光""壮丽""颂扬"来解释。特别是,其依据的概念"荣光"(Klarheit)和"重放光彩"(Verklärung)总是意味着永恒的存在,而不是有时间性的知识。许佩里翁从"永恒的、不可摧毁的明亮"中看到了第俄提玛身上显现出来的"神性"(StA III,51)。关于《安提戈涅》的说明提到,在戏剧作品的中心位置,整个事件通过"神圣的表达方式"焕发光彩(StA V,267)。大师在完成他的时间画像后容光焕发(和平庆典,第87及后续1行)也属于这种情况。和平之神显现时,尘世的此在熠熠生辉,转化为永恒的存在。

> 但今日不会,他不会没有被预示;   25
> 一个人,他既不怕洪水也不惧火焰,
> 不会无故为宁静感到惊讶,而如今,

只因仙境和人间全不见了统治。
此事酝酿已久,从早到晚,
现在,他们才听闻伟业, 30
因为呼啸莫测,深谷回响,
雷声轰鸣,千年的风暴,
终于就寝,和平之音由天而降。
而你们,纯洁的日子呀,愈显珍贵,
你们也在今天带来庆典,亲爱的!傍晚, 35
精神在这宁静中到处如鲜花怒放;
我不得不提议,朋友呀!
哪怕鬓发斑白,你们仍要操办
花环和佳肴,与永恒的少年相似。

  第一个句子说明和平之神与历史事件的关系:此事发生在"今天",但是,事件中显现的神从一开始并且在所有救世史的预言中都一直有预示。究竟是谁不惧怕洪水和火焰,并对宁静感到惊讶?首先需要说的是:在荷尔德林的诗歌中,洪水和火焰,暴雨和闪电,这是时间之神、"行雷者"的标志(雨神 Jupiter pluvius 和雷神 Jupiter tonans)。"神圣的天父……拥有威猛的洪水和雷电之火"(《大地母亲》,第15及后续几行),闪电是[311]"时间之神的催促的火焰"(致爱德华,第36行)。"宁静"是永恒存在的常用主题词,《许佩里翁》的词语便是例证:"宁静栖居在极乐者的国度。"(StA III,51)这句话意味着,谁若睁大眼睛接受时间及暂时的命运,那么,如果命运变柔顺了,他就有理由(不会无缘无故)感到惊讶。"一个人"不是特定的某个人,而是任何人,例如可以是对命运做好准备的诗人——同样的措辞也出现在《喀戎》(Chiron)中(第33及后续1行):"如果一个人观看它们"——也许,这个人就是"雷神"。这个人惊讶地觉察到宁静,然而"惊讶"这个词可以理解为及物动词(令人惊讶)。为了解释这个语言用法,可以看看《饼和葡萄酒》,诗中将黑夜称为"令人惊讶者"(第7行)。另外,这个人还可能是和平之神,他带来了宁静,同时也使世界感到惊讶。但是,这种明确的解释,显然不符合两句连贯的诗行中将特定的"他"换成不确定的"一个人"。在这里,语法上的指代关系问题可以存疑,而洪水、火焰和宁静的象征则要清楚解释。

无论在天上还是在人间,在神祇还是凡人中,和平(永恒的存在实施)都摒弃统治(暂时的对象关联);精灵是神祇的同义词。时间之神的"千年的风暴"——历时多年的战争以及遭受战火的时代——停息了,并且终于"就寝",正如《自然和艺术》(*Natur und Kunst*)一诗中说的,时间终于在摇篮中安然入睡。如今,在重新归来的宁静中,他们,即神祇和世人,在聆听。他们听说伟业"酝酿已久,从早到晚"。这里的语法形式不太明确,此句或者意味着:他们聆听伟业,此事酝酿已久;如果是这样,那么神祇和世人作为历史的载体是和平的开拓者。或者意味着,他们现在才聆听酝酿已久的伟业。没有对象的"酝酿"是可以想象的,在《拔摩岛》中关于神灵是这么说的:"他们的事业自行变化,急奔结束。"(第177行)"从早到晚"正如通常那样,可以理解为空[312]间,也可理解为时间:自东向西的文化行程,清晨的永恒在时间的黄昏归来,这两者是相同的。伟业本身是不受限制的此在现实——荷尔德林后期的作品中,伟业、做工、现实是联系在一起的——这种此在现实在(总是以自我矛盾方式显现的)时间的部分实现中酝酿,但是,只有和平作为存在的最高形式才让它完全显示。因此,在聆听伟业时能够听见的是"和平之音"。

这段诗节剩余部分全都具有永恒存在的词语和形象的特征:"纯洁的日子""到处""如花怒放""宁静""花环""佳肴""永恒的少年";我们不需要再援引例子。在这里,如果不是由和平之神而是由和平之神统治时的"纯洁的日子"带来和平庆典——"也在今天",也就是说像昔日那样——那么,这同样是对应,正如第9段诗节那样,基督被呼唤"在时间的黄昏……作节日之王"。时间的确定和神话人物,两者互相补充,成为诗人隐含意义"知性历史的,即神秘的"表达。精神如鲜花怒放,生动地比喻了暂时此在变成永恒;因为荷尔德林将"精神"理解为原来统一的即永恒的"生命"分离为主、客体的暂时对立。在鲜花怒放中,纯粹的存在得以实施,这种分离被"扬弃","生命和精神在我们身上点燃",实现了综合——这样,诗人终于有可能使自己和朋友、"永恒的少年"、众神达到一致。但他用"相似"来代替草稿中的"相同",以便强调和解中神与人的距离。同样,他用"永恒的"代替"不死的",旨在暗示,现在导致人与神相似的原因,不是此在无止境地延续,而是因为存在具有内在的永恒性。

至此已经谈了第一组三段式诗节(Strophentrias①)。这组诗节的题材划分非常清晰,无须多作解释:庆典的殿堂——节日之王——庆典的意义。艺术布局服从基调的节奏变换,这是可以估计到的。殿堂画面的基调是朴素的,反映了"观察、真实";遇见和平之神的[313]幻象是英雄主义的,表达了"想象、激情";在救世史的背景下阐释庆典,遵循的是始终关注整个存在秩序的唯心论。但是,以上只是确定了这个部分变换的艺术特征。这组三段式诗节总体上遵循的是朴素的基调,这源于它的"真实性"和"形象性"。

> 我想邀请一些客人,而你呀,   40
> 对世人友好而严肃,
> 在叙利亚的棕榈树下,
> 离城不远,乐于坐在井旁;
> 四周麦田沙沙响,清凉静静呼吸
> 从圣山的阴影中拂来,   45

---

① [译注]Strophentrias,该词由"诗节"(Strophe)和"三合一"(trias)复合构成,指称长诗中有规律地由三段诗节构成一组的结构单位,汉语中未见确定的译名,暂且译为三段式诗节,《和平庆典》全诗共 12 段诗节,分为四组,每组由三段诗节构成,第一、二段分别由 12 行诗组成,第三段 15 行诗。

> 亲爱的朋友们,忠实的云彩,
> 也将你遮蔽,以便你神勇的光芒
> 穿越荒野柔和地来到人间,哦少年!
> 啊!言语间,致命的厄运可怕地决定
> 将你遮蔽得更加昏暗。于是,骤然间
> 天上的一切全都消逝;并非无缘无故。

第二组三段式诗节用于写另一个人物,基督。诗人想邀请他参加和平庆典,但诗人怀疑基督的过早消失是否允许这么做(第40行延伸到第49行)。基督坐在井旁的场景(《约翰福音》4:5-6及4:35)是众所周知的,但这里的主题词,如"四周""静静""清凉",还有井的母题,都值得注意,它们使场景摆脱了时间限制。我们只强调这段诗包含的两个思想。

三种遮蔽(第45、47、49行)中的第二种来自门徒,他们像"云彩"一样——这令人想到宙斯的云——围绕在主的四周,向世人传达他的话。在这个传达过程中,"神勇"的光线变得"柔和"。让人更多感受的思想是,神的东西被世人接受后变得柔和,这大概出自克洛普施托克的颂歌《神的观望》(*Das Anschaun Gottes*)。

> 从远处只射来一束柔和的微光,
> 为了让我活着!
> 我看见了你的庄严
> 穿越大地之夜变得柔和的微光。

"穿越大地之夜"也解释了荷尔德林的"穿越荒野"。[314]"荒野"这个词在《许佩里翁》(StA III,67)里第一次出现以来就意味着时间,它分享时间的矛盾性,它由存在和非存在混合而成,进行破坏和建设,正如时间之神朱庇特掌管生和死。因此,"荒野"显现为既敌视形态("发酵""笨拙"),又肥沃多产("准备丰盛")。在这种双重意义上,第一稿将长年"错综复杂的殿堂"描绘成"神圣的"荒野,基督的光芒穿越荒野落在延续的时间上。在第二稿的前期,门徒的云彩变成"神圣的荒野",因为他们是永恒话语在尘世的传达者。这个草稿像终稿那样删去了"神圣"这个词。荒野的阴暗面虽然掩盖起来了,但读者仍可以感觉到。因为,光芒若变得柔和,也就逐渐减弱了,传统保存和弱化了神的话语。

如果说基督在"言语间"消失了,那么这符合荷尔德林关于悲剧提前性(die tragische Vorzeitigkeit)的观点,这种观点从《许佩里翁》到关于索福克勒斯戏剧的说明都在产生影响。我们在此不可能展开论述,只想举出恩培多克勒,他像基督那样,在时间中通过"提前"牺牲(StA IV, 156 f.)使时间转向,并引导它走上产生、成熟到永恒的道路。因此,基督的过早离去"并非无缘无故"。下一段诗节对此作了说明。

>   因为神灵任何时候都有分寸,
>   只在瞬间怜惜地触及世人的居所,
>   出其不意,无人知晓什么时候。
>   随后狂妄者很可能逾越界限,   55
>   野蛮人定然离开遥远的角落
>   来到神圣之地,粗鲁地演练疯狂,
>   于是碰上命运,可是感恩
>   从不紧随神灵馈赠的礼物;
>   深思后对此才有所理解。   60
>   倘若赠送者对我们不那么节省,
>   我们的山峦和大地
>   早已被炉灶的恩赐点燃。

基督在人世间的短暂显现及其后果和意义,是这一节的主题。我们在这里不可能展开阐述这一瞬间对荷尔德林思想的基本意义,[315]只想指出,它通常被想象为永恒的瞬间,神秘主义者永恒的一眨眼。当神秘的虔诚主义的基础经历世俗化和神秘化时,这个瞬间就脱离其内容,作为纯粹的结构进入各种媒介中,尤其是进入历史的结构中,呈现为时代转折的世界瞬间。正如神秘主义者仁慈的"时刻",这一瞬间出其不意地降临人间,几乎不被理解,尽管它在神的救世计划中已经预先规定("一位神",第54行,和"恩赐者",第61行,是天父而不是基督)。"无人知晓什么时候"令人想起《约翰福音》第一章第10节:"世界却不认识他。"《哥林多前书》第十五章除了述说基督复活的母题外,也可以继续找到《约翰福音》的观念。

这段诗用普遍的形式展开其思想,当然,关注的是基督。因此,对前往圣地的"狂妄者"和"野蛮人"不需要做具体的历史解释,尽管基督教及其中心场所的命运也包含在内。"野蛮"和"狂妄"是那些将自己绝对化的人(或巨人)的主题词,在神学意义上,这些人傲慢(superbia)、不承认神灵。但在接触到圣地的时候,他们"遇上"了"命运"。这些词语令人想起赫斯培利恩①——祖国的任务:"碰见"某些东西,"掌握命运"(StA V,270)。尽管在赞歌中意思只是遇见,但是可以推测,这些词之所以出现在这里,是因为导致赫斯培利恩实现的永恒是跟基督一起开始的。

对神灵的短暂瞬间,荷尔德林最后是这样解释的:神灵"节省",因为"至高者并非一切都想要"(《拔摩岛》,第161行)。在这里,我们又遇上了时间的思维形式:时间本身是一种储存,它将永恒给予的全部东西(totum simul)逐渐地付出。如果时间的"恩赐"提前到来,它必定"压倒"我们。尽管如此,我们仍为时间接受了永恒的东西。关于这一点,下一段诗节将谈到。

  神的赠予我们已领受

---

  ① [译注]赫斯培利恩(Hesperien),古希腊文献中对西方国家的称谓,荷尔德林从文化迁移的历史观出发,用赫斯培利恩喻指实现了"真正的文化"的德国。

> 很多。火交到了我们　　　　　　　　　65
> [316]手中,还有海潮和岸。
> 更有甚者,因凭借人的方式
> 陌生的力量跟我们变得亲密。
> 星宿面对面教诲你,
> 你却永远无法跟他们一样。　　　　　70
> 在充满生机者当中,关于它
> 有无数欢乐和赞美,倘若
> 一位是儿子,他便是宁静的强大者,
> 此刻我们认出了他,
> 如今,因我们熟悉天父　　　　　　　75
> 并举办节日庆典
> 这位崇高者,世界之灵
> 俯身来到人间。

元素和星辰是一些带有"神性"的东西,因为在荷尔德林这里,它们总是代表着永恒的存在方式。正因如此,与世人的方式相比,它们跟我们的关系不是少,而是"更多";因为,世人的亲密关系建立在掌控或(错误)称呼与固定名字之间的暂时对立中。因此,我们与星辰不同——"星辰选择了持久不变,……我们则在变换中扮演圆满者"(StA III,148)——也许,我们从圆满者的循环运动或从东方到西方的行程中学习一些时间的法则。

这段诗再次谈到基督。"在充满生机者当中,……一位是儿子",这肯定是条件句,因为通过主句新引入了基督。倘若一位是充满生机者的儿子,那么,他便是"宁静的强大者",也就是说,不是一个骤然消逝者(第50及后续1行)。"宁静"而"强大"作为主题词,表明永恒和暂时存在的对立,这种对立在基督身上,就像在天父即时间的永恒主人的身上那样,是统一的。按意思,"宁静的强大者"取代了"人类的神的"赠品,这是在基督的身上和他的两种本性中给予我们的(草稿)。此刻,在时间的黄昏"我们认出了他",正如《约翰福音》第八章第28节:"然后你们就会认出我是谁。"我们会"认识"天父,[317]如果他在和平之神归来时结束其时代统治。与此相应,"我也认出你,克洛尼翁!",如果你使萨图恩重新受到敬奉(《自然和艺术》,第25行)。

这组三段式诗节中,基调也在变换,但顺序是从第二个基调开始的:显得犹豫的邀请表达了愿望和悲叹,也就是说,称得上是英雄主义的,用时间法则解释世界瞬间是唯心论的,列举神灵和描写神性是朴素的,但总体是在某种"不和谐音"的背景下展开的,也就是说遵循英雄主义的基调。

> 他早已成为时间之主,他的疆域
> 延伸得如此广阔,但他何曾疲惫?
> 也许神祇也会选择白天的工作,
> 像凡人那样承担一切命运。
> 命运的法则如此,所有人全都知道,
> 倘若宁静归来,也有一种语言。
> 神干活时,我们在场,并争论　　　　　85
> 什么才是最好。我如今觉得,
> 最好是画像完成,大师大功告成,
> 因此容光焕发走出他的工场,
> 这宁静的时间之神和爱的法则,
> 善于调解者从此适用于天上人间。　　90

"时间之主"大于他的时间"疆域";因为他永远充满生机,所以他掌控时间。同样,在《哥伦布》(Kolomb,第131及后续几行)中写道:"至高者在阳光普照的地方几乎不起作用,而月亮",它在变换中构成时间。如果他在"白天的工作"(对象的关联)中选择了时间的作用,那么,他也分享了暂时性的人的命运,所以,在《自然和艺术》中时间之神

"如同我们",称为"时间之子"(第26及后续1行)。至高者这么做,以便时间存在,并使语言随文在构成时间的自我和世界的对立中产生,因为只有在语言中才可能交际,感知自我(Sich-erfahren)。如果这在"永恒的"和平的宁静中继续维持——如果要构成共同的精神,它就必须继续维持——那么,语言也必须在宁静中继续延续下去。"倘若宁静归来,也有一种语言",这行诗不像人们普遍设想的那样,它不是强调"一种",而是反节奏[318]强调"也有",这样才出现了宁静和语言的对立,且不说这些词属于两种存在方式最精辟的主题词。"命运的法则",即时间秩序,要求绕过时间反命题(Autithesis der git)的弯路,以便和平成为语言和宁静、暂时和永恒的综合,这样,历史就不会停止而得以实现。

同样的综合发生在"静穆的时间之神"那里,他在那一瞬间变得宁静,也就是说,成为永恒的时间之神。因为他完成了"时间画像"(第94行,跟《图像》第87行一致),重新抛弃自愿接受的暂时性。现在,他可以欢庆了——在这个词的双重意义上讲——现在,他"容光焕发",现在,"爱的法则,善于调解者"要取代命运的法则。同样,在人与众神的"婚宴"中,命运也得到了"平衡"(《莱茵河》,第180及后续几行)。"善于"意味着用美好的方式调解,这在综合的结构中总是考虑到的。

> 从清晨开始,
> 自我们交谈和互相倾听以来,
> 世人经历了许多;我们不久将成为歌声。
> 伟大精神展开时间画像,一个标记
> 在我们面前,在他和他者之间   95
> 有一个他和其他力量之间的盟约。
> 不仅仅他,那些非胎生者,永恒者,
> 全由此认出,如同在植物上认出
> 大地母亲,还有阳光和空气。

> 然而最后,你们呀,神圣的力量, 100
> 你们乃爱的标记,证实
> 你们依然如故的,是这盛大节日,

荷尔德林再一次触碰到语言、感知和时间之间的关联。从时间开始以来(从清晨开始),我们便交谈,我们在暂时的说和听的对立中存在,并能获悉某些东西(对象关联)。在时间的实现中,我们将成为歌声,歌声是纯粹的存在实施,但它仍然要表达某些东西。它是立足于自身的宁静和在对象身上展开的语言及[319]会话的高度综合。荷尔德林总是将它视为与暂时言说这个反题对立的、第三种重新永恒的状态的象征。许佩里翁在遇见第俄提玛的永恒瞬间后说了这样的话:

> 我们在一块很少说话,人为自己的语言而羞愧。人想变成乐音汇合在一首天国之歌中。(StA III, 55)

总而言之,宁静——语言——歌声象征着荷尔德林历史图像的三步骤。

最后表达的是总体思想,时间之神展开"时间画像",即曾经发生的历史的画像。这是时间之神与"其他力量"结盟的标记。句中为了强调而运用的重复修辞法表明,这里的盟约只能是指希腊的神和基督教的神和解——时间之神囊括了这两个宗教领域——希腊的神和基督教的神在时间上有先有后,但同时又共存于永恒中。在所有历史上产生影响的神祇同时间之主共同创作的这幅时间画像中,"可以认出"他们,正如自然力可以在它们创造的植物身上辨认出来那样。在所塑造的真实中,产生真实的创造性根基回归自我,并显示出来。在时间画像的标记中透露出这些神灵的本质,即他们的精神。但他们的存在,他们依然如故的事实,则唯有"盛大节日"可以证明。

> 全体欢聚一堂,天神既不
> 在奇迹中显现,也不在风暴里隐藏,

> 歌声中彼此之间友善好客， 105
> 合唱时亲临现场，一个神圣的数字，
> 用这种方式极乐者
> 汇合一起，还有你们，至爱者，
> 他们的牵挂，也不缺席；为此我邀你
> 参加盛宴，筵席已准备妥当，呼唤 110
> 你，不可遗忘者，你，在时间的黄昏，
> 年轻人哦，你来担任节日之王；
> 我们家族不会提前就寝，
> 直至你们全体有预兆者，
> [320]你们所有神灵， 115
> 到达我们的屋宇，
> 向我们讲述你们的天国。

诗写到上一段的结尾，兴奋之情达到高潮，作为标志，荷尔德林让句子跨段连贯到下一诗节。在这高位，控制诗歌延伸宽度的意义解释消失，为纯粹表达庆典让出位置。与此相应的是这段诗节的三重主题：神灵真的要到来，没有一位会缺席，节庆将以歌声的方式进行。

自从荷尔德林和苏塞特·贡塔德相遇后，每当发生这样的事情，他总是用最大的激情逼真展现以往所渴望的场面。因为，只有真实性才证实这种构思的正确性，构思跨度越大，真实性越是必要。因此，神灵的真正到来具有重大意义（"合唱时亲临现场"，"直至你们……到达"）。他们在庆典中的到来有别于在一瞬即逝的奇迹中显现或者在暴风雨中隐藏。"这就是他们，他们扔掉了面具"，荷尔德林如此描写新屋封顶庆典时神灵的到来（StA II,582）。因为，庆祝节日时日常工作停止，造成神灵也能出席的"永恒"范围。正因为如此，节日在歌声和合唱中进行。合唱时和弦的乐音总是同时响起，这恰恰象征了永远齐心协力发扬共同精神。"一个神圣的数字"指的不是一个确定的数字，而是完整的没有缺席的神界。

在《饼和葡萄酒》中,基督这个"唯一者"已经从古代众神的合唱中分离出来,在这里,荷尔德林特别提到他,将他跟其他的神进行对照,这是很自然的。第4段诗节中,诗人提到了自己的邀请,当然,他的邀请显得有些犹豫。然而随后回忆救世史时,他在骤然消逝者中认出了宁静的强大者。现在,他可以有理由说:我呼唤你;因为,诗的草稿确实发出了呼唤("敬请光临,年轻人"——这样的呼唤总共出现了7次)。第二组三段式诗节的第一节中[321]呼唤过,第三组的最后一节又令人想起这个呼唤。毫无疑问,这种前后对称是有意的。

第三组三段式诗节在艺术特征上遵循的也是这些基调,它的开头再次推移一个基调:关于命运和爱的法则的讨论(第7段诗节)在唯心论的基调中进行,时间画像和节日(第8段诗节)被朴素地提及,众神合唱的庆典和基督(第9段诗节)则英雄主义地表达了激情。如果说这里的每个基调似乎与相应的其他三段式诗节有所区别,那么,原因在于这部分的基调必须是唯心论的,在这里,理智观念中包含的"和一切生灵和睦相处"的思想,为诗节全部特别的内容给出了方向。

> 轻轻呼吸的空气
> 已宣告你们的到来,
> 硝烟弥漫的山谷以及   120
> 轰鸣的大地也做了预示,
> 希望染红了脸颊,
> 母亲和孩子
> 坐在房屋的门前,
> 并且望着和平,   125
> 少数人似乎濒临死亡,
> 预感使灵魂得到保持,
> 希望由金色光线送来,

承诺使长者延年益寿。

这是一种完全不同的基调。在说出至高者后,目光转向了大地,在那里,战争的复仇女神像暴风骤雨撤离,只有山谷还弥漫着硝烟,万物复苏,简单的关系(母亲和孩子,长者)重新恢复正常。中心的诗句是第125行:"并且望着和平。"这样,主题词便第二次且最后一次出现在《和平庆典》中(第一次出现在《和平之音》,第33行)。这两个地方的对称并非偶然(第一组三段式的最后一段诗节——最后一组三段式的第一段诗节)。最后,众所周知,和平的希望使老人延年益寿的观念来源于圣经,但在荷尔德林的时间范畴中具有了更深层的意义。在和平中,暂时性和[322]永恒性达到综合,暂时的死亡必然失去其绝对的意义。

> 辛劳,如人生的调料, 　　　　　　　　130
> 由上天酿造
> 并已经送出。
> 如今最受到众人
> 喜爱的却是单纯,
> 因为寻找已久的 　　　　　　　　　　135
> 金色果实,
> 在撼天动地的风暴中
> 从古老树干上跌落,然后作为
> 最珍贵的财富,被神圣的命运
> 用温柔的武器四面保护, 　　　　　　140
> 这恰是天神的形象。

从结局看,时间的辛劳如同人生的调料,正如莱茵河赞歌中说的,最终"痛苦的回忆甜美地哗哗响"(第124行),但是,更受到喜爱的是"单纯",即最初的、如今回归的黄金时代的本源。这样,诗人的目光就转向了时间中众神的命运,因为他们是"金色的果实",在时间的"撼天动地的风暴"中,从永恒的大自然的"古老树干"上跌落。但同时又被时间即"神圣的命运"保存下来——这里再次涉及时间的矛盾性,由此引起了矛盾修饰法"温柔的武器"——接着,他们将通过自己的"形象"显现,也就是说,在具体的现实中显现。

> 你悲叹,如同母狮,
> 哦母亲,因为你就是,
> 失去了孩子们的大自然。
> 因为你的敌人窃走了他们, 145
> 你的至亲,因为你待他
> 视同亲生儿子,
> 让萨图恩与众神为伴。
> 你有所建造,
> 且有所埋葬, 150
>
> 因为仇恨你,他
> 被你,强有力者
> 提前,拖向光明。
> 现在你认出并放弃了他;
> [323]因为他愿意没有知觉地歇息, 155
> 直至成熟,地下恐惧的忙碌者。

　　永恒的自然是众神的母亲,她的两个"孩子",日神和大地,又是人类的父母(《人》,第 13 及后续 1 行)。但是,从自然那里窃走众神的"敌人"不是别人,而是人,人自负地取代众神,这样,他便成了神灵的扭曲形象,成了"萨图恩"。通常被引用来解释"敌人"的"不安的精灵"并不是神物。它充其量只在某些人身上起作用,从出身关系上,这些人不是自然的儿子,只是被自然视同儿子,这些人"仇恨"自然——荷尔德林从创作《许佩里翁》以来的基本主题——因为这种人提前脱离了永恒性进入了暂时性,过早地依靠自己,从而不得不将自己绝对化,这样,其"人性"的成熟以及他们跟自然和神灵的真正关系就错失了时机。长篇小说《许佩里翁》起初以过早独立的民族为例,展示了第二种非悲剧性的提前性问题(StA III,78)。后来,汇入了来自背离神学的思想(die Theologie des Abfaus),在这里我们不能详细论述。不管怎样,荷尔德林关于"不合时宜的生长"的观点植根于此,并且与放任、迷乱、怪癖、自负、邪恶这些概念有着更广泛的联系。这个词来自《哥林多前书》述说基督复活的第十五章第8节:保罗名叫"扫罗"时曾称自己"未到产期而生"。

最后,大自然认出并放弃了人类中违背神的那部分人,正如诗中所述,这种辨认和认出只有在完全意义上的时间黄昏才有可能(参阅第74、75、98、99行)。结束的诗行使人想到《在多瑙河源头》草稿中的一句话(StA II,688):

> 最后,当时间的权力在我们上空实现,最野蛮者终于歇息。

从刚才提到的上下文中,这些人可以得到更确切的解释。"恐惧的忙碌者"是将自己绝对化的人,他们是大自然的"敌人",害怕、焦虑和疯狂地操劳是他们的特征。这种人处于[324]暂时性的形式,荷尔德林将此理解为脱离了永恒的自然(最常用的主题词是:迷乱)。现在,他们将"没有知觉"地歇息,这意味着距离非常远(主题词:死亡)。但这里只是说"愿意";因为这种人也将"成熟",也就是说,"提前者"因此而滞后变得成熟,找到返回永恒自然的路——这个问题的首次描述考虑到这种可能性:他们将"永远不,或者后来才"成为"完美的自然"——我们必须补充说:然后,时间的实现才变得完美。约翰启示录关于千年王国的观念可能导致终极拯救世界的思想。总之,结尾预示的不是最终斗争,而是绝对的最终和平。

最后一组三段式诗节的基调变换与第一组三段式诗节相一致。

跟随在安定下来的世界的朴素图像后面,是英雄主义的激情承诺:天神的形象已经找到;最后是唯心论地揭示救世史的关联。这种揭示甚至超过了我们迄今听到的一切;因为我们现在知道,大自然——"比岁月古老,且高于东方和西方的诸神"(《宛如节日》,第 21 – 22 行)——是这部世界戏剧的基础,结束的几行诗句谈到和平庆典之后、世界整体获救之前的情况。这部分的基调明显地不同于以前那种"宁静和形象","快乐和优雅",也就是说,像第一部分的基调那样朴素。这首赞歌的基调变换似乎遵循这个法则:四组三段式诗节或曰四个部分,每部分分别代表一种基调,合起来是这么一个循环:朴素—英雄主义—唯心论—朴素。在每部分的内部,艺术特征又随诗节变换,而且第一段诗节分别以这部分的基调开始,后续的两段在基调的循环内继续进行。这 12 段诗节显示出如下艺术特征:朴素—英雄主义—唯心论,英雄主义—唯心论—朴素,唯心论—朴素—英雄主义,朴素—英雄主义—唯心论。

这首赞歌的艺术特征当然远不限于这种形态。[325]我们曾指出某种呼应的对称关系。然而这种呼应的范围要大得多;每段诗节的主题或者互相对立,或者保持一致,呈现出对称的关系:

1. 此时此地的情况
2. 节日之王显现
3. 退去的风暴,归来的无辜日子
4. 昔日的基督
5. 基督的世界瞬间
6. 时间之神的黄昏庆典

12. 第一个起源和遥远的总体结束
11. 天神形象显现
10. 退去的风暴,归来的和平
9. 今日的众神和基督
8. 整个时间画像
7. 时间之神的日常工作

在音调的节奏和关联的主题结构之上,还有一个大纲,给每个部分安排一个主要人物:第一部分节日之王,第二部分少年基督,第三部分时间之主,第四部分母亲自然。荷尔德林特意只提这四位神灵,他们代表了永恒、瞬间、时间以及永恒、瞬间、时间的根基。

诗中神灵的秩序就是世界的时间秩序；两种秩序合起来构成知性历史的视野，在这个视野中历史事实变成神秘事件。如果说，荷尔德林曾写信给出版商，说他想单独印刷出版赞歌，"因为内容直接涉及祖国或时间"（StA VI, 435），那么，在时间这个主题上他首先想到的作品是《和平庆典》，也许还有《拔摩岛》和《唯一者》。直接针对祖国的是《漫游》和《日尔曼尼亚》，还有《莱茵河》。后期的每首诗歌都直接涉及祖国和时间这两个主题。

按照《拔摩岛》赞歌的结束语，德意志颂歌的任务是完美地解释留存物和保护固定的字母。在对历史上的和平进行形而上的阐释中，留存物得到很好解释，当然，解释得如此完美，以至于留存物在被解释时面临消失的危险，庄严的宣告中似乎只留存下预告的世界转折。[326]因此，尽管荷尔德林对精神上流传下来的力量进行了并非没有疑问的综合，这首诗是否就因此保留了最后的不受约束？"保护固定的字母"这句话暗示了可以在什么地方寻找他诗歌创作的约束力。

诗人在有限中设计了永恒的画像，不是为了进入幻想的世界，而是为了获取有限性的本质。因为只有在永恒面前，有限性才显现出它衰亡和希望的本质，相反，永恒只有在永恒的有限中才显现为拯救和实现。在和平庆典中，时间被理解为一个通向和平的可能性，但这种可能性如果不在诗歌的语言实施中变为现实，就只会停留在理论上。正如上面提示过的，这种情况的发生方式是，表述内容的永恒性和表述行为的暂时性总是可以区别的。尽管诗人相信自己会看见神灵进入已隆重布置的殿堂，但他仍提议操办花环和佳肴。尽管他刚渴望众神欢聚的节日到来，但他已看见大师举行庆典。诗中经常出现的词语，如现在、如今、今天、已经，这些词总是指刚刚发生的一刻，它们为最终时刻的来临留下了空间。在这个时刻——历史的实现后，转世论的世界重放光明前——赞歌用暂时的方式庆祝永恒的和平；因为赞歌是用语言写成的。语言实施中产生了诗歌内容的意义。在赞歌变成永恒之前,诗人总是作为赞歌的抒情主体略微"提前"存在。这既不是悲剧命运的提前性,也不是非悲剧性的任意的提前性,而是第三种,即诗人的提前性:

> 提前!乃神圣歌手的使命,因此
> 他们领先为伟大命运效劳和变化。

荷尔德林的苏尔维亚赞

——析赞歌草稿《你们,牢固建造的阿尔卑斯山》

[327]"幸福的苏尔维亚,我的母亲",这是荷尔德林后期创作的伟大颂歌中最受人喜爱的一首诗的开头。①第一、二段诗节的语言如同前奏,气势磅礴,秀丽典雅,含义深刻,是对家乡的歌颂。接着,诗人用一句感叹"我却想去高加索",重启一段诗节,将目光转向东方的"故乡",在祖国节日的光芒下重温远古时代希腊与德意志的同盟。国家的庆典仍隶属于重大的历史神话。但正如荷尔德林作品中常见的那样,新增的主题悄悄发酵,直至独自成为一首诗。在荷尔德林的作品中,我们虽然没有找到一首颂扬家乡施瓦本的完整赞歌,但是,无标题诗稿《你们,牢固建造的阿尔卑斯山》让我们在基本轮廓、初始用语、各部分的关联中看到,荷尔德林打算写这样一首赞歌,并且考虑好这首诗用怎样的格式。如果我们尝试分析诗稿,首先要尽可能准确地理解荷尔德林后期的一些诗句。此外,如果我们不能重构这首诗,那我们至少要得出这首诗的中心思想,它必定属于祖国颂歌这个主题范围,而且,这首诗如果完成的话,应能够跟赞歌《漫游》《日耳曼尼亚》《思念》等诗那样占有自己的席位。

在贯穿荷尔德林全部创作的歌颂家乡的诗节和诗歌的链条上,《你们,牢固建造的阿尔卑斯山》处在末端。对于这位邓肯多夫和毛尔布隆神学校的学员来说,"苏尔维亚"是男子美德的国度和思想伟人的

---

① [译注]这句诗是荷尔德林著名诗歌《漫游》的开头,苏尔维亚是荷尔德林故乡施瓦本地区的旧称。

母亲。思想和历史交织在一个跨越时代的实体的画面中,它在腐败的当下保存了古老和纯真的东西,并将它们带给更美好的未来。在古典主义的荷尔德林这里,[328]静穆地庆贺家乡取代了对施瓦本的热忱,这种庆贺方式几乎总是适用于家乡的本性,它将家乡看作受到恩赐的空间,在那里,所有漂泊者都归于宁静,返乡者找到了愉快、清新的安全感。这个空间形象的元素中隐藏着家乡风景的某些具体特征,荷尔德林竭力以此呈现家乡的纯粹本质,描绘其普遍有效的图像。与此相反,后期作品触及这个主题时,追求的是现实性和具体性,这成为他后期创作的特征。他提到家乡施瓦本的独特人物、地点和名称,同时又将它们放到神秘的世界理解的视域中,这样,最熟悉的、不熟悉的、最精神化的东西都显得具体和看得见。①

　　本文要探讨的诗稿是后期创作阶段最完整的代表。神秘主义和奥秘的深层含义似乎退却了,除了少量无法直接理解的词语,这篇残稿中包含的具体画面和说明看来并不需要深入分析。但是,荷尔德林后期作品中具体的东西并非只限于实际的事物,也涉及精神意义的表达。诗中具体的东西从来没有只是再现直接的现实,人们甚至可以说,观察和描写得越详细,越明确指向证明诗人存在理由的重要语境。使用荷尔德林艺术理论中的概念,那就是"符号",符号中所展示的,比起诗人事先将已有的东西埋入本质的"根基"中,然后取出放进作品具体陈述中的内容更加丰富。真实成为作品的这个过程,其形式上的转变类似于黑格尔提出的:在双重的"反思"中,抽象的自在之物成为诗人塑造的具体的自为之物。因此,赞歌《拔摩岛》的结尾写到诗人应当完美地解释留存物,这意味着将现存的东西放回其"意义"的根基中——解释、意义和根基[329]是同义词——并保护固定的字母,也就是说,将这些有根有据的东西送入"牢固符号"的诗意存在中,只有在那里,存在之物才找到荷尔德林意义上的完全真实。诗稿《你们,牢固建造的

---

① 《荷尔德林诗歌中家乡的形象和寓意》一文对此有详细的描述。

阿尔卑斯山》在颂扬祖国、赞美他的山水城乡时并不想提到和描写熟悉的东西，而是想从本质的神秘根基出发，完美地解释家乡的真实，让具体的形象富有诗意地在固定的字母中产生。因此，我们的任务，是审视这些现实的、看上去理所当然的东西的"意义"，尽我们所能，从后期荷尔德林的语言应用、象征和思维方式中对其作出阐发，以此在精神上重新获得已有的东西。同时，本文也试图为探索适用于后期诗歌的分析方法作出贡献。这篇诗稿如下：①

> 你们，牢固建造的阿尔卑斯山
> 这
>
> 你们，温柔眺望的山脉，
> 那里，茂密的山坡上
> 黑森林发出呼啸，
> 冷杉树的卷发
> 泼下芬芳的气味，
> 那里流淌着内卡河
>
> 以及多瑙河！
> 夏天，温度友好地
> 从四周飘向院子
> 和村庄的椴树，在那里，
> 杨柳开花
> 木棉
> 在神圣的牧场上，

---

① StA II, 231 f..

以及

你们，美好的城市！
不是尚无造型，跟敌人
混在一起没有威力
[330]什么
它突然离去
没看见死亡。
但何时

斯图加特，在这里，我
一个临时者允许
被埋葬躺着，在这里，
街道
拐弯，并且
绕过葡萄山径，
城市的乐声再一次
独自回到平坦的绿茵上
静谧地荡漾在苹果树下。

图宾根境内 那儿
晴朗的白天
闪电降临
罗马在音响中被尖顶山折断
芬芳的气味

梯尔山谷，这

首先，有人也许会问，荷尔德林是否在歌颂特定历史形态的乡土。阿尔卑斯山和多瑙河表明了这是古老的施瓦本公国，后来，第 2 行诗后面又补充了"威腾山"（Das Wirtemberg）这个词，① 于是，产生了这样的诗行：

> 你们，牢固建造的阿尔卑斯山！
> 这
> 威腾山

这句诗可以用类似于赞歌《漫游》开头表达的思想进行补充：② "幸福的苏尔维亚，我的母亲……瑞士境内的阿尔卑斯山也为毗邻的你投下绿荫。"对于威腾山，人们不必认真地用历史的观点看待。例如在下一篇诗稿③的残句中，"威腾山的庄稼地"可以用来表示阿尔卑斯山庇护下受到恩赐的家乡。[331]荷尔德林不太可能歌唱他所处的时代的政治形态。在哀歌《斯图加特》④中，他虽然说到靠近"国界"即符腾堡的"出生地"劳芬，但同时又说到"本地英雄""红胡子大帝""克里斯托夫"和"康拉丁"，其中两个是劳芬人，一个是符腾堡人。在《漫游》中，他将莱茵河称为母亲苏尔维亚的儿子，起初用博登湖和莱茵河暗示古老的施瓦本，后来又给"阿尔卑斯山"加上"瑞士境内"和"毗邻的"，再后来又给城市加上名字"海登海姆，内卡河畔的乌尔姆"（内卡苏尔姆），将它作为符腾堡东北边界上的终点。⑤ 对于他来说，林道是"一道好客的国门"，⑥这既不符合施瓦本，也不

---

① StA II, 865.
② StA II, 138.
③ 《眼前最近的》（*Das Nächste Beste*），第二稿，第 41 及后续 1 行，StA II, 235.
④ StA II, 87, 第 39 及后续几行。
⑤ StA II, 第 138 及后续几行, 第 94 行, 参阅 713 和拜斯纳 716. f. 。
⑥ 《返乡》（*Heimkunft*），第 59 及后续 1 行, StA II, 98。

符合符腾堡的情况,他对海德堡也有类似的感受,① 莱茵河早就属于家乡。② 在青年时期的诗歌中,他怀着对苏尔维亚的远古时代及其英雄的陶醉,将施瓦本与符腾堡不加区分地交汇在一起。从这一切中可以得知,荷尔德林的苏尔维亚不是一个国家,而是一个地区,它似乎"比岁月更古老",由于它的历史命运而成为家乡的原始范围。对于《你们,牢固建造的阿尔卑斯山》提供的地理依据,我们不能从历史上进行说明,而只能作神秘主义的解释。

荷尔德林用阿尔卑斯山作为诗的开头。③ 在后期诗歌中,无论有名字或者没有名字,这些山构成的母题的内在宽度和支撑力几乎无法估量。荷尔德林作为神学院学生,在1791年游历瑞士时便认识它们,并且在长篇的六音步诗《瑞士州》④中描写过。但是,"巨大山脉"及其"令人畏惧的[332]崇高的"威严留下的印象——18世纪后期意义上具有的矛盾性——在这里被站在"自由之源"并目睹"退尔"⑤家乡现状的经历所覆盖。当时,这位神学院学生充满革命激情,瑞士的状况对自己的祖国而言只能寄希望于"未来的自由的世纪"。直到1801年春第二次在瑞士作较长时间停留时,⑥他才直接留意这座山的外貌。此时,这座山不再是政治状况的场景,而是纯粹的自然现象,对于他来说,阿

---

① 见颂歌《海德堡》(*Heidelberg*),StA II, 14 f.。
② 《漫游者》(*Der Wanderer*),第37行,StA I, 207。
③ 据拜斯纳考证,StA II, 865,在第一行诗的上面大约留了9行诗句的空间。如果荷尔德林是预留给一段特别的诗节作为开端,很可能想谈及自己以及诗的主题,类似于颂歌《海德堡》、赞歌《莱茵河》、赞歌《日耳曼尼亚》《唯一者》《致圣母》等诗的开头。真正赞颂国家肯定从现存的第一行诗开始。
④ [译注]StA I, 143 ff.。中译文见《荷尔德林诗集》,王佐良译,人民文学出版社,2015。
⑤ [译注]威廉·退尔(Wilhelm Tell),瑞士传奇式自由战士,被视为民族英雄。
⑥ 参阅肯普特(Lothar Kempter)内容丰富的专著 *Hölderlin in Hauptwil*, 1946。

尔卑斯山成为极其神秘的现实的化身。起初,他带着万分的震惊对此作出反应:

> 你也会被触动,像我一样,站在这辉煌永恒的山脉前,如果万能的上帝在这大地上有一个宝座,那么,它一定是在这崇高的山巅上。

或者,

> 站在距此几小时远的阿尔卑斯山前,我一直惊叹不已,这种印象我确实从未有过,它们仿佛源自我们大地母亲英雄的青年时代的一则神奇传说,提醒人们想起太初造物时的混沌世界,山峦安详地低头俯视,冰雪之上一片蔚蓝,太阳和星辰昼夜闪烁光芒。

——他从豪普特威尔寄出的信中如此写道。① 接着是诗歌,最早的大概是颂歌《在阿尔卑斯山下歌唱》,② 这首诗本来不是写山,而是出自认知的言说——"高山教给你神圣的法则";然后是哀歌《返乡》,③ 诗的开头描绘了一幅巨大的画面,"令人欢乐又惊恐的混沌","放荡不羁"升起的清晨,"银色的崇山峻岭",并联系到未来的时代转折。再后来是赞歌。这些诗一再用阿尔卑斯山开始,《漫游》④ 将此山理解为"房屋的炉灶"和"起源";《莱茵河》⑤ 将此山看作"天神的城堡",谈到"最阴冷深谷"中"半神的草坪";诗稿《如果[333]神灵建造》⑥

---

① 致姐妹的信,1801 年 2 月 23 日,致兰道尔的信,1801 年 2 月中至月底,StA VI, 414, 416。
② StA II, 44 f..
③ StA II, 96 ff..
④ StA II, 138 ff..
⑤ StA II, 142 ff..
⑥ StA II, 222 ff..

让山峦的雄姿在雷神"颤动的闪电"下产生;最后,除了其他诗歌和草稿中的一些词语和画面外,还有《你们,牢固建造的阿尔卑斯山》。

"你们,牢固建造的阿尔卑斯山"这句诗似乎没有多少可说明的,但严格地说,这里最纯粹地概括了山脉的本质,因为,"牢固"和"建造"这两个词包含着源于后期世界图像中心思想的准确意义。它们表明的不是任何其他的东西,而是高山教给你的"神圣法则"。

首先,它是建造的。这不是形而上的说法;这些山峦矗立在那里,不是貌似建造的,而确实是建造的。哀歌《漫游者》①暗示了这个神秘的过程:"如同当初,神用闪电劈开这里的山脉,造出高峰和深谷。"上面刚引用的诗稿《如果天上神祇》的开头将这个暗示塑造成气势磅礴的画面:

> 如果天上神祇
> 建造,大地上一片
> 肃静,姿态雄伟地耸立着
> 震惊的山峦。它们的额头
> 轮廓清晰。因为它们正好
> 碰上,那位刚直的女儿
> 粗鲁地阻止雷神发射出
> 神灵颤动的闪电,
> 且散发出芳香,熄灭了
> 从天而降的动乱。

在天与地的 ιερος γαμος [圣婚]②中,雷神用闪电造就了山的雄伟姿

---

① 第 2 稿,第 3 及后续 1 行,StA II, 80。
② 大地是雷神的"女儿"和妻子,这是《莱茵河》第 5 及后续几行以及异文的解释,在那里,她是宠儿,是"日神"、"雕塑家"、"庄严的皮格马利翁"的"女弟子"和"未婚妻"。

态,然后在滂沱大雨中熄灭了动乱。火焰和清凉,①极端的肉体和灵魂的[334]存在,从中产生了尺度和形态。但是,荷尔德林关于这个过程的本质的观点并没有就此说完。《莱茵河》赞歌开头删去了的第 5 至 7 行给出了重要的说明,那个地方后来用的词语是"天神的城堡"。起初是这样写的:②

> (此时,恰是金色的正午,
> 拜访了源头,又沿着
> 阿尔卑斯山拾阶而下,)
> 它取自深处,
> 从高往下建造
> 这城堡,那里自古以来
> (就有神祇断然
> 秘密地来到人间)

我们知道,这座山是如何从高往下建造的:用最高神祇的闪电。但是,精准的措辞"从高往下"似乎还需要作些特别说明,因为人类的住宅是从下往上建造的。但是,此山不是房子或纪念碑那样现实中的建筑物,山体上造的是现实的真实性本身。它"取自深处"。神祇用闪电造成的山不是死的物质,而是来自另一个领域,"深处"所表达的意思,与天渊之别中纯粹的"低"更广、更多。在刚才引用的寄自豪普特威尔的信中,荷尔德林提醒人们想起"太初造物时的混沌世界,山峦安详地低头俯视"。在安详的姿态中,注入了起源的动力,这种力量本身是混

---

① 荷尔德林起初用"火焰"代替"动乱",StA II, 856。火焰和清凉,醉意醺醺和神圣的理智,湍急的和呆滞的时代,这些概念稍加改变大量出现在荷尔德林中后期的创作中,它们构成对立的两极,两极之间产生了有形的此在。这样的例子还可以增加几个,见米歇尔一篇文章的草稿:"Feuer und Kühle",摘自 *Hölderlins Symbolik*, *Hölderlins Wiederkunft*, 1943, S. 271 ff. 。

② StA II, 723.

沌无形的,只是通过造物主的手才有了尺度和形态,因此具有了真正持久的真实性。

这让人想起圣经中的创世神话。但只是相似,因为,这里隐含着荷尔德林对真实的本质的观点,这种真实贯穿了他后期的全部作品,也决定了他对诗歌本质的看法,这一点我们在开始时已指出。这里,我们还必须略说几句,因为,荷尔德林的这些观点也为后面这篇诗稿的观念提供了基础:①存在之物[335]不是简单的此在,而是此存在物身上显示出来的"根基"的"符号",同时,也是它所标示的"精神"的符号。根基,也称"起源""生命"或"自然",被设想为各种特殊此在的深层物,它普遍在场,具有创造力,本身没有形态,封闭在自我之中,它将这种存在之物从自身释放到有形的、清晰的、个体的真实中,并引导到显而易见的符号中。"任何自然的隐藏的根基"②这句话表明了这个概念的神秘根源,这些根源,荷尔德林在施瓦本神秘主义氛围中从开始就很熟悉。③但是,除根基之外,产生于根基的精神也属于存在之物的完全真实。代表精神的是"唯心论的""超验的""神性的"的东西,它通过感性的形态表达出来。这两个维度都不在眼前;"有限的情感"只能感受到事物的直接现象,但诗人穿透力更深的目光却认出通过符号揭示根基和精神的真实。

在这里,我们不打算探究这些概念之间有什么差异,以及它们在许多同义词中如何掌控自然与生命、历史与艺术中一切现象的呈现,这样,我们也许就会更正确地从思维方式出发,而不是根据划分开的概念

---

① 笔者尚未出版的著作《荷尔德林作品中的创作和时代》详细地阐述了这个思想,并且从荷尔德林的哲学与作品中引用了大量例子作为证明。

② StA IV, 274.

③ W. Rehm 指出"深渊"这个概念的神秘来源,见"Tiefe und Abgrund in Hölderlins Dichtung",*Hölderlin – Gedenkschrift*,1943,页 70 及后续几页,在荷尔德林后期作品中,根基和深渊之间有一种清晰构想的关系,有关的描述可参阅《荷尔德林作品中的创作和时代》。

去言说。但是,如果回到阿尔卑斯山那里,我们就能更准确地理解这些山是在什么意义上建造的。它们是从隐藏的根基的深处取出,从神的精神高处建造的,这样,它们便作为符号,作为有形的、在其形而上学的关联中显示的真实站立在我们面前。因此,另一份草稿中写道:"它们的额头轮廓清晰。"荷尔德林在阿尔卑斯山那里直接认识到,真实的东西是以何种方式成为真实的。高山教给你的"神圣法则"只包含真实的形而上的形态或者存在的本质。

这种建造的牢固又是怎么回事呢?[336]在后期的作品中,这个概念有其准确含义。荷尔德林用"牢固""稳固"和"确凿"来形容建立在"真正根基"上,因而能够承载精神的现象。因为符号也可能脱离根基而立足于自身之上,也就是说,立足于非真正的根基上,这样,就变得"没有说明"——说明意味着拿出根据,并且失去"语言"——精神的表达。①当必须从根基中走出来时,如果能继续忠实于根基,就会产生真实的牢固性——创作中作品的"真",荷尔德林称之为"符号的最高类型"。他用巴黎的古典艺术品说明这一点,②他从两个方面描述这种现象,并追溯到一种对立的根基:雕像的静止是最强烈运动的约束,特征鲜明的个性是高度普遍性的个体形成。"这样,在这个意义上的牢固就是符号的最高类型"。

所谓"这个意义上的牢固",其代表是"牢固建造"的,即由根基、符号和精神坚固构成的阿尔卑斯山。如果人们将这个看似理所当然的词拿回到当时的思维方式,它就会揭示出一个不同寻常的深处。荷尔德林在山脉前感到的震惊,远远不只是表达一种强烈的对大自然的体验,

---

① "我们是符号,没有说明没有痛苦,在异邦几乎失去了语言。"《谟涅摩叙涅》,第2稿,第1及后续几行,StA II, 195,也就是说,我们德国人在外来的奴役中否认我们"民族的根基",我们只是符号,我们必须更多地将外来的东西跟自己的东西联系起来,从而获取我们祖国的真实的精神。

② [译注]致博棱多夫的信,大约1802年11月,StA VI 432 f.。中译文见《烟雨故园路》,张红艳译,经济日报出版社。

这种震惊直达他的思想中心,促成他确认神秘主义的世界图像。

阿尔卑斯山并不仅仅与真实的本质有关,还与荷尔德林祖国的真实有关。诗稿只是间接地表达出这点,他用阿尔卑斯山开始对家乡的歌颂,这座山特殊的、赫斯培利恩—祖国的意义通过它的建造方式显示出来。闪电经常作为一种象征,比喻跟希腊人相反的德国人为了实现自我所需要的事件。因为德国人生活在[337]循规蹈矩的世界,在"僵死的秩序"中,全都"分门别类",装在"箱"中,① 他们需要重大契机的冲击,让他们"碰上某些东西……拥有命运"。"在这瞬间,伟大时代的命运……他们也碰上"。相反,天性放纵的希腊人则应做到"恰如其分"并"守住尺度"。②

但阿尔卑斯山现在遇上的是闪电。因此,如果天神完成了建造,"震惊的山峦"使姿态雄伟地耸立着。荷尔德林面对阿尔卑斯山所感到的"震惊",不仅来自对这山的本质的认识,同时也是祖国在人的感觉中自我实现的一种方式。他在第一封致博棱多夫(Böhlendorff)的信中试图确定祖国的本质时引用歌德的一句话说:③

> 我感到高兴,……如果在夏天"古老的神圣的天父用镇静的手从红霞中抖出赐福的闪电"。因为,我从神那里能看到的一切东西当中,它成为我选中的符号。

闪电是他所选中的祖国的符号,因为神在闪电中指明了道路,如果祖国想找到自我,找到自己的精神,就必须走这条道路,从"民族的"起源、僵硬的法规世界进入标志性真实、命运实施的现实。因此,经过闪

---

① 许佩里翁,StA III, 154。

② 关于《安提戈涅》的说明,StA V, 270,《唯一者》,第 2 稿,第 55 及后续几行,StA II, 158。关于"希腊和赫斯培利恩"的讨论(Michel, Beißner, Rehm, Hof, Allemann,等等)我们在此无法详细叙述。

③ StA VI, 427.

电造型的阿尔卑斯山,矗立在人类从古代到赫斯培利恩世界转换的伟大文化进程中:"他欢呼着跃过阿尔卑斯山,看到千姿万态的国家。"①祖国的领域从这座山开始,这座山像祖国本身那样建造。苏尔维亚,阿尔卑斯山北部"千姿万态的国家"中第一个似乎最具祖国特色的地方,位于"房屋的炉灶附近",

> 你的儿女,大小城市,
> 在宽阔的烟波浩瀚的湖畔,
> 内卡河畔的牧场,莱茵河畔,
> [338]他们全都认为,世上
> 没有比这更宜居的地方。②

这段文字大概也包含在"你们,牢固建造的阿尔卑斯山"这句呼唤中,荷尔德林用这句呼唤来开始穿越祖国的歌颂之旅。在这页稿纸的边缘,他后来在"威腾山"这个词的旁边又加上几句诗:③

> 庙宇,三足鼎,还有祭坛
> 因为天上神灵
> 总是联系在一起。

天上神灵总是联系在一起,如同人世间"共同精神"的原始现象,这个观念在多个地方都得到证实。④这个句子用于论证前一个句子("因为"),我们也许必须将前一句补充成这样子:"庙宇,三足鼎,还有

---

① 《日耳曼尼亚》(*Germanien*),第47及后续1行,参阅《在多瑙河的源头》(*Am Quell der Donau*),第35及后续几行,StA II, 150, 126。
② 《漫游》(*Die Wanderung*),第20及后续几行,StArII, 138。
③ StA II, 865,类似情况:《王侯》(*Dem Fürsten*),第13及后续1行,StA II, 246 f.。
④ 例如,《和平》(*Der Frieden*),第54及后续几行,《哥伦布》(*Kolomb*),第141及后续几行,StA II, 8, 245。

祭坛[紧密地聚在一起]。"神灵的拜祭场所构成神圣的区域。这样的表述只能指阿尔卑斯山及其顶峰,它们"汇集在四周"。①"天神的城堡"是莱茵河赞歌中对阿尔卑斯山的称呼,"万能上帝的宝座"出自豪普特威尔的信件。建造的牢固性从宗教的意义进入哲学的意义。"威腾山"位于神灵居住地($συνοικισμος$)附近,在荷尔德林家乡,"生机勃勃的万物,诸神的力量"比在任何其他地方都更可以感受到。

　　诗人的目光从阿尔卑斯山转向黑森林。荷尔德林没有提到施瓦本山,尽管这座山位于家乡的最内部区域,属于尼尔廷根地区,伴随着诗人家乡观的是某些委婉的表达,包括后来写下的诗句——"凛冽的风在岩洞四周吹拂"。②或许,他在某些地方想提到施瓦本山;这些山没有出现在"你们,温柔眺望的山峦"这个标题下,那是因为,险峻的北边悬崖的画面总是跟崇高和伟大联系在一起。早在青年时期的诗歌《特克山》③中,"山岩上午夜的森林"和[339]"森林茂密的崇山峻岭"就令他赞赏,它们出现在他面前,显得"如此美丽,如此崇高"。在这里,他也许是按照俄喜安(Ossian)神话中的大自然的氛围和古典关于崇高的理论进行表述。往常,他在描写山的时候,无论这些画面是指施瓦本山、还是从这山的观念出发,他总是使用一些令人想起巨大山脉的词语。

　　黑森林山柔软的轮廓显示出的形态是"温柔眺望"。这与阿尔卑斯山"牢固建造"形成对比,如果考虑到荷尔德林后期的思想特点,那么这话可能就不只是在审美意义上说的,似乎荷尔德林想将美的山与崇高的山、高大的山与可爱的山进行对比。牢固与温柔的对比也没有完全说明两者的关系。此处思想的核心在于被动的建造与主动的眺望。阿尔卑斯山是原始过程的客体和结果,在这个过程中,存在的基本

---

　　① 《帕特默斯》(*Patmos*),第 10 行,StA II, 165,在那里汇集的"时代的顶峰"还包含另一种意思,此处不详谈。
　　② 《从深谷开始》(*Vom Abgrund nämlich*),第 19 及后续 1 行,StA II, 250。
　　③ StA I, 53 ff.。[译注]特克山是荷尔德林家乡一座陡峭的高山,离尼尔廷根不远,山顶上残留着冯·特克公爵家族建造的城堡的废墟。

原则获得了肉眼看得见的形态,并且是为了我们观看而"创建"的。黑森林山是过程的主体,,它不是瞬间产生的,而是长期形成的,家乡作为生机勃勃的宜居之地占据了它的一部分。眺望不是四处张望,而是望着,在望的过程中表达自己。荷尔德林描写"希腊的宠儿"爱神阿芙洛狄忒,称其"恰如其分地望着",①因为恰如其分和尺度是本身就淡泊(aorgisch②)的希腊人的文化目标,是希腊的"符号"。女神在目光中表达了民族的倾向。在这个意义上,黑森林代表了温柔,在荷尔德林看来,这温柔属于家乡的本质:家乡像母亲那样接待归乡者,用宁静的树木"安抚他追逐的心",③或者,使年轻人"肆意妄为的奢望得以平息",更乐意为她献出自己。④黑森林山温柔眺望,人们到处都能感受到,它似乎要将温柔撒遍家乡,用这个元素充满这个空间。如果阿尔卑斯山与黑森林提供了家乡特别是祖国存在的可能性,[340]并进而奠定了家乡的存在方式,那么,它们就不仅构成地理上的边界,也构成了家乡的精神"视域"。如果人们认真看待两首诗开头的句子——"你们,牢固建造的阿尔卑斯山"和"你们,温柔眺望的山峦",那么,可以说,这两句诗表明了家乡特别的生活是在什么条件下产生的,以及在诗中如何表达出来。

荷尔德林在紧凑和简明的诗句中绘出了黑森林的画面,词语的内容总是飞越出直接的意义:

---

① 《宛如海滨》(*Wie Meereskünsten*),第 8 及后续几行,StA II, 205。
② [译注]荷尔德林在《恩培多克勒的根据》(StA IV, 152 – 155)一文中论述自然和艺术的关系,使用了 organisch 和 aorgisch 这两个词来描述两种截然不同的属性,并将这两个形容词分别名词化为 das Organische 和 das Aorgische。作为两个极端,前者更多涉及自由行动、艺术、反思、有形,后者更多涉及不可思议、无从感受、没有限制、无形,鉴于荷尔德林使用的这两个概念在汉语中没有完全对应的词,现参照戴晖译《荷尔德林文集》(页 294 – 297)将 aorgisch 一词译为"淡泊"。
③ 《漫游者》(*Der Wanderer*)第 39 及后续 1 行,StA I, 207。
④ 《返回故乡》(*Rückkehr in die Heimat*),第 18 行,StA II, 29。

> 那里，茂密的山坡上
> 黑森林发出呼啸，
> 冷杉树的卷发
> 泼下芬芳的气味，

这里的词语，没有一点是抄袭来的，而是用神秘的原始元素构成的：不是森林，而是黑森林，即整座山在风中呼啸，冷杉树好似神灵头上的卷发。人们首先看到，这座山如何建造在绿叶葱葱的山坡上，接着听见上面的呼啸声，然后，冷杉树的芳香自上而下扑鼻而来。在运动的起伏和感官的共同作用下生成一幅现实而神秘的画面，远远超出了克洛普施托克装满思想的自然诗节或浪漫主义的通感。"温柔"不是从某个地方重新产生的，这个词表示的不是一种感觉，而是一种存在方式，它跟家乡的本质相一致。

跟在山后面写的是河流。这个国家有两大河流与黑森林有关联，因为它们发源于山的边缘：荷尔德林的精确性要求有一个顺序。他想用什么来填满两条河流名字之间的空隙，没有说出来。从颂歌、哀歌和赞歌中，我们已经知道一些关于这些河流典型的或意义深刻的表述。内卡河流经家乡最内部区域，即荷尔德林的出生地和青年时期生活的尼尔廷根地区——"在你的山谷，我的心苏醒成为生命"——河流的波涛围绕着童年悠久的嬉戏，也载着渴望奔向世界、奔向古希腊的家园。① 于是，这条河便成为[341]生命的象征，"投入时间的大潮"，渴望回归世界的统一——"深情地沉没"。② 最后，它还显现为生命的维护者：③

> 内卡河这位大师耕耘在田地的中央，

---

① 《内卡河》(*Der Nekar*),StA II, 17 f. 。
② 《海德堡》(*Heiderberg*), StA II, 14 f. 。
③ 《斯图加特》(*Stutgard*),第63及后续1行,StA II, 88。

牵引着条条犁沟,并捎来福祉。

多瑙河则是另一种情况。这条河像谜一般,因为它向东流去,载着诗人从西方对"东方话语"作出的回答。①但多瑙河本来是从东边来的:伊斯特河"像是在倒流,我则认为,它必定来自东方。关于这条河有许多传说"。多瑙河跟不受管束的莱茵河有别,无论是在青年时代还是在晚年,它都显得"满足"和"非常忍耐","笔直地顺着山势(阿尔卑斯山)"流淌,而莱茵河则"向侧面流去"。②多瑙河从开始就拥有希腊人寻找的尺度,它用"符号"代替"起源"作为开始,因此,它的上游其实是它的下游,并且似乎倒流,它是希腊的河流;而莱茵河则是祖国的河流,莱茵河在僵硬的法规世界中寻找自我实施的现实性。因此,它横向撕断山脉的链条,向侧面流去。③也许,荷尔德林想到了那些朴实无华的画面,它们显示了这些河流"住宅"的特征,例如,他在《伊斯特河》中将上多瑙河峡谷解释成神秘的厅堂。无论如何,我们必须将这种或类似的思想作为前提,以此来理解荷尔德林献给内卡河和多瑙河的诗句。

接着,他转向人类的栖息地、乡村和城市。关于乡村的生活、农民的勤劳和教养,他在青年时期的诗歌《特克山》和长篇哀歌《漫游者》中曾有描写。在现在讨论的这首诗里,他仅限于一个母题,即夏天盛开的花和芳香,似乎从这些媒体中会产生出这个地区的具体景物:院子,村庄的椴树,杨柳,木棉,神圣的牧场——这些魔幻的[342]名字已不只是个体事物的称谓,他在半谐音的音节中将这些媒体的区域进行了音乐性的改写。这些事物所构建的画面令人想起黑森林的诗句:在荷尔德林的家乡,农舍四周用院子围起来,他从院子走向村中心的椴树,然

---

① 《在多瑙河源头》(*Am Quell der Donau*),第 36 行以及异文,StA II,126,687 ff.。

② 《伊斯特河》(*Der Ister*),第 41 及后续几行,StA II,191。

③ 关于河流作为西方的象征,见品达断片中对"复活者"(*Das Belebende*)的解释,StA V,289。

后走出村庄来到牧场。对于这个区域里飘香的元素,他使用了比喻"友好的温度",在这里,我们又一次看出主要思维方式的表达。这种温度不是"躁动不安的精灵"那种发酵的、折磨人的温度,既不像夜里那样"无拘无束",也不像白天那样"灼热和受钳制",①而是一种"友好"的温度。这种矛盾的修饰法使两个对立的概念辩证地相互补充和"扬弃",我们在荷尔德林中期的诗中已经遇见过:"友爱地争吵""又悲又喜""缓缓地迅跑"等等。首先是花,荷尔德林曾试图用"统一对立的"词语表达它的本质:"花儿愉快地散发出无害的火焰","到处是满园鲜花,静谧的火焰"。②在花卉和开满鲜花的友好温度中,火焰和清凉同样取得平衡,如同"善于调解"的法则,"它在恋人中有效",并且在"时间的黄昏",在祖国的实现中"普遍适用"。③这种对立的统一使希腊和赫斯培利恩的本质分别按照各自的方式达到圆满,不仅在阿尔卑斯山、在两个世界的边界构成看得见的形态,也在家乡夏天纯粹自然的过程中得以实现。

接下来有一段空缺,诗人只写了一个词"以及",他打算写什么内容我们不得而知。接下去,荷尔德林先发出一声总的呼唤——"美好的城市",然后才逐一说出这些城市的名字。这些城市"不是尚无造型"。"尚无造型"意味着一切处于原始状态,继续受天生的和"民族的"东西束缚,还没有迈出步子,按照希腊的或赫斯培利恩的类型必要地补充符号。同样道理,恩培多克勒给教士赫莫克拉特(Hermokrates)

---

① 《闲情逸致》(*Die Muße*),第 29 行,《巨人》(*Die Titanen*),第 3 行,《莱茵河》(*Der Rhein*),第 217 行,StA I, 237, II, 217, 148。
② 《莱茵河》(*Der Rhein*),第 188 及后续 1 行,《帕特默斯》(*Patmos*),第 37 及后续 1 行,StA II, 147 f., 166。
③ 《调解者》(*Versöhnender*),第 3 稿,第 43 及后续几行,StA II, 137。[译注]中译文见《荷尔德林后期诗歌》(文本卷,德汉对照,刘皓明译,华东师范大学出版社。

起的名字是"尚无造型",①因为这个人像混在[343]亚格里艮人中的德国人,在实证法规的僵死秩序中扼杀民众的宗教生活。但是,尚无造型也是希腊人的淡泊(aorgisch)天性。相反,祖国的城市体现了充满生机的形态,因为它们像阿尔卑斯山那样牢固建造,站立在标志性的真实中。对此,下一句也有说明:"不……跟敌人混在一起没有威力。"在其他诗歌中,敌人是那些"野蛮者"或"厚颜无耻者",以及他们当中怀有敌意者,还有自私自利和制造动乱的幽灵,荷尔德林在宗教上将这些看作人对神灵的反叛。在《和平庆典》②中,"敌人"是偷走大自然的孩子——即神灵——的野蛮思想,人类将自己摆在神的位置,成为"萨图恩",即扭曲了的神灵图像。因此,"跟敌人混在一起"也意味着"无序地……混在一起",③因而是"没有威力"的。形态和力量是祖国城市的属性,在第二封给博棱多夫的信中用于描写暴风雨,在这里也可以看作为祖国"选中的符号""暴风雨",荷尔德林说:

> 不只是在其形象最充分显露时(也就是说,正如它在天空来临时)抓住它,而且恰恰具有这种看法(在象征的意义上),作为力量和形态。④

接下去三行:

> 什么
> 它突然离去
> 没看见死亡。

这几行诗无法直接解释,因为缺少了主体,但这里也许跟主题——

---

① StA IV, 58。
② 第 145 及后续几行,StA III, 537。
③ 《莱茵河》,第 219 及后续 1 行,StA II, 148。
④ StA VI, 433.

家乡的城市有关。退回到后期的思维方式,倒是可以得出一种能理解的上下文关系。"没看见死亡"意味着没有注意它,没有重视它,回避它。颂歌《人》①中谈及人时说:"他必须看到死亡,并畏惧它。"但在这里对我们的理解没有更多帮助。更具启迪意义的是赞歌《在多瑙河源头》②开头没有写完整的句子:[344]"因为人能做到许多事情,能用技艺去克服,并且不重视死亡。"不过最好的解释还是上下文本身:"它突然离去"暗示祖国的离去或从侧面绕道而去,也就是说,从实证性中自我解放出来。"突然"一词表明,这种自我解放具有迅速决定、瞬间发生的特征,谁走了这一步,谁也就避免了死亡,避免了固步自封,避免了永远没有收获所导致的僵死;因为,"法规……扼杀生命"。"错误地粘着家乡(这里指民族的东西)……永远坐在母亲的怀里",③那是不对的。

在总体上描述完祖国城市后,荷尔德林提到两个城市的名字,一个是斯图加特,另一个是图宾根,在献给它们的诗句中,最具体的内容与神秘的深层意思再次密切结合。道路的拐弯处——这条路也许跟越过斯图加特的"葡萄小径"是一致的——是他希望自己被埋葬的地方,当漫游者从荒芜的费尔德尔高地过来,一定是在这个地方视野突然开阔,看见坐落在受恩赐的山谷底部的城市。他像摩西看见迦南地那样,希望在此安息。如果将空间画面转换成时间画面,可以推断这个愿望中隐含的荷尔德林思想。祖国诗人的最高任务,是宣布时代的转折以及歌曲中神灵的来临,正因为如此,他是一个从不去享福的开路先锋:

　　提前!乃神圣歌手的使命,因此

---

① 《人》(*Der Mensch*),第39及后续1行,StA I,264,语言上也许在模仿《约翰福音》8:51:"人若遵守我的道,就永远不见死。"

② StA II, 688.

③ 《致圣母玛利亚》(*An die Madonna*),第39及后续几行,第90及后续几行,StA II, 212 ff. 。

他们领先为伟大命运效劳和变化。①

在路边的坟墓那里,道路让人放眼看见"家乡的女侯爵",管治家乡的是"祖国的天使",他们引领"有预感的民众"去完成自己的使命。②路边的坟墓象征了诗人的原初处境,为了诗人的存在,他作为国民,目睹祖国的实现,必须从这种处境中摆脱出来。但是,由于预告的时代将在"现在天亮了"③的那一刻才完成转折[345],此外,祖国的实现也只发生在从僵硬不化的常规世界中解放出来的瞬间,因此,荷尔德林想临时埋葬在这个地方。

荷尔德林在斯图加特这段诗节的结尾再次描绘了一幅纯粹的、平静的画面,但这次加入了音响的元素:

  城市的乐声再一次
  独自回到平坦的绿茵上
  静谧地荡漾在苹果树下。

城市位于山谷,这意味着:城市的乐音从下向上传到葡萄山径拐弯处诗人的坟墓,然后像回音那样返回环形城墙周边的果园里,这也是回归自我的一种形式,正如万物那样,家乡在这种方式中获得了她的真实。人们也许会有顾忌,面对这么一幅"亲密"的画面谈论辩证法的过程。如果我们考虑到荷尔德林的语言使用,从"再一次独自回到"和"轻轻荡漾"这些词语中便可以清楚得知,这种占统治地位的思维方式也在这里起作用。"独自"总是意味着综合,"静谧"自早期诗歌以来——不妨想一下虔诚主义的心灵平静——就不是没有声音,而是克服了噪音,转变成静谧荡漾的安宁。《和平庆典》中,④在时间的黄昏为

---

① 《饼和葡萄酒》的异文,StA II, 597。
② 《斯图加特》,第76及后续几行,StA II, 88 f.。
③ 《宛如节日》(*Wie wenn am Feiertags*),第19行,StA II, 118。
④ 第1及后续几行,StA III, 533。

神灵和节日之王准备的神秘殿堂便是如此,"上天的乐音,悄悄回响,缓缓徘徊,充盈四方。"他用绿色地毯装饰大厅,"旁边平地"向上攀登,这个画面让人直接想到斯图加特山谷坡地之间"平坦的绿茵"。因为这是祖国的殿堂,在这里,"大海作地坪,群山当桌子"的希腊"节日大厅"①曾有过的黄金时代将重新归来。

最后,为了歌颂图宾根,荷尔德林设想,在他找到自己以及自己的 [346] 音响之前,他已经度过了重要的岁月。关于图宾根,诗中称,"晴朗的白天闪电降临"。在阿尔卑斯山的语境中,话题涉及闪电的祖国意义,而在这里,他有另一层意思,他指的是赞歌的歌手突然受了震撼,感到无比兴奋的时刻——最初神秘的"瞬间"——诗歌在这一刻达到预定目的。图宾根时期开始时的一首颂歌是这样说的:

> 看啊,在快乐的正午
> 兴奋的时刻为我敲响。②

"快乐的正午"——"晴朗的白天",这种联系非常清晰,人们几乎可以相信,荷尔德林在提到图宾根这个名字时想起了早期在图宾根创作的诗歌。无论如何,他想到了狂热的诗人时刻,当年的岁月使他能够直接冲破修道院式狭隘的神学院生活,在每首图宾根赞歌中找到表达。

祖国的内容也再次在诗行中有所流露:"罗马在音响中被尖顶山折断。"这个尖顶山,不是人们常常笼统说的从东部高图宾根宫延伸到西部乌尔姆林根教堂的很长的一段山脊,而是很短的、垂直向南"拐弯"的突出山体,一个"尖锋",它也叫"奥得堡",那里有图宾根法耳次伯爵最初建造的、后来坍塌并荒废了的城堡。关于这座中世纪建筑的

---

① 《饼和葡萄酒》,第 57 行,StA II, 92。
② 《致安宁》(*An die Ruhe*),第 3 及后续 1 行,StA I, 92。[译注]中译文见《荷尔德林诗集》,王佐良译,人民文学出版社,2016。

残余物,没有留下详细的资料,在荷尔德林时期,人们干脆称之为"罗马式"。①也许,"罗马在音响中"这个表述中也包含着声音向南方朝罗马传送的方向;因为,风景的整个走向、山、河、阿尔普兰特以及这个地带风和云的移动,都是从西向东,沿着施瓦本到希腊的路径。

现在,人们应想到,"折断"中隐含的意思是:祖国的东西"向侧面流去",从惯例和法规的此在中突围。诗稿《眼前最近的》②中写道:

> [347]这并非徒劳,青春之山(阿尔卑斯山,起源)的一位(神)将这山丘(法兰克丘陵)向侧面折弯,使它朝家乡(祖国)方向延伸。

荷尔德林此时极其具体地说,在这个地方,大自然形成了一个"角落",以便"学习",③也就是说,这地方有祖国的本质。"音响"也有其准确的含义,意味着显示它的本质、它的个性。"这个时候,每种本质都发出它的音响、它的忠诚、它内在联系的类型",荷尔德林在他的品达—断片"关于达尔菲"④中如此解释。这座尖顶山的个性在于罗马式的存在,因为,我们可以推测,它指向罗马:

> 话从东方来……在卡比托利欧⑤折回,突然从阿尔卑斯山向

---

① StA II, 866,拜斯纳将"罗马在音响中"联系到沿尖顶山河流经过的内卡谷中古老的罗马人之路。

② 《眼前最近的》(*Das Nächte Beste*),第 3 稿,第 51 及后续几行,StA II, 238。[译注]中译文见《荷尔德林后期诗歌》(文本卷,德汉对照),刘皓明译,华东师范大学出版社。

③ 《希腊》(*Griechenland*),第 3 稿,第 33 行,StA II, 258,参阅《眼前最近的》第 3 稿的异文"尖角",StA II, 869。

④ StA V, 284.

⑤ [译注]卡比托利欧(Kapitol),罗马七座山丘中最高的一座,古罗马时代山上曾建有朱庇特神庙。

> 我们走来一个陌生者,唤醒者,教化人的声音。①

这座尖顶山作为图宾根风景中唯一的祖国标记,表明了在世界史的进程中,希腊话语从哪里传向我们,并使我们达到这种水平:"自希腊人以来,……重又以祖国和自然的方式,独具一格地歌唱。"②在这座山的河畔,我们还必须寻找"梯尔山谷",这是受荷尔德林及其神学院朋友崇拜的一位诗人最喜爱的小山谷,他在青年时期的颂歌《在梯尔墓前》中曾哀叹诗人的早死是"正直的苏尔维亚"的一个损失。③

诗稿用最崇高的山开始,并用地图上也许连名字也找不到的一座山结尾。只要用于歌颂家乡,最大和最小就可以并列在一起。我们不知道眼前是否已经有了荷尔德林计划写的整首诗的框架,但几乎可以做这样的推测;因为,正如逐个画面在运动的上下或往来中[348]展开和结束那样,这首诗的路径描写了一个从开始就重复出现的形象:他从南部的阿尔卑斯山出发——那里是祖国永恒($Äon$)的开端——走到西部的黑森林,又从这里向东沿多瑙河和内卡河而去,然后向北,并从斯图加特向南面去往图宾根,到达祖国的尖顶山,这座山回过头暗示房屋的炉灶,漫游的起点。

因为这是一次漫游。荷尔德林虽然没有明说,但是他在构思这首诗的时候运用了类似叙事排列的手法,用连词 und 将"温柔眺望的山脉""内卡河""多瑙河""斯图加特""梯尔山谷"等延续不断的画面串在一起。在画面内部也是如此。短短的诗中 und 出现了 18 次!断片式的状态使 und 的构建功能凸显出来。但这是一首赞歌,它不是描写,而是赞叹:"你们,牢固建造的阿尔卑斯山!——你们,温柔眺望的山

---

① 《在多瑙河源头》第 36 及后续几行,StA II, 126。
② [译注]致博棱多夫的信,大约 1802 年 11 月,StA VI 433。中译文见《烟雨故园路》,张红艳译,经济日报出版社。
③ StA I, 83f. 以及 Beißner, 385。[译注]中译文见《荷尔德林诗集》,王佐良译,人民文学出版社,2016。

脉——你们,美好的城市!"对呼唤到的地方作说明,常常用连词 wo(那里/这里)来衔接:"那里,茂密的山坡上","在那里,杨柳开花","斯图加特,在这里","在这里,街道拐弯","图宾根境内那儿"。这样,在标示"存在物"的地名与"完美解释"的事情之间,每次就产生一个落差。在词语"以及——你们!——在那里"中已准备好了这首赞歌"精神和形态的过程"。①

正如相同词语之间的语言形式展开那样,画面及其细节也从重复出现的元素中生长出来。那是"乐声"和"芬芳的气味",它们常常只用一个词暗示,却连接着一整串诗行,②并且如同主导动机那样贯穿全部描述。在荷尔德林的笔下,乐声和芳香在人们不知不觉之间神秘地传遍被描述的家乡空间,使家乡空间在诗歌中重新获得那种不可名状的生活,而这种生活,对于诗人来说属于家乡的本质。

这首诗在写作过程中也许几经增补,从结构、语言形式和[349]母题都可以看出,诗人在写作方法上力求使赞歌具有艺术的统一性。但这不是为了当作美学的附加物,而是像荷尔德林一贯的做法那样,为了使诗中所指的真实成为典范。在语言实施的"事件"中,重新产生了来自其本质的根基的家乡——它的空间、它的生活、它的可信赖。这个家乡为我们的观察而"创建",并且在更本源的意义上是宜居的。因为,"劬劳功烈,然而诗意地,人栖居在大地上"。③家乡的真实在语言的再生中符号般显现。诗歌画面和内容的精神倒回来表明那个特殊的、祖国－赫斯培利恩的根基,在牢固建造的阿尔卑斯山到折断罗马的尖顶山的多种形态,这个根基决定了家乡景物的本质。维吉尔④在写完具

---

① 《残稿》(*Bruchstücke*)67,第 10 行,StA II, 335。
② 第 5、6、10 及后续几行,第 30、32、36、37 行,以及后来在第 2 行后增加的诗句,大多数地方已经在上下文的关联中进行了解释。
③ 《在柔媚的湛蓝中》(*In lieblicher Bläue*),StA II, 372。
④ [译注]维吉尔(Virgil,全名 Publius Vergilius Maro,公元前 70—前 19),古罗马著名诗人,代表作有《牧歌》、《农事诗》和史诗《伊尼德》。

有罗马传统的农事诗后,嵌入一首歌颂意大利的诗《意大利赞》(*Laudes Italiae*),其中将幸福的家乡誉为"农神萨图恩的土地"。① 在这首诗中,荷尔德林也为我们留下了他的苏尔维亚赞(Laudes Sueviae),诗的上方无形地写着:"你好,赫斯培利恩的土地!"

---

① 《农事诗》(*Georgica*),第 2 卷,行 136–176。

荷尔德林:《哈尔德之角》《生命的年岁》《生命的一半》

[350]《生命的一半》就像荷尔德林少数诗歌那样,似乎处于次要地位,不太被认识和赏识。但这三首诗将形式和传统结合在一起,称得上是以长篇赞歌的韵律形式创作短诗的绝无仅有的例子;荷尔德林的短颂歌、小型哀歌、箴言诗相对较多。作者将它们汇集一起,共九首,构成类似终曲(Abgesang)的组诗——六首较长的颂歌放在前面——按照荷尔德林书信的一则笔记,称之为"夜歌"。①

然而似乎只有颂歌适合用这个标题,这些颂歌直接提到夜晚,将主题和情景联系起来,同时谈论夜晚,并以夜晚出发,从眼睛、精神和时间三个方面的形态解释夜晚。在三首短诗中则没有谈到所有这些,如同运用音乐的技巧,它们拾起颂歌的几个侧动机,将其发展成独立的作品,表面上只是完善动机的范围,实际上引入了新的视角。因为,它们所涉及的远方、陌生、孤独,说得绝对些,是描述了原始的经验,这些经验在夜的画面中得到了具体化和解释。这些短诗的意图,显然是要揭示承载夜的话题并掌控其神话展开的基础。

这组诗的编排符合几首[351]赞歌的结构,都是在最后离开描写

---

① 致维曼斯(An Wimans)的信,1803年12月,信中称:"我正在为您的年鉴审阅几首夜歌。"这组诗发表在维曼斯的《1805年袖珍本》。在这次印刷中只流传了《生命的年岁》和《哈尔德之角》;《生命的一半》在1799年底的一份手稿中留下了痕迹。参阅拜斯纳,这些诗在1799年秋到1803年12月之间最终定稿,至于具体何时,不得而知。从风格和内容看,《生命的一半》写作的时间比其余两首更早一些。

的具体对象,追问描述它们的根据和理由,这样,就在诗中证明了诗歌内容的合理性。如果我们只关注它们在组诗中的功能,并将它们纳入总的解释中,那么,荷尔德林的上述方法允许我们将三首诗看作自成一体。出于叙述的原因,我们将终止的乐段作为高潮,这种顺序的颠倒,也只是在上述前提下是合理的。

哈尔德之角

森林向下沉去,
如同叶芽那样,
垂下朝内蜷缩,
地上花儿开放。
已经不再年幼。
此处公爵走过;①
常常思忖足迹,
伟大命运准备,
在留存的地方。

这首诗包含着地方史的暗示,需要首先解释一下。"哈尔德之角"是哈尔德村森林里的一块大岩石,地处荷尔德林家乡尼尔廷根附近。它由两块相互紧靠的巨大岩石板块构成——因此称为"角"。两块巨石之间形成类似帐篷的藏身处,据说,1519 年,符腾堡的乌尔利希公爵逃避追捕时在此躲了一夜,一只蜘蛛在入口处结了网,使他逃过了追捕。这岩石旁边的一块平坦石块上,有一凹下去的地方呈脚印形状,民间传说是公爵的"足迹"。公爵奇迹般的获救故事,加上传奇的母题,

---

① [译注]尼尔廷根附近森林里有一块大岩石,据说,乌尔利希公爵在克根勒大桥战役后曾藏身大石下。

如同这个地方那样为荷尔德林所熟悉。①

以上说明可以排除掉这首诗外部的隐晦,但是,[352]如果我们看到,深远的意义与非常具体的描写有着密切的联系,那么,这些说明将大大增强诗行的特殊魅力。因此,要了解诗的意义,必须观察具体的描写。我们试图从整首诗开头的风景画面入手进行解释,使大家对众多细节尽可能获得统一的理解。

荷尔德林似乎是在描绘一幅秋天的画面。下沉的森林指代——整体代部分——落下的树叶,在后期作品中,这种修辞方式并不罕见。其他树叶仍然挂在枝头,但是在初次严寒后已"向内"蜷缩,其形状让人想起叶芽。树下鲜花开放的地面,那是被红色落叶铺满的林地;因为山毛榉和橡树围绕在乌尔利希大石的四周。

这幅秋天画面中的两个词,"叶芽"和"花儿开放",是描写春天的词汇。秋天仿佛带上了春天的特色,这是荷尔德林特有的思想。在《许佩里翁》中有这样的句子:

> 对于我们,秋季是春天的兄弟,充满柔和的火,它是节日的时间,回忆痛苦和往日的爱之欢乐。老去的树叶染上夕阳的色彩……消逝了的幸福时刻无处不与我们相遇。②

在四季循环中,秋天与春天相对,秋接受了春的色彩,正如晚霞之色似朝霞。秋天是回忆的时候——这首诗涉及回忆。

乌尔利希在历史时刻走过的地方,已经不再"年幼"(unmündig,未成年),这片无所谓的土地有一个地方已留存在历史中。荷尔德林可以在"不再年幼"(nicht unmündig)中听到"不再无言"(nicht spra-

---

① 1796年10月13日的信件中,荷尔德林让他的兄弟回忆5月里散步去乌尔利希石,在岩石上,他们一起阅读克洛普施托克的诗歌《赫尔曼战役》。参阅拜斯纳,StA II,662,贝克,StA VI,Nr. 126。

② 第二部分,第一卷,第一封信。

chlos);这个地方如同嘴巴那样对"思考者"叙述。但是这个词在词源上的确切意思是不需要监护,即已完全独立,这产生了一个美好的意义:给此地注入的历史力量赋予它独立的存在,使它有别于单纯的自然景观。①

[353]接下来是一般的叙述:经常思忖留下的"足迹"——它不只涉及乌尔利希,而且泛指历史的英雄——"伟大命运","在留存的地方"——不只是这里或那里,而是任何地方——已经准备就绪。②谁是这伟大命运? 首先是一位注定有这种命运的人。但这个用语极其清楚地让人想起荷尔德林后期作品中"祖国"的思想,对于我们来说,这种思想是"无命运的",因为,出生于僵死的法规世界里的人要求寻找自己选择命运的自由,这样,我们就可以学会"遇到伟大时代的命运",③而避免踉跄跌入游离的状态。伟大命运等候迎接未来的国庆日,命运的载体在很久以前一位祖国英雄曾经踏过的地方沉思。

现在,人们可以理解秋天画面的意义:正如秋天让人想起春天,并预告它的归来那样,伟大命运想起它之前的另一伟大命运,并希望两者在未来祖国实现。两个历史的命运就像两个季节那样相望,类似于《拔摩岛》赞歌中的"时间的群峰",它们唤醒人们的欲望,"怀着至诚的心飞过去又返回"。但是,这个地方继续留在这里,它越过了时间的分隔,搭建了思想的桥梁。这个命题在下一首诗中将用一个反题来回答。

---

① 在印刷时,unmündig[未成年]这个词后面缺少句号,但在遗失的手稿中很可能有。如果将"未成年"联系到乌尔利希,那么句中的nömlich[因为]这个词就没有意义了,这首诗的内在关联也将无法理解。

② Der "übrige"[剩余的,其余的]的地方也可能是 der übriggebliebene[残存的,留下的]地方,也就是乌尔利希石本身(拜斯纳,SrA II, 662),但 bereit(准备)似乎需要作点补充,后面的逗号同样可以像 sinnt[思忖]和 Fußtritt[足迹]后面的逗号那样用作节奏的划分。

③ 《唯一者》(Der Einzige),第2稿,第53及后续几行,参阅关于《安提戈涅》的说明的注释3,致博棱多夫的信,1801年12月4日,等等。

生命的年岁

你们，幼发拉底河畔的城镇！
你们，帕尔米拉城里的街巷！
你们，荒漠旷野上的柱林，
你们是什么？
你们的冠冕，
因你们逾越
人类的界限，
被天神降下的
浓烟和烈火掀去；
[354] 而此刻我坐在云下（白云
各有各的安宁），在
布置完美的橡树下，在
野鹿奔跑的荒原上，
我仿佛看见
陌生和死寂的亡灵。

诗的开头，荷尔德林呼唤具有悠久历史的地方，它们跟古代的景象已完全不同。"幼发拉底河畔的城镇"是早期东方的世界，"帕尔米拉城"暗示公元3世纪切诺比亚女王的王国。幼发拉底与帕尔米拉这两个名字横隔了一千多年，当中是以希腊为中心的古典时期。古希腊这个名字略去了，但包括在此期间内，只是没有被提及而已。恰恰因为没有被提及，也许就变得不好提，因为对于诗人而言，这个世界显得"陌生和死寂"。

诗人提到了废墟，狭窄的"街巷"和壮观的"柱林"，这又是包含着一个整体的两个极端。接着，他调换想象的范围。"柱林"虽然是一个普通的隐喻，但是，如果横梁和屋顶被称为"冠冕"，这个用植物作比喻的手法就不再显得偶然，它大概源于帕尔米拉（Palmyra），意即"棕榈

(Palmen)城"这个名字。相反,在德国诗人的荒原上,橡树"布置完美",仿佛是建筑物那样。但这种调换不是修辞游戏,而是有某种含义。东方的城市有它们的历史,种植在"荒漠旷野"上,显示出历史此在的意志。"野鹿奔跑的荒原"是没有历史的清白无辜的大自然。罪过是历史的要素。荷尔德林让人联想到上天的惩罚,在"浓烟"和"烈火"(《使徒行传》2:19)中将柱子上的"冠冕"掀走,似乎柱子将它们托举得太高了。所多玛和蛾摩拉①骤然浮现,但是,此处城市的罪过有所不同,它们"逾越人类的界限",当它们的居民已经死去,市集、庙宇和神像被遗弃时,城还在。如果这是罪过,那就在于,这些城镇相比它们的创建者和市民存在得更长时间,或者用标题的话说,超过了它们"生命的年岁"。[355]因为历史上存在的东西有它的时间,这段时间决定了它的生长、开花和枯萎——赫尔德的古老思想——而大自然则坚持无时间的、始终相同的存在。因此,荷尔德林这样来调换图像的范围,让历史建筑物具有植物的命运,让自然界的生物显示出建筑物的坚固和耐久。

与《哈尔德之角》不同,这首诗中也包含着诗人"我",而且以四种形态出现,首先是三句呼唤"你们",接着是追问"你们是什么",然后断定"此刻我坐在",最后是结论"我仿佛看见陌生和死寂的亡灵"。第一次与第三次、第二次与第四次构成相互通话。

以下所述,原则上适用于第一个成对的地方:在荷尔德林的语言中,你说和我说形成鲜明对比,表明交际和孤独的对立。因为,"你"将言说者引向他人,而"我"则将言说者转回自己身上。如果说,三次充满激情地呼唤"你们",表达了今天的诗人与沉没的世界是一个共同体,并且是强制性的,那么,"我"则无奈地表示,这是徒劳的,过去和现在("此刻")已经无可挽回地分开。

呼唤与断念之间有一追问:"你们是什么?"在荷尔德林古典主义

---

① [译注]圣经中的两座城市,因罪恶甚重被神降下的火和硫磺毁灭。

诗歌中经常会追问:"你们在何处?"这意味着:你们在那儿等待,但我找不到你们——当中仍然还有联系,虽然只是寻找和思念。"你们是什么"问的是事物的本质和状况,没有表示出获得它们的愿望。在问句的原文中预示了被问及的东西已经一去不复返,这一点,在后面"而此刻我坐在……"这一句中得到了宣告。

荷尔德林没有问:它们是什么?问句中用"你们",当中包含了言外之意:对于我来说,你们是什么?对此,最后的诗行给予了回答:"陌生和死寂的亡灵。"现在可以知道,幼发拉底和帕尔米拉只是边界,因为亡灵不可能是那里的居民。那是古代英雄们的 μακαρων ψυχαι[马卡拉①的灵魂],他们在神灵的带领下离开冥府去到极乐岛。也许,[356] 他们指的就是神灵本身,因为"灵"(Geist)这个词在后期作品中常常意味着"神"。对于荷尔德林而言,神灵和希腊这个名字在意思及历史事实上所隐藏的一切如今都已名存实亡。

但是,我们仍然缺了这些词语:... unter Wolken (deren Ein jedes eine Ruh' hat eigen);据推测,或可读成:darin Ein jedes...②[云中每一个……]。在后来的一篇残稿③中,诗人在大海的岛屿上打听古代的将军、美女和诗人,"因为他们有些记录在忠实的文字里,有些流传在当时的传说中……因为许久以来云向下产生作用"。云不断飘移,缓慢地变化,它象征着流传,跨越陆地、海洋和岁月,传送发生过的事情的信息。那些云有一种"安宁"——事件图像的安宁,但"各有各的"——有各自的特殊之处,并且不会在历史概念的普遍性中消失。只有肉眼可见的景物——城镇、街巷和柱林——从云中显现给诗人,以至于他呼唤它们,但又不得不觉得"陌生和死寂"。

荷尔德林古典主义历史画面的主导思想是:古典是自然,现代是艺

---

① [译注]印度教水神伐楼拿骑乘的海兽。
② 拜斯纳如此认为,StA II, 661,他还提了另一个同样意思的修改建议。
③ 《巨人们》(*Die Titanen*),第5及后续几行。

术,正如自然与艺术的关系那样,古典在按其理想构成的现代中得到理解和完善。《生命的年岁》仿佛是这种信仰的撤销(Palinodie),昔日世界的信息不再是令人振奋的理想,而只是引起陌生感。为了使这显而易见,荷尔德林将自然与艺术的顺序调转过来。希腊世界显现为艺术性的建筑物,现代世界显现为动植物和荒芜的自然界。哀叹没有被听见,反而更震撼人,诗中没有提到痛苦,而只是呼唤"你们",然后结束于理性的结论"陌生和死寂"。

乌尔利希的足迹和白云的传送使两首诗的反题形象而具体:现实引起思考,而思考并未造成现实。最后一首诗[357]没有在现实与思考之间寻求平衡,而是在第三者即时间中创立两者。

> 生命的一半
>
> 　悬挂黄澄澄的梨
> 盛开野玫瑰的
> 陆地伸入湖面,
> 你们,可爱的天鹅,
> 陶醉于亲吻,
> 将你们的头浸入
> 神圣清醒的水中。
>
> 苦啊,若冬天到来,
> 我去何处寻觅鲜花,
> 何处享受阳光,
> 和大地的阴影?
> 围墙肃立
> 无言又冰冷,风吹
> 旗子噼啪响。

首先进入眼球的是外部的差别。前两首诗描写了祖国的风景,古代与家乡景物的对立,这里显示的风景既处处存在,又无处可见。第一首诗突出了客体性,第二首诗使客观的判断和主体的心情形成强烈对照,第三首似乎在具体事物中更多表达自我,因为夏天和冬天象征着心灵的状态,因此避免了一切地域或历史的特殊性。最后,只有《生命的一半》由两段诗节构成。其他诗通过词语划分为两部分,这些词语或起过渡作用(《哈尔德之角》中的"已经不再年幼"),或标示停顿(《生命的年岁》中的"而此刻")。而在这里,前后接合处非常明显,或者说,像音乐中的休止,这表明,此处并非空白,而是有某种暗示,暗示这首诗所涉及的生命的中点。

《生命的一半》在当时的语言应用中意味着生命的中点,此外,《生命的一半》这个标题还显示,诗中谈到两种情况,但谈的方式不相同。夏天这段说的是"你"("你们,可爱的天鹅"),冬天那段说的是"我"("我去何处寻觅鲜花"),这样,团聚与孤独再次给[358]四季、生命和诗歌打下烙印。但是,这些原则贯穿在画面和节奏中,比在《生命的年岁》中更加彻底,因为,无论名字还是事物,都没有任何预先规定的东西妨碍它们的纯粹表达。

共同的画面产生于生动表情的重复:陆地连同果实累累的树枝和盛开的花丛俯身于湖泊,天鹅将它们的头浸入水中,使亲吻的陶醉在理性中冷静下来。水被称为神圣的,因为它使极端的东西在"金色的中点"得到平衡。音响也互相趋同(trunken——tunkt,① 又如:mit gelben Birnen hänget 和 voll mit wilden Rosen),甚至诗行和格律也是如此:在中间诗行对天鹅的呼唤前后分别有三行诗,这三行包含双重的轻音,首先只在诗行的接合处,然后在诗行内部。

崩溃和僵化是孤独的标志。它们将第二段诗节分割为长短不一的

---

① 为了准押韵,荷尔德林将第一稿中的 taucht 改为 tunkt,参阅 StA II,664 和拜斯纳的评注,666。

两个部分，即夏天之后一句长长的叹息和陡然断绝的冬天景象。第二段诗节运用押头韵和极端的元音，第一段诗节用准押韵（只有元音押韵）和多种音色，两者形成对照，当然，不是在固定的意义上，而只是两段诗节的对比显示出这种手段。画面表达得最清楚。阳光和大地的阴影又一次象征此时缺少的平衡。围墙冻僵，并且"无言"，因为语言和会话产生共同性。风信旗"噼啪响"，似乎是冰雪造的，破裂了发出声音。

最后，运动的象征对事物的象征起补充作用。夏天的画面提到自然的景物，鲜花、果实、动物，冬天的画面提到人工制品，即围墙和风信旗。这种对比源于荷尔德林受过良好训练的象征语言，鲜花柔和的红色，天鹅缓缓游动，象征着充满活力的热忱，石块、灰烬、粗盐、枯井以及类似的东西表达了制造物的僵硬。

画面的意义并非来自共同和热忱、崩溃和僵化这样一些概念，荷尔德林[359]暗示了人类存在的两个极端，平时，他常常用永恒和死亡，或者用存在和虚无来称呼这种状态，因为他在其中感受到时间—存在的限度，下面，我们用时间类型来描述它们。

在永恒的状态中，时间停止了。"现在"似乎停留了，否则，"尚未"就会迅速转变成"不再"，任何"非存在"都会消失在一种完全实现的"存在"中，人们通过事物的纯粹在场及其本质的完全出席对此有所认识。这种经验表达了夏天永恒瞬间一切存在物的彼此亲密相处。在死亡状态中，时间结束了，"现在"似乎熄灭了，人感到自己被抛弃在"暗淡的虚无"中，未来和过去都远远地在他身旁经过，不再跟失去现在的人接触。这是冬天僵化的意义。两极之间是时间，在"现在"的来去中，连续流逝的时间将存在和非存在联结起来，绷紧在"总是"停止和"永不"开始之间，承载着日常的生活。关于这点，诗中没有谈到。时间的前后限度靠拢得如此紧密，以至于时间在开始与结束之间似乎被勾销了。但它仍然存在。从永恒存在到死亡的虚无的突变中，通过两段诗节的交接处，瞬间呈现出生命的中点，因此，生命作为中点，虽然缩短到一瞬间那么短,却仍具有时间的全部本质。

但时间存在与思考时间不是一回事,两者甚至互相排斥;因为,如果两者没有缠绕在一起,反思看到的只是时间的实施。这首诗涉及荷尔德林经常表达的这个思想,①诗歌的描述不是从突变本身出发,而是从对突变的预见开始。在夏天的热忱的氛围中,诗人已看到冬天的僵化,许佩里翁就曾哀叹:

啊!正午时人必须问,他在黄昏的时候将会怎样。②

但是,他在预见未来的同时也回顾过去——"若冬天到来,我去何处[360]寻觅鲜花……",他期待在未来中回忆现在,到那时,现在将成为过去。这种预见和回顾是反思的形象,它必须离开自我,以便回归自我。这种回归自我的最简短的标志是"我"这个词,因此,"我"在反思的瞬间出现,而在前面引领的"你"首先显示的是直接描写的阶段。这个时刻也有突变,但不是从此在的一端到另一端,而仿佛垂直地从此在的实施到对它的感知。这个突变涉及人,诗的客体涉及诗人,即抒情主体。内容和语言形式处在严格的关系中。

其原因在于"你"和"我"的双重功能,它一方面作为交际和隔绝的象征决定诗的主题,另一方面作为称呼对方和涉及自己的形式决定诗的结构,前者揭示现实的基本形态,而后者,通过直接描写进而反思,实现了思考的本质,但两者都在时间的视角内。这首诗表明,思考怎样消除了现在,引出过去和未来,同时也表明,过去和未来虽然在时间的长河中联系在一起,但是,如果它们的时间形式——永恒的存在和死亡的虚无——将它们分开,两者怎样能够完全分离。

这样,《生命的一半》就解释了另外两首诗:对古代亡灵的记忆涌

---

① 例如诗人创作的断片《再生》(*Palingenesie*)和《提尼安岛》(*Tinian*),第22行;StA II, 317, 241。

② 倒数第二稿,最后的断片。

向荒原上的诗人的脑海,它不再将诗人的当下联系到亡灵的过去,因为两者的现实如同"昼夜分离",①但是,如果祖国的儿子遇上一位祖国英雄的足迹,那么,两个同源的现实就会在满载生动未来的思考中相遇。人类情景的明镜显示出现实和思考是什么,然后,在两种历史情景的倒影中审视它们的功效。

  我们如果重构这些诗原来的顺序,还可以有进一步的认识。《生命的一半》奠定基础,在此之上,[361]《生命的年岁》和《哈尔德之角》实现祖国的转变,这种转变支配了后期作品的大部分,它要求放弃希腊作为楷模。对于放弃的痛苦,这些理性而简短的诗歌比某些哀歌和赞歌动人的哀叹表达得更多,只有在这里——通过《生命的一半》——放弃的理由才在诗人最内在的命运中做了说明。因此,荷尔德林不是用"祖国颂歌高昂和纯粹的欢呼",而是用意味深长的含蓄的诗句"伟大命运准备,在这留存地方"作为结束。准备就绪,为明天的到来敞开大门,这是《夜歌》最终能够达到的极致。

---

  ① 《致兰道尔》(*An Landauer*),第7行。

荷尔德林的拔摩岛赞歌

[362]下面的作品分析,是笔者根据1966年在美因茨大学特别实践神学研究班上所做报告,略经修改撰写而成。研究班的主体是神学和日尔曼学的学员,这说明了一种意愿:日耳曼学者对神学问题感兴趣,神学者对诗歌美学形式感兴趣。本文的目的是要证明,神学和赞歌的艺术特点是互相制约的,荷尔德林本人在最后一段诗节中说明了这一点。按照这个研究班设立的宗旨,内容较少涉及荷尔德林研究的专门问题,而更多涉及如何分析一个文本。因此,在一般性的引言后,笔者会对诗歌逐段观察分析,接着再对操作过程进行方法上的反思。由于分析者不可能完全对自己的分析保持距离,所以这里只谈及几个方面。此外,某些阐释步骤是根据后来批评者的要求加以补充说明的——笔者不得已放弃对学术文献的详尽讨论。但愿人数众多的专业和学生运动的持续要求能谅解这一做法。

一

据推测,这首诗构思于1801年,正如自基施纳(Werner Kirchner)的研究以来我们所知道的,① 它的创作要归因于接受献诗的黑森-霍姆堡的路德维希(Friedrich Ludwig)侯爵。侯爵是个虔诚的信徒,1802年春曾向克洛普施托克讨要一首宗教的颂歌,希望后者在诗中针对当

---

① 荷尔德林,《拔摩岛》,递交给霍姆堡的侯爵的手稿,附有维尔纳·基施纳的后记,*Schriften der Friedrich Hölderlin Gesellschaft*,第一卷,1949。

时的理性神学,再次用诗人语言的全部力量和热情表达圣经宣讲的道。克洛普施托克[363]没有满足侯爵的愿望,关于宗教,诗人已经写了很多,以至于很难再补充新的内容,同时,他对陌生时代的冲突也心怀恐惧。可以肯定地推测,这年秋天,侯爵在雷根斯堡开会时跟辛克莱尔(Sinclair)①的朋友们见面,其中包括荷尔德林,向他们讲到了自己的失望。不管怎样,荷尔德林从雷根斯堡回来后,在与外界隔绝的情况下开始创作《拔摩岛》②这首诗,并且在这一年的年底将诗连同致侯爵的献词寄给了友人,很快,这首诗便转交给侯爵。也就是说,荷尔德林代替早年被视为绝对楷模的克洛普施托克写下了这部作品,从而在后期颂歌时期,再次向前辈克洛普施托克的创作类型靠拢。德国文学中最杰出的诗歌之一就以这种方式产生了,人们不必为克洛普施托克的拒绝感到遗憾。

这段产生史很好地解释了这首诗惊人的"基督教信仰"——毫无疑问,荷尔德林迎合了侯爵的思想方式。在后期的其他诗歌如《饼和葡萄酒》《和平庆典》和《唯一者》中,荷尔德林绞尽脑汁地探讨个人最关切的问题,即如何能够将希腊众神和基督教的三位一体上帝看作是统一的,而《拔摩岛》似乎对此问题一无所知。诗中只存在众神的同义词"天神",隐隐约约暗示了这一点。荷尔德林仍然没有超越他所主张的尺度,相反,区别于侯爵正统信仰的东西要明显得多。关于这一点,我们先作些介绍。

1.《拔摩岛》描绘的是没有受难与和解的基督,诗中没有提到钉死在十字架上的事实和意义。对荷尔德林而言,他死了——告别——离去,最简短的表述已经够了,似乎没有必要对此更多谈论。事实上,第88行的告白"关于这也许可以说很多",表明他不允许自己对此过多谈

---

① [译注]辛克莱尔(Isaac von Sinclair,1775 — 1815),荷尔德林的友人,德国外交官,作家。

② Patmos,希腊爱琴海上的小岛,据传耶稣十二门徒之一的约翰曾在那里流放,并写下启示录,现循中文版圣经译为"拔摩岛"。

论,也许这种谈论会迫使他作出非正统的表白,因为他的其他诗歌也绕开了基督教信仰的这个核心问题。在《饼和葡萄酒》中,基督宣告了古代众神节日的终结,并且[364]不把晚宴的贡品作为新结盟的标志,而是当作再来的信物。在《和平庆典》中,基督的死是蒙召提前回天父身边——"你话没讲完,召唤已降临"①——因为神要"省下"对未来拯救的祝福,并"保护"人类,因为人类现在意外地突然不再欺骗神祇。类似情况见《拔摩岛》第 161 行:"至高者并非要同时成全一切。"在《唯一者》中则干脆只提及升天。

如果说,这当中隐藏着对 Ephapax[一次性],即《希伯来书》中说的"一次成全"(einmal und für allemal)②的批评,那么,这只能意味着:基督不是力争和解而是宣告神人和解。和解在开始时——一则异文说"自无法探明的时代以来"——就决定下来了,但直到这一天结束时才发生。也就是说,赋予意义的事件不是基督献出生命,而是 Parusie[世界末日审判时基督再来],在这里以及其他基督诗歌中强调的都是这一点。这个和解延续了荷尔德林古典主义时期众神再来的母题,然而那只是基督再来的希腊化。这种解释或重新解释的根据,是一种救世史的方案,这种方案只以未来作为出发点考虑,因此没有将基督视为立约者,而是看作人类意义的开启者。因为只有开放才会遇到未来。一切创立的东西都成为一种规定,并隐藏着危险,人们会依靠它并且安于这种状态,也就是说,将自己封闭在过去中——用青年荷尔德林和黑格尔的话说:人们自身被"设定"(gesetzt)并且变成"实证的"(positiv),不能"按照精神对未来敞开"。自莱辛创作《智者纳旦》以来,反对"实证

---

① [译注]《和平庆典》第 1 稿,第 39 及后续 1 行,StA II, 131,中译文见《荷尔德林后期诗歌》(文本卷 德汉对比),刘皓明译,上海:华东师范大学出版社。
② [译注]《新约·希伯来书》7:27:"耶稣为祭司,他不像那些大祭司,每日必须先为自己的罪、后为百姓的罪献祭,因为他只一次将自己献上,就把这事成全了。"

性"、反对朝后看、反对坚持自身权力和荣誉成为1800年前后诗人的信条。保罗说的"我只有一件事,就是忘记背后,努力面前的",①可以作为许多诗歌的隐含箴言。

这样,人们就可以理解,为什么荷尔德林在《拔摩岛》中将基督献出生命达成的和解搁置在一旁。但是,这种放弃仍然值得注意,我们可以想一想,戏剧《恩培多克勒》至少在最后一稿中赋予主人公结局的正是这个意义。在关于索福克勒斯戏剧的[265]说明中,荷尔德林正是这样解释安提戈涅和俄狄浦斯的死的,并说,他在古典主义颂歌中已经让人想到这个母题。在原本基督教的语境中不想认可的东西,在这里似乎是合适的,这种矛盾该如何解释?

关于《安提戈涅》的说明中,人们从一个地方可以得知,荷尔德林将一个人用牺牲取得跟神和解看作古代的观念,这种观念对于我们来说太直接、太具体,用荷尔德林的话说:"太真实"(faktisch)。因为,一个必须取得与人的和解的神,甚至要献出自己的儿子来跟世界和解,他还是神吗? 人们不可忘记,荷尔德林曾受过启蒙运动和唯心论的熏陶,这些流派宁愿把上帝想象为最终的原则,也不愿视为一个人,并且抵制将他的形象人格化。1801年他已经写道:神是万有中的"统一者"(das Einigende),他是"自在"(an sich)的,但"不是自我"(kein Ich),荷尔德林通常习惯称之为"存在"(Sein)。后期的诗歌充满了重新恢复神的个性的尝试,而不再赋予神以原则的特性,换言之,他开始在特定的存在者的形态中理解纯粹的存在。这是不可思议的,在文学中却变成可能,因为文学是用图像言说。只有图像可以展示神的显现,使存在的人物显露出存在的充盈,这种充盈改变着世界,并通过世界的改变被人们认识。

基督不是在时间里创造东西,时间是他开启的,神不是通过基督与世界取得和解,而是在基督身上向世界展现自己,因为,"天神的记

---

① [译注]《新约·腓立比书》3:13。

忆",正如荷尔德林在其他地方说的,已经从世间"脱落",或者说,世人已"傲慢地将天遗忘"。这种设想也许可以向我们解释一首没有十字架的基督赞歌这个事实。

2.《拔摩岛》中,基督的话即口说的启示远不如他的历史现象重要,即,他曾经来过并且将再来这个事实。按照约翰的方式表达,"它曾在世上"(es in der Welt war),对于荷尔德林而言,这种说法比起说"这个它就是'言'"(dieses Es "das Wort" war),意义要深远得多。如果他提到基督的言语,指的便是[366]"爱"和"恩慈"(第84及后续1行)。在《饼和葡萄酒》中,"上天安慰"的话暗示安慰者即神的应许,仁慈宽厚的言语。驾临凡间的不是这些言语,而是基督的现象,他在时间中显现圣容并在时间结束时再来。

对于基督非世俗的出身,多首诗歌都寻找自然界的神秘力量作比喻。《和平庆典》称他"神圣理智的光"、天父的闪电,《拔摩岛》称他"太阳当空的白天""光芒直射的权杖",即太阳神的光,后又称他是将天父的闪电传送到大地的"雷电运送者"。所有这些暗喻都是对无人能承受的神灵在场时的威力的改写,如果说有几个例外的话,那它们只是将此威力遮蔽,举《和平庆典》中的一个例子。那里将神比喻为"云",①这样,神遣派来的火焰就变得"柔和"了。基督的门徒领受并传达了以下信息:神谕未经中介是无法理解的,甚至有致命的危险。《恩培多克勒》中的泡萨尼阿斯扮演了中介者的角色,诗人自己在赞歌《宛如节日》中也是中介者。《拔摩岛》第1段诗节构思的仿佛是中介的原始图像,在临近之神的危险中,看见唯一的拯救者在桥上或者可以行舟的水上"跨越过去又返回来"。

此外还有第二个母题:一位中介者不够,他需要有陪伴。《拔摩

---

① [译注]见《和解者,你令人永难相信……》第2稿第45行,StA II, 134,中译本见刘皓明译《荷尔德林后期诗歌》(文本卷 德汉对照),页210 - 211。

岛》后期稿本中将第 2 行诗句"这个神却难以领会"改为"没人能独自领会神"。这让人想起《马太福音》中说的"那里聚集着二三个人……"。但这种思想在荷尔德林自己的诗中有其来历,即"共同精神"这个概念,共同精神就是神。这曾是泛神的思想,随着泛神论思想的克服,神的共同精神转变为人的共同体——我们可以直截了当地说,转变为"教会"——神处在它的中心,能够被传授给人世。因此,诗的中间诗节主要展现门徒牧区的画面,诗歌标题《拔摩岛》显示的[367]这个牧区似乎只是扮演一个从属角色。下面将展示这个标题在多大程度上表明了诗歌的隐含主题。

我们可以肯定,对于荷尔德林来说,重要的不是耶稣的传道,而是以下这个事实:神在基督降临时来过并留下了教会,教会将这个事实传播到时间和历史中。这是救世史的又一构想。这不涉及可取代的神学内容,而关乎理解以基督告别为开端、以他再来为终结的历史。

因为,诗人处在时间当中,或在时间的中期,也许在时间接近终点的时候。他在消耗时间中生存,要用诗歌的方式解释时间,因此他出发前往拔摩岛。约翰,荷尔德林将他等同于用这个名的门徒,曾亲眼看见过主——诗人对约翰的用词是"留心的"——但他只能预告基督将再来。在诗人那里,情况正好相反。他所知道的情况只来自门徒流传下来的言论,这些言论的"固定的字母"是他要"保护"的。但是,他从自己四周"留存物"的符号中看到,基督再来的预言将会实现,这些留存物是他要"完美解释"的。诗人的具体处境是他对救世史构想的视点。因此,在开头和结束他都谈到自己,这样,赞歌最重要的结构因素,即被描述的历史与进行描述的诗人的对立,就成了诗歌强调的主题。其他的赞歌也是这么创作的。

3. 最后的说明涉及赞歌的形式元素,即对神灵的称呼。荷尔德林通篇都提到神,总共有 22 次,但只是在最后两段诗节中使用 Vater[父]和 Christus[基督]这个称呼——如果不考虑第 11 段诗节中很少使用的拘谨用法 der Chirist 的话。这种用法在 1800 年前后的其他作家那里也可找到。以前,父称为"神""至高者""天主",而基督称为"至高者的儿子""主",后来成为"这位神"和这位"半神",此外还称"这位亲爱的""这位至乐者""这位司雷之神"。[368]也就是说,直到诗歌结尾,荷尔德林都没有用真正的名字,甚至在诗歌开头用了一个让人无法辨认是指父还是子的称呼:"近在咫尺,这个神却难以领会。"显然,诗的进程是获得真正名字的过程。如果开始就提到他的名字,他就被"设定"下来并成为"实证的",从而就切断了其他的思路。这首诗在描述父和子(还有神灵)时,没有把父和子作为教义的固定信条,而是朝着这个方向逐步完成对他们的正确称呼。但这只是反映了历史的进程。第12段诗节的第一份稿本中有一段异文:"这样,众神的命运便继续进行"——这是指众神所差遣的命运,即历史的伟业——"直到天神们重新用正确的名字称呼"。正确的名字安排在时间的终点,即历史的终点。①

正如荷尔德林的所有诗歌那样,这首赞歌也具有发展的特征,而且不仅表现在名字的称呼上。从朦胧地感到这位神已在近处,经过历史回忆,发展到此时此地认识父的意志,同时,也从家乡向"亚细亚"发展,从晚宴和死亡发展到神的再来。这首诗不像席勒的哲学诗那样谈论一个事先给定的主题,而是让诗歌的主题在言说的实施过程中产生,并且在最后的诗行中作为德国颂歌的主题显现。

这种方法,可以从荷尔德林的基本信念中得到解释,这种信念可以用公式来表达:存在是生成,诗歌是存在的"反响"。这样,诗歌也必定对生成有所反响,它不是只谈及生成,而是仿佛在自己身体中实现生成。[369]诗歌发生的特征与历史类似,永恒的存在作为时间的生成

---

① 斯宗底(Peter Szondi)指出,《和平庆典》中,神灵的称谓和名字取决于诗歌中所处位置的视角,总起来显示一条路径:他本人,节日之王。见"Die Hymne Friedensfeier", *Hölderlin - studien*, 1967, S. 69 ff.。由此引发上面对名字问题的研究。探讨正确名字看来是《拔摩岛》赞歌的特殊性。关于正确名字的问题,参阅本文集收入的《荷尔德林的名字象征》一文。

在历史中"发生"。

关于基督形象的解释、救世史的构思和诗歌发展的特征,上面已做了足够的说明。在逐段察看赞歌之前,我先用几个关键词介绍这首诗的内容,以便大家对诗的主题构建一目了然。

首先要指出的是,正如大多数赞歌一样,这首诗也按三合一的方式构成,按照品达的方式每三段诗节构成一个单元,但除了只尝试一次外,并没有模仿品达的格律。此外,还要说明,第 10 段诗节由于疏忽多写了 1 行而不是 15 行,如果荷尔德林不是在文本中严格按照诗行对称的原则创作,这个疏忽或许微不足道。但正因为注意到这个疏忽,所以人们看出了诗行的对称性。

第 1 组三段式诗节:诗人启程前往亚细亚寻找拔摩岛。显然,临近难以领会的神是一种体验,这种体验将他和《启示录》的作者联系在一起。

第 2 组三段式诗节:拔摩岛和约翰。首先谈约翰启示录的时代,然后谈约翰跟主交往中"蒙福的青年时期",神两次向约翰显现,一次作为人子,一次作为圣灵。

第 3 组三段式诗节:基督死后的事件。第 7 段诗节写降临节,第 9 段估计写的是升天,第 8 段是这一组三段式诗节同时也是全诗的中间诗节,正是在中间这个位置暗示了基督再来:"因为在恰当的时候它将要再来。"

第 4 组三段式诗节:在升天和再来之间的基督。为什么他在远方,为什么对他的记忆消失了?答案是:"这是播种者的扬场",将麦子与秕糠分离。同时也是防止诱惑,避免在这期间给自己构成一幅"基督"的图像。这指的不是信仰的记忆,而是构想唯心论的基督,用黑格尔的话说,"思辨的耶稣受难节",尽管这个措辞是从第二诫命①中借用来的。

---

① [译注]十诫的第二条规定,不可为自己雕刻偶像。

第 5 组三段式诗节:基督再来之前,诗人在圣经中[370]找到"静穆照耀的力量"。其作用是教导人们理解神,这似乎是人的任意行为。神想要的不是一个人们无知地为他效劳的世界。诗人知道自己的任务是在"固定的字母"方面提供内行的服务和对"留存物"完美的解释。

赞歌的结构是对称的:中间是当年的基督,开头与结尾是今天的诗人。从开始到中间之间是约翰在基督口授中领受精神(Geist),从中间到结尾之间是诗人违背神的愿望,用任意的思想给自己构想一个"基督"。但对称性并不就是一切。基督再来的思想在诗的中间只是暗示了一下,但从第 12 段诗节结尾到第 13 段诗节开始,在谈到"天国的凯旋之路"时特别强调地陈述了这个思想。为此,在两个三段式诗节即第 4 和第 5 个三段式诗节之间,诗句跨越了诗段接合处,这是全诗唯一如此的地方。其他诗歌的类似情况表明,荷尔德林在这里仰望作品的赞美顶峰:一切都通向这里,后面跟随的是终曲。这样,结尾处就产生了一种脱节(Präzipitation),它违反但不取消对称。正如往常那样,荷尔德林寻求两种原则充满张力的互相交融,因为这首诗要完成两项任务:既要解释又要赞美,解释神在世界上的行动并颂扬神。对称的相应关系揭示意义,服务于解释,通向赞歌顶峰的脱节,为的是通过颂扬引起读者的积极参与。

二

近在咫尺
这位神却难以把握。
但何处有危险,
亦会产生救助。
阴暗中居住着　　　　　　　　　　5

山鹰,阿尔卑斯山之子

> 无畏地越过深谷,
> 跨过轻巧搭建的桥梁。
> 只因四周聚集着
> [371]时间的群峰,至亲者 10
>
> 毗邻而居,疲于
> 隔绝的山峦,
> 哦,请赐予我们无邪的流水,
> 赐予我们羽翼,诚心诚意地
> 越过去又返回来。 15

这段诗节是诗人说的话——"我这么说着",他继续往下说——在结束的时候过渡到一段祈求。它包含的内容比初看上去的更多,类似于其他的第1段诗节,用于引入总体(das Ganze)。

无须讨论可能性,我想立即说,开头四句诗行肯定意味着这位神难以把握,不是因为受到什么限制,而是因为他离得如此近。我只能把握住离我一定距离的看得清的东西。危险不在于有什么障碍,而是因为神在近处。近在咫尺本身就是危险,因为离得近有失去知觉的危险。然而在危险中产生救助,会设法跟他人交往,如果不是由于离得近而产生危险,我也许不会去寻求交往。

"这个神"是不允许更准确命名的,如果说在其他情况下称他"难以把握"(anders)是可信的话。在荷尔德林的诗歌中,几乎所有神灵的显现都伴随着这样的母题:不知道是什么神,但知道他必定是神。只有当他是可知的客体时,也就是说,只有面对他的时候,他才可以被称呼,而他靠得太近时恰恰取消了这种可能。

现在,从这几行诗中可得出四种关系。首先是主跟约翰的关系。约翰也不能把握近处的神——他听见背后响起"如吹号"的声音,就转过身来,"像死了一样"仆倒在主的脚前(《启示录》1:10,1:17)。荷尔德林不是特别暗示这个关系,但"拔摩岛"这个词允许我们作这样的解释。① 跟门徒的关系是公开说出的。尽管神离他们很近,他们也无法把握主,而当神离去的时候,他们试图用身体去留住他,正如第9段诗节说的,让他"停下"。第三种关系适用于诗人,[372]从后期赞歌的第一首以来,荷尔德林一直围绕着一个问题,即诗人如何"把握"住天父的光,无论诗人是否可以得到允许,天父的光都会烧焦他。在这里,他找到了答案,只有"纯洁的心"和"清白的手",也就是说,只有当他摆脱了自我并成为神的工具时,他才敢于"把握"天父的光。《阿尔希沛拉古斯》的一段异文给出了另一个答案:

> 因为,这些在场的众神离得如此近,
> 我必须做到,如同他们离得很远……

荷尔德林补充说:"以便诗人拥有他自己"——说的不是他个人的其他东西,而是他的职业;因为众神在近处,令他哑口失声。"如同他们离得很远"这种非现实的状态,对于荷尔德林来说,其典型的姿态就是后退,以便留出一个空间,在这个空间中诗人才能言说,才能对众神述说。启程去亚细亚也是这样一种后退,尽管其中还有更多意图。最后,这些诗行还涉及神再来之前世界的状况。世界也把握不了任何东西,《和平庆典》中说,即便"神触及人的住宅",也"无人知晓"。《饼和葡萄酒》中说:"当财富来临时,……却无人认出和看见。"从世界这个角度方可解释这种情况:末日已经来临。

接着末日以及末日时"拯救者"的图像,是一个宏大的风景比喻:阿尔卑斯山的群峰和深谷,当中有山鹰"居住",也就是说,能够居住山鹰,牧羊人在轻巧的桥上往返——"迷娘之歌"②提到"云栈",《退尔》

---

① [译注]据《启示录》,文中叙述的事情发生在拔摩岛。
② [译注]指歌德长篇小说《维廉·麦斯特的学习年代》中的迷娘之歌。

(Tell)①中说到"令人目眩的路"。但是,当时诗歌修辞惯用语中所指称的——经常被绘画和描写的格得哈尔特路上的魔鬼桥已成为修辞惯用语——在荷尔德林的诗行中即刻换上了完全不同的外貌。

"阿尔卑斯山之子"能够做到的事情似乎变得空洞,因为群峰突然变成"时间的群峰"。时间构成的峰顶——荷尔德林指的是什么? 从早期诗歌以来,人们遇见这种想象:从历史的长河中涌现出个别光辉的思想家、英雄、事件和行为,他们[373]如同天空显示出永恒。这些是凯若斯(Kairos)的形态,在这些形态中,时间似乎在历史的瞬间实现并超越了自身。曾经存在而又没有任何损坏的地方,最终"聚集"着时间的群峰,它们似乎汇拢在一起。更有甚者,它们从来没有像现在靠得那么近。在神的时代,每个神灵注视并实现的东西都想联合起来。但是,神灵已经分离,被流逝的时间隔开,因此就有了"疲于隔绝的山峦"。幸福的世界时刻在共时的生物中产生了哺育心灵的共同精神,它却因为星移物换而破碎,因此,在隔绝的山峰的画面中,诗人祈求赐给"我们""羽翼"。还有注满深渊的"无邪的流水",以便人们乘船抵达彼岸,如同渡海到达拔摩岛。称流水"无邪",是因为荷尔德林将水视为诸元素中"至纯"者,是最靠近起源的。因此,人们可以将自己"诚心诚意地"托付给它,因为忠诚总是对起源的忠诚,即返回产生它的源头。

在这种精神的引领下,诗人能踏上前往东方的路,然而精神本身,一位"守护神"却诱使他去到亚细亚"千峰"矗立的地方。在那里,拔摩岛作为基督启示地方,上面的岩洞构成他所寻找的时间山峰的倒影。在时间的历史连续性没有被取消的情况下,空间画面将时间带进转世论的共时性中。过去发生的事情,用过去时叙述;然而,时空中的昔日事件,不是放在时间延续的范畴中看待,而是放在救世史地点的范畴中思考。

---

① [译注]指席勒的戏剧作品《退尔》。

我正说着,一位守护神
诱惑我,比猜测得更快,
远离自己的家,前往
从没想过要去的地方。晨曦
朦胧,我途经 20
家乡茂密的森林
[374] 和充满渴望的溪水;
穿越从不认识的国度;
不久,霞光万道,
充满神秘地 25
在金色的烟雾中,
快速浮现,
随太阳之脚步,
连同千峰飘香, 30

亚细亚在我面前,眼花缭乱
我寻找相识之物,皆因不惯
这宽阔的街道,在那里
从特莫鲁斯山奔流而下
黄金装饰的巴克托尔河, 35
陶鲁斯和梅索基高山矗立,
满园鲜花,
静谧的火焰;阳光中
银雪在高处绽放;
生命不息的见证 40
在无法通行的壁上
生长着古老的常青藤,
充满活力的柱子,雪松和月桂

> 更添节日气氛，
> 托着神圣建造的官殿。 45

宏大的自然画面似乎没有给理解造成困难；一切均可目睹。但恰恰在可视的景物中常常隐藏着荷尔德林特有的意义，其中有几处需加以解释。

"晨曦"和"朦胧"是过渡的代号，"充满渴望的溪水"涌出，直奔江河湖海，象征着诗人没有说出的渴望；他受到"诱惑"。然后出现亚细亚，这是太阳升起的地方，是源头，因此"充满神秘"。千峰"飘香"，仿佛小亚细亚是座花园，群山是里面的花卉。生活中真实的鲜花被称为"静谧的火焰"，这里运用了矛盾修饰法，与此相应，这个时期诗歌中鲜花被描写成"柔和的灼热""友好的温度"，[375]而在这里，则有绽放的、被朝霞照耀的雪。灼热与柔和，火焰与清凉，在这样的修辞运用中得到了统一，并且暗示了起源与完满两种极端状态的平衡。接着写"古老的常青藤"，这也是起源的象征，而"月桂"则是诗人的象征，"雪松"让人想到所罗门建造的圣殿，基督曾在那里教导人。这些联想似乎有些牵强附会，其实不然，因为有大量诗歌的例子可以证实，只是我们在此不能逐一引用。亚细亚的山峰，满园的鲜花，成群"神圣建造的官殿"，这些如同天堂和天上的耶路撒冷，极其委婉地暗示着基督甚至是诗人。

> 亚细亚大门四周
> 喧闹声此起彼伏
> 变幻莫测的海面上
> 有众多无影的航道，
> 但船夫熟悉这些岛屿， 50
> 此时我听说
> 附近的一座
> 便是拔摩岛，

我迫不及待,
要去那里落脚 55
靠近幽暗的洞穴。
因为不像居比路①,
那里泉水丰富,
或其他一座岛屿
居住拔摩岛挺好, 60

她热情好客
虽寒舍清贫
仍待客如宾
每当航船遇难
哀诉痛失家乡 65
或失去亲友
有一位异乡人来到,
她乐意倾听,她的子女
炎热丛林的声音,
[376]以及沙土坠落, 70
土地龟裂,发出的响声,
他们听见此人的哀诉
友好地作出回响。
她曾照料神宠爱的这位
目击者,在他蒙福的年轻时 75
(曾跟随至高者的儿子……)

---

① [译注]Cypros,现通常译为"塞浦路斯",现循中文和合本圣经译为"居比路"。

这些画面同样可以直接理解,但只有追问荷尔德林为什么这么描述,才能认识其意义。这意义同样产生于诗歌的时间视域。这首诗以末日此时此地的情景开始,接着是启程;充满渴望的溪水暗示向前行进的时间,但诗人的道路却通往相反方向,迎着时间,向东走进起源的地方。现在,他又返回到时间里,在时间的"变幻莫测的海面"上,约翰的岛象征着要寻找的时间的山峰。与此相应,亚细亚的脚步又朝西走,因为在荷尔德林的神秘地理学中,从东向西的方向是历史进程的相关概念。我们不能根据标题进行猜测,简单照搬到拔摩岛,而必须在找到这岛之前,仔细量度象征时间的空间。荷尔德林用了四段诗节到达拔摩岛,以便在救世史的总体中确定它的位置。但是,上述事情几乎还没实现——因为严格地说,只有"目击者"这个词预示那里发生什么事情——他又离开了拔摩岛。其余的所有内容涉及基督启示的前提和间接后果。

对细节不需要做太多说明。"变幻莫测的海面"也是修辞惯用语,荷尔德林赋予它的意义是没有方向的时间。但阿尔卑斯山儿子们的一位船夫兄弟却认识道路。"幽暗的洞穴"是现实,但荷尔德林也赋予了它意义:在时间里,永恒的东西只发生在隐蔽的地方。在他的作品中,洞穴多次被用于象征超验事件发生的地方。最后,岛上的贫穷是诗人的虚构,也许是要让人想到伯利恒的马厩。总之,诗人用阿芙洛狄忒(Aphrodite)①的岛、"泉水丰富"的居比路来衬托它。[371]灵感和生物,或按荷尔德林的说法,精神和生命,两者构成对立的模式。

然而这座小岛是好客的,这里收容沉船遇难者,或者像约翰这样的被遗弃者。用什么接待客人?它没有给予牛奶和蜂蜜,但它的"声音"回答了这位客人的哀诉。怎样的声音?炎热的丛林中木头发出的咔嚓声,大地干裂、沙土落入缝隙中发出的嘎吱声。一幅闻所未闻的画面!

---

① [译注]Aphrodite,希腊神话中宙斯和海洋女神之女,名字意思是"从海水的泡沫里诞生",阿芙洛狄特在海岛和海港上普遍受到崇拜。

枯萎的自然的噪音,在任何其他诗人那里都被用作生命泯灭的象征,现在却成了对被遗弃者的友好回响。

现在,我们也可以理解,为什么极度贫困只对耳朵诉说,而亚细亚天堂般的花园里一切都为眼睛存在。先知需要一个没有任何东西可看的地方,以便接受内心看的景象。但他必须能听,如同约翰那样听,因为,"凡有耳的,就应当听"的告诫叮嘱他留意听声音。这使荷尔德林产生了这种想法,即让拔摩岛用声音和响声对人说话。

  (先知,在他蒙福的年轻时)   75

  曾跟随
  至高者的儿子,不离不弃,
  皆因司雷之神喜爱他的单纯
  而这位留心的人真切地
  看见神的圣容,   80
  宣讲葡萄树的奥秘时,他们
  坐在一起,在圣餐的时刻,
  主怀着伟大的心灵,平静地预告
  自己的死,并说出最后的爱,
  关于仁爱的话他永远也说不够,   85
  当时,为了让人释怀,
  因为他看见世界的怨恨。
  因为一切已美好。于是他死去。
  关于神许多话可说,只见他
  这位至乐者最后胜利地望着朋友们。   90

除了圣宴以外,这段诗节的大部分母题[378]取自《约翰福音》中耶稣告别时说的话,荷尔德林将《约翰福音》的作者视同启示的作者。例如,约翰目睹神的容貌,这显然出自"那门徒便就势靠着耶稣的胸膛"(《约翰福音》13:25)。"宣告最后的爱"暗示第十三章主赐下彼此相爱的诫命,"世界的怨恨"暗示第十五章关于世人仇恨的话,"让人释怀"暗示第十四章应许赐下训慰师,或第十六章的结束语:"但你们可以放心,我已经胜了世界。"还有基督欣然死去,我们最早可联系到《约翰福音》的叙述。

值得注意的是那句简洁的诗句"因为一切已美好",如果从中只读出,包括恶在内的一切最后都为更高的目的服务,那么,对这句话还没有完全理解。荷尔德林把"美好"(gut)和"神"(Gott)两个词看作是有联系的,尽管这在语言学上没有依据,他经常并在《拔摩岛》中多次暗示这一点。这出自路德的基督教义问答手册。"一切是美好的"(alles ist gut)可以复述为"一切是神"(alles ist Gott),即一切都是神的意志和行为,因为,在这里已不再考虑到泛神主义的信仰。这些提示相信已经足够了,因为上面已经说过,这段诗节的主要问题是舍弃了基督在十字架上被钉死的描述。诗人写完基督愉快死去后,又描述了留下的门徒们的悲恸。

> 他们十分悲伤,此时
> 黄昏已至,无比惊讶,
> 因为他们心怀重大决定,
> 但门徒们热爱阳光下的
> 生活又不舍弃　　　　　　　　　　95
> 主的容貌
> 以及家乡。大为折服,
> 如烈火燃烧的铁,他们
> 感受到爱的荫庇。
> 为此主给他们差去　　　　　　　　100
> [379]圣灵,尽管发生了
> 房屋震动,神的风暴

> 翻滚,远处传来雷声
> 越过有预感的头颅,心情沉重
> 聚集着视死如归的英雄们。　　　　　　　　　　105

　　黄昏已至,主没有再留在他们身边。门徒们感动的心情,荷尔德林用了一个出自荷马的最喜爱的词来表达:"无比惊奇"。它指的是突然被一种从未有过的体验所触动。因为,门徒们一方面心怀"重大决定",严肃地决定追随主,另一方面,他们又无法想象失去主的生活。"太阳"和"家乡"可以理解成比喻基督,迄今为止,基督的在场一直照耀和庇护着他们。一种如同烈火烧红铁的感觉越来越穿透他们全身,他们觉得基督像"影子"仍然在他们身旁。一言以蔽之:他们还没有理解,他们蒙主所召由门徒成为使徒。

　　荷尔德林以此来证明神灵的降临:"为此主给他们差去神灵。"虽然他对圣灵降临节的描述遵循了《使徒行传》,但是他从《约翰福音》中摘取了路德的用词"训慰师"。freilich 这个词——"尽管发生了房屋震动"——按照让步从句来理解为宜:尽管伴随着圣灵降临发生了可怕的事情。然而这一切都只是按照历史,经过缩减进行记述;对圣灵的解释,荷尔德林放在了再下一段诗节。首先来看看这首诗难以理解的中间诗节。

> 此刻,他在分别时
> 再次向他们显现。
> 因为太阳的白昼熄灭,
> 那个王者自行销毁了
> 光芒直射的　　　　　　　　　　　　　　　　110
> 权杖,忍受着神的痛苦,
> 因为它将重新到来
> 在恰当的时候。这似乎不好,
> [380]后来,突然折断,失信,
> 人的事业,从此　　　　　　　　　　　　　　115

> 其乐融融
> 住在爱的夜晚,并矢志不渝
> 用单纯的眼睛守望
> 智慧的深谷。群山深处
> 尽染翠绿充满生机。 120

基督再一次在圣灵中向门徒显露自己,然后永远离别了他们。对圣灵降临事件的重新解释并无神学的意图,而只是服务于文学描写,它要表达的具体内容是:神来过,他走了,但他仍然活着,他将再来。基督在圣灵中显现,无论是一次,还是一再,或者总是,都是抽象的表述,违反了文学描绘的本质:文学描绘必须形象化,只能呈现某些个别的东西———一件事实、一个情景。

继基督最后在场之后是夜晚,而这是一个"爱的夜晚",人们可以在那里"安居",如同第一段诗节中描写的山鹰能够栖息在幽暗中。是的,门徒们"其乐融融"住在那里,尽管不再有"眼睛的愉悦",不可直接看到基督。一段异文是这么说的:这种愉悦随着基督的告别而"熄灭"。现在,另一双"单纯的眼睛"守望着"智慧的深谷",并为此而感到快乐。单纯与智慧貌似自相矛盾,这来源于圣经。虽然如此,荷尔德林却让人听出对"单纯"的字面解释:单纯的、朝内看的眼睛守望着智慧,这种智慧在纯粹知识以外包含着信仰的坚定,在"矢志不渝"的守望下使黑夜成为"爱的夜晚"。矛盾修饰法用简单的方式表达转世论存在的辩证法,这种存在以预告基督再来为开端。群山深处翠绿的景象很好地显示了旧约《诗篇》中第一百二十一篇所歌颂的希望和帮助。

我们刚才跳过了这段诗节难懂的中间部分。荷尔德林首先讲述,黄昏来临是基督的意愿:他"自行"销毁光芒直射的[381]权杖——作为神所发出的阳光——并"忍受神的痛苦"。因为神的痛苦是自己选择的,人的痛苦是遭受的。尽管如此,毕竟是"忍受神的痛苦";因为神的痛苦是与他所关爱的人分离,为了再来,不得不忍受。

接着是反思,异文表明,反思给荷尔德林添加了极大的麻烦。这涉及他的老问题:为什么基督这么早离开世界?在这里,他给出了佯谬的回答:后来,他的离别似乎"突然折断"和"失信"。为了理解这里的回答,有必要解释语法关系中的三个要点:

1. "人的事业"不是"突然折断"的第四格宾语,而是"这似乎不好"的第一格同位语。有一段异文证实了这一点:"这似乎不好,后来,突然折断,人的事业。"也就是说,如果基督继续留下,那么,世界就会适应神,神的瞬间也接受人类的特征。如果他走了,就会像留下人那样留下一个片断——"突然折断",没有为安全采取任何措施——"失信"。在永恒的瞬间里,神在基督身上显示自己,只有这个瞬间能呈现出他自身实现了圆满。此刻,没有任何东西折断,也没有任何东西得到保障,因为那属于时间的范畴。"这似乎不好",正如我们所知道的,这意味着:这似乎不是神,即神的事业。

2. 这样就可以明白,"它将重新到来"中的"它"不是指基督,而是神的事业。从"人的事业"以及第12段诗节中恢复描述可以推断,"他们(即天神)的事业自行转变",其中再次出现基督的自主行为。

3. "恰当时候"是指何时?在我们的文本中涉及基督的再来。但有一则异文却写道:他销毁了权杖,"因为它将重新到来,在恰当的时候"。这样,句子在逻辑上无可争辩地过渡到"这似乎不好,后来……"。在最终的文本中,我们能将"因为它将重新到来"这句话读作[382]插入语吗?很难。荷尔德林将"在恰当的时候"倒置在句末不是没有道理的,甚至可以举出两个理由。其一,在他的语言中,die rechte (Zeit) 这个词从来就不只是表示"正确的"(时间),而且表示"实现了的"时间,这不仅仅意味着完成的时间,而且意味着启示的时间,在《约翰福音》的语言中,offenbar[启示]通常意味着 $\alpha\lambda\eta\vartheta\zeta$[诚实,真诚],路德用 recht 这个词来复述。倒置的第二个理由也许是,荷尔德林有意将"在恰当的时候"这个词语挪到第113行诗句,也就是说,放在整首诗的正中。他的意图是什么,我们后面还要探讨。

不管怎样,我们都可以这样来解读这个句子:它将重新到来——神的事业——在恰当的、实现了的、启示神的荣耀的时间。因此,基督必须自愿地——自行——并且如此早地离开世界,这样,他在场的永恒瞬间就不会接纳有限时间段的形象,有限时间段的结果不可避免成为片断。

> 但可怕的是,神将
> 生者分散到无限远的地方。
> 因为已经舍弃
> 挚友们的容貌
> 翻过高山前往远方   125
> 独自一人,两次
> 被认出,完全一致
> 天上神灵;没有预示,
> 而是扯住卷发,当时,
> 在迅速远离之际   130
> 神突然回望他们,
> 诚恳地呼唤,
> 让他停下,如用金绳
> 永远连在一起,
> 口念恶名,他们牵起了双手。   135

这段诗节以门徒分散各地开始,这个母题也是取自耶稣告别时说的话。诗节首先一般地描写分散现象,然后运用到门徒们的身上,并在此处作了相反的描写:他们同心同德地聚集在一起。中间的对照构成转折点;因为,[383]朋友们离别本来应使分散显得直观,却在不知不觉中转变成耶稣告别的例子,他的告别只是为了使留下的门徒更牢固地联系在一起。

这个对照在语言上是不完整的,必须用前面的叙述进行补充:"因为已经舍弃挚友们的容貌……"是可怕的。接着,荷尔德林为友情的本质找到了精辟的用语，正如他自《许佩里翁》以来所思考的：天上的神灵在友情中"两次被认出，完全一致"。两次中的每一次都是以各自的方式认出神灵，但是两次的认知完全一致，因为神灵是共同的精神。但这种"共同精神"不是结果，而是友情的前提，在这种媒介中才产生友情。精神的统一（unisono）承载着认知的和谐（consono）。它是先于一切认知的存在，是无限的天性，因此，他被称为"天上的"神灵。

荷尔德林似乎回到了降临节的事件：圣灵降临，让每个门徒用不同的方言去传道。扯住卷发似乎也暗示降临节。但是，基督迅速远离的图像让人想起升天，这同样"没有预告"；预示的只是圣灵。这个长诗句最好通过改写来做这样的解释：迅速离去的神在远处突然回望他们，门徒们恳求他停下脚步，他们互相牵起了手，表示要永远在一起，像用金绳连着那样。插入语"口念恶名"意味着，通过呼叫名字将邪恶镇住，驱除在外，使它不造成祸害。此处为辟邪而呼叫邪恶的名字，用意是将邪恶祛除在手牵手组成的圈子外面。

> 可是如果后来死去，
> 在他身上通常
> 披挂着美，以至于形象中
> 出现奇迹，天上的神灵都预示
> 他，如果，彼此永远是个谜　　　　　　140
> 他们彼此不能领会，
> [384]他们曾共同生活在
> 记忆中，不仅沙子或
> 草地被它冲走，庙宇也
> 遭受侵袭，如果半神　　　　　　　　145
> 和他家人的荣耀
> 烟消云散，至高者自己

> 此时也转过脸去，任何地方
> 再看不见永生者，无论在天空
> 抑或绿地上，这是何故？ 150

这段诗节是一个以"如果"带起的条件句：如果说发生了这种和那种事情，那么，这到底是什么事情？再下一段诗节给出答案：播种者的扬场。这令人感到意外，因为荷尔德林提到没有上帝的时代的标志，而且有四个：基督的死，教会分裂，泛神主义和上帝的愤怒。

至此，基督的死被置于自由和必然性问题的视角之下：它是基督的自由行为，但仍旧必然发生，以便实现救世史的法则。直到现在提供了这种解释之后，荷尔德林才允许情感得到满足。离得远远地哀叹——哀叹本是哀歌的任务，不是赞歌的职责——他将这种情感客观化，成为客观的陈述：基督身上通常披挂着"美"。

人们可以参阅《诗篇》第四十五篇："你比世人更美。"但是，在荷尔德林的作品中，美的概念由来已久，其结果可以这样来表述：荷尔德林称那种不仅存在而且有效的存在者为美——某种东西如果透过感性的外表显现出精神的存在，用希腊语来表达，如果在 Eidos[外貌，形态]中显示出 Idea[理念]，那么，它就是有效的。基督正是如此。门徒们看见他，那个"留意的人"甚至真切地看见他的容貌。然而他是神，在他身上，人的外貌遮掩不了神的存在，后者用前者的口说话。因此，基督是"美"的，因此，在他可以被看见的形像中出现"奇迹"，以至于天上的神灵都预示他。在《和平庆典》中他被称为"至爱者"，在《唯一者》中被称为"镇宅之宝"。

我把教会分裂称为没有上帝的时代的第二个标志。这似乎说得有点过分。这些共同生活在记忆中的信徒，如果不能再互相握紧手——人们首先想到的是原始教会中的争论，特别是回看前面那段诗节：他们在主告别时牵起手——那么，过了一段时间后，他们将不能再互相领会。正如后一段诗节所证实的那样，第 10 段诗节是综观迄今为止的全部时间,因此肯定是指任何类型、任何时候的分裂和信仰斗争。"彼此永远是个谜"这句话似乎也暗示了这一点。

紧接着是完全忘记基督,历史上说的是启蒙和理性信仰的时代。不仅河岸边的"沙子"和草地这些昔日的自然景物,还有"庙宇",即耐久的建筑物和神殿,都被时间的洪流冲走,"半神和家人的荣誉"也烟消云散。"半神"这种表达并不令人感到诧异,在具体的意义上它表示由尘世的母亲所生,这在荷尔德林后期作品中经常用到。Die Ehre 在这里不表示 Time[尊敬],而是表示 Doxa[荣耀],更准确地说,失去尊敬后看不见的荣誉。这与第 15 段诗节中的诗句相一致:"太久了,已经太久看不见天神的荣耀。"

最后,至高者自己也将脸从一个变得如此没有上帝的世界转开。Darob 这个词按赫林格拉特(Hellingrath)①的观点,意味着 darüber[在此时],而不是 droben[在高处]。以 Daβ 带起的从句可以理解为原因从句或者结果从句。如果是结果从句(so daβ,以至于),那么,上帝停留在世界上的目光关注的就是脱离了世界的永生者。如果荷尔德林的意思是表示"因为",那么强调的就是"看见",不是上帝在他创造的世界中再也看不见任何永生者,而是世界自己有眼无珠。因为,这种腐败的状态(status corruptionis)通常表现为对神灵视而不见、听而不闻。草稿的一则异文作:"神转过脸,任何地方再没有永生者",也许能佐证第一种解释。

[386]荷尔德林接着解释了四个结果;我们先来看第 11 段诗节的前 10 行。

> 这是播种者的扬场,当他
> 用铁锹铲起麦子,朝着光亮,

---

① [译注]赫林格拉特(F. N. Theodor von Hellingrath, 1888—1916),德国日耳曼学者,1909 年 11 月在斯图加特图书馆发现荷尔德林后期赞歌和品达译作。

> 挥动着将它扬向打谷场。
> 空壳落在脚下, 155
> 而最终得到麦粒,
> 这并非坏事,倘若有些
> 丢失,且言论中
> 消失了生动的音响,
> 因为神的事业也跟我们的一样, 160
> 至高者并非要同时成全一切。

上帝的世界似乎变得陌生,实际上这是世界的净化,世界必须首先向上帝回归。荷尔德林将这种净化呈现为秕糠与麦粒分开的圣经画面。但他为什么将扬场者称为"播种者"?扬场者的动作让人想起播种者的动作,两幅画面揉在一起意味着:去粗取精也是播种,或者,用席勒的话说,世界的历史虽然是世界审判,但它也是上帝国度的增长。

我们做这样的解释并没有误入歧途,有诗句为证:"这不是坏事,如果有些丢失……"因为,打谷场上丢失的东西不值一谈,但是,在场外的田野上,用比喻来表达,有些落在路上,另一些落在石缝间或荆棘中。下面这些词语也包含着比喻的运用:"如果……言论中消失了生动的音响。"也就是说,传播的福音——无论是耶稣,或者门徒,或者后来者所传——流传下来,成了书籍。那么,什么东西失去了?不是著作,不是箴言以及类似的东西——如果从历史上思考——而是上帝在宣告福音中的真实在场。这符合荷尔德林救世史的思想。

这样,也就明白了至今尚未解释的词句:他"朝着光亮"扬麦子。首先,这里指的是明亮的天空;荷尔德林也许想到东方露天的打谷场。但是,"光亮"和"光明"中也蕴含着灵光(gloria)、荣耀(Doxa)的思想,这些思想将在时间结束时得到启示。播种者朝着光亮扬麦子,[387]确实是基督告别与再来之间历史的图像。

时间的延续当然也属于历史条件,荷尔德林总是在永恒整体(totum simul)的亮光中对此进行思考和评价,因此,"至高者并非要同时成全一切"这句格言的意思,并非肤浅地表示上帝足够明智,让事情一件接一件地发生,而是说,他这位永恒者要留有时间,让做的事情能产生影响。因为,前面诗行中"神的事业"历来是以时间中实现影响为出发点思考的,而不是出于对事业完成的形式的考虑。

这种事业"跟我们的一样"。在这里,荷尔德林是否反驳了第 8 段诗节中神的事业与人的事业的截然对立?这种对立在第 12 段诗节中将再一次得到暗示。答案是否定的;我们忽略了"也"这个词。"也"表示神的事业在一定方面和我们的一样,也就是说,它像我们的事业一样需要时间的完成,除此之外,两者则不尽相同。

我们将这段诗节的剩余部分和下一段诗节的主要部分合在一起讨论。

> 虽说如果矿井有铁,
> 埃特纳火山有炽热的松脂,
> 那么我或许就拥有财富,
> 塑造一尊像,看上去   165
> 像他昔日的样子,那位基督。
>
> 可是如果有人为自己壮胆,
> 悲伤地说着,半路上,乘我不备,
> 袭击我,令我诧异,一个奴仆
> 想模仿这个神的模样——   170
> 我看见天主
> 怒容满脸,我并无所图,而是要
> 学习。他们友好,最痛恨的,
> 只要他们管辖,乃是虚妄,那样
> 人性在人间就不再通行。   175

> 因为他们不管治，主宰的是
> 永生者的命运，他们的事业
> 自行转变，且快速走向终点。

[388]第 162 至 170 行使我们遇到理解荷尔德林后期作品的典型困难。诗句所叙述的过程可以理解，叙述的意义域也不存在疑问，但是，句子简单的文学意蕴却似乎不完全清晰。各种答案中没有一种是显然正确的。

首先是过程：诗人可能用"铁"和"炽热的松脂"——说的也许是火山的产物——为自己塑造基督的形象，一尊铁造的立像，"像他昔日的样子"。这一切是因为诗人对他念念不忘，对于诗人来说，这个形象可以代替耶稣的不在场。但接着又说，"有人"——任何一个人——可能"半路上"袭击他，并且无理要求将他跟神的形象联系在一起。这里开始了理解上的困难。

要么，这个人跟第 170 行的"奴仆"是同一人，"想模仿这个神的模样"，也就是制作复制品，这样理解的前提是诗人确实塑造了这个像。在这种情况下，"塑造一尊像"和"模仿这尊像"是两码事。如果"塑造"和"模仿"意味着同一回事，那么，"基督"和"这位神"就是两个人，是儿子和父亲。奴仆要求诗人按照基督的形象，也按天父本人的形象构图。但通常"这位神"(der Gott)总是指基督，父则只称"神"(Gott)。区别在于，基督的第一幅像是按照他昔日的模样重塑，也就是说按人的形态，第二幅则试图按照他身上"神"的形象，即得了荣耀后的未来形象来呈现。最后，不清楚的是，这位"奴仆"究竟是谁。他可能与句中的"我"是同一人：我即奴仆。也可能是半途遇见诗人，并要求为他塑造基督形象的那"一个人"，正如黑人国的首领要求腓利那样。但是，腓利可以做的事情，奴仆却不可以做；神的愤怒是针对他的。

最后的两种猜测是显而易见的：诗人可以如他在自己诗歌中所做那样，具体想象昔日基督的世俗形象，但他不可以[389]像约翰在拔摩岛上那样呈现未来基督的荣耀,因为他只是一个奴仆。有异文作:"令我诧异,这位奴仆想仿效那位最自由者。"所谓"最自由者",人们或许能理解为回到天父身旁的圣子,因为《唯一者》称他为"被囚禁的鹰"——只要他还在人间漫游。

也许,我们可以补充一则传记的推测,据此,这几行诗可以变得具体一些。在波尔多,荷尔德林似乎曾被要求为德国殖民地主持礼拜,他拒绝了。他可能将此看作模仿基督形象的无理要求,当时,他恰好在"半路上",如果愿意的话,可以说是"毫无防备"。

无论是否允许作这种联想,它都将我们的目光转向这样解读诗行的意义域:诗歌创作可以叙述基督,但不能宣讲他,因为写诗不是布道。文学创作的是一部作品,它留存下来了——"但留存下来的,乃诗人的创立"——并没有被说成具体情境,因此,是高大铸像的譬喻。设计和创立未来基督的像并使之永恒,恐怕是极端的自不量力,这超越了现实,况且神似乎已规定了什么事情该发生。这种企图令神感到愤怒。"我并无所图,而是要学习":构想的基督是设计者的创造物,那么,它的创造者就已经有些作为,他在神的面前作为自主的主体让自己产生影响。但他要"学习",或者,如赞歌结束时说的,保护"固定的字母"。其中也包括,他叫以大胆地叙述基督"昔日的样子",因为这是新约中固定字母的内容。

这几行诗句尽管语言上有难度,但意思是清晰的:这里涉及人骄傲地规定自我权力,这看上去恰好像宣布福音、做礼拜。一言以蔽之,这涉及唯心论的傲慢,其体系以构想神的形象而达到了登峰造极的地步。荷尔德林本人在《许佩里翁》时期就构想过泛神主义的神的形象,在恩培多克勒命运的比喻中又再次进行了设计。

接下去的诗行将傲慢主题推而广之。"他们友好",这些"永生者"(第 177 行),这里再次暗示了"好"与"神"的词源关系。"他们最痛恨的乃是虚妄",这样,恨的就不仅是错误,而且包括欺骗、弄虚作假。人的自作主张便是这种情况。如果人坚持这么做,"人性在人间就不再通行"。只有人放弃自作主张,服从超越他们的神,人性才可以发扬光大。因此,自作主张是一种妄想,"因为他们不管治"——这里是指人,不是永生者。正如一则异文所表明的:

> 变得不理解,世人生活不顾律法,因为他们不再管辖,主宰的是……渗透一切永不枯竭的神。

在最终稿的文本中,关于神的这个地方改为"主宰的是永生者的命运",即永生者给人安排的命运,而不是古希腊时说的 Moira[命运],就连众神也受后者支配。

这种命运是"人的事业":这一点我们已经说过了。"自行转变"意思是说没有人的干预,而人总以为自己可以创造历史。"且快速走向终点"——这样,我们又回到了这首赞歌开始的时间结束的情景。

接下来,过渡到三段式诗节最后一组诗段,称颂基督再来的幻象。人们也许认为,这是自负地构思基督再来,引起神愤怒后神所发出的警告。其实并非如此。荷尔德林既没有构思也没有进行任何解释,而是提到期待的事实,并且ш描述随后大地上将发生的事情。是的,他甚至没有说基督将要来到,而只是说"当天国凯旋门通向更高处",就是说,当临近基督再来时。通过描写基督再来的典型表情,诗人回到时间终结前的时刻。

> 当天国的凯旋门通向
> 更高处,如同太阳,被强者们   180
> 称为至高者喜悦的爱子,
> [391]一个信号,此处有
> 颂歌之棍棒,向下挥动。
> 因为不存在丝毫粗俗。
> 它唤醒死者,他们   185
> 尚未被粗野俘获。

> 但是许多胆怯的眼睛
> 等待光。锐利的光线下
> 他们不能如花绽放,
> 即使金辔头控制胆量。 190
> 倘若,如同
> 因鼓起的双眉
> 忘却世界
> 静默闪耀的力量从圣经投下,
> 他们乐于蒙受恩典, 195
> 在静默目光下自我训练。

凯旋门被"强者们"——这里是指英雄们,即时间的黑夜中光明的传送者——称为"信号"。然后,它在某种程度上意味着"征服的标志"(in hoc signo vinces)。而且,凯旋门还被称为"如同太阳"。这可能是真实的太阳,清晨它从地平线升起,标志着时间的夜晚将要结束。太阳也可能指神本身,因为,在第8段诗节中,基督被比喻为神的太阳的光线。如此,"如同太阳"就意味着"如同天父",但这种解释较为牵强。

"此处有颂歌之棍棒,向下挥动。"这句是什么意思?有人说是诗歌的魔棒召唤众神降临,甚至说是狄俄倪索斯的神杖。这并不符合荷尔德林的想法,尤其是在一首涉及构想形象引起神怒的诗中。后期荷尔德林的具体语言给予了一种完全不同的解释:"颂歌之棍棒"是指挥棒,它"向下挥动"指挥大合唱开始。一则异文写道:"接着是颂歌的时间。"在《和平庆典》中,天上的神灵在"歌声中"归来,"合唱时亲临现场",有基督在他们当中。理由是:"因为不存在丝毫粗俗"——[392]正如其他诗歌告诉我们的——意味着这个时刻再也没有任何"日常的东西"。因为,口头说出的言论也属于日常的东西,属于时间,而颂歌则是永恒状态的意象,无论在时间当中,还是在时间最终完成时。

颂歌唤醒死者。在《哥林多前书》第十五章中,唤醒死者的是"号筒的响声"。将战斗的画面转变成音乐的画面完全符合荷尔德林的方式。但颂歌只唤醒"尚未被粗野俘获的死者"。荷尔德林用"粗野"暗示无情地脱离神性或者无度地违背神性的一切。粗野位于深渊,在那里当然接收不到唤起死者的歌声。《和平庆典》的结尾暗示,粗野的人最后也要被拯救,尽管要迟一些。

接着的"但是"——"但是许多胆怯的眼睛等待……"——表明,荷尔德林现在又回到当下,即时间终结的时刻,这时,许多眼睛在期待着光的来临。但是,光来临之前,他们必须"训练"自己(第196行),以免在光升起并来到时他们被刺眼的光吓退。在没有准备的情况下,照射他们的光线太"锐利"了。"他们在锐利的光线下绽放不了",这句诗中的 wollen 用的是惯用语 dies oder jenes *will* mir nicht gelingen[我这样或那样都不能成功]中 wollen 的意思,指的是他们不能绽放。尽管他们想绽放,有"胆量",但"金辔头"将这胆量控制住了。这符合系住门徒的"金绳"(第133行),也符合《诗人胆量》(第2稿)中说的"金色襻带"。天父在时间里用它控制我们,让我们再忍耐一阵子,直到他将最后启示的光馈赠给我们。"金辔头"不仅使他们的胆量退缩,而且将这胆量扶正;神同时使这胆量变得适中,并通过时间获悉人的拯救渴望。

"训练"眼睛的目的是,在事件发生时他们能承受住最后的光。关于训练的内容,接下去的诗行说:潜心阅读圣经,从那里涌现出"静默闪耀的力量"和"恩典"的应许。这是一种"在静默目光下"的训练。这里说的不是阅读者的目光——倘若是的话,就会说成:怀着静默的目光自我训练——而是[393]指圣经中投下的目光。"静默",因为它不如基督再来时的光那么耀眼,而是借助词语和易懂的话变得温和;"鼓起的双眉"使目光蒙上阴影,也对此作了暗示。"忘却世界",这既是自己忘却又是使人忘却。这些诗句解释了荷尔德林的思想:最终的时刻突然来到,谁没有通过内在的积累做好准备,谁就不能坚持住,就会走向毁灭。

> 倘若如今众天神
> 如此爱我,我相信,
> 对你更垂爱有加,
> 因为我知道一点,　　　　　　　　　　200
> 永恒的父的意志
> 你更重视。在雷鸣的天上
> 他的征兆是宁静的。一个人终生
> 立于其下。因为基督还活着。
> 而他的儿子们,众英雄　　　　　　　205
> 全都来了,他的神圣经典
> 以及至今大地上的事实
> 解释了闪电,
> 赛跑不可阻挡。而他在场,因为
> 自古以来他对自己的事业全知道。　　210

　　这段诗节开头是对受赠对象侯爵的致辞。荷尔德林总是将致辞放在诗歌将近结束的地方,因为,重要的内容已经说完,留一点空间给尾奏式的结尾。用受赠者卅始或结束,他认为都不合适,这是有一定道理的。因为后期诗歌的内容超出所有通常的诗歌范围,涉及个人的事情只允许暗示一下。而且,这些涉及个人的事总是从诗歌的主题产生的。在这里,对天父意志的认识便是一例。

> 因为我知道一点,
> 永恒的父的意志
> 你更重视。

　　[394]这句话说得非常"得体":侯爵对天父的意志更重视,对于他来说,天父实际上是绝对的戒律。这句话也维护了个人的自由,尽管对于这件事是没有怀疑的。诗人相信,天上神灵如今也爱他自己,关于这

一点,在最后一段诗节可以找到解释。

再次谈谈时间的终结。"雷鸣的天上的征兆",参阅其他的诗歌可以看作闪电,但是在雷鸣的天上电光闪烁,并不宁静。因此这里不是指闪电,在这里,荷尔德林引用了《马太福音》二十四章 30 节:"那时,人子的兆头要显在天上。"又可见《启示录》中谈到天上征兆的地方。"一个人"终生立在这征兆下面,正如接下去指出的,指的是基督。

基督的死之所以永垂不朽,直到此时才得到最后解释。第 10 段诗节把基督的死解释成神的召回,第 11 段诗节将其理解为播种者的扬场,现在说,神因此而总是"在场"(第 210 行)。首先是"他的儿子们,众英雄",也就是说,从基督的门徒到历史上信仰中的所有英雄,接着是"神圣经典",最后甚至"至今世间的事实"。也就是说,res gestae[确切事实],全部历史,这一切全被称为征兆,它们"解释了闪电"。对于后期的荷尔德林而言,闪电是他"从神那里能看见"的一切征兆中"选中的征兆",他在一封信中曾这样写,而在诗歌中他则将此看作天父启示的征兆。如果大地上的事实解释了闪电,那么这意味着:凡是地球上或人类中发生的,只要是神的意愿,都是神的行为,并因此是征兆的阐释,在这些征兆中,行动的神直接展现自己。"赛跑不可阻挡"衔接第 12 段诗节中说的"快速走向终点"。这段诗节的结束语引自《使徒行传》十五章 18 节:"神知道从创世以来他做的全部事情。"然而荷尔德林按字面迻译为 von jeher($απ$ $αιώνζ$)。①

确认一切事情的发生都是神的作为,立即引出了相反的观点:但是,世人并不知道或者不愿知道。

> [395]太久了,已经太久
> 看不见天神们的荣耀。
> 因为,他们务必牵着手指

215

---

① [译注]权且译为"自古以来"。

> 引领我们，一股暴力
> 卑鄙地要夺走我的心。
> 因为，每个天神都要祭品，
> 倘若有一回耽误，
> 绝不会带来好的结果。 220
> 我们侍奉过大地母亲，
> 最近又为阳光效劳，
> 殊不知，天父乃
> 一切之主宰，他最爱
> 固定的字母受到保护， 225
> 留存物得到完美解释。
> 紧随其后的是德意志颂歌。

我们已经说过，天神的Ehre[荣誉]表示他们的Doxa[荣耀，荣光]，但它与Timé[尊敬]彼此相关。后者很快就体现在"牺牲"这个词上。哪里缺失人的尊敬行为，哪里就看不见荣光，即天神的存在，这样，我们就会变得笨拙，以至于天神们几乎必须"牵着手指"引领我们。因为，一旦人信赖自己，他将失去任何的"安全"——荷尔德林关于建立在神身上的存在的主题词如是说——并成为自我寻找的猎物，在这里自我寻找被笼统地称为"一股暴力"。它夺走我们的心，即留存所在的中心——"请重新赠予我们一颗心，生命中的留存"，诗人在一首颂歌中这么写道。这当中包含新约中涉及的人的详谬：人若寻找自我，将失去自我，若舍弃自我，将找到自我。

荷尔德林用耽误了的祭品这个母题过渡到结尾，这里说的并不是耽误的祭品，而是无知地供奉的假祭品。诗人侍奉过大地母亲，最近又为阳光效劳，这都是"无知"的；天父爱的是保护"固定的字母"。过去无知地举行礼拜，如今的礼拜建立在经典上——这种思维模式出自保罗在亚略巴古(Areopag)的陈说，它将使徒"宣布福音"与雅典人敬拜

"未识之神"相对照。诗句的内容并非虚构，[396]而是有生平事实作依据的。因为，大地和太阳是许佩里翁的神灵，直到《恩培多克勒》和赞歌《宛如节日》，才从自然神话的泛神论转到后来建立在基督信仰上的诗歌。

但这个过程仍需更深入地领会。诗人过去不仅侍奉过假的神灵，而且侍奉的方式也是错误的。谁如果赞美大地和太阳这些自然现象，谁就是赞美藏身它们中的自己。因为它们是无声的，只有人，这位诗人，赋予了它们语言和思想。谁保护固定的字母并且完美地解释留存物，那么，他作为主体就退居后面，以便赞美神的荣耀，如同圣经和世间显现出的那样。

这个过程的基础是荷尔德林对存在理解的转变，从古典主义时期转到后期作品的时期。古典主义的荷尔德林遵循唯心论传统，将存在解释为"根基"，这个根基要在它产生的存在者中"感受"自己。使用莱布尼兹的概念来说：存在是 nisus[追求]，即追求自我。因此，它在人的身上呈现为意识的形态，并在意识中成为内在的自我。但是，借此赋予人的权力会诱惑人，让人误以为自己是存在的主人。这就是我们说的唯心论的傲慢：将自己想看见的东西"设置"为"存在"。这就是《恩培多克勒》涉及的问题。重建被蔑视的存在的荣誉，是恩培多克勒牺牲的意义。由此产生对存在的新的解释，不再是自我追求，而是展示自我，这是人应该做的事情；不再是 nisus[追求]，而是 revelatio[展示]。如果认识到存在是自我启示，那么，前往经典的"固定的字母"和现实中的"留存物"的通道是敞开的，在这两条通道上，神都启示自己。如果事先没有克服唯心论的存在构想，荷尔德林后期作品中的基督教主题就无法理解。

荷尔德林以简洁的句子"紧随其后的是德意志颂歌"作为诗歌的结束。德意志颂歌通常称为"祖国颂歌"，[397]但也有一份草稿用"德意志颂歌"作标题。诗中选用这种表达，也许是因为伯爵特别强调德意志情怀。关于这个众说纷纭的问题，这里只提一下：1801 年前后,荷尔德林大概已经认识到,古典主义和模仿古希腊是违背德意志诗歌本质的。因为关于《安提戈涅》的说明中就谈到,希腊的观念在于"能够自我理解",德意志的观念在于"能够击中某物",也就是说,能拓展具体真实性的诗歌。在保护固定字母和完美解释留存物的过程中变为现实的正是这种诗歌。因此,荷尔德林能够说:"紧随其后的是德意志颂歌。"

三

我们已到了本文的结尾,最后,我们要对采用的分析方法进行一些批评性的反思。也许,我们现在更觉得有需要将本文讨论的所有细节整理成总结性的综述。在此过程中,这个细节将与另一细节联系起来;因为,只要文本分析遵循一种方法进行,而不是零敲碎打,那么,所有说明就处在总览的视野中,而这取决于分析的审视方式。如果我们清楚意识到几个地方的这种循环,那么,我们将被引向两个方向,笔者不求系统地论述,只谈谈对几个不同问题的看法。

《拔摩岛》是一篇困难的文本,问题在于必须寻找难点。显然,它是其他的类型,作为困难,我们在里尔克后期作品、特拉克尔或者其他最现代的诗歌中也经常碰到。

里尔克的哀歌和十四行诗代表一个想象的世界,这个世界是他特有的,必须从他的作品和自述中领会。荷尔德林虽然也是如此,但他除此之外还跟圣经的[398]观念有联系,并且融入了地理、生平和历史的内容,这就给予理解提供了固定的支撑点。特拉克尔后期诗歌更多地由多个画面和画面的链条组成,没有附加的解释说明,因此没有提供给我们帮助解开密码式语言的钥匙。荷尔德林也在很长的语句中用画面言说,但他会立即考虑对画面进行解释。是的,他采取了解释者的姿态——如果发生了这样那样的事情,"这是何故?这是播种者的扬场"。最后,他还将整首诗置于完美解释的格言下。现代抒情诗喜欢语言实验,将词汇和字词连接挪动位置,让寓意在这当中产生,而不是寓意先行。荷尔德林却事先有些"想法",当他感到传统的表达手段已经失去效力,就尝试一种适合表达自己意思的语言。现实情况不在言语中,而在言语外,但言语可以呈现事件并公诸于众。因为,在荷尔德林所属的时代,一种事实尚未化解为多种事实视角,但他知道,事实的统一性是掩盖着的,而且是被事实的现象本身所掩盖,否则,他就不需要进行解释。因为他的解释在事实的主人那里有稳固的联系点,所以他能解释,这一点他甚至也说出来了。"完美地解释留存物"意味着遵循我们所熟悉的语源学:在神的意义上解释留存物。

这样,《拔摩岛》的困难既不在世界观内容的深奥,也不在于图像的令人费解和语言的自律。但是,这些困难跟内容、画面和语言也有关。因为,内容建立在一种我们感到陌生的救世史的思想,这种思想对每个历史事实的理解,都以它们在宏大的救世秩序进程中的位置为出发点。画面用一种几乎无法再实施的方式填满意义,每个解释都面对一个问题,即它是否已经足够、是否有必要再深入一层。语句往往言简意赅,读者必须加入小品词和修饰词,才能让这些句子以我们通用的形态出现。[399]这还不一定总是成功,我们不得不多次遭受挫折。请允许我重温几个例子。

我们曾给予全诗开头的句子"近在咫尺这位神却难以把握"一种意义,没有预先考虑的读者也许不会突然想到这层意义。他很可能猜测这是圣经的思想:神总是在近处并且难以领会。或者,他可能想到荷尔德林在《许佩里翁》时期常常提到的"神在我们身上"。正如小说前期说的,神"离我们很近,正如我们是自己那样",然而却把握不住,甚至无法被称名,因为他是有限自我的无限他者。运用荷尔德林的哲学概念说,在神存在的"根基"或"领域"中,神不跟其他人一起生活。这两种解释似乎都很接近。但是,只有关于世界末日即救世史的解释才是正确的,并且是按照荷尔德林的观念,而不是神学的观念。因为,我们并不总是处在世界末日和天主的未来,而是在当下。1802年,荷尔德林根据时代的征兆认为，世界末日正在到来。因为，尽管时间总在到来，但它有开始、中间和结束，在其圆圈中，每个位置都由它们与起源和目标的关系确定。由于这个原因，我们没有在一般的意义上将第145行诗句（"如果半神和他家人的荣耀烟消云散"）解释为泛神论、"成年的世界"或类似观念的表达，而是具体地联系到启蒙运动时代。荷尔德林的言论说明了启蒙运动在历史的救世过程中的地位，就算启蒙运动没有发生，也必定会有另外一个时期承担这个任务，将神忘记，以便他能够重新归来。这说起来似乎有些自相矛盾，但黑格尔的历史哲学，正如荷尔德林的诗歌植根于施瓦本的虔诚主义媒介中，遵循的是相似的思想原则。

再举一个分析比喻的例子："时间的群峰"。这个表达不是纯粹的比喻，因为它将具体和抽象联系在一起，这种方法在表现主义抒情诗中经常出现。像特拉克尔这样使用纯粹比喻的诗人，也许会说"河流的群峰"。可能又会有读者说，这个"时间"是[400]荷尔德林的当下，即他的时代，否则，怎么会说群峰"聚集"？只有共时性的东西才聚集。这种解释恐怕也是不对的，因为它没有考虑到所描述的总体中时间的范围，即时间的空间特征。如果时间是一个空间，那么后续和共时就应该包括在内，不被排除。如果荷尔德林说的是当时的群峰，那么"隔绝的山峦"这个比喻就几乎无法理解。

最后，举一个纯粹语言分析的例子，第184行：Denn nichts ist gemein/因为不存在丝毫粗俗。我们的解释是，nichts ist alltäglich/不存在任何日常的东西。熟悉歌德时代语言的人可能提出异议：在那个时代，gemein[卑鄙，粗俗，普通]具有gemeinsam[共同]的意思，人们想到Brüdergemein[兄弟会，兄弟同盟]。这是对的；荷尔德林本人在他的主题词Gemeingeist[共同精神]中，在诗句Immer stehet ein Maß, allen gemein[总用一个尺度，对所有人都相同]中，以及在许多其他地方，都遵照了这种语言用法。但是，在谈论死者复活、大合唱、基督再来创建共同体的地方，如果将这个句子解读为nichts ist gemeinsam/没有任何东西是共同的,这说得通吗?荷尔德林有一则片断,其中有这样的话:Gemeiner muss, alltäglicher muss die Frucht erst werden/这成果必将变得更普通、更日常。这表明,荷尔德林至少已经开始懂得 gemein 这个词的现代意义。此外,我们将"日常"(Alltäglichkeit)即"时间"(Zeit)跟语言联系起来,这似乎有些牵强附会。然而,对于荷尔德林来说,静默和起源、语言和时间、颂歌和时间终结及永恒和平,相互之间存在固定联系。静默—语言—颂歌,是救世史三段式划分中的众多象征之一。当然,这不是说,Denn nichts ist gemein[因为不存在丝毫粗俗]字面意思上完全等同于:语言和言说的时间已经过去。但是,直接靠近"颂歌之棍棒"表明,在时间的存在阶段及其意象的视野中已经出现令人诧异的表达。

我们无论从哪里开始考察,无论在思想内容、象征比喻或者语言简练方面,最终都遇到对内容、图像和语言产生影响的视野。这个视野必须用时间这个范畴进行描述。荷尔德林的观察和造型方式完全由时间决定。[401]唯其如此,时间才成为这首诗的中心主题。此外,在完成《拔摩岛》赞歌一年后,荷尔德林致信索福克勒斯译作的出版商,称想寄一系列较长篇的诗给他,内容直接涉及祖国或时间。如果我们要区分,那么,可以将《莱茵河》《日耳曼尼亚》《漫游》归入祖国的主题,将《唯一者》《拔摩岛》归入时间的主题。但是,在每首诗中,这些主题的范围是交错的,《拔摩岛》也可以说是"德意志颂歌",只是在时间法则的视野中清楚地表达祖国的问题。

因此,时间视野是主管机关,解释工作由它领导,碰到疑难情况要依据它。当然,不是任何的细节都要归结到时间范畴。但是,总体的构想、寓意画面的造型以及内容,都遵循时间的范畴。

最后要讲一个结构元素,这也跟时间有关,并且至此为止没有讨论,那就是对称。我们只谈过对称的布局和中间诗行的意义,在"恰当的时间"基督将再来,因为这是整个救世史方案的视点。围绕这个中心点,在诗节和诗行的准确数量上都隐藏着对称的安排,我们考虑

的是第 10 段诗节①这句多出来的诗行。笔者下面列举的不包括所有例子:

第 111 行,忍受着神的痛苦	第 115 行,人的事业
第 108/109 行,太阳的白昼熄灭	第 117/118 行,住在爱的夜晚,用单纯的眼睛守望
第 104/105 行,聚集着英雄们	第 121/122 行,神将生者分散到无限远的地方
第 7 段诗节,又不舍弃主的容貌	第 9 诗段,诚恳地呼唤,让他停下
第 80 行,真切地看见神的圣容	第 147 行,至高者转过脸去
[402]第 6 段诗节,宣讲葡萄树的奥秘时坐在一起	第 10 段诗节,彼此不能领会,他们曾共同生活在记忆中
第 38 行,鲜花,静谧的火焰	第 189 行,锐利的光线下不能绽放
第 31 行,眼花缭乱,寻找相识之物	第 196 行,在静默目光下自我训练

人们也许会反对,认为这种对称的存在尽管不能否认,却是偶然的,并非荷尔德林有意为之。我们的做法令人想起林奈(Linnes)根据植物雄蕊数目划分植物的方法,其实也可用其他特征确定植物亲缘关系。对此,我们的回答是:这有可能是偶然的吗?《拔摩岛》中间的诗句是:"因为它将重新到来/在恰当的时候";《饼和葡萄酒》的中间诗句是:"但继而真的/他们自己来了";《和平庆典》的中间诗句:天父"俯身来到人间",也是在众天神再来临的时候。在这些诗歌中同样呈现了对称结构,这种诗行数量的布局可以追溯到荷尔德林青年时期的诗歌,并可用大量的例子证明。在这里,人们也找到了荷尔德林对传统的传承:施瓦本虔诚主义对数字的思索和巴洛克时期的诗歌技巧。

我们仍然要问这有什么意义。在阅读诗歌,甚至在听朗读的时候,几乎不可能感受到这种造型。荷尔德林肯定没有想到注意这种造型的

---

① 原文如此,有误,应是第 8 诗节。

语文学读者。

不,荷尔德林诗歌使用这些元素,目的不是为了人,而是为了soli Deo gloria[荣耀归于上帝]。这些元素象征着永恒的秩序,时间在它的限度和界石之间流逝,正如诗歌通过它的对称在语言上一行到一行、一段到一段完成。荷尔德林在巴赫逝世二十年后出生。假如他没有经历过自主主体的时期——对于他个人而言已经越过这个时期——那么,他也许会不假思索地在《拔摩岛》这首诗的手稿上像巴赫那样写下:S. D. G. 。①

---

① [译注]S. D. G. 是soli Deo gloria[荣耀归于上帝]的缩写,作曲家巴赫常将这个缩写放在总谱的开头或结尾。

文章来源

(按时间先后顺序)

Drucknachweise
(chronologisch)

Abschied und Wiederfinden. Hölderlins dichterische Gestaltung des Abschieds von Diotima. Festschrift Paul Kluckhohn und Hermann Schneider, Tübingen 1948, S. 317–344.
Hölderlins Odenstrophe. Hölderlin-Jahrbuch (HJb), Tübingen 1952, S. 85–110.
Sinn und Gestalt der Heimat in Hölderlins Dichtung. HJb 1954, S. 46–78. (Vortrag zu Hölderlins 110. Todestag in Nürtingen).
Hölderlins Friedensfeier. Deutsche Vierteljahresschrift für Literaturwissenschaft und Geistesgeschichte, Jg. 30, 1956, S. 295–328. Und: Hölderlin. Beiträge zu seinem Verständnis in unserm Jahrhundert. Schriften der Hölderlin-Gesellschaft, Bd. 3, Tübingen 1961, S. 342–370. Diese Fassung hier abgedruckt.
Sprache und Wirklichkeit in Hölderlins Dichtung. HJb 1955/56, S. 183–200.
Hölderlins Laudes Sueviae. Deutung des hymnischen Entwurfs ›Ihr sichergebaueten Alpen‹. (Festschrift). Robert Boehringer, eine Freundesgabe, Tübingen 1957, S. 29–47.
Hölderlins Deutung des Menschen. HJb 1961/62, S. 1–19. (Vortrag bei der Jahresversammlung der Hölderlin-Gesellschaft 1961 in Tübingen).
Hölderlins Namenssymbolik. HJb 1961/62, S. 95–204.
Hölderlins Dichtung im Zeitalter des Idealismus. HJb 1965/66, S. 57–72. (Antrittsvorlesung in Zürich 1965).
Hölderlin: ›Der Winkel von Hardt‹, ›Lebensalter‹, ›Hälfte des Lebens‹. Schweizer Monatshefte, Jg. 45, 1965, S. 583–591.
Hölderlins Patmos-Hymne. HJb 1967/68, S. 92–127. (Vortrag, siehe die Vorbemerkung).

Zum Aufsatz über die Friedensfeier sei auf die Interpretation ihrer Vorstufen verwiesen: Hölderlin. Friedensfeier. Lichtdrucke der Reinschrift und ihrer Vorstufen, hrsg. von Wolfgang Binder und Alfred Kelletat, Schriften der Hölderlin-Gesellschaft, Bd. 2, 1959. Nachwort, S. 32–44. Zu Hölderlins Geschichtsbild und Theologie auf die Abhandlung: Grundformen der Säkularisation in den Werken Goethes, Schillers und Hölderlins, Ztschr. f. dt. Philologie, Bd. 83, Sonderheft, 1964, S. 42–69.

图书在版编目（CIP）数据

论荷尔德林 /（德）沃尔夫冈・宾德尔著；林笳译. -- 北京：华夏出版社有限公司, 2019.11
（西方传统：经典与解释）
ISBN 978-7-5080-9844-9

Ⅰ. ①论… Ⅱ. ①沃… ②林… Ⅲ. ①荷尔德林（Hoelderlin, Friderich 1770-1843）－诗歌研究 Ⅳ. ①I516.072

中国版本图书馆 CIP 数据核字（2019）第 179876 号

©Insel Verlag Frankfurt am Main 1970.
All rights reserved by and controlled through Insel Verlag Berlin.

版权所有 翻印必究
北京市版权局著作权合同登记号：图字01-2018-5494号

论荷尔德林

作　　者	[德]沃尔夫冈・宾德尔
译　　者	林　笳
责任编辑	李安琴
责任印制	刘　洋

出版发行	华夏出版社有限公司
经　　销	新华书店
印　　装	北京汇林印务有限公司
版　　次	2019 年 11 月北京第 1 版
	2019 年 11 月北京第 1 次印刷
开　　本	880×1230　1/32
印　　张	13.375
字　　数	344 千字
定　　价	94.00 元

华夏出版社有限公司　地址：北京市东直门外香河园北里 4 号　邮编：100028
　　　　　　　　　　　网址：www.hxph.com.cn　电话：(010) 64663331 (转)

西方传统：经典与解释
Classici et Commentarii
HERMES
刘小枫◎主编

古今丛编

克尔凯郭尔　[美]江思图 著
货币哲学　[德]西美尔 著
孟德斯鸠的自由主义哲学　[美]潘戈 著
莫尔及其乌托邦　[德]考茨基 著
试论古今革命　[法]夏多布里昂 著
但丁：皈依的诗学　[美]弗里切罗 著
在西方的目光下　[英]康拉德 著
大学与博雅教育　董成龙 编
探究哲学与信仰　[美]郝岚 著
民主的本性　[法]马南 著
梅尔维尔的政治哲学　李小均 编/译
席勒美学的哲学背景　[美]维塞尔 著
果戈里与鬼　[俄]梅列日科夫斯基 著
自传性反思　[美]沃格林 著
黑格尔与普世秩序　[美]希克斯 等著
新的方式与制度　[美]曼斯菲尔德 著
科耶夫的新拉丁帝国　[法]科耶夫 等著
《利维坦》附录　[英]霍布斯 著
或此或彼（上、下）　[丹麦]基尔克果 著
海德格尔式的现代神学　刘小枫 选编
双重束缚　[法]基拉尔 著
古今之争中的核心问题　[德]迈尔 著
论永恒的智慧　[德]苏索 著
宗教经验种种　[美]詹姆斯 著
尼采反卢梭　[美]凯斯·安塞尔-皮尔逊 著
舍勒思想评述　[美]弗林斯 著
诗与哲学之争　[美]罗森 著
神圣与世俗　[罗]伊利亚德 著
但丁的圣约书　[美]霍金斯 著

古典学丛编

论王政　[古罗马]金嘴狄翁 著
论希罗多德　[古罗马]卢里叶 著
探究希腊人的灵魂　[美]戴维斯 著
尤利安文选　马勇 编/译
论月面　[古罗马]普鲁塔克 著
雅典谐剧与逻各斯　[美]奥里根 著
菜园哲人伊壁鸠鲁　罗晓颖 选编
《劳作与时日》笺释　吴雅凌 撰
希腊古风时期的真理大师　[法]德蒂安 著
古罗马的教育　[英]葛怀恩 著
古典学与现代性　刘小枫 编
表演文化与雅典民主政制
　[英]戈尔德希尔、奥斯本 编
西方古典文献学发凡　刘小枫 编
古典语文学常谈　[德]克拉夫特 著
古希腊文学常谈　[英]多佛 等著
撒路斯特与政治史学　刘小枫 编
希罗多德的王霸之辨　吴小锋 编/译
第二代智术师　[英]安德森 著
英雄诗系笺释　[古希腊]荷马 著
统治的热望　[美]福特 著
论埃及神学与哲学　[古希腊]普鲁塔克 著
凯撒的剑与笔　李世祥 编/译
伊壁鸠鲁主义的政治哲学
　[意]詹姆斯·尼古拉斯 著
修昔底德笔下的人性　[美]欧文 著
修昔底德笔下的演说　[美]斯塔特 著
古希腊政治理论　[美]格雷纳 著
神谱笺释　吴雅凌 撰
赫西俄德：神话之艺
　[法]居代·德·拉孔波 等著
赫拉克勒斯之盾笺释　罗逍然 译笺
《埃涅阿斯纪》章义　王承教 选编
维吉尔的帝国　[美]阿德勒 著
塔西佗的政治史学　曾维术 编

古希腊诗歌丛编
- 古希腊早期诉歌诗人 [英]鲍勒 著
- 诗歌与城邦 [美]费拉格、纳吉 主编
- 阿尔戈英雄纪（上、下）[古希腊]阿波罗尼俄斯 著
- 俄耳甫斯教祷歌 吴雅凌 编译
- 俄耳甫斯教辑语 吴雅凌 编译

古希腊肃剧注疏集
- 希腊肃剧与政治哲学 [美]阿伦斯多夫 著

古希腊礼法
- 希腊人的正义观 [英]哈夫洛克 著

廊下派集
- 廊下派的苏格拉底 程志敏 徐健 选编
- 廊下派的神和宇宙 [墨]里卡多·萨勒斯 编
- 廊下派的城邦观 [英]斯科菲尔德 著

希伯莱圣经历代注疏
- 希腊化世界中的犹太人 [英]威廉逊 著
- 第一亚当和第二亚当 [德]朋霍费尔 著

新约历代经解
- 属灵的寓意 [古罗马]俄里根 著

基督教与古典传统
- 保罗与马克安 [德]文森 著
- 加尔文与现代政治的基础 [美]汉考克 著
- 无执之道 [德]文森 著
- 恐惧与战栗 [丹麦]基尔克果 著
- 托尔斯泰与陀思妥耶夫斯基 [俄]梅列日科夫斯基 著
- 论宗教大法官的传说 [俄]罗赞诺夫 著
- 海德格尔与有限性思想（重订版）刘小枫 选编
- 上帝国的信息 [德]拉加茨 著
- 基督教理论与现代 [德]特洛尔奇 著
- 亚历山大的克雷芒 [意]塞尔瓦托·利拉 著
- 中世纪的心灵之旅 [意]圣·波纳文图拉 著

德意志古典传统丛编
- 论荷尔德林 [德]沃尔夫冈·宾德尔 著
- 彭忒西勒亚 [德]克莱斯特 著
- 穆佐书简 [奥]里尔克 著
- 纪念苏格拉底——哈曼文选 刘新利 选编
- 夜颂中的革命和宗教 [德]诺瓦利斯 著
- 大革命与诗话小说 [德]诺瓦利斯 著
- 黑格尔的观念论 [美]皮平 著
- 浪漫派风格——施勒格尔批评文集 [德]施勒格尔 著

美国宪政与古典传统
- 美国1787年宪法讲疏 [美]阿纳斯塔普罗 著

世界史与古典传统
- 西方古代的天下观 刘小枫 编
- 从普遍历史到历史主义 刘小枫 编

启蒙研究丛编
- 浪漫的律令 [美]拜泽尔 著
- 现实与理性 [法]科维纲 著
- 论古人的智慧 [英]培根 著
- 托兰德与激进启蒙 刘小枫 编
- 图书馆里的古今之战 [英]斯威夫特 著

政治史学丛编
- 自然科学史与玫瑰 [法]雷比瑟 著

荷马注疏集
- 不为人知的奥德修斯 [美]诺特维克 著
- 模仿荷马 [美]丹尼斯·麦克唐纳 著

品达注疏集
- 幽暗的诱惑 [美]汉密尔顿 著

欧里庇得斯集
- 自由与僭越 罗峰 编译

阿里斯托芬集
- 《阿卡奈人》笺释 [古希腊]阿里斯托芬 著

色诺芬注疏集
- 居鲁士的教育 [古希腊]色诺芬 著
- 色诺芬的《会饮》[古希腊]色诺芬 著

柏拉图注疏集
- 立法与德性——柏拉图《法义》发微 林志猛 编
- 柏拉图的灵魂学 [加]罗宾逊 著

柏拉图书简 彭磊 译注
克力同章句 程志敏 郑兴凤 撰
哲学的奥德赛——《王制》引论 [美]郝兰 著
爱欲与启蒙的迷醉 [美]贝尔格 著
为哲学的写作技艺一辩 [美]伯格 著
柏拉图式的迷宫——《斐多》义疏 [美]伯格 著
哲学如何成为苏格拉底式的 [美]朗佩特 著
苏格拉底与希琵阿斯 王江涛 编译
理想国 [古希腊]柏拉图 著
谁来教育老师 刘小枫 编
立法者的神学 林志猛 编
柏拉图对话中的神 [法]薇依 著
厄庇诺米斯 [古希腊]柏拉图 著
智慧与幸福 程志敏 选编
论柏拉图对话 [德]施莱尔马赫 著
柏拉图《美诺》疏证 [美]克莱因 著
政治哲学的悖论 [美]郝岚 著
神话诗人柏拉图 张文涛 选编
阿尔喀比亚德 [古希腊]柏拉图 著
叙拉古的雅典异乡人 彭磊 选编
阿威罗伊论《王制》 [阿拉伯]阿威罗伊 著
《王制》要义 刘小枫 选编
柏拉图的《会饮》 [古希腊]柏拉图 等著
苏格拉底的申辩(修订版) [古希腊]柏拉图 著
苏格拉底与政治共同体 [美]尼柯尔斯 著
政制与美德——柏拉图《法义》疏解 [美]潘戈 著
《法义》导读 [法]卡斯代尔·布舒奇 著
论真理的本质 [德]海德格尔 著
哲人的无知 [德]费勃 著
米诺斯 [古希腊]柏拉图 著

亚里士多德注疏集
亚里士多德《政治学》中的教诲 [美]潘戈 著
品格的技艺 [美]加佛 著
亚里士多德哲学的基本概念 [德]海德格尔 著
《政治学》疏证 [意]托马斯·阿奎那 著

尼各马可伦理学义疏 [美]伯格 著
哲学之诗 [美]戴维斯 著
对亚里士多德的现象学解释 [德]海德格尔 著
城邦与自然——亚里士多德与现代性 刘小枫 编
论诗术中篇义疏 [阿拉伯]阿威罗伊 著
哲学的政治 [美]戴维斯 著

普鲁塔克集
普鲁塔克的《对比列传》 [英]达夫 著
普鲁塔克的实践伦理学 [比利时]胡芙 著

阿尔法拉比集
政治制度与政治箴言 阿尔法拉比 著

马基雅维利集
君主及其战争技艺 娄林 选编

莎士比亚绎读
莎士比亚的历史剧 [英]蒂利亚德 著
莎士比亚戏剧与政治哲学 彭磊 选编
莎士比亚的政治盛典 [美]阿鲁利斯/苏利文 编
丹麦王子与马基雅维利 罗峰 选编

洛克集
上帝、洛克与平等 [美]沃尔德伦 著

卢梭集
论哲学生活的幸福 [德]迈尔 著
致博蒙书 [法]卢梭 著
政治制度论 [法]卢梭 著
哲学的自传 [美]戴维斯 著
文学与道德杂篇 [法]卢梭 著
设计论证 [美]吉尔丁 著
卢梭的自然状态 [美]普拉特纳 等著
卢梭的榜样人生 [美]凯利 著

莱辛注疏集
汉堡剧评 [德]莱辛 著
关于悲剧的通信 [德]莱辛 著
《智者纳坦》(研究版) [德]莱辛 等著
启蒙运动的内在问题 [美]维塞尔 著
莱辛剧作七种 [德]莱辛 著

历史与启示——莱辛神学文选　[德]莱辛 著
论人类的教育　[德]莱辛 著

尼采注疏集
何为尼采的扎拉图斯特拉　[德]迈尔 著
尼采引论　[德]施特格迈尔 著
尼采与基督教　刘小枫 编
尼采眼中的苏格拉底　[美]丹豪瑟 著
尼采的使命　[美]朗佩特 著
尼采与现时代　[美]朗佩特 著
动物与超人之间的绳索　[德]A.彼珀 著

施特劳斯集
论僭政（重订本）　[美]施特劳斯 [法]科耶夫 著
苏格拉底问题与现代性（增订本）
犹太哲人与启蒙（增订本）
霍布斯的宗教批判
斯宾诺莎的宗教批判
门德尔松与莱辛
哲学与律法——论迈蒙尼德及其先驱
迫害与写作艺术
柏拉图式政治哲学研究
论柏拉图的《会饮》
柏拉图《法义》的论辩与情节
什么是政治哲学
古典政治理性主义的重生（重订本）
回归古典政治哲学——施特劳斯通信集
苏格拉底与阿里斯托芬

***

施特劳斯的持久重要性　[美]朗佩特 著
论源初遗忘　[美]维克利 著
政治哲学与启示宗教的挑战　[德]迈尔 著
阅读施特劳斯　[美]斯密什 著
施特劳斯与流亡政治学　[美]谢帕德 著
隐匿的对话　[德]迈尔 著
驯服欲望　[法]科耶夫 等著

施米特集
宪法专政　[美]罗斯托 著
施米特对自由主义的批判　[美]约翰·麦考米克 著

伯纳德特集
古典诗学之路（第二版）　[美]伯格 编
弓与琴（重订本）　[美]伯纳德特 著
神圣的罪业　[美]伯纳德特 著

布鲁姆集
巨人与侏儒（1960-1990）
人应该如何生活——柏拉图《王制》释义
爱的设计——卢梭与浪漫派
爱的戏剧——莎士比亚与自然
爱的阶梯——柏拉图的《会饮》
伊索克拉底的政治哲学

沃格林集
自传体反思录　[美]沃格林 著

大学素质教育读本
古典诗文绎读 西学卷·古代编（上、下）
古典诗文绎读 西学卷·现代编（上、下）

中国传统：经典与解释
Classici et Commentarii
刘小枫　陈少明○主编

《孔丛子》训读及研究　/雷欣翰 撰
论语说义　[清]宋翔凤 撰
周易古经注解考辨　/李炳海 著
浮山文集　[明]方以智 著
药地炮庄　[明]方以智 著
药地炮庄笺释·总论篇　[明]方以智 著
青原志略　[明]方以智 编
冬灰录　/[明]方以智 著
冬炼三时传旧火　/邢益海 编
《毛诗》郑王比义发微　/史应勇 著
宋人经筵诗讲义四种　/[宋]张纲 等撰

道德真经藏室纂微篇 / [宋]陈景元 撰
道德真经四子古道集解 / [金]寇才质 撰
皇清经解提要 / [清]沈豫 撰
经学通论 / [清]皮锡瑞 著
松阳讲义 / [清]陆陇其 著
起凤书院答问 / [清]姚永朴 撰
周礼疑义辨证 / 陈衍 撰
《铎书》校注 / 孙尚扬 肖清和 等校注
韩愈志 / 钱基博 著
论语辑释 / 陈大齐 著
《庄子·天下篇》注疏四种 / 张丰乾 编
荀子的辩说 / 陈文洁 著
古学经子 / 王锦民 著
经学以自治 / 刘少虎 著
从公羊学论《春秋》的性质 / 阮芝生 撰

现代性社会理论绪论
诗化哲学［重订本］
拯救与逍遥［修订本］
走向十字架上的真
西学断章

编修［博雅读本］
凯若斯：古希腊语文读本［全二册］
古希腊语文学述要
雅努斯：古典拉丁语文读本
古典拉丁语文学述要
危微精一：政治法学原理九讲
琴瑟友之：钢琴与古典乐色十讲

译著
普罗塔戈拉（详注本）
柏拉图四书

刘小枫集

民主与政治德性
昭告幽微
以美为鉴
古典学与古今之争［增订本］
这一代人的怕和爱［第三版］
沉重的肉身［珍藏版］
圣灵降临的叙事［增订本］
罪与欠
儒教与民族国家
拣尽寒枝
施特劳斯的路标
重启古典诗学
设计共和
现代人及其敌人
海德格尔与中国
共和与经纬
现代性与现代中国

经典与解释辑刊

1. 柏拉图的哲学戏剧
2. 经典与解释的张力
3. 康德与启蒙
4. 荷尔德林的新神话
5. 古典传统与自由教育
6. 卢梭的苏格拉底主义
7. 赫尔墨斯的计谋
8. 苏格拉底问题
9. 美德可教吗
10. 马基雅维利的喜剧
11. 回想托克维尔
12. 阅读的德性
13. 色诺芬的品味
14. 政治哲学中的摩西
15. 诗学解诂
16. 柏拉图的真伪
17. 修昔底德的春秋笔法
18. 血气与政治
19. 索福克勒斯与雅典启蒙
20. 犹太教中的柏拉图门徒
21. 莎士比亚笔下的王者
22. 政治哲学中的莎士比亚
23. 政治生活的限度与满足
24. 雅典民主的谐剧
25. 维柯与古今之争
26. 霍布斯的修辞
27. 埃斯库罗斯的神义论
28. 施莱尔马赫的柏拉图
29. 奥林匹亚的荣耀
30. 笛卡尔的精灵
31. 柏拉图与天人政治
32. 海德格尔的政治时刻
33. 荷马笔下的伦理
34. 格劳秀斯与国际正义
35. 西塞罗的苏格拉底
36. 基尔克果的苏格拉底
37. 《理想国》的内与外
38. 诗艺与政治
39. 律法与政治哲学
40. 古今之间的但丁
41. 拉伯雷与赫尔墨斯秘学
42. 柏拉图与古典乐教
43. 孟德斯鸠论政制衰败
44. 博丹论主权
45. 道伯与比较古典学
46. 伊索寓言中的伦理
47. 斯威夫特与启蒙
48. 赫西俄德的世界
49. 洛克的自然法辩难
50. 斯宾格勒与西方的没落
51. 地缘政治学的历史片段
52. 施米特论战争与政治
53. 普鲁塔克与罗马政治
54. 罗马的建国叙述